堂場瞬一

キング

堂場瞬一スポーツ小説コレクション

実業之日本社

実業之日本社文庫

目次

プロローグ　6
第一部　聖地にて　11
第二部　十字路　177
第三部　旅路の果て　339
エピローグ　506
解説　関口苑生　518

キング

プロローグ

国立競技場のスタンドはまだ閑散としており、時折誰かの話し声が風に載って切れ切れに耳に届くぐらいで、フィールドも静かな緊張感に満たされていた。この静けさが青《あお》山晋《やましん》にはありがたい。繁華街から住宅地へと東京を東西に走る五輪記念マラソンは、騒音との戦いでもある。国立競技場を出れば嫌でもその騒音に対峙《たいじ》しなければならないのだから、せめてスタートの瞬間ぐらいは静かに迎えたかった。

何度も走ったコースなので、今さら作戦も何もない。コーチの菊《きく》田暁《たさとる》の最後のアドヴァイスも「走り抜けよ」という単純なものだった。いくら何でももう少し言いようがあるだろう、そのために給料をもらっているのだから。青山は鼻白んだ気分で菊田の言葉を聞き流した。

入念にストレッチングを繰り返しながら、青山は他《ほか》の選手を観察した。須《す》田真二郎《だしんじろう》が、優勝候補の一人であるジェフリー・スミスと何やらひそひそ話をしている。剝《む》き出しの脚と腕を改めて眺めると、夏場に会った時よりもさらに一回り細くなっているのが見て取れた。ふと、何かで読んだリンドバーグの話を思い出す。大西洋を横断するために、スピリット・オブ・セントルイス号は計器さえ省略してぎりぎりまで軽量化されていたという。須田の体も、たぶん同じようなものだ。四二・一九五キロを走り抜くために必要最小限の燃料だけを積みこみ、走り終えた後にはばったりと倒れてしまうかもしれない。筋力に比して体重を軽く保つのは長距離選手の基本的な体作りだが、須田の体はいかにも頼りなく、完走さえもおぼつかないように見える。自分でもそれを意識しているのか、顔も幾分蒼《あお》ざめていた。リラックスしきって、時には身振り手振りを交えながら大袈裟《おおげさ》に笑うスミスとは対照的である。

青山と目が合うと、須田の顔が引き攣《つ》った。無理に笑おうとして失敗したのだろう。無理もない。青山は今、彼に対して同情にも近い気持ちを抱き始めていた。須田は幾つもの物語を背負っている。怪我《けが》から復活するベテラン選手。勝って当然と周囲が期待する中で勝たなければならないプレッシャー。

あいつはそういう全《すべ》てを乗り越えたのだろうか。怪我から復帰して久しぶりのレースで優勝候補に祭り上げられるのは、考えただけで押し潰《つぶ》されてしまいそうな重圧だろう。それをメンタルトレイニングがやわらげてくれたのだろうか。ぎりぎりまで自分を追いこみ過ぎて、体調に不安はないのだろうか。いずれにせよその顔は蒼く、ベストコンディションには程遠いように見える。肌の張りもなく、すでに走る前からエネルギィを使い果たしてしまっているようだ。

険しい表情を隠すように、須田がサングラスをかける。青山はまだ迷っていたが、須田がサングラスをかけるのを見てようやく、自分は使わないことに決めた。もともとサングラスは好きではないし、今日はこのまま薄曇の天気が続きそうなので、目に突き刺さる往路の逆光を気にする必要もないだろう。それ以上に、須田がサングラスをしているなら俺はしたくないという気持ちが強かった。

肌をひりひりさせる冷たい風が吹き渡る。十二月半ばの午後、気温はだいぶ下がっているようで、始終体を動かしていないと筋肉が固まってしまいそうだった。ベンチコートを着たまま軽くトラックを流しながら、他の選手の様子をうかがう。

武藤憲次《むとうけんじ》は元気そうだった。いつもと同じ厳しい表情を浮かべ、今にも矢を放とうという弓のように全身の筋肉を張り詰めさせている。怒ったように唇を引き締めたまま、ゆっくりと背中側に脚を引っ張り上げてストレッチングをしていた。ふと目が合うと、射抜くような視線を青山にぶつけてくる。心の奥に潜《ひそ》んだ憎悪や嫌悪感が噴き出したような目つきだった。それを隠すようにサングラスをかける。

俺は他人の目にはどう映っているのだろうと、青山はふと心配になった。肌の張りや顔色は、自分では判断できないものである。一つだけはっきりしているのは、俺の調子を気にしている選手など、おそらくここには一人もいないということだ。このレースでは百人からのランナーが走るが、真面目《まじめ》に優勝を狙っているのはほんの一握りだけで、俺はその他大勢の中に埋もれた顔のない匿名《とくめい》のランナーに過ぎない。

それでも勝ちに行く。この中には完走を目標にするランナーもいるだろう。自己ベスト更新を目指す選手もいるだろう。しかし、俺の狙いはそんなものではない。

一つだけ、決意を裏づける自信があった。今日は朝から体が軽い。夏の合宿から戻って以来数か月、ずっとまとわりついていた重苦しさが嘘《うそ》のように消えていたのだ。体が重いというのも、結局は気分的な問題だったのかもしれない。タイムが上がらなかったのは年齢的な限界ではなく、単なるスランプだったのだろう。

そうやって自分を納得させようとしても、やはり飲んでしまったあの薬のことは気になる。

今頃になって薬の効果が出てきたのだろうか。規則正しく飲み続けないと効果はないとあの男は言っていたが、薬の効き方は人によってまちまちであるはずだ。最初の一錠が、俺の体を根源から変えてしまったのかもしれない。

無意識のうちに、青山はスタンドをぐるりと見回した。国立競技場はフィールドとスタンドがずいぶん離れているが、あの男がいれば見逃すはずがない。

見当たらなかった。

俺はあいつの名簿から外《はず》れたのだろう。必要な薬を全て飲むのを拒否した人間のレース結果など見届けるまでもないと考えているからこそ、あいつは顔を見せないのだ。大丈夫、薬の影響は出ていないはずだ。

鋭い視線に気づき、顔を巡らせる。武藤がサングラス越しにこちらを睨《にら》みつけていた。俺はともかく、こいつはどうなのだ？　いや、武藤だって、自分がドーピングしていると認めたわけではない。また思いが散り散りに乱れる。お前の思惑は当たったよ、と青山は皮肉に頬《ほお》を歪《ゆが》めた。おかげで俺は、お前がドーピングしているんじゃないかと散々悩んでしまったのだから。これだって、武藤にすればレース前の心理戦だったのだろう。あんな戯言《ざれごと》に引っかかり、あれこれ悩んでいた自分が馬鹿らしく思える。

——あいつがドーピングしていないという証拠はない。

突然、あまりにも当たり前の結論にたどり着き、青山は呆然《ぼうぜん》とした。武藤は「ドーピングした」とは言っていないが、否定もしていない。結論は、レース後に検査をするまで分からないだろう。いや、俺にドーピングを勧《すす》めたあの男の言うことを信じるとすれば、仮に武藤が薬を使っていても検出はできないのだ。もしも武藤が勝ってしまったら、俺は疑惑を告発すべきなのだろうか。それを敗者の戯言と取られずに証明できる手段はあるのだろうか。

第一部　聖地にて

1

一生懸命探していても見つからなかったものが、ぼんやりしている時に限って突然目の前に現れることがある。

こんなところにと驚きながら、青山はエリック・サーディナスのCDを棚から引っ張り出した。テンガロンハットにウェーブがかかった長髪、顎《あご》まで続く細い揉《も》み上げは、ブルーズというよりヘヴィメタルのギタリストの容貌《ようぼう》だ。今まで散々探して見つからなかったのが、まさかフライト待ちの時間潰しで入った成田空港の小さなCDショップで見つかるとは。

「アオ、そろそろ行こうぜ」邦楽の棚を眺めていたコーチの菊田が、疲れたような声で言った。

「ちょっと待って下さい。これ、買っちゃいますから」

青山は菊田に向けてCDを掲げてみせた。エリック・サーディナスの顔が大写しになったジャケットを見て菊田が顔をしかめる。

「何だよ、それ」

「エリック・サーディナス」

「それもブルーズか？」菊田が困ったような笑みを浮かべる。彼は、ブルーズにはまったく興味がないのだ。菊田にしてみれば、青山が好んで聴くブルーズなど、古臭くて何だか訳の分からない音楽ということなのだろう。しかし、何もそんな嫌そうな顔をしなくてもいいではないか。無理強いして聴かせたこともないのに。青山がそそくさと支払いを済ませると、二人は店を出た。

「ところで、あっちで須田に会う予定はあるのか？」人の流れをかわすように早足で歩きながら、菊田が訊《たず》ねた。

「いや、特に連絡もしてませんから」

「向こうからも連絡はないのか？」

「ないですね」答えながら青山は、幾ばくかの寂しさを感じていた。大学の同級生でもある須田真二郎とはもう十年以上の付き合いになるが、ここ一年ほどは互いに連絡を取り合うこともなかった。須田が日本を離れ、青山たちがこれから夏の合宿を張るボールダーに生活と練習の拠点を移してしまったからである。

その理由を青山は知っている。そして彼の覚悟を考えると、こちらから気楽に電話する気にはなれなかった。

「しかし、金持ちは違うもんだな」溜息《ためいき》と一緒に言葉を吐き出し、菊田が髪を短く刈り込んだ頭をがしがしと掻《か》いた。「自腹でボールダーねえ。オリンピックまで向こうにいるつもりなんだろうな」

「そうでしょうね。そうじゃないと、トレイニングにならないから」

「こっちは相変わらず、限られた予算の中で汲々《きゅうきゅう》としてるのにな。羨《うらや》ましい限りだよ」

菊田は、青山たちが属する八王子化学工業陸上部の予算編成にも関わっている。実業団駅伝では優勝争いの常連でも予算は限られている。だから彼は、自分で金を出すわけでもないのに、いつも電卓を前に渋い顔をしている。

「でも、ボールダーにいるからって、確実に結果が出るわけじゃないでしょう」慰めるように青山は言った。

「まあそうだけど、やっぱり羨ましいね。こっちはたった三週間だからな。何だか、この合宿も無駄な気がしてきたよ」

「そんなことないでしょう」

反論しながら、菊田と同じように須田を羨む気持ちを自分の中に見つけて、青山は少しだけ嫌な気分になった。あいつは金を持っている。俺にはない。それだけの違いだし、そんなことは昔から分かっているのだが、二人の間を隔てる壁は、そういう事実よりもずっと厚く高いものであるような気がしてきた。向こうは「天才」と称される資格を持った数少ない人間である。こっちはタフなだけが取り得だ。マラソン選手としてこの差は大きいが、今さらどうしようもない。努力だけでは乗り越えられない差は絶対にあるし、俺はそういう事実を前にして落ちこむような年でもないと自分に言い聞かせる。

まあ、いいさ。ＣＤも手に入ったことだし。今回の合宿は幸先《さいさき》がいい。

青山は歩きながらＣＤのジャケットを眺めた。エリック・サーディナス、こいつは拾い物だった。伸びやかで、しかも突き刺さるようなドブロギターのスライドプレイ、迫力溢《あふ》れる声。ここ数年、「天才」「早熟」と評される十代のブルーズプレイヤーが立て続けにデビューしたが、三十近くになって初めてのアルバムをリリースしたエリック・サーディナスには、そういう若い連中にはない重みと渋みがある。ファーストアルバムで頭を殴られるような衝撃を受けて以来、セカンドアルバムをずっと探していたのだが、今日まで見つからなかったのだ。ボールダーでの合宿中は、こいつで気分を盛り上げよう。やる気を出すには好きな音楽があればいい。

そこまで考えて、おそらくアメリカならこの手の日本では無名のブルーズプレイヤーのＣＤなどいくらでも手に入るのだと気づき、青山は苦笑いした。

「何をにやついてるんだよ」怪訝《けげん》そうな表情を浮かべて菊田が訊ねる。

「いや、何でもないです」答えるのと同時に、ジーンズのポケットの中で携帯電話が鳴り出した。慌てて取り出し、通話ボタンを押してから通路の端に歩いて行く。空港に来たら電源ぐらい切っておけよ、と文句を言う菊田の声が聞こえてきた。まったくその通りである。そもそも、こんなものをアメリカに持って行っても仕方がない。

それにしても誰だろう。最初は親かもしれない、と思った。両親は、この時期青山がいつも海外合宿に行くことは知っているはずだが、今回は何の連絡もしていなかったから、心配して電話してきたのかもしれない。三十にもなる男に対してずいぶん過保護だと思うこともあるが、邪険にする理由も見つからない。親から見れば、こっちは中途半端な存在なのだろう。ずっとマラソン一筋で、それ以外には何もできない息子は、見ているだけで危なっかしくて仕方ないに違いない。

最近父親は「マラソンをやめたらどうする」ということをしきりに口にするようになった。会社に残って普通に仕事をするのか、まったく別の道に進むのか。もしも転職するつもりなら俺を当てにしないでくれよ、というのが、父親の毎度の締めくくりの台詞《せりふ》だった。定年間際のただの公務員なんだから、何か仕事を紹介してくれって言ってもどうにもならんよ、と。それはその通りなのだが、青山は、今は何も考えたくなかった。今日もそんな愚痴《ぐち》だったら、適当にお茶を濁しておこう。もうすぐ飛行機に乗らなければならないと言えば、向こうだって長々と説教する気分にはならないはずだ。

「青山さんですか」

聞き覚えのない声だった。青山は慎重に答えた。

「そうですが」

「ソノダと申します。青山晋さんですね？」

低いが良く通る声で話す相手の名前を、青山は頭の中で転がした。記憶にない。

「失礼ですが、どちらのソノダ様ですか」

「突然お電話して申し訳ありません」男が慇懃《いんぎん》無礼な声で言った。保険の勧誘？　まさか、携帯電話にまでかけてくる人間はいないはずだ。何だか嫌な感じがして、青山はついぞんざいな口調で応じた。

「すいません、俺はあなたを知らないんですけど」

通路の端の手すりに両腕を預け、人でごった返すロビーを見下ろす。チームメイトが数人固まって椅子《いす》に座っているのが見えた。何だかうんざりしたような様子で、全員が目を閉じてだらしなく足を投げ出している。これから待っている十数時間のフライトのことを考えれば、それも当然だ。

丁寧な、堅苦しい口調を崩さず、男が続ける。

「初めてお電話しますから、私のことをご存知ないのも当然です。今、空港ですか」

「……ええ」嫌悪感に続いて不安が生まれた。俺がここにいることを知っている人間はほとんどいないはずである。もしかしたら新聞記者だろうか。今は八月上旬。オリンピック代表の最終選考を兼ねた五輪記念マラソンは四か月後に迫っている。青山も出ることになっているから、興味を持つ記者がいてもおかしくはない。いや、そんなことはないだろう。一度も勝ったことのない俺のことを記事にしようと思う記者などいるわけがないし、記者なら最初に必ず社名を名乗るはずだ。

「すいませんが、あなた、誰なんですか」

「ソノダと申します」

からかわれているのだろうかと思い、青山は電話を固く握り締めた。

「それは聞きました」

「最近、調子はいかがですか」

「はあ？」

「これから合宿ですよね。三週間の高地合宿でどれだけ効果が出るものですか？　あなた、今まで高地合宿をしてもあまり結果が出ていないでしょう」

「何の話ですか」無礼な質問に怒るよりも、不安が大きく膨れ上がってきた。そもそも、こいつはどうして俺のことを知っているのだろう。

「実は、ご提案があるんです」

「提案？」もしかしたらメイカーの人間かもしれない。新しく開発したシューズやウェアを使ってくれという話は、時々持ちこまれてくる。しかしそれもチームを通じてであり、青山個人に直接話が入ってきたことはない。

「ええ。絶対確実にタイムを上げる方法があるんですよ」

「馬鹿な」青山は思わず笑ってしまった。マラソンで「絶対確実に」などというのは、太陽が西から昇る可能性と同じぐらいありえないことなのだ。

「お笑いになりますがね、そういう方法があることはあなたもご存知でしょう」

「何言ってるんですか。もう搭乗時間なんで、切りますよ」

「よく考えて下さい」男の声に真剣味が増した。「これは、そんなに特別なことじゃないんですよ。あなた、オリンピックに行きたくないんですか?」

「それは――」

「単なる思い出作りのためにマラソンに出るわけじゃないでしょう。たぶんこれが最後のチャンスだということを考えて下さい」

「最後かどうかは分からない」少しばかりむきになって青山は反論した。確かに三十歳は、アスリートにとって一つの曲がり角だが、マラソンの場合は少しばかり事情が違う。三十を過ぎてからも確実にタイムを伸ばし続けているランナーもいるのだ。徹底的に節制して、練習方法を工夫すれば、四十歳まで一線で頑張ることも可能である。ただ、自分自身がそのようなタイプのランナーなのかどうかは、青山自身にも見極めがついていなかった。

「これは失礼」相手が即座に謝った。「だけど、常識的な線で考えて下さい。次のオリンピックでは、あなた、三十五歳ですよ」

「そんなことは、あなたには関係ないでしょう」深呼吸してから青山は言葉を吐き出した。口ではそう言いながら、なぜか男の言葉が胸の奥深く入りこんでくるのを意識する。

「絶対に検出されないんです」

「はい？」

「とにかく、現在の技術では検出不可能です。間違いなくタイムも伸びます」

「何言ってるんですか。いい加減にして下さいよ」思い切って青山は携帯電話を切った。

しかし、耳の奥には男の言葉がこびりついてしまっている。

検出不可能。タイムが伸びる。

この言葉が何を意味しているのかは、すぐに分かった。

この男は、俺にドーピングを勧めているのだ。

2

反対車線では車の渋滞が長く伸びている。午後四時、すでに帰宅ラッシュが始まっており、デンバーの市街地から郊外へ向かう七十号線では車が数珠《じゅず》つなぎになっていた。青山たちを乗せた車はデンバーに向けて走っているが、こちらの流れは比較的スムーズである。

「アメリカにも渋滞があるんですか？」この春入社したばかりの助川浩介《すけがわこうすけ》が、車の窓に顔をくっつけるようにして渋滞を眺めながら青山に訊ねた。

「四時頃仕事を切り上げる人が多いみたいだから、この時間はいつも渋滞してる」

「へえ、四時に終わりですか」青山の説明に、助川が感心したように甲高い声を上げた。

「それならいいですね、楽勝で」

俺たちだって仕事は毎日一時までじゃないかと思いながら青山は答えた。

「だけど、どうかすると朝七時から仕事してる人もいるんだぜ。要するに、アメリカ人は仕事は早く切り上げるけど、その分早く出てきて仕事してるわけだ。働いてる時間は日本と変わらないよ」

「何だ、そうなんですか」

こいつ、ずいぶん興奮しているな、と青山は苦笑した。短く刈り上げた髪を薄《うっす》らと茶色に染め、社会人になった自由を満喫しているつもりかもしれないが、この春まではまだ高校生だったのだ。初めての海外合宿で興奮しない方がおかしい。

俺も最初はそうだった。特にここ、ボールダーでの合宿は、自分が異国の地にいることを強く意識させてくれるから、どうしても気持ちが昂《たか》ぶってしまう。そもそも、空の色からして違うのだ。群青《ぐんじょう》色の空ははるか高みまで澄み切り、走っているうちに天に吸いこまれそうな気分になる。赤茶けた大地を貫くランニング専用の道路を走ることは孤独と同義語であり、トレイニング以外のことは何も考えずに済む。日本では、なかなかこうはいかない。

しかし、そういうことにもすぐに慣れるものだ。異国の地を走る孤独感も、薄い空気がもたらす眩暈《めまい》に似た感覚も、三日もいれば日常になる。四十二キロを超える距離を一メートルずつ嚙《か》み砕くように走る苦しみは、どこへ行っても変わりはないのだ。

「アオさん、ここは何度目なんですか」彼の方を振り向いて助川が訊ねる。

「四回目」

「やっぱり空気が薄いと苦しいですか?」ボールダーの標高は千五百メートルを超える。隣街のデンバーにある「クアーズ・スタジアム」は、全米一打球が伸びると言われているほどだ。

「まあね。でもすぐに慣れるよ。最初の三日間は苦しいかもしれないけど、それが過ぎればいつもと同じだ」

「ちょっとびびりますよね」助川がひょうきんな口調で言ったが、その恐れが本心だということは青山にはすぐに分かった。初めて走る場所では、誰だって不安になる。

「大丈夫だって。日本に帰れば確実に効果が出るから」

「だといいんですけどね」

大欠伸《あくび》してから、助川が窓の外に視線を転じた。突然目を見開き、車のウィンドウに額を押しつける。

「アオさん、すげえポルシェが走ってますよ」

彼の目線が向く方にぼんやりと目をやると、ボディに錆《さび》が浮いた古いポルシェが、渋滞の中をのろのろと走っているのが見えた。それがポルシェだということは分かるが、何がすごいのかが青山には理解できない。

「ナローボディですよ。日本じゃほとんど見かけませんけど、アメリカ人が古い車を大切に乗るってのは本当なんですね」

「そうか」

「もう三十年以上も前の車だもんなあ」

なるほど。助川がどうして驚いているのか、青山にもようやく合点がいった。分からないのは、助川のこの趣味である。合宿所に住んでいる限り車の所有は禁止なのだが、この男はいつかポルシェに乗ってやる、というのが口癖なのだ。口に出すことで、単なる夢ではなく目標にしているのかもしれないが、他の選手たちが苦笑いしていることに気づいているのだろうか。もしも彼が、五千メートルでコンスタントに十四分を切る有望な若手でなかったら、それだけで先輩連中には相手にされなくなるだろう。

それにしても、この男の車にかける愛情は少しばかり異常だ。高校を卒業する直前、ほんの数か月前に免許を取ったばかりで自分の車も持っていないのに、もうベテランドライバーのつもりになっている。彼の部屋には車の雑誌やカタログが散乱しているし、暇な時間は、インターネットのオークションサイトや中古車の情報サイトを飽くこともなく眺めて時間を潰している。休日になると、いそいそとショップの見物に出かけているようだ。そのために東京のチームを選んだのではないかと青山は疑っている。

こっちは自分の脚で走るのが商売なんだがな、と青山はいつも苦々しく思う。しかし、目くじら立てて言うほどのことでもないと、説教はしないことにしていた。ポルシェに憧《あこが》れるのはかまわない。ただ、給料の中から毎月少しずつ貯金して、安くて状態のいい中古のポルシェを手に入れたとしても、実際にハンドルを握れるのは何年も先になるのだ。この男はそれを理解しているのだろうか。夢を見るなら、もう少し現実的な夢だってあるはずなのに。

例えば、日々の練習でタイムを短縮するとか。

青山は欠伸を嚙み殺した。空港から七十号線でデンバーの市街地をかすめるように走り、途中で三十六号線に入ってボールダーに向かうのがいつものコースだ。七十号線は帰宅ラッシュとは無縁だが、三十六号線に入ると西へ向かう渋滞に巻きこまれ、宿舎に着くのは夜になってしまうだろう。今日はもう走れない。本当は無理にでも走っておいたほうが時差ぼけ解消には効果的なのだが、実際には食事を終えたらもう寝る時間になってしまうだろう。そんなにはしゃいでいると疲れるぜ、と助川に忠告しようとも思ったが、彼は渋滞の中に珍しい車を見つけては歓声を上げている。何だか声をかけにくい。

何か言えば、延々と車の解説を聞かされるに決まっているのだから。

まあ、いいさ。俺は少し眠ろう。もう年なんだから、昔のようなわけにはいかないのだ。自分を甘やかすつもりはないが、今は目を閉じ、リラックスすることが大事だ。数千キロの距離を一気に飛んできて、体は確かに休息を求めている。

浅いまどろみの中で、青山の脳裏に嫌な言葉が不意に蘇《よみがえ》った。検出不可能。タイムが伸びる。成田で電話してきたソノダという男は何者なのだろう。電話は非通知設定になっており、相手の番号は残っていなかった。馬鹿な話だと割り切って、さっさと忘れてしまえばいいのだが、なぜかそれもできなかった。男の言葉は、まるで釣り針のように彼の心に食いこみ、引き抜こうとすると鋭い痛みが走るのだった。


「飯、不味《まず》いです」口一杯に料理を頬張りながら、助川が青山の耳元で文句を言った。

青山は、ナイフとフォークをテーブルに叩《たた》きつけるように置いて注意を与えた。

「喋《しゃべ》るなら飲みこんでからにしろ」

「すいません」助川の「すいません」は「ふひまへん」に聞こえた。大袈裟に音を立てて料理を飲み下すと、小声で「味がないんですよ」と続ける。

「仕方ないだろう」青山は皿の上の鶏料理を大きく切って口に運んだ。鶏本来の味を味わえると言えば聞こえはいいのだが、実際にはぱさぱさして食べられたものではないのだ。どうやら茹《ゆ》でて調理したようだが、このホテルの料理人は肝心の味つけをさほど重視していないようである。

「文句言ってないで、塩でもかけて食え」青山は目の前の塩の容器を助川に渡してやった。助川が、雪が降るように大量の塩をふりかけ、肉を大きく切り分けて口に運ぶ。ようやく納得したようにうなずいた。

「まあ、いいか」

「文句ばかり言ってると、ここではやっていけないぜ」

「だけど、この飯もひどいですよね」助川が、鶏の脇《わき》に山盛りになったライスをフォークで突き崩した。米の一粒一粒があっさりと崩れてしまうほど柔らかい。「これだったら、合宿所の古谷《ふるや》さんに来てもらった方が良かったな」

「無茶言うなよ。古谷さんは飛行機恐怖症なんだから」古谷文子《あやこ》は合宿所の料理を一手に引き受けているベテランの栄養士だ。栄養バランスを考えた食事を出すのはもちろんのこと、料理の腕も確かである。和食を中心としたメニューは本社の社員食堂よりもはるかにレベルが高いというのが、陸上部員たちの一致した意見だった。

「だけど、十数時間我慢すればいいだけじゃないですか」助川が反論する。

「昔、海外の合宿にまでついてきたことがあったそうだよ。だけどその時、ものすごい飛行機酔いと時差ぼけで丸々二日間も仕事にならなかったらしい。それで、海外には金《こん》輪際《りんざい》行かないって意固地になっちまったんだ。最近はエコノミークラス症候群なんて言葉も覚えちまったから、頭を下げても絶対に飛行機には乗ってもらえないよ。それに古谷さんは、向こうに残ってる連中の面倒もみなくちゃいけないんだから」

八王子化学工業の陸上部で長距離の選手は総勢十五人。そのうち五人が怪我の治療中かリハビリの最中であり、合宿所でくすぶっている。

結局ボールダーの合宿に参加した選手は十人だけで、監督の浦田康博《うらたやすひろ》までが持病のぎっくり腰の悪化で直前に参加を取りやめたため、コーチ陣で同行しているのは菊田だけだった。毎年同じホテルを利用して、食事も特別に用意してもらうのだが、いつもより人数が少ないというだけで青山はひどく侘《わび》しい気分になっていた。

「よし、ちょっと聞いてくれ」食事が終わるのを見届けて、菊田が立ち上がった。一行が食事を取っていたのはレストランの一角で、他の客もいるのだが、彼は意に介さない様子だった。隣のテーブルにいる客が顔をしかめたので、青山はよほど「座って下さい」と忠告しようかとも思ったが、菊田は用意してきたメモを読みながら、翌日からの予定を話し始めた。

「長いフライト、お疲れ様。練習は予定通り、明日の朝から始める。この後、札幌のマラソンに出場する連中には特に気合を入れて頑張って欲しいが、そうじゃない奴《やつ》も、年に一度の高地合宿だからそれぞれ何かつかんで帰って欲しい。特に助川」

「はい」弾《はじ》かれたように助川が立ち上がると、空のグラスが倒れた。それを見て、他の部員たちが小さな笑いを漏らす。

「お前はこの中で一人だけ、ここの合宿は初めてだからな。あまり緊張しないで、リラックスしてやってくれ」

「はい」と助川が緊張しきった声で答えた。もう少しで裏返ってしまいそうなその声に
「だから緊張するなよ、助川」と誰かが茶々を入れ、笑いの輪が広がる。助川はむっとした表情を浮かべ、倒れたグラスを元に戻しながら腰を下ろした。

「アオよ、同室なんだから助川のことはよろしく頼むよ。悪いこと、教えないようにな」

「こんな場所で悪いことも何もないでしょう」青山は腕を組んで菊田を睨んだ。どうも菊田は、昔から一言多い。しかもそれが上滑りしてしまうのだ。その癖はコーチになってからも変わっていない。菊田が一つ咳払《せきばら》いをしてメモに目を落とした。

「着いたばかりだから、明日の練習は軽めにする。コロラド大学のトラックを借りてあるから、そこで軽く体を動かした後、ロードに出る。距離は短くしておくけど、それは明日だけだからな。明後日《かし》は三十キロだ。覚悟しておくように」

覚悟？　青山は首を傾げた。どうして覚悟などする必要があるのか。苦しいことは分かっているが、走るということは、とにもかくにも日常が戻ってくることを意味する。

菊田さん、あんた、やっぱりずれてるよ。それに今は、練習の予定をだらだら聞かされるよりも休みたいのだ。眠気に勝てず、青山は席を立った。菊田はまだミーティングを終わりにしたつもりではなかったようだが、選手たちがぞろぞろと青山の後に続いたので、何も言えなくなってしまった。振り返り、戸惑ったような表情でメモを畳む菊田の姿を見ているうちに、悪いことをしたかな、と青山は少しだけ反省したが、今夜必要なのは、菊田の決意表明ではなく休息なのだ。

しかし、部屋に戻るとなぜか眠気が消えてしまった。どうせ眠れないのなら少し散歩でもしようか。高地にあるボールダーは、夏の終わりでもこの時間になると少し肌寒いぐらいなのだが、眠れないまま部屋にこもっているよりは、冷たい空気に触れた方が気分はすっきりする。

早くもベッドに寝転がってうとうとしている助川を残し、青山はホテルを出た。四度目ともなると、街の様子もすっかり頭に刷りこまれている。考えてみれば、今まで都合二か月以上もこの街で過ごしているのだ。

市街地の中心部はレンガ敷きの道が縦横に通じ、車の量も少なく歩きやすい。街のあちこちにある小さな広場では、昼間は大道芸なども行なわれ、子ども連れの買い物客で賑《にぎ》わう。空気は清々として、鼻に突き刺さる寒気が心地よかった。何より、この街は歩いていて周囲に用心する必要がないのがいい。ホームレスの姿もほとんど見かけないし、ことあらば一騒ぎ起こしてやろうというやんちゃな若い連中の姿もない。夜も遅くなったこの時間は、郊外にあるコロラド大学の学生の姿が目立つが、彼らも少しばかり酒が入っているだけで大人しいものである。路上にたむろしている連中もドラッグの売人という風情ではなく、ただぶらぶらと時間を潰しているだけのようだ。

青山は、当てもなく街をぶらついた。半袖《はんそで》のポロシャツに夏物のブレザーという格好では鳥肌が立つぐらいの気候だったが、足取りは軽い。三十分ほど散歩してからゆっくりシャワーを浴び、それから成田で買ったエリック・サーディナスのCDを聴こう。彼の歌声を頭の中で再現すると、かすかに背筋がぞくぞくした。

「青山君?」突然背後から声をかけられ、彼は振り向いた。聞き覚えのある声だが、誰なのか思い出せない。灯《あか》りも乏しく、顔もはっきりとは見えなかった。

「青山君……よね」親しみと警戒心の入り混じった声の主を、青山はようやく思い出した。

「坂元《さかもと》さん?」表情が崩れるのが自分でも分かった。異国の地、特に小さな街で知り合いに会えば、どうしたってそうなる。青山は照れ臭さが収まるのを待つように、ゆっくりと彼女の元に歩み寄った。

「こんなところでどうしたの?」びっくりしたように彼女が胸に両手を押し当て、目を丸くした。だが、すぐに状況を理解したようで、ああ、とつぶやきながら大きくうなずく。「もしかしたら、あなたも合宿？」

「さすが、よく分かってらっしゃる」にやりと笑い、青山は彼女に質問を投げ返した。

「それで君は？」

「もちろん、取材よ」

「もしかしたら、須田？」

「そう」

坂元美奈《みな》は、全国紙の運動部記者である。青山は二年ほど前、駅伝大会の取材に来た彼女と初めて会ったのだが、その時偶然にも同じ大学の同期だということが分かり、それ以来、大会などで顔を合わせれば軽口を叩き合う仲になった。初めて会った時、「いろいろ大変でしょう」と水を向けると、美奈が「メリットもありますよ、女性の方が顔を覚えてもらえるし」と笑顔で答えたのが、強く印象に残っている。

結構、心に焼きつくような笑顔だった。

どちらからともなく、お茶をしようということになった。青山たちのホテルの近くにある小さなカフェに落ち着き、二人ともカフェラテを頼む。

「コーヒーなんか飲んで、大丈夫なの？」美奈が真顔で訊ねる。

「どうして」

「カフェインはまずいんじゃない」

「大丈夫だよ。本当言うと、コーヒー中毒なんだ」

「ドーピングに引っかからないように気をつけてね」

青山はつい、渋い顔になった。ドーピングという言葉を聞くと、どうしてもソノダの声を思い出してしまう。美奈が目ざとく青山の表情の変化に気づいた。

「どうかした？」

「いや、何でもない」手の中のカップを見下ろし、彼女に気づかれないようにちらりと唇を舐《な》める。顔を上げ、「それより、いつからこっちに来てるんだ？」と訊ねた。

「二日前。その前はロッキーズの取材でデンバーにいたわ。その前はロス」

「アマスポーツの担当なのに大リーグの取材までしてるのか？」

「仕方ないでしょう」美奈が疲れたような笑みを浮かべる。両手を天井に向けて思い切り伸びをすると、胸がTシャツを突き上げた。青山は思わず視線をそらす。美奈が遠慮なしに欠伸を嚙み殺した。

「うちの会社、人使いが荒いから。今回だって半分は夏休みなのよ」

「半分？」

「アメリカに旅行に行くって言ったら、ついでに取材もしてこいって。ロスにいる友だちのところで一週間遊んでたんだけど、その後はずっと取材なのよ。まあ、飛行機代は会社が出してくれたから助かったけど、何だか休んだ気にならないわ」

「確かに区切りがつかないね」

「新聞記者の仕事なんてそんなものよ」彼女の声は、ともすれば店内の騒音にかき消されそうになった。青山の知らないヒップホップの曲が、かなりの音量で流れている。流れているというのではなく、ぶつかってくると言った方が正確だな、と青山は思う。ブルーズならこんなことはない。ブルーズは、肌にじっくりと染みてくるものなのだ。

「それで須田の取材ってわけか」

「そう。オリンピックのマラソン代表枠、あと一つでしょう。やっぱり、日本最高記録を持つ人が走るとなるとマークしておかないとね」

「そうだな」コーヒーを一口飲んで、青山はうなずいた。「まあ、俺と須田じゃレベルが違うし」

「違うわよ、そういう意味じゃなくて」慌てて美奈がかぶりを振った。俺を傷つけまいと必死なのだ、と青山は察したが、そのまま彼女の弁明を聞くことにした。「原稿にしやすい人っているじゃない。日本最高記録を持ちながら試合に勝てない、故障に悩まされるガラスのエースって、新聞的にはおいしい素材なのよ」

　ガラスのエース。故障続きの須田に、マスコミがつけたいやらしい愛称だ。新聞などでその字を目にする度に、青山は軽い不快感を抱く。

「まあ、そうだろうね。俺みたいに、棄権したことがないだけが取り得の人間なんか、記事にはなりにくいんだろうな」

「何でひがんでるの？」探りを入れるように美奈が訊ねた。

「そんなことないよ」

自分の実力は自分が一番良く知っている。まかり間違っても日本の代表としてオリンピックで走るなど考えられないし、かといってそれが悔しいわけでもない。もしもF1やWRC（世界ラリー選手権）のようにマラソンがポイント制なら、だいたい十位以内でレースをまとめる俺は上位にランキングされるかもしれないが、実際にはそんなことはありえないのだ。

「私がこんなことを言うのは変だけど、須田さん、やっぱりすごいわよね」

「すごいよ。そんなこと、記事に書いたら陳腐になるけどね。あいつがすごいっていうのは誰でも知ってることなんだから」

「それにしても、今は特に……」

「すごいの意味が違うよな。要するにあいつは俺なんかの常識では理解できないところまで行っちまったんだ」

美奈が素早く二度、うなずいた。

「青山君、最近は須田さんに会ってる？」

「会ってないけど、一つ聞いていいかな」

「何？」

「そもそも俺はどうして『君』であいつは『さん』なんだ」

美奈が顎《あご》に手を当て、首を傾げた。困ったような笑みを浮かべ、答えを探す。

「そう言えばそうよね。何でかな……まあ、言ってみればあなたは知り合いだし」

「今までだって須田に取材したことはあるだろう。だったらあいつとも顔見知りじゃないか。同じ大学なんだし」

「うーん」美奈がもう一度首を傾げる。「そうなんだけど、何て言ったらいいのかなあ」

「あいつは近寄りがたい？」

「そんなことないわよ」美奈が急に語気を強めて反論する。「新聞記者から見れば、どんな人だって同じなんだから。会うだけで緊張するとか、そんなことはないわ」

「ふうん」手の甲に顎を載せ、青山は彼女の方にほんの少し顔を近づけた。「ま、何となく分かるけどね。あいつは特別なんだ」

「あなたから見ても？」

「そう。どうしたって追いつけない奴っているだろう。あいつがそうなんだ」

「そんなこと認めちゃっていいの？　ライバルなんでしょう」

「まさか」青山は無意識のうちに唇の端を歪めるように笑った。お世辞だということは分かっている。「そんなこと言ってると、マラソンの神様に怒られる」

「そうかな」美奈がまた首を傾げる。「それは、あなたがそう思いこんでるだけなんじゃない？　今度の選考レース、あなたも出るんでしょう？　もしかしたら、一緒に走るのって初めてじゃない」

「そうか」言われて初めて、選考レースとなる五輪記念マラソンで自分は須田と対決するのだ、と気づいた。これだけ長い付き合いなのに、二人で同じレースを走ったことは一度もない。実際に競ってみれば、あるいは俺の方が速いのではないか——まさか。そんなことはありえない。

「それで、須田さんのことなんだけど」青山がぼんやりしていると、美奈が慎重な口調で話を巻き戻した。青山は椅子に座り直し、真顔で答えた。

「俺にあいつのことを聞かれても困るよ。あいつがアメリカに来てからは、全然連絡を取ってないいんだから。そもそも、あいつがどこに住んでるかも知らないし」

「そうなの？　友だちなのに？」

困って、青山は小さく笑ってみせた。

友だち？　そうかもしれない。十年以上も付き合いがあるし、学生時代の四年間は合宿所で同じ釜《かま》の飯を食った仲なのだ。卒業してからもしばらくは、お互いに時間を作って会っては食事をしたりしていた。特別気を遣わないで済む関係であるのは間違いないのだが、親友なのかと聞かれると素直にうなずけない。あいつは、ずっと遠いところにいるのだ。本来は口もきいてもらえないはずなのに、須田がわざわざ俺のレベルまで下りてきて話を合わせてくれているようにも感じている。

　青山は逆に聞き返した。

「君は、あいつの電話番号、知ってるんだろう」

「知ってるわよ」美奈が困ったような笑みを浮かべた。「須田さん、こっちの家には電話を入れてないんだけどね」

「電話がない？」青山は顔をしかめながら、また身を乗り出した。「何でまた」

「さあ、知らないけど。私も、須田さんの実家にまで電話して、ようやく連絡が取れる電話番号を教えてもらったのよ。携帯電話なんだけどね」

「ああ、そういうことか。今は携帯があれば十分だからね」青山は、合宿所にある古びた公衆電話を思い出した。彼が入社した頃は、若い選手が交代で電話番をしていたものだが、全員が携帯を持つようになった今は、公衆電話は埃《ほこり》を被《かぶ》っている。

「そうじゃなくて、携帯はコーチの坂上《さかがみ》さんが持ってるだけなのよ」

「あいつの電話じゃないのか？」

「もしかしたら、電話も邪魔なのかもしれないわね」

　にわかには信じられないことだった。須田は決して無口な男ではない。それどころか、話し始めると止まらないぐらいだ。そんな男が電話なしで生活している光景は想像しにくい。

「あいつにはいつ取材するんだ？」

「これからスケジュールを調整するの」短く言って、美奈がコーヒーを飲み干した。

「だけど、何だかやりにくいわね。須田さん、電話もなしで仙人みたいな生活をしてるのかしら？　だとしたら、話しにくい人になっちゃったかもしれないわね。昔は、怪我してる時も気軽に話してくれたのに」

「いや、人間はそんなに急には変わらないんじゃないかな。元々話し好きな男だし、大丈夫だよ」

「あなたは彼に会う予定はあるの？」

「俺？」そんなことは考えてもいなかった。成田を発《た》つ前に菊田にも同じようなことを聞かれたのだが、今は以前にも増して、須田が遠い存在であるように思える。美奈と同じ不安が青山の中で渦巻いた。もしもあいつが、彼女が懸念するように無口な男になってしまっていたらどうしよう。無口なだけならまだしも、性格まで変わってしまっていたら。

いや、仮にそうであっても俺には関係ない。青山は須田に会うつもりはなかった。あいつはあいつ、俺は俺。余計なことは気にせず、自分の練習に集中しよう。それに、こちらから連絡して須田の練習の予定を狂わせるのも嫌だった。

「そろそろ出ましょうか」そわそわと美奈が腰を浮かしかける。青山はうなずきながら欠伸を嚙み殺した。

「失礼。時差ぼけだな」

「今日着いたばかりなんでしょう？　少し休んだ方がいいわよ」

「そうさせてもらうか」

　店の外に出るなり、美奈が煙草をくわえる。思い切り煙を吸いこんでから、気持ち良さそうに夜空に向かって吹き上げた。青山は思わず目を見開いた。

「君、煙草なんか吸ったっけ」

「ごめんね、マラソンする人の前で煙草は申し訳ないんだけど」

「いや、それはいいんだけど」すっきりした彼女の横顔に、煙草はどうにも似合わない気がした。

「アメリカに来るとこれだけは嫌よね。アメリカ特派員の話もあるんだけど、煙草のことがあるから断ってるの。こんなことで気を遣うのも嫌だから」

「そこまでして煙草を吸わなくてもいいんじゃないか」青山は顔をしかめてみせたが、美奈は意に介さない様子だった。

「それは、あなたみたいに吸わない人に説明しても無理よね」美奈が悪戯《いたずら》っぽい笑みを浮かべる。「気になるなら、あなたの前では吸わないようにするけど」

「ああ、俺は別にいいよ」副流煙は肺ガンの原因にはなるかもしれないが、自分で吸わない限り、走るのには影響しないはずだ。それに、こんな往来で煙草を吸っても、俺のところまでは煙は届かない。

「じゃあ、そのうちね」

「いつまでこっちにいるんだ？」

「須田さんの取材が終わったら帰るわ。これから来年にかけては忙しくなるのよ。オリンピックの年って、アマ担当の記者にとっては稼ぎ時だから」

「だろうね」

「じゃあ、合宿、頑張ってね」

「ああ」

うなずくと、美奈は携帯灰皿に煙草を落としこんだ。小さく笑みを浮かべると、手を振って闇《やみ》の中に消えて行く。後ろ姿を眺めているうちに、何だか無性にブルーズが聴きたくなってきた。

携帯用のＣＤプレイヤーの音を絞って聴きながら、青山はベッドに横たわった。眠かったはずなのに眠れない。鋭く切りこんでくるようなエリック・サーディナスのスライドギターを聴いていると、どうしても目が冴《さ》えてしまうのだ。

「ああ、クソ」

隣のベッドで助川が跳ね起きる。青山はヘッドフォンを外し、「うるさかったか？」と小声で訊ねた。

「いや、そうじゃないんですけど、何だか全然眠れなくて」

「さっきはうとうとしてたじゃないか」

「そうなんですけど、一度起きたら目が冴えちゃったんですよ」

「興奮してるんだよ。明日の午前中に練習して、午後になると立っていられないほど眠くなるぞ」

「そうですかね」

「俺は四回目だけど、いつもそうだ。でも、眠れなければ無理して寝ることはないよ」

「日本は今何時ぐらいですかね」青山は灯りをつけ、ベッドサイドテーブルに置いた腕時計を手にした。

「一時か……夕方の四時ぐらいだな」

「ちょうど練習の最中じゃないですか。それじゃあ眠くないわけだ」

「だったらひとっ走りしてきたらどうだ」青山がからかうと、助川はベッドを降りて窓辺に立った。オレンジ色に弱々しく光る街灯の灯りをしばらく眺めていたが、やがて「いや、やめときます」と弱気な口調で言った。

「どうして」

「人っ子一人いなくて、何だか恐いじゃないですか」

青山も上体を起こし、ベッドの上で胡坐《あぐら》をかいた。

「アメリカって基本的にどこへ行っても田舎だから、夜になれば真っ暗になるのは当たり前だよ」

「でも、これじゃうちの田舎の方が明るいですよ。コンビニもないのかな」

「さあ、どうかな。デンバーまで行けばセブン－イレブンがあるはずだけど」

「何か、ちょっとびびってきましたよ」助川が両腕を抱いて大袈裟に体を震わせる。青山は、声を上げて笑ってやった。

「ママが恋しくなったか？」

「そんなことありません」子どものように頬を膨らませて、助川が反論した。「別に、田舎のことなんか思い出しもしませんよ」

「だけどお前、秋には駅伝に出るんだろう？　故郷に錦《にしき》を飾るんだから、今から楽しみじゃないか」助川は、青森から東京を目指す駅伝に宮城県の代表選手として出場する予定だ。ある意味里帰りのようなものである。

「ちょっと通り過ぎるだけですよ」少し突っ張ったような口調で助川が反論した。「別に俺が宮城のコースを走ると決まったわけじゃありませんから。その前に走っちまうか、それとも車に乗って先回りするかもしれませんよ」

「まあ、そう言うなよ。そのうち素直に、故郷が好きだって言えるようになるから」

「アオさんは東京だから、分からないんですよ。俺、けっこう決死の覚悟で田舎を出てきたんですよ。もう帰るつもりもないですから」

「そうか」東京で生まれ育った青山も、高校を卒業すると同時に実家を出たし、それを当然だと思っていたから、助川の気持ちは分からないでもない。「ま、好きにするんだな。それより、ボールダーっていうのはいい街だぜ。夜中に出歩いても全然恐くないしな。そのうち、お前もきっと好きになる」

「そうですかねえ」恐々と、助川が窓から街路を見下ろした。信号の点滅が、アスファルトを黄色いまだらに染め上げる。

「そうだよ。住みやすいし、最近は西の方からハイテク企業が移ってきて、いい意味で賑やかになってる。これからはもっと住みやすくなるだろうね」

「詳しいですね、アオさん」

「受け売りだよ」青山は自嘲《じちょう》気味に笑った。「四回も来てると、いろんな人に話を聞く機会もあるからな。詳しくもなるさ」

「そうですか」言うなり助川がベッドに飛びこみ、頭から布団を被った。

「横になってるだけでもいいんだぜ。それでも体は休まるから」

はーい、と間延びした声が聞こえてきたのを機に、青山はまたヘッドフォンを耳にした。粘っこいフレーズが頭に刻みこまれる。

理由は分からないが、今度の合宿は、いつもとは違うものになるような気がしていた。

3

二、三時間うとうとしただけで、青山は目覚めてしまった。サイドテーブルに置いた腕時計を手に取って見ると、まだ六時前である。隣のベッドでは、助川が軽いいびきをかきながら熟睡していた。眠れないと言いながら、結局はしっかり睡眠を取ったようである。青山は最近、時差ぼけとは関係なく、昔のようにベッドに潜りこんですぐに意識を失うことが少なくなった。ふと気づくと、天井を見上げて無為に時間を潰している。

頭の下に両手をあてがい、ゆっくりと呼吸する。たぶん、数年前までは毎日がぎりぎりの戦いだったのだ。一日の練習が終わると夕食も取れないほど疲れていることがしばしばだったし、日曜日は午前中の自主トレを終えると、後は合宿所で気を失ったように睡眠を貪《むさぼ》っていたものである。「不眠」などという言葉は、自分には一生縁がないものだと思っていた。

深い眠りに縁がなくなったのはいつ頃だっただろう。今は練習が終わった時も余力が残っているのをはっきりと感じるし、休日には駅前のレコードショップを冷やかしに行ったり、友人と会う余裕もある。

真剣に長距離に取り組むようになってから十五年近くが経《た》つ。人生の半分だ。それだけ走り続けていれば、いつの間にか体が様々なことを覚えてしまうのだろう。サボっているわけではなく、疲労を残さないで練習する方法を身につけたのだと、青山はいつも自分を納得させようとした。

それにしても十五年だ。今までどれだけ走ったことだろう。

青山が本格的に長距離を始めたのは高校時代で、その頃は五千メートルで何とか高校総体に出られる程度のレベルだった。自分で一番力が伸びたと確信しているのは大学時代で、四年間で一万メートルのタイムを三分以上短縮し、箱根駅伝にも三年生の時から二年連続で出場することができた。

初めてマラソンを走ったのは会社に入って二年目で、今まで十五回レースに出ている。もちろん、須田が持っている日本最高記録には遠く及ばないが、それでも初マラソンの時に比べれば、七分以上もタイムを短縮している計算だ。体力の衰えを感じることはなかったし、今年よりも来年の方が良い記録が出せるはずだという自信さえあった。来年――オリンピックの年には。

ほんの時折、夜明け間近の浅い眠りの中で、青山はオリンピックを走る自分の姿を夢想することがある。海外のレースは今までに二回しか経験していなかったが、オリンピックという特別な舞台で日の丸を背負って走るのはどんな気分だろう。記録よりも勝負を重視するのがオリンピックだとよく言われるが、もしもそこで一気にタイムを伸ばすことができれば、駆け引きなど気にせずとも、金メダルが転がりこんでくるはずだ。

金メダル？　その言葉が頭に浮かぶ度《たび》に、夢想は消滅して目が覚める。オリンピックに出ることさえ遠い世界の話なのに、金メダルなど夢のまた夢だ。表彰台の真ん中に立ち、高々とメダルを掲げてみせる自分の姿を、青山はどうしても想像することができない。その顔は、いつの間にか須田のものにすり替わっている。

そう、近い将来、国際大会で日本人がセンターポールに日の丸を揚げることがあるとすれば、須田こそがその第一候補なのだ。

俺ではない。

もう少し眠ろうという努力を放棄して、青山はベッドから抜け出した。窓を細く開け、外の空気を導き入れる。まだ人気《ひとけ》のないボールダーの街の空気は、鼻の粘膜が痛くなるほど冷たかった。その空気を吸いこんでいると、自然に頭が冴えてくる。

そうして冷静になればなるほど、ぼんやりと考えていただけの可能性が確信に変わっていく。

代表選考レースの五輪記念マラソンは、須田の独壇場になるだろう。国立競技場をスタート・ゴールにし、調布で折り返すこのレースで、須田が独走する様は簡単に想像できる。

須田は、そもそも俺とはモノが違う。頭の中で彼の経歴をひっくり返しながら、青山はつくづくそう思った。高校二年の時、五千メートルで当時のジュニア記録に迫るタイムを叩き出し、その頃から「将来の日本長距離界のエース」として全国に名を知られる存在になった。青山と同じ大学に入ってからは、四年連続で箱根の二区を走り、区間賞を三回取っている。一年生の時には一万メートルのジュニア記録を作り、四年生の時にはその記録を当時の日本最高まで伸ばした。卒業後は実業団の名門チームに誘われ、初マラソンで当時の日本記録にあと十五秒と迫る好記録を叩き出している。二度目のレースで早くも日本最高を更新し、その後も順調にタイムを伸ばし続けた。最新の記録は五年前のものだが、未《いま》だに破られていない。

順調に行けば、須田はこれまでに二回、オリンピックに出場していたはずである。あるいは国際大会で世界最高を記録していたかもしれない。が、度重なる怪我が彼からチャンスを奪った。七年前、アトランタ五輪の直前には足首を故障してチャンスを逸し、シドニーの時は膝《ひざ》の怪我で選考会にも出られなかった。記録を狙った国際大会で途中棄権に追いこまれたこともある。

結局彼は、ここ三年、完走したことすらないのだ。いつの間にか「長距離界のエース」という呼び方は「ガラスのエース」に変わり、記録ではなく「今度はいつ完走するのか」が注目されるようになった。

怪我が続いたり、何度もレースを途中棄権したりしていれば、体力よりも気力が衰える。須田はレースから遠ざかり、毎年必ず顔を出していた大学のOB会にも出席しなくなってしまった。OB会では、昔の仲間たちが「このまま消えてしまうのではないか」と危惧《きぐ》していたぐらいである。

ボールダーに移住するという話を聞いた時、須田が最後の勝負に出るつもりなのだということを青山はすぐに悟った。須田が「住む」というからには、数週間、数か月単位のことではないだろう。次のオリンピックを睨んでみっちりと時間をかけ、高地で抜本的なリハビリとコンディション作りに取り組むはずだ。

電話さえ持たずに。

冷たい風に体が震えた。布団にくるまった助川が、二度続けてくしゃみをする。窓を閉め、青山は音を立てないようにスーツケースからウェアを取り出して着替えた。全体練習が始まる前に少しだけ走ろう。須田のことをあれこれ考えていても仕方がない。走れば頭もすっきりするはずだ。

ホテルの前の歩道で、ゆっくりとストレッチングをする。前屈して腿《もも》の裏側と背中を伸ばし、十五まで数えた。それを三セット繰り返し、今度は足首を持って背中側に絞り上げるようにする。腿の前側が少し硬くなっている感じがしたが、十時間以上も飛行機に乗った後はいつも同じようになるので、心配はしていない。アキレス腱《けん》は、時間をかけて特にゆっくりと伸ばしてやった。故障知らずの青山にとって、ここがそれこそ唯一のアキレス腱なのだ。以前、右側を痛めてだましだまし練習をしているうちに、とうとう左もおかしくなってしまったことがある。それほど重大な怪我ではなかったし、医者も「完治している」と保証してくれた。実際、走っていて痛みを感じることもないのだが、それ以来走る前のストレッチングには気を遣い、たっぷり時間をかけることにしている。

立ったまま右足を後ろに突き出し、左足を曲げて膝に両手を置き、じっくりと右足に体重をかけた。そのまま三十秒。今度は左のアキレス腱を伸ばす。それを三回繰り返すと、今度は歩道の段差に腰を下ろして、両足首を順番に回してやった。

部屋から見た限りでは人気がないと思っていたのだが、この時間でももう走っている人がいる。青山がストレッチングをしている間にも、三十歳ぐらいの女性の二人連れ、顔は皺《しわ》だらけなのに腕や腿が若々しく張った初老の男性、四匹の犬に囲まれながら走る中年の女性と、様々な人が通り過ぎて行った。人生の時間のかなりの部分をジョギングに捧げている人がいるのは世界中どこの街でも同じだが、ボールダーは少しばかり様子が違うように思える。走っている人が全て、本格的な長距離ランナーに見えてくるのだ。

　最後に、両手を揃《そろ》えて思い切り天に突き上げて首を回すと、ばきばきと鈍い音がした。欠伸を嚙み殺し、冷たい空気を大きく吸いこんで走り出す。オーケイ、足は軽い。シューズは新品だが、いつも使っているのと同じモデルだから最初から足に馴染《なじ》んだ感じだ。靴下は？　いつも使うものより、ほんの少し生地が厚いやつを選んでみたのだが、今のところ違和感はない。少しぶかぶかする感じもしたが、不快というほどではなかった。アキレス腱が不満を漏らす気配もないし、腕も振れている。全体には快調だ。少し体が硬い感じもしたが、これはいつものことである。考えてみれば、二十四時間以上も走っていないのだ。たとえ練習が休みの日でも必ず軽く走ることにしているから、海外合宿や遠征などで長時間飛行機に乗って長い間走れなかった後は、決まってリズムが狂ってしまう。しかし一度走っておけば、この後の全体練習ではふだんの調子を取り戻せるはずだ。

　それにしても、市街地は走りにくい。いかにボールダーが「走るための街」と言っても、道路事情の悪さはアメリカの他の都市と変わりないのだ。日本に比べれば歩道が広いのが救いだが、石畳は波打ち、ともすれば足を取られそうになる。車道に向かって傾いている場所もあり、そんなところでは用心してスピードを落とさざるをえない。前に一度、歩道にぽっかり開いた穴に足を取られて膝をしたたか打ったことがあるから、どうしても目配りしながら走ることになる。「トレイル」と呼ばれるランニング専用の小径《みち》では、こんなことはないのだが。

　空気が冷たいせいか、喉《のど》が渇く。そう言えば、今年は例年に比べて少し気温が低いようだ。四年も続けて同じ時期に通っていると、風の流れや空気の湿り具合まで体が覚えてしまうものである。「年間三百日は晴れる」と言われるだけあって雨の心配をする必要はないのだが、この寒さは気になった。マラソンランナーにとって風邪は大敵である。軽い気持ちで飲んだ風邪薬の成分が薬物検査で引っかかったら――。

　ソノダ、か。

　その名前を思い出した途端、青山はもやもやとした不快感が胸の中に流れ出すのを感じた。

　そもそも何者なのだろう。何のために俺にあんなことを言ってきたのか。暗にドーピングを勧めているのは間違いないが、それであの男や、あるいは他の人間が利益を得られるとでもいうのだろうか。

　いるとすれば、それこそ俺だ。男の言うように、絶対に検出不能で確実にタイムが伸びる薬物があれば、レースに勝つ可能性は高くなるだろう。だが、もしも試合後の検査でばれたらどうなるか。検出はできないかもしれないが、それを飲む――あるいは注射だろうか――ところを誰かに見られたどうなるか。順位は取り消し、出場停止処分を受けて、これからの数年を棒に振ることになる。そこまで覚悟して薬を使い、その後ばれなかったとしても、最後は自分の体が犠牲になるかもしれない。

ちょっと待てよ、と青山は暴走する自分の考えにストップをかけた。何で俺は、あんな人間の言うことを真面目に考えてるんだ。だいたいあの男が本当に存在するかどうかさえも怪しいのに。あの電話だって、夢か何かだったかもしれないではないか。

呼吸に集中しろ。腕の振りを考えろ。何だったら、沿道の建物を観賞してもいい。他にすることはいくらでもあるのだ。何も、あの電話のことを考えなくてもいい。

「よし」声に出してみる。「小さくな、小さく」

腕の振りを小さくすることに意識を集中する。何でもいいのだ。他に考えることがあれば、彼の存在を頭から締め出すことができる。しかし頭の中が真っ白になると、追い出したはずの声が、またどこからか聞こえてくる。

大丈夫。私に任せておけば、君は必ず勝てる。

彼が口にしなかった台詞さえ、なぜかはっきりと聞いたように思えてくるのだった。

「朝っぱらから走ったんだって」一緒にストレッチングをしながら菊田が訊ねた。市街地から少し離れたトレイルまで車で来て、これから走り出そうというところである。トレイルの脇に広がる芝生の上で、選手たちは入念に準備運動をしていた。

「単なる朝練ですよ」

「無理するなよ」にやにや笑いながら菊田がからかう。「年も年なんだからさ」

本当にこの男は一言多い。青山はかちんときて言い返した。

「何言ってるんですか。菊田さんとは一歳しか違わないんですよ」

「だからこそ、俺には分かるんだよ」立ち上がると、菊田が両腕を大きく空に向けて伸ばし、つま先立ちになった。唇をすぼめて息を吐き、ゆっくりと腕を下ろす。「三十ってのは、やっぱり一つの壁かもしれんな」

「そんなものですか？」

「そうだよ。俺だって、去年の今頃までは、やめるなんて考えてもいなかった」

「本当に？」

「お前に嘘ついてどうするんだよ」怒ったように言葉を吐き出しながら、菊田が青山の背中を平手で叩く。「本当だって。でも、去年の駅伝の予選で何だか変な感じがしてね」

「ちゃんと走ってたじゃないですか」菊田は青山のすぐ前の三区を走り、二位でタスキをつないでくれた。

「そう」菊田が、思い思いにストレッチングをしている選手たちを見渡し、声を潜めた。人には聞かれたくない話を打ち明けるように、青山の方に少し体を傾ける。「走ることは走ったよ。だけどあれで、俺は限界を悟ったんだ」

「あの時だってタイムは悪くなかったでしょう」

「まあねえ」菊田が、額に浮かび始めた汗を手の甲で拭《ぬぐ》った。気温は低めだと思っていたが、陽が高くなるにつれ汗ばむような陽気になっている。「確かにあの駅伝は、俺にとっては平均的なレースだった。でも、何かが違ったんだよ」

「何かがって、何ですか」青山は知らず知らずのうちに彼の話に引きこまれていた。自分もいつかは一線から退く。それは分かりきったことであるし、避けることはできない。二十代の頃はそんなことは考えたこともなかったが、三十歳にもなると、現役を引退した後のことがちらちらと意識の片隅に浮かぶようになるものだ。ただ、それがいつになるかは予想もできない。ある日突然走れなくなる——俺の場合は初めての途中棄権ということになるだろう——のか、あるいは徐々にタイムが落ちてきて、初マラソンのタイムを下回った時にはっきりと引退を決意するのか。

自分はどんなふうに死ぬのか、それをまったく気にしない人間などいない。自分の死をはっきりと想像するためにも、他人の死については知りたくなるものだ。マラソンランナーにとっての死、それを知りたいがために、青山は菊田の話に引きずりこまれた。

「うまく説明できないんだけどな」菊田がまた額の汗を拭う。青山も釣られて髪を掻きあげる。頭皮がじっとりと湿っていた。

菊田が腰に手を当て、芝生に押しつけたつま先を軸に足首をぐるぐると回す。そうやって、ばらばらになった考えをまとめようとしているようでもあった。

「分からないんだけど、ああ、俺はこれ以上は駄目だなって、突然分かったんだ」

「それじゃあ、分かりませんよ」

「だから説明できないことなんだよ」菊田が唇を歪める。「説明できれば苦労しないんだけどな。とにかくこれ以上絶対にタイムは伸びないし、これからは走るのが辛《つら》くなるだけだっていうのが直感的に分かったんだ。理屈じゃなくて、勘みたいなものだな」

「走るのはどんな時だって辛いですよ」

「いや、勝てない辛さっていうのかな。目標の順位やタイムに絶対に届かなくなるなんてこと、考えたことあるか？　お前はないだろう。俺はその時に考えた。そんなことになればかなり辛い。いや、死ぬほど辛いんじゃないかな。走っても走ってもタイムは出ないし、レースでは勝てない。だったら走ってる意味なんてないじゃないか。俺たちは、いいタイムを出してレースに勝つことで会社から給料をもらってるんだからさ。それができなくなったら用なしだよ」

「そんなものですかね」あまりにもドライな菊田の物言いに、青山は顔をしかめた。

「そんなものだ。実業団のチームは今、どこも厳しいんだぜ。勝てなくなったら、個人の問題じゃなくて、部の存続だって危なくなるじゃないか」神妙な顔つきで自説をぶち上げてから、菊田が一転して笑みを浮かべた。「おっと、いけねえや。オリンピックの選考レースに出るような選手にこんな話をしたら、やる気をなくしちまうよな」

「やる気の方は大丈夫ですけど、ことさらオリンピックっていうのはやめましょうよ」

「お前さんみたいなベテランでも、そういうことを意識すると動揺するかね」

「そうじゃなくて」菊田にではなく、自分に言い聞かせるつもりで青山は言った。「俺がオリンピックに出るなんて、誰も思ってないでしょう」

菊田が盛大に溜息をついた。

「それがお前さんの最大の問題点だよな。生まれついての性格だから、今さら直しようがないかもしれんが」

「俺の性格って、何がですか」

「欲がないことだ」

「そうですかね」青山は首を傾げた。

「そうだよ。もっと欲があれば、お前さんは今よりずっといいランナーになってたと思う。何でそんなに淡々としてるんだ？　俺には分からんな」

青山は大袈裟に肩をすくめてみせた。

「それこそ性格じゃないんですか」

「俺みたいに欲張りな人間には能力がない。お前みたいに力がある人間には欲がない。世の中のバランスって、上手《うま》く取れてるのか取れてないのか、俺には分からんよ」

言い残して菊田は、道路脇に停《と》めたミニヴァンに乗りこんだ。窓を開け、両手でメガフォンを作って選手たちに怒鳴る。

「準備しろ。スタートだ」

去年まで、菊田は「さっさと行け」と怒鳴られる立場にあった。一年で、人の立場はがらりと変わる。もしかしたら来年、あのミニヴァンに乗って選手たちに声をかけているのは自分かもしれない、と青山は思った。そう、オリンピックに出られなければ、本当にそうなってしまうかもしれない。

オリンピックか。

選手生命を永らえさせるために？　それともこの年になって初めて勝ちたいという欲が出てきたのか。

何だか、自分の頭が体から離れてずっと遠くにあり、勝手にいろいろと考えているような感じがした。

最初の練習に選ばれたトレイルは、市街地より百メートルほど高い丘の周囲をぐるりと周回するコースで、一周するとほぼ十キロになる。朝方五キロほど走ったので、青山は筋肉がリラックスしているのをはっきりと感じた。呼吸も苦しくない。それは、初めてここを走った時から同じだった。長距離の選手には貧血気味の人間が多いのだが、青山はもともと赤血球が多い——要するに血の気が多い体質なので、高地トレにもさほど苦労せずに順応できた。もっとも、さらに数百メートル高い場所にある有名なトレイル、マグノリアまで行くと、こんな具合にはいかない。

青山は集団の最後尾についた。主将というわけではないのだが、このグループでは最年長だから、全員に目を配りながら走っていこうと思ったのだ。菊田の乗ったミニヴァンは、彼のすぐ後ろを追走している。

前を行く助川が苦しそうだ。ペースを落とさないよう必死に踏ん張っているが、腕の振りが乱れ、体が不規則に上下している。走り始めて五キロ、すでに調子が狂ってしまったのか、上り坂でもないのに、いつものストライド走法が小刻みなピッチ走法に変わっていた。

青山はすっとスピードを上げ、彼の横に並んだ。助川は色白で、ふだんでも走るとすぐに顔が赤くなるのだが、今日は特に頰の朱が目立つ。

「苦しいか」小声で訊ねると、助川が力なくうなずいた。

「大丈夫だ。すぐに慣れる。ここでペースを落としちゃ駄目だぞ」

もう一度助川がうなずいたが、今度はがっくりとうなだれたようにしか見えなかった。青山は、首を捻《ひね》ってちらりとミニヴァンを見やる。菊田が渋い顔で首を振った。車が急にスピードを上げて二人の横に並ぶ。追い越しざま、菊田が助手席の窓から顔を突き出して「無理するなよ」と助川に向かって怒鳴った。アスファルトに視線を落としながら走る助川が、顎を突き出す。うなずいたつもりらしい。

「アオ、後は頼むな」

　青山はひらひらと手を振って菊田を見送った。前の集団とはすでに二十メートルほど離れ、その距離はさらに広がりつつある。助川が、脇腹を手で押さえた。薄く茶色に染めた髪が、早くも汗できらきらと光っている。

「アオさん、先に行って下さい」助川が辛うじて言葉を搾《しぼ》り出した。

「付き合うよ。お前一人だったら道に迷っちまうだろう」実際は道なりに走って行けばスタート地点に戻れるのだが、「心配だから」とはっきり言って助川を傷つけることは、青山にはできなかった。

「悪いですよ」それだけ言うのに全てのエネルギィを使い果たしてしまったように、助川の赤い顔が蒼くなる。そろそろ限界かもしれない。

「無理しないで止まってもいいぞ」

　苦労して助川が腕時計を覗《のぞ》きこむ。

「まだ……半分でしょう」

「いいから、少し落とせ」

　しかし、助川はペースを緩めようとしなかった。意を決したように顔を上げ、前方を睨む。そのせいか、少しだけスピードが戻ってきた。

「リラックスだぞ、リラックス」青山は自分の前に出た助川に声をかけた。「苦しかったら下を見ろ」

何を言ってるんだ、とでも言いたそうな顔つきで助川が青山の方を振り返ったが、結局は言われた通りに断崖《だんがい》を見下ろした。青山も視線をそちらに向ける。

斜面を埋めた灌木《かんぼく》の間に、白い外壁の民家がぽつぽつと見える。丘の下には茶色いレンガ造りのコロラド大学のキャンパスが建ち並び、その向こうには原生林と言ってよいほどの鬱蒼《うっそう》とした森が広がっている。さらに遠くでは、湖が一本の細い線のようにきらきらと輝いていた。空は珍しく鉛色だが、空気は乾いており、雨が近いというわけでもなさそうだ。

「綺麗《きれい》だろう」

苦しそうに助川がうなずく。

「たまには景色を見ながら走ってみろよ。今はタイムを競ってるわけじゃないんだから。初めて来る場所なんだから、景色を楽しむことも大事だぜ」

徐々に助川のペースが上がってきた。よし、大丈夫だ。慣れない場所、しかも高地で苦しいのは分かるが、こんな環境にはすぐに慣れる。それにこの苦しさがなければ、高地トレイニングをする意味もない。

ふと気配を感じた。音ではない。息遣いでもない。ただ気配としか言いようのないものが、背後から猛然と迫ってくる。俺たちよりも速いペースで飛ばしているとしたら、一般のランナーではない。まあ、それも珍しくないことだ。有名無名を問わず、この街には世界中のランナーが集まってくるのだから、隣を走っているのが世界記録保持者ということも十分ありうる。焦るなよ、と青山は自分に言い聞かせた。こっちを煽《あお》るような相手の走りにペースを合わせたら、何のために調整しているのか分からなくなってしまう。

それにしても速い。

一瞬で、相手が二人を追い抜いた。その瞬間青山は、熱気をはらんだ小さな竜巻に巻きこまれたように感じた。

須田だ。

さながら背中に銃を突きつけられたような勢いで、空気を切り裂きながら走って行く後ろ姿は、紛れもなく須田のものだった。

午前中の練習が終わると、助川はもうけろっとしていた。移動の途中、ミニヴァンの中でぱさぱさのサンドウィッチ――七面鳥らしい――を頬張りながら「焼肉が食べたい」と文句を漏らす。ペットボトルのミネラルウォーターでサンドウィッチを飲み下すと、隣に座る青山の方に身を乗り出した。それでなくても大きな目を、一杯に見開いている。

「さっきのが須田さんですか？」

「そうだよ」その名前を出されると、何となく落ち着かない。言われて初めて、先ほど須田に追い抜かれたことを無意識のうちに忘れようとしていたのだと気づいた。

「須田さん、無茶苦茶飛ばしてましたね」

「別に飛ばしてないよ。あいつはあれが普通なんだ」

助川が肩を揺すって溜息をつく。

「あれが普通ねえ……たまらんですね」

「そうだな」

青山はサンドウィッチを頬張り、ゆっくりと嚙んだ。嚙んでいる間は、助川も話しかけてこないだろう、と願いながら。

ところが今度は、前の席に座った菊田が振り返って喋り始めた。

「須田は調子良さそうじゃないか」

「だから、あの男は普通にしてればあんな具合なんですよ」俺は何を言い訳しているのだと思いながら、青山は言った。

「怪我さえなければってやつか」

「スピードだったら、今でも世界で五本の指に入るんじゃないですか」

「この分だと、最後の一枠はあいつのところに行くかな」

「ま、そうでしょうね」

菊田が露骨に舌打ちをする。

「何で他人事みたいに言うんだよ。少しは言い返したらどうなんだ。だから、お前は欲がなさ過ぎるって――」

「いいんですよ。大ボラ吹いて失敗して笑われるよりはましでしょう」青山は菊田の言葉を途中で遮《さえぎ》った。

「そういうことは普通、内に秘めたものを持った人間が言うもんだぜ」

「はいはい」

急に食欲が失《う》せて、青山は食べ残したサンドウィッチを紙袋に突っこんだ。

最後の一人に滑りこむのはやはり須田なのか。

オリンピックの代表枠三人、その最後の一人を巡る争いは、最終局面を迎えていた。記録と国際レースの結果から二人まではすんなり決まったのだが、残る一人に関しては選考方法の決定そのものが長引いた末に、結局は一番単純な形に落ち着いた。冬の東京五輪記念マラソンを選考レースとし、三位以内、それに加えて日本人選手で最高の成績を収めた者を代表とする。その条件に合う選手がいなければ、その時はもう一度やり直しだ。かなり厳しい条件だが、男子マラソンの低迷が続く中、オリンピックで勝てる選手を選びたいというのが陸連の本音なのだろう。

本番を前に周囲は盛り上がっている、と言ってよかった。その中心にいるのが須田である。故障に泣かされ続けた天才が、復活と五輪切符を賭《か》けて挑む大会となれば、マスコミは喜んで飛びつく。須田は一年前からボールダーにこもっていたから、接触するのもそれほど簡単ではなかったようだが、スポーツ紙もテレビ局も記者やスタッフを送りこみ、彼を取材しようと躍起になっていた。須田は取材を拒否するような人間ではない——それまで「須田　再起不能か」などと書き飛ばしていた新聞に対する態度としては極めて寛大なものである——から、彼に関するニュースは時折紙面を賑わせている。如才ない須田のコメントを新聞で読みながら、青山は彼が心に抱いた欲の深さを感じていた。ある新聞は、彼が再起を賭けてボールダーに滞在するのに数億円の費用をかけている、と伝えた。ヘッドコーチ以下、栄養士、トレイナー、メンタルコーチまで「チーム須田」とでも言うべきスタッフが、全員ボールダーで暮らしているのだから、その数字はあながち大袈裟でもない。人件費だけでいったい幾らになるのかと、記事を読む度に青山は目が眩《くら》むような思いを味わった。

「アオさん」

助川に呼びかけられ、青山ははっと我に返った。車がホテルに到着したのだ。

「どうしますか、これから」

「少し休むよ。昨夜はほとんど眠れなかったからな」青山は大きな欠伸を何とか噛み殺した。

「ちょっと街の様子でも見物しませんか？　散歩しましょうよ」

「お前も休め」青山は少し厳しく言い渡した。車を降りかけていた菊田が、すかさずそれに同調する。

「アオの言う通りだぞ。さっき、蒼い顔をしてたのは誰だよ」

「いや、あれは空気が薄いから」小声で言い訳する助川に向かって、菊田がぴしゃりと決めつけた。

「いいから部屋に戻ってろ。昼寝してもいいし、ごろごろしててもいいから、少し休め。お前、自分で考えてるよりもへたってるんだぞ。最初からこんな調子じゃ、高地トレにならない。アオ、ちゃんと監視しておけよ」

「了解です」

「勘弁して下さいよ」助川が助けを求めるように青山を見る。青山は無言で首を横に振ってやった。

「大人しくしてろ」

「はーい」下唇を突き出して、助川が渋々同意した。

やはりこいつは若いな、と羨ましくも思う。しかし、もっと神経質に自分の体に気を遣うべきなのだ。絶えず自分の体と会話を交わし、筋肉が訴える小さな不満に耳を傾けるようにしないと、知らず知らずのうちにタイムが落ちたり、最悪の場合、レース中に故障に見舞われることもある。

部屋に戻ると、助川が乱暴にベッドに腰を下ろした。乾いたTシャツに着替えようとしていた青山に訊ねる。

「須田さんって、どこかスポンサーでもついてるんですか？　今、どこのチームにも入ってませんよね」

「そうだよ。会社は辞めちまったからな」

「確か、もう一年ぐらいこっちにいるんじゃなかったでしたっけ？　だったら、金もかかりますよね」

「あいつの実家は金持ちなんだ」

「そうなんですか？」助川が、頭の上から抜けるような声を出す。「家の金でねえ。何だか、イメージが狂うな」

「イメージって、何のイメージだよ。お前、あいつのことをどれだけ知ってるんだ」青山はTシャツを脱ぎ捨ててベッドに腰かけ、助川と向かい合った。「だいたい、あいつが一番良かった時期には、お前はまだ中学生だったんじゃないか」

「そうですね。日本最高を出した時には……」助川が一本二本と指を折った。「俺、まだ中学二年でした」

　五年前か、と青山はそっと溜息をついた。それからあの男は、ずいぶん苦しんだはずである。過去の記録も名声も、怪我の苦しみを忘れさせてはくれない。

「だけど、ここで合宿を張るのに何億も使ってるんでしょう？　前にスポーツ新聞で読みました」

「スポーツ新聞ばかり読んでるんじゃないよ。須田みたいに金持ちになりたいなら、普通の新聞も読んで勉強しろ」

　青山が説教すると、助川が露骨に舌打ちをした。

「そりゃあ、うちは貧乏ですよ」助川の両親は、宮城で細々と農業をやっている。彼は毎月、少ない給料のうちからなにがしかの金を実家に送っているはずだ。だからこそ、「ポルシェだ」と騒いでいても何となく許せてしまうところがある。「金をかければ何でもできるかもしれないけど、嫌な感じですよね」

「そう言うなって。俺にとっては友だちでもあるんだから」

「大学、一緒なんですよね」

「ああ。だけど、あいつは金持ちぶったところなんか全然なかったぞ。俺たちと一緒に合宿所に入って、不味い飯を食いながら地味にやってた。誰かさんみたいに、ポルシェだフェラーリだって騒ぐこともなかったしな」

「俺、フェラーリなんて一言も言ってないですよ。そもそもイタリア車なんていうのは――」

「分かったよ」口を尖《とが》らせる助川に向かって、青山は苦笑を浮かべてみせた。「あいつが金持ちなのは、親父《おやじ》さんが『メディアセル』の社長だからだ」

「それって、あの『メディアセル』ですよね？」大袈裟に助川が目をむいてみせた。「そうなんですか。じゃあ、実家が金持ちだっていうのも分かるな」

青山はぼんやりとうなずいた。「メディアセル」は須田の父親、真一《しんいち》が一代で築いた会社である。最初はコンピュータソフトの開発から始まったのだが、今は関係書籍の出版、プロバイダ業から不動産業まで幅広く事業を展開している。長くベンチャーの寵児《ちょうじ》としてマーケットでももてはやされてきたが、もはや「ベンチャー」の枠に収まるような規模ではなくなってしまっているのが実情だ。

須田は父親の金を使って、考えうる限り最高のトレイニングを続けている。俺はといえば、こうやって会社の合宿に参加しているだけだ。同じレースを走ることだけが須田との共通点だが、志はずいぶん違う。須田が「代表を狙いに行く」と明言しているのに対し俺は、毎年走っているし、地元の東京で開催されるレースだから出るだけだ。まるで惰性のように。

須田に会ってみたいという気持ちは確かにあった。四年間、文字通り同じ釜の飯を食った仲間だし、話してみれば楽しい男なのだ。一方で、会いたくないという思いもある。何か、彼が以前にも増して遠くへ行ってしまったような気がするのだ。

たぶん、自分から須田を訪ねて行くことはないだろう。しかしこの街にいる限り、今日のように偶然に出くわすことがあるかもしれない。その時、どんな顔をしてやればいいのか。いや、そもそもあいつは俺のことを覚えていないかもしれない。今日だって、まるで俺たちが存在していないかのような態度で追い抜いて行ったではないか。何も、俺たちにペースを合わせてスピードを落とすべきだというのではない。ただちょっと目配せをするとか、小さく手を振るとか、そういう挨拶《あいさつ》ぐらいはしてくれても良かったではないか。

いや、それは俺も同じか。追い抜かれ、須田の背中を見た時、俺は明らかに凍りついてしまったのだ。声をかけられない。須田の背中が他人を拒絶する気配を放っていたのは確かだが、俺はその雰囲気に臆《おく》してしまった。それは、会いたくない人間に偶然出くわした時、無意識のうちに腕時計に目を落として相手と視線を合わせないようにすることにも似ている。

「何だか不公平な感じだな。アオさん、そう思いませんか？」

ランナーに公平も不公平もないだろう、走る能力は個人個人に付されたもので家の事情とは関係ない、と青山は思った。思ったが、出てきた言葉は、助川の不満を裏打ちするかのような「まあな」というものだった。

4

翌日から青山は、淡々と日課の練習をこなした。市内に散らばるトレイルを使って三十キロから四十キロの長い距離を走った翌日は、大学のトラックを借りて五千、あるいは一万のスピード練習をこなしたり、軽いウェイトトレイニングに取り組む。三日ほどそのような練習を続けた後は、再びロング走だ。一週間が経つ頃には、これはちょっとした夏休みだな、と思えるようになってきた。日本にいる時は、一応九時から一時までは会社の仕事をしなければならないのだが、今は練習のことだけを考えていればよかったし、それが終われば自由時間もたっぷりある。煩《わずら》わしいことは全て頭から抜け落ち、走ることと、こちらで見つけた新しいブルーズのCDを聴くことだけを考えるようになった。

助川は毎晩、夕食後に街へ出かけて行く。未成年の彼は酒を売ってもらえるわけもなく、街中には遊ぶ場所もほとんどないのだが、初めての海外ではどんな場所でも刺激的なのだろう。最初の一日二日は青山も付き合ったが、すぐにやめてしまった。助川に言った通り、ボールダーはアメリカでは群を抜いて治安が良いという評価を受けている街である。一人でうろついていても危ないことなどないだろうし、あいつだって四六時中俺が一緒だったら息が詰まってしまうだろう。

そういうわけで、夕食後の数時間は、青山にとっても一人で息抜きできる時間になった。この日は、夕方街のＣＤショップで手に入れた新しいＣＤをじっくり聴きこむことにした。エルモア・ジェイムスのベスト盤で、たぶん日本には輸入されていないものである。馬鹿の一つ覚えと言ってもいい三連のギターフレーズが延々と続くだけなのに、心臓を鷲《わし》づかみにされるようなインパクトがある。ＣＤに収録されているのは、五〇年代後半から六〇年代初頭にかけてレコーディングされた曲がほとんどだが、ブルーズというよりはその後のロックの誕生を予感させる力強さが漲《みなぎ》っていた。

ワンパターンの特徴的なフレーズが頭の中で響き渡り、電話が鳴っているのにしばらく気づかなかった。慌てて跳び起き、ヘッドフォンを外して受話器を取る。

「ハロー？」

「青山さんですね」

途端に、背筋に水を流しこまれたような不快感を覚えた。すっかり忘れていたはずなのに、その声が嫌な記憶を蘇らせる。そのまま受話器を置いてしまってもよかったが、手が動かない。早くも掌《てのひら》にじっとりと汗が滲《にじ》んでくるのを感じた。

「青山さん？」

「ソノダさん、でしたっけ」精一杯皮肉に聞こえるようにと願いながら青山は言った。

「こんなところまで電話してくるなんて、ずいぶん熱心なんですね」

「いやいや、そんなことはありませんよ。そちらは今、何時ですか？　夕食はもうお済みですよね」

「そんなこと、どうでもいいでしょう」

「お休みでしたか？」

「当たり前じゃないですか」馬鹿野郎、と自分を叱《しか》りつける。こんな奴の話に付き合っている場合ではない。すぐに受話器を叩きつけてしまえ。

できない。

理由は分からないが、ソノダの声は麻酔のように青山の感覚を痺《しび》れさせる。聞いているうちに不愉快になってくるのは分かっているのに、どうしても受話器を置くことができないのだ。かすかに手が震えるのを感じる。青山の動揺には気づかない様子で、男が本題を切り出した。

「どうですか。先日のお話、聞いてくれる気になりましたか」

「何でしたっけ」間の抜けた惚《とぼ》け方だ。自分でも分かっているのだが、とっさにはこの程度の切り返ししか出てこない。

「ああ、そうですね」ソノダの口調が慎重になる。「こちらもはっきり申し上げたわけじゃないですからね。曖昧《あいまい》な話ばかりじゃ、先に進みませんね」

　この男は何歳ぐらいなのだろう。ゆったりとした喋り方は、老人のそれのようにも聞こえる。

「いい加減にして下さい。この前もそう言ったはずですよね」

「ええ。覚えてますよ」

「分かっているなら、もう電話しないで下さい」

「いや、私はあなたにお会いしないといけないので」

「どうして」

「どうしてって」電話の向こうで、ソノダの声がかすかに笑ったように聞こえた。馬鹿にした笑いではなく、どうして青山が理解できないのか困っているような様子である。

「私は、これと目をつけた人には必ず会います。今までそのルールを曲げたことはないんでね。あなただけ特別というわけにはいきませんよ」

「それはあなたの勝手なルールでしょう。それより、俺に目をつけたってどういうことですか」

「あなたは勝てる人なんです」

「勝てるって」

「もちろん、マラソンにです」ソノダの口調に、落ち着いた自信が戻ってきた。「自分でもそう思ってるんでしょう」

「あのね、あなた、俺のことをどれだけ知ってるのか知らないけど、俺は今まで一度もマラソンで勝ったことがないんですよ。万年三位とか言われてるんだから」

「でも、それは負けとは言わないんじゃないでしょうか。一度も棄権したことがないというのは、つまり、常に勝てるチャンスがあったということですよ。そもそも、いつも入賞するだけの力を持った人がどれほどいると思いますか？　もう少し何かあれば勝てたはずだ。そう思いませんか」

　青山は盛大に溜息をついてみせた。

「口で言うのは簡単だけど、実際のマラソンっていうのはそんなに簡単なものじゃないんですよ」

「でしょうね。ですから、私がお手伝いできればと思っているんです。一人でやれることには限界もありますからね。とにかく、一度お会いしませんか？　直《じか》に会って話をすれば、あなたの気持ちも変わると思いますよ」

「変わりません」青山は強い口調でソノダの言葉を否定した。「要するにあんたは、俺にドーピングを勧めてるんでしょう？　冗談じゃない」

「どうして『冗談じゃない』なんですか」

　正面から疑問をぶつけられ、青山は答えに詰まった。

「どうしてそんなにドーピングに敏感になるんですか」

「そんなこと当たり前じゃないか。陸連やJOCにばれたら大変なことになる」

「そうは言いますけどね、JOCやIOCが決めたことなんていうのは、スポーツの世界の中では局地的なルールに過ぎないでしょう」

　確かに、ソノダの言うことにも一理ある。IOCが指定した禁止薬物が、大リーグでは堂々と使われていたこともあるのだ。要するに、薬物使用に関する統一見解などというものは存在しないのが実情である。

「ドーピングは卑怯《ひきょう》者が使う方法だ」辛うじて青山は反論した。

「そうですか？　本当にそうなのか、一度じっくり考えてみてもいいんじゃないですか。ドーピングは悪い、それはあなたたちにとっては常識かもしれないけど、常識ってやつもちょっと掘り下げて考えてみると、単なる習慣だったり、慣れでしかないことも多いんですよ」

「ふざけるな」

　さらに乱暴な言葉を叩きつけてやろうとしたが、電話はすでに切れていた。

　もしかしたらこの男の目的は、俺を不快にすることなのかもしれない。アスリートにとってはタブーであるドーピングの話を持ち出し、馬鹿にしたような言い方でかりかりさせる。もしもこの男にそんな思惑があるとすれば、それは見事に成功していると言ってよかった。

途中まで聴いたエルモア・ジェイムスのCDのことも忘れ、青山はベッドの上で胡坐《あぐら》をかいたまま、カーテンの隙間《すきま》から夜空を見つめていた。もう一度電話がかかってくるような気がする。そう考え出すと、いてもたってもいられなくなった。部屋を出て街をぶらつくか。あるいは少し走ってもいい。何もせずにこの部屋にいると、気が狂ってしまいそうだった。そもそも助川は何をしているのだ。あいつがいれば、もう電話はかかってこないに違いない。何の根拠もなく、青山はそう思った。

とりあえず気を紛らすためにテレビをつける。もう一度エルモア・ジェイムスを聴いてもよかったのだが、似たようなフレーズの繰り返しが呪文《じゅもん》のように頭に響くと、嫌な声と記憶が呼び覚まされそうな気がした。

電話が鳴る。びくりと肩を震わせて振り向き、電話機を睨みつけた。点滅する赤いランプが誘いかける。さあ、受話器を取れ。取って俺と話せ。

どうしても抗《あらが》えない。

立ち上がって受話器を取り、相手が喋り出すのを待った。掌が汗ばむのを感じる。相手の声を聞いた途端、全身から力が抜けた。

「もしもし？　青山君？」

美奈だった。青山はほうっと大きく息を吐き、倒れこむようにベッドに腰を下ろした。髪に手を突っこみ、頭を支える。

「ああ」ようやく搾り出した声は、情けなく震えていた。

「どうかした？」美奈がやけに敏感に反応する。

「いや、何でもない。ついさっき、悪戯電話してきた奴がいてね」

「こんな場所で？」

「そういう奴はどこにでもいるんだろう」

一瞬間が空き、その間に青山は額に浮いた汗を親指で拭った。意識して明るい声で訊ねる。

「で、何か用？」

「今日、須田さんに会ったわよ」

「そうか」数日前、自分が須田に会った——追い抜かれた——ということは言わずにおいた。言うべきではないような気がしていた。「あいつ、元気だったか？」

「うん、そうね。何だかちょっと恐い感じがしたわ」

「恐い？」

「恐いって言うのは変かしら。何か、研ぎ澄まされた感じって言うのかな。別に目つきが悪いわけじゃないのよ」

「取材はうまくいったの？」

「そうね。まあ、アメリカまで来たのも無駄足じゃなかったっていう程度ね。彼、取材慣れしてるから、かえって生々しい話は出てこないのよ。こっちが知りたいことは教えてくれるけど、受け答えが如才ないっていうのかな、優等生的な答えばかりで……それはそれとして、須田さんにそこのホテルを教えちゃったんだけど、まずかったかな」

「いや、そんなことはないけど、何でそんな話になったんだ？」

「彼が教えて欲しいって言ったから。あなたがこっちに来てること、知らないって言ってたわよ」

「だろうな。こっちも連絡してないし」眉をひそめ、青山は受話器を握り直した。先日俺を追い抜いて行った時、あいつは本当に気づかなかったのだろうか。

「今夜そっちに電話が行くと思うけど、まずかったかしら」探るような口調で美奈が訊ねる。

「いや、いいよ。こっちからも連絡したいと思ってたぐらいだから」本当に？　話の流れでついそう言ってしまったのではないかと自問してみたが、結局は自分でもよく分からなかった。

「ああ、よかった。余計なことをしたんじゃないかって心配してたのよ」

「いや、別に問題はないよ。それより君は、もう日本に帰るのか？　取材は終わったんだろう」

「そうね、ちょっといろいろ後始末して、それから」

「帰る前に、一緒に飯でも食わないか？　何だったら、須田と三人で会ってもいいし。飯でも食いながらだったら、あいつも少しはリラックスして話すかもしれないよ」

「そうねえ」電話の向こうで美奈が考えこんでいる様子がうかがえた。「でも、食事はホテルの方で用意してるんでしょう？　外で適当なものを食べて大丈夫なの？」

青山は声を出して笑った。「何よ」と美奈がむっとした声で言い返す。

「いや、別に食事制限や体重制限をしてるわけじゃないからさ。俺たちはボクサーじゃないんだ。結局、バランス良く食べるのが一番いいんだよ」

「じゃあ、連絡して。私、どこに泊まってるか、言ったっけ」

「そう言えば聞いてない」青山は、サイドテーブルのメモ帳を引き寄せ、美奈が教えてくれたホテルの名前を書き取った。

「後で電話するよ」

「そうね。でも、私はいきなり帰っちゃうかもしれないわよ。呼び戻されるかもしれないから」

「その時はそっちから連絡してくれよ」

「そうか。じゃあ、またその時に」

「ああ」

青山はそっと受話器を置き、腕組みをして電話を見下ろした。須田から電話がかかってくるかもしれない。あいつは、俺がここにいることを知らなかったわけだ。そんなことがあるのだろうか。長い距離を走っている時でも、周囲の光景が完全に消えてしまうことはない。そんなことになるのは、脱水症状で失神寸前の時だけである。走っている時はむしろ、周囲の状況に異常に敏感になるものだ。路面の状況は。前後を走る選手の調子は。ましてや俺と須田は、学生時代に何千回、何万回と一緒に走っている。互いの背中に気づかないわけがないし、事実俺はあいつが近づいてくるだけでその気配を感じた。

無視されたのではないか、と青山は思っていた。

そうか、俺のことなどどうでもいいわけか。だったら、俺の宿泊先のことなど聞かなくてもいいのに。美奈が「青山君がボールダーに来ている」と話を振っても「へえ」の一言で片づけることだってできたはずだ。

須田の真意が読めない。

電話が鳴り出す。青山はゆっくりと腕組みを解き、顎に力を入れて受話器に手を伸ばした。

「ややあ」かすかな緊張と疑念が心の中で渦巻いていたはずなのに、実際に須田の気軽な言葉を聞くと、青山はつい相好《そうごう》を崩してしまった。「よう」でも「ハイ」でもない、のんびりとした「ややあ」。いつもの須田の挨拶である。

「少し痩《や》せたか？」美奈の言葉を思い出しながら、青山は思わず質問した。

「そうだね」須田が頬を撫《な》でる。「ま、体脂肪率はぎりぎりまで落とした。これ以上やったら干物になっちまうよ」

「干物の方が脂が乗ってるかもしれない」

「ああ、そうかもな」須田がくすくすと笑う。「昔、大学の合宿所で朝飯によく出た干物、覚えてるか？　箸《はし》が折れちまうようなやつだったよな。今の俺はあんな感じだ」

　会うのは何年ぶりになるだろう。二年、いや、三年か。その歳月は、須田から体脂肪だけでなく若さも奪ってしまったようだ。ハンサムな表情は以前と同じだが、顔には少しだけ皺が増え、前髪も後退している。

　美奈との電話を切ってからすぐに須田が電話をかけてきて、その場で今夜会おうと話がまとまってしまったのだ。青山は何もそんなに慌てなくてもいいじゃないかと言ったのだが、須田はどうしても譲らなかった。相変わらず、少しばかり強情なところがある。

「街へ下りていくから」という須田の言葉を聞いて、青山はホテルの前の歩道に出て待っていた。

須田が、乗ってきた車に向かってうなずきかけた。運転席の男が小さく首を振り、車を発進させる。須田が照れ臭そうにジーンズの尻《しり》ポケットの辺りで掌を拭いながら言い訳した。

「別に、運転手つきってわけじゃないよ。俺は運転させてもらえないんだ」

「そりゃあ、お前に怪我させるわけにはいかないだろうからね」

「まあね。別に、そんなこと頼んでもいないんだけどな。正直言って、監視されてるみたいな気分だよ。さて、そんなことより、お茶でも飲もうぜ」

「いいよ。だけどこんな遅くに出歩いて、明日の練習に差し障らないのか」

「何言ってるんだよ」須田が青山の肩を小突く。「こっちは一人でやってるだけだから、都合なんて何とでもなる。みんなと一緒のお前の方が大変だろう」

「うん、まあ、大丈夫だ。俺もチームで最年長になったからね。ちょっとぐらいわがままを言っても怒る奴はいないよ」

「お前が最年長ねえ」須田が目を細める。「何だか、お互いに年をとったな」

「それを言うな」他人の目から見て自分には明らかな変化があるのだろうかと、青山は思わず顔を撫でた。

青山は、先日美奈と入ったカフェに須田を誘った。席に着くなり、須田が珍しそうに店内を見回す。

「こんな店、あったかな」

「おいおい、こっちに住んでもう一年になるんだろう？　お前の方が詳しいはずじゃないか」

「いや、街中にはほとんど出てこないんだ」どこか寂しそうに須田が笑う。「うちはちょっと山手の方にあってさ。それに俺は、軟禁されてるみたいなものだから」

「監視とか軟禁って言うけど、お前が自分で決めてそうしたんだろう」

「まあ、そうなんだけど」須田が、温めたローファットミルクを一口啜《すす》る。口の回りに白い髭《ひげ》ができた。「我ながら阿呆《あほ》なことをしたと思うよ。自縄自縛《じじょうじばく》ってやつだな」

それが彼の本心でないということは、青山にはすぐに分かった。

「何でこっちに来たんだ」青山はいきなり本筋に切りこんだ。須田は懐かしい友人に会って息抜きするつもりなのかもしれないが、青山は、昔のように何時間もゆるゆると馬鹿話を続けたいような気分ではなかった。

「いきなり答えにくい質問だな」須田が苦笑した。ガラスの天板を人差し指でこつこつと叩き、青山の顔をじっと見つめる。「ええと、そうだな。ここが高地トレの聖地だからってことじゃ理由にならないか」

「そんなこと、分かってるよ。そうじゃなくて、会社まで辞めるほどのことなのか？これって、実質的には移住だろう」

「そうだな、一年もいれば、もう『住んでる』って言っていいだろうな」

「そこまでして……」

「背水の陣ってことにしようか。それ以上は自分でも説明しにくいよ」照れ臭そうに須田が目を伏せたが、顔を上げた時には真面目な顔つきになっていた。「なあ、俺も聞いていいか？」

「どうぞ」青山はコーヒーを一口含んだ。それを見て須田がかすかに顔をしかめたが、すぐに穏やかな表情になって訊ねる。

「俺、馬鹿みたいか？」

「何で」

「こんなことに金をかけてさ」

「いや、それは――」

「正直に言ってくれよ」須田が身を乗り出した。「いろいろ噂《うわさ》も入ってくる。俺のことを馬鹿にしてる奴もいると思うんだ。実際、自分でもそう思う時があるぐらいだし」

「そんなこと言ったって、これはお前が自分で選んで決めたやり方だろう？　俺がとやかく言えるようなことじゃない。一つだけ言えるとしたら……」

「言えるとしたら？」

「お前が羨ましいかもしれない」

須田が顔をしかめて首を傾げた。

須田が巨費を投じて手に入れたこの環境が、全てのランナーの夢であることは間違いない。青山も現在の環境に大きな不満はないが、須田を見れば「上には上がいる」などという言葉を思い出してしまう。

須田には専属のコーチ、坂上政弘《まさひろ》がついている。長距離で何人ものオリンピック選手を育て上げた名コーチだ。一年前までは実業団の名門チームの総監督で、半ば一線からは身を引いていたのだが、須田は彼を再び現場に引きずり出し、自分一人のためのコーチングを頼んだのだ。それと同時に、体を管理するために栄養士やトレイナーも雇った。そして何より、この街だ。ランナーのための街、ボールダーに住むことは、それだけで高地トレになる。日本で、べたべたとした湿気の中で走っている全てのランナーにとって、ボールダーは夢の街なのだ。

「いや、つまらないことを聞いちまったな」須田が目を細くして笑った。「分かってるんだよ、他人が俺のことをどう思ってるかなんて。金持ちのボンボンが、仕事もしないで走ってばかりいる。それでオリンピックに出られる保証もないんだから、金持ちの道楽と思われても仕方ないよな。いや、そもそも自分のことを金持ちだなんて言ったら、それこそ嫌味か」

「それは事実なんだから仕方ない」

「お前はそう言うと思ったよ」おどけた口調で言ったが、須田の顔はかすかに引き攣っていた。

「友だちだからな。遠慮しないし、嘘をつく必要もないだろう」

「それがありがたいんだ」リラックスした様子で足を組みながら須田が言った。その小さな変化に、青山はすぐに気づいた。須田は良く笑うし、お喋りな男なのだが、最後の最後では人を寄せつけない気配を漂わせる。彼自身が意識してかしないかは分からないが、相手に「ちょっと遠慮しておこうか」と思わせてしまうのだ。しかし今の須田は、一見無防備に思えるほどのんびりしていた。

「お前、ちょっと変わったな」

「そうか？」須田が困ったように唇を歪め、掌で頭を押さえる。「こいつだろう。アメリカのシャンプーが合わないのかもしれないな。いっそ、剃《そ》っちまうかと思ってるんだが、レースの時に陽射しが強いと頭が熱くなるからな。帽子は好きじゃないし、どうしようかと思ってる」

「髪の毛の話じゃないよ」

「じゃあ、何だよ」

「リラックスしてるっていうか、楽そうに見えるっていうか」美奈の印象とは正反対だ、と思った。

「そうか」須田が満足そうに表情を緩め、パイプ椅子にさらに深く背中を埋めた。「そう見えるか」

「前は、初対面の人は話しづらい雰囲気があったと思うよ。何だかぴりぴりしてたしさ。今は、そんなことないんじゃないかな」目つきが鋭いと言っていた美奈の言葉は、ただの思い過ごしではないかと青山は思った。

「じゃあ、少なくとも金をかけた甲斐《かい》はあったわけだ」

「何だよ、それ」

「メンタルトレイニング」

「ああ」青山はうなずいた。しかし、マラソンだけでなく様々なスポーツで急激に浸透しているメンタルトレイニングの効果について、個人的には疑問に思っている。精神的な弱点を克服するためのアドヴァイスに金を払うなど、馬鹿馬鹿しいではないか。

「お前の言いたいことは分かってるよ。それこそ、そんなことに金をかけるのは馬鹿らしいと思ってるんだろう」

気持ちを見透かされ、青山は咳払いを一つしてから答えた。

「いや、何をやるにしても、出て行くのはお前の金だからな。俺はとやかく言える立場じゃない」

「まあね」苦笑いを浮かべながら須田が腕組みをする。「でも、俺がリラックスして見えるってことは、メンタルトレイニングが成功してる何よりの証拠じゃないかな。あのさ、俺、自分じゃ分からないけど、レースの時に必要以上に緊張してるらしいんだ。それがいい結果を生むこともあるけど、俺の場合はたいてい失敗する」

「そんなものか？」

「レースの途中で給水してて、水がこぼれることがあるだろう」

「ああ」

「暑い時は、頭から被《かぶ》ることもあるよな」

「そうだな」こいつは何でこんなことを言っているのだと訝《いぶか》りながら、青山は相槌《あいづち》を打った。

「俺、腹の辺りが濡れただけで、胃が痛くなってくるんだよ。真夏のレースでもそうなんだ」

「まさか」確かに、体が濡れて思いがけず体温が下がることはある。暑い日でも急に風が強くなったり、向きが変わって正面から吹きつけるようになったりすると、腹を壊すこともある。しかし、須田の反応はあまりにも過敏過ぎる気がした。

「濡れちまったって思うだけで、胃が痛くなってくるんだ。メンタルトレイナーに言わせると、それは肉体的にはほとんど根拠がないことなんだってさ。精神的な問題、要するに気のせいだっていうわけだ」

「それでリラックスしろってことか」

須田が、鳥のように細い首を折り曲げるようにうなずいた。

「そういうこと。でも、これが難しいんだよ。気楽にしようと思って気楽にするなんて、なかなかできないもんだぜ。ベッドに転がって雑誌を眺めてるだけでも、いろいろなことが気になるだろう？　風が吹く音とか、台所で誰かが歩いてる音とかが妙に気になって、雑誌の字が目に入ってこないんだよ」

「そうなんだ」俺はそこまで神経質じゃないなと思いながら青山は言った。

「昔はね。今は違う」

「それがメンタルトレイニングの成果ってわけだ」

「そう。まあ、俺にとって、これは走るよりも難しいな。何も考えずに体の力を抜く。そういうことを意識しないでできるようになるまでは大変だったよ。真っ暗な中で二時間もロウソクを眺め続けて、何も考えないでいることがどれだけ難しいか、分かるか？　寝ちまった方がよほど楽だ」

「そんなこともしてたのか」

驚いて目を見開く青山を見て、二度三度と須田がうなずく。

「まあ、それでもまだ終わったわけじゃないけどな。ほどよい緊張、ほどよい弛緩《しかん》。それをコントロールできるようにならないといけないんだ」

「何だか、ずいぶん難しいことをやってるんだな」

ただ走ればいい。それが青山の考え方だった。実際、走っている時は自分の体と会話を交わし、周囲の環境の変化を見極めるだけで精一杯なのだ。あれを考えるなとかこれを考えろとかは、それこそ考えたこともない。

「狙ってるんだよな、オリンピック」須田は新聞やテレビにコメントを求められる度に、「目標はオリンピック」と明言していた。しかし青山は、彼の口から直接聞いてみたかった。

「ああ」短いが決然とした須田の言葉に、青山はなぜか背筋が凍りつきそうなほどの緊張を感じた。須田が笑み——清涼飲料水のCMに出てきそうな笑顔だ——を浮かべる。

「たぶんこれが最後のチャンスだ」

「俺もお前も年だからな」

「そうだな」小さく溜息をつき、須田がつぶやく。「三十か。次の次のオリンピックを狙うとしたら、三十五だ。三十五でタイムを出す人もいるけど、俺にはあまり現実味は感じられないな」

「それは俺も同じだよ」

「やるよ、俺は」

無言で青山はうなずいた。すっかりリラックスしているように見えて、実際には須田が自分の周囲に新しい殻を作ってしまっていることに青山は気づいた。その中に入りこむことは、俺にはできそうもない。

「もちろん、レースに勝たなくちゃいけないけどな……あいつも出るんだろう？　武藤も」

「らしいね」

「何だよ」苦笑しながら、須田がカップの縁を指でこすった。「お前、日本にいるのに何で俺より情報が少ないんだ」

「武藤が何をやってるかなんて、誰も知らないよ」

「まあな」

武藤。武藤憲次。その名前を聞くと、青山は背後から迫ってくる誰かに追い抜かれる直前にも似た不安を感じた。青山は椅子に背中を預け、頭の後ろで掌を組み合わせた。

「俺、あいつにはずいぶん長いこと会ってないよ」

「俺もだ」須田がうなずく。「俺は、大学を卒業して以来じゃないかな。ということは、もう八年になるわけだ」

「レースで一緒になったこと、なかったっけ？」

「ないな。一緒にマラソンに出たこともないし、実業団駅伝で同じコースを走ったこともない。お前は？」

「俺は、駅伝で何回か顔を合わせたよ。一回だけ競ったことがあったけど、一緒に走ったっていうのはその時ぐらいかな」

「あいつ、何で今回のレースに出る気になったのかね」髭剃り跡が蒼くなった顎を撫でながら須田が問いかける。青山は答えを用意できなかった。

武藤という男は、憎悪と軽蔑《けいべつ》の薄いベールの向こうに姿を隠しているのだ。

武藤は広島出身で、高校生の頃からレース運びのうまさでは定評があった。妙に大人びた走りをする選手だったのである。青山や須田と同じ大学に入ってからは、須田と同じように一年生の時から四年連続で箱根駅伝に出場した。下りのスペシャリストという評価を得て、二年生からはずっと六区を任されていた。実際にマラソンを走る前から、須田と二人、将来は日本の長距離界を背負って立つと期待された男である。

全てがぶち壊しになってしまったのは四年前だった。オリンピックの数か月前に行なわれたマラソンで、武藤は見事に優勝した。優勝候補の最右翼と目されていたアメリカの選手と最後まで競い、トラック勝負までもつれこむ厳しいレースになったが、最後の直線でとうとう追い抜き、わずか三秒差で優勝をさらったのである。

その時も、オリンピック代表は最後の一人が決まっていなかった。武藤を含めて何人か候補はいたのだが、いずれもタイム、実績の点で決め手に欠けた。絶対的なエースと見なされていた須田が故障で走れなかったことも、選考に混乱を来たす要因になったはずである。だから、優勝した時点で武藤が代表に選ばれていてもおかしくはなかった。何より彼は、実績を残したのだから。

結果的に彼は、代表から漏れた。陸連は何度も会合を繰り返しては結論を先送りにし、最終的には「タイムが悪かった」という理由で武藤を代表に選ばなかった。確かに、優勝したと言ってもオリンピックで堂々と戦えるようなものではなく、平凡な記録であったことは間違いない。だからと言って、実績を残した者を代表に選ばないのは筋が通らないのではないか——青山はそう思った。他の選手の間からもそういう声は上がっていたのだが、そのような意見は陸連には届かなかったらしい。

いろいろと噂が流れていたことは青山も知っている。タイムが悪いというのはあくまで表面上の話で、実際はそれ以前の武藤の言動が関係者に悪印象を与えたのではないか、ということだ。最後の一人の選考を巡って、陸連の対応が二転三転したのは事実である。いつまで経ってもはっきりしない方針に対して、武藤はあちこちで過激な発言を繰り返していたし、時にはその発言が新聞紙上に載ることもあった。陸連という権威に正面から反発する選手というのは、新聞的にはおいしい素材だったのだろう——あるいは、マスコミが彼を誘導尋問したのか。

青山の知り合いの中には、露骨に「馬鹿だよな」と武藤を嘲《あざけ》る人間もいた。実力はあるんだから、黙ってレースに専念すれば陸連だって認めざるをえないのに、余計なことばかり言ってるから目をつけられたんだ、と。そうかもしれないと青山も思った。昔からこの国では、誰よりも声が大きい人間か、そうでなければ余計な発言をしない人間が最後には勝つ。陸連批判は「俺を選べ」という武藤なりのアピールだったのかもしれないが、そのやり方はいかにもまずかった。

武藤の迷走はそこから始まった。代表選考から漏れた彼は、ある雑誌のインタビューでついに陸連を正面から批判し、それを皮切りに、他のメディアでも同じように歯に衣《きぬ》着せぬ発言を続けた。青山が覚えているだけでも「無能」という決めつけがあったし「優柔不断」という言葉もあった。「人格異常」という台詞も覚えているのだが、それが誰を指したものだったかは忘れてしまった。

いずれにせよ、武藤にとっては坂道を転げ落ちていくような歳月だっただろう。数々の暴言が具体的に処分の対象となることはなかったのだが、やはりいづらくなったのか、彼はほどなく会社を辞めた。漏れ伝わってきた話では、武藤が代表選考に漏れた時に、会社は彼をまったく庇《かば》おうとせず、放置した。陸連批判を繰り返すようになると、今度は一転して武藤に厳しい注意を与えるようになったのだが、それが彼には癪《しゃく》に障ったようである。育ての親とも言える陸上部の部長と大喧嘩《おおげんか》した末、とうとう会社を飛び出してしまったのだ。その後青山が聞いた話では、彼は故郷の広島に引っこんだということだった。事実その後、武藤はレースには一切出場していない。

武藤は終わった、というのが世間の見方だった。

その武藤が、またマラソンを走る。青山は今まで、自分がその事実を知っていたのに、頭の中で押し潰していたことに気づいた。彼の中でも武藤はすでに過去の存在であり、レースに出てくると言われても、その狙いが読めなかった。ただ、言葉にできない不気味さを感じているのは事実である。

「三人で走るのって初めてだな」須田がぽつりと言った。

「そうか」

「そうだよ」須田がカップを傾ける。もうミルクは残っていなかった。「まあ、お互いにそろそろ先が見える頃になって、初めて同じレースを走るっていうのも変な感じだけど、頑張ろうや」

「ああ」須田の言葉を聞いて、青山は落ち着かなくなった。砂糖の入った袋をしきりに指先で弄《もてあそ》ぶだけで、意識を集中できない。

ふと、思い至った。このレースは、やはり須田のためのレースなのだ。絶対的なスピードを持ちながら故障に泣かされた男が、オリンピックに賭ける最後のチャンス。一発勝負ならオリンピックでも勝てる可能性を秘めた須田が代表に選ばれることを望む声は青山の耳にも届いていたし、マスコミも揃ってそのようなニュアンスの記事を書き綴《つづ》っていた。青山自身、レースは絵に描いたような結果に終わるのではないかと思っていた。

須田が最初から飛び出して独走。ただ一人で四二・一九五キロを走りきり、誰よりも早くゴールに飛びこんで、優勝を自己の持つ日本最高記録の更新で飾る。傷ついたエースの夢はかなえられ、日本中のマラソンファンが須田の勝利を祝福する——。

須田自身もそのようなシナリオを描いているのかもしれない。そのシナリオの中では、自分や武藤は役割を振られてはいないのだろう。須田の口調がいみじくもそれを証明しているように思えた。頑張ろうや。「お前には負けない」という闘争心の発露には程遠く、さながら格下の相手を労《いたわ》るような台詞ではないか。

それはそうだ。理屈では分かる。俺がお前に勝てる確率は極めて低い。お前が故障せずに走りきることができれば、その確率は限りなくゼロに近くなる。

しかし青山は、何かが頭の中でかちりと音を立てるのを聞いた。

俺だってランナーなんだ。走る権利がある。もしかしたら、勝つ権利も。

5

一人ベッドに寝転がり、青山は音楽も聴かずに悶々《もんもん》としていた。二つ、いや、三つの問題が頭の中で渦巻き、走っていても部屋でごろごろしていても消えることがない。

一番大きいのはソノダの問題である。そもそもあの男は、どうやってここを割り出したのだろう。俺がこのホテルに泊まっていることを知っている人間は多くはない。会社の関係者、家族、それに美奈と須田ぐらいだ。この中に誰かソノダと通じた人間がいて、俺の行動を逐一《ちくいち》報告しているのかもしれない。

通じた人間？　誰かがこの合宿をスパイしているとでもいうのだろうか。馬鹿らしい。首を振り、青山はその考えを頭から追い出そうと努めた。

残る二つは、武藤と須田のことだった。

武藤に対しては、何を考えているのか分からない不気味さを感じている。しかし、何を考えているのかと聞く気にはなれなかった。青山は大学を卒業する直前、ささいなことで彼と大喧嘩をして、それ以来疎遠になってしまっているのだ。大会などで顔を合わせれば立ち話ぐらいはするが、立ち入った部分には意識して踏みこまないようにしてきた。だから、今さら電話をして話を聞くことなどできるはずもない。そもそも、会社を辞めた後で彼がどこに行ってしまったのかさえ、青山は知らないのだ。

そして須田だ。彼は、青山の心の奥深くに眠る闘争本能を突ついた。事実、彼と会った晩は、あれやこれやと考えて明け方まで寝つけなかった。しかし、膨れ上がった感情も一晩経つと萎《しぼ》んでしまい、代わりに「俺があいつに勝てるわけがない」という弱気が浮かび上がってくる。絶対に勝てないレースに出ようとしている俺は何者なのだろう、とまで思えてきた。目標は完走？　それこそ、菊田が言うところの「欲がない」ということの証明ではないか。

不安と疑念が心の中で渦巻く。そういう気持ちを抱えたままで走っていると、どうしてもペースが落ちてくるものだ。気を遣うべきことは他にもたくさんある。自分の体調、気温、風の具合、シューズのへたり具合。それなのに、ぎりぎりまで絞りこんだ須田の顔を、いつも不満そうに唇を歪めていた武藤の表情を思い浮かべると、集中力がぷつりと切れてしまう。結果、菊田から厳しい視線を浴びせられることになった。

何も考えずに済む方法はないものか。須田のように、リラックスするためのメンタルトレイニングを受けるべきかもしれない。頭の下に両手をあてがい、部屋の天井を見上げたままで青山はゆっくりと息を吐き出した。

須田に会ってから二日後、練習を終えた後で、青山はついに菊田から直接忠告を受けた。四十キロを走り終えた後のことである。ミニヴァンの窓から顔を突き出した菊田が拳《こぶし》に顎を載せ、やんわりとした調子で、しかしはっきりと切り出した。

「アオ、ちょっと調子が狂ってるんじゃないか」

呼吸を整えながら顔を上げ、青山は無理に笑顔を作った。

「年ですからね」

「馬鹿言うな。俺は、そういう言い訳は認めねえよ」一歳年上の自分が引退してしまっていることは棚に上げ、菊田が憤然と決めつける。

「じゃあ、ここの空気にまだ慣れてないんでしょう」

「お前が慣れてないって言うなら、他の連中は全滅だぜ」

シートに横座りした菊田がミニヴァンのドアを開け放ち、紐《ひも》を握ってストップウォッチを振り回す。催眠術にかかったように、青山はその動きを目で追った。一転して、菊田が心配そうな声で訊ねる。

「どこか故障してるわけじゃないよな」

「それはないです」答えながら、青山は反射的に古傷のアキレス腱を伸ばしていた。

「本当に？」菊田が眉根《まゆね》を寄せる。

「菊田さんに嘘を言っても仕方ないでしょう」アキレス腱が何ともないのを確認しながら青山は答えた。

「故障じゃなけりゃ、別にいいんだけどな。無事これ名馬っていうのがお前の持ち味なんだし」

「名馬かどうかは分かりませんけどね」言いながら青山は、もう一度ゆっくりとアキレス腱を伸ばした。体はどこも悪くない。悪くないどころか、ここ数年で最高の仕上がりと言ってもいいぐらいだ。残る問題は、レースまでどうやってこの体調を維持していくかだが、このままタイムが伸びなかったらどうしたらいいのか。これからはスピード練習に力を入れよう。スタミナは問題ないのだから、スピードの感覚を体に染みこませることが大事なのだ。

須田に勝つために？

まさか。

菊田が両手でメガフォンを作り、身を乗り出した。

「助川、ラスト！」

平然とした顔で、助川がきつい上りになっている最後の五十メートルを走り切った。筋張った脚に薄らと汗が浮かび、光っている。両手を腰に当てたまま、ゆっくりと歩いてミニヴァンの方に近づいてきた。途中、ちらりと腕時計に視線を落とす。

「最後の五キロ、少し遅れました」

「ばてたか？」と菊田。

「ちょっと右のふくらはぎにピリッときたんで……」言いながら体を折り曲げ、両手でふくらはぎを挟みこむようにさする。その様子を見ながら、菊田が眉をひそめた。

「大丈夫か？　張り切って飛ばし過ぎたんじゃないのかね」

「大丈夫です、その時だけだったから。今は何ともないです」

「クールダウン、長めにしておけよ。体を冷やさないようにな」

うなずき、助川がトレイルの脇の芝生に腰を下ろして、ゆっくりと柔軟体操を始めた。

青山は、眼下に広がるボールダーの街並みに目をやった。走るための環境が揃っているということを除いても、こぢんまりとしたこの街はいかにも住みやすそうだ。しかし須田は街の雰囲気を楽しむでもなく、ただ走り続けて——いや、いい加減にしよう。ふと、青山は気づいた。これはまさに嫉妬《しっと》ではないか。こういう練習環境を手に入れるためなら何でもやる、という人間もいるはずである。

「調子良さそうじゃないか」青山は助川の隣に座りこんで言った。

「やっと慣れました」両足を投げ出して座っていた助川がおどけたように答える。スポーツドリンクを口に含んでぐるりと回してから道端に吐き出した。日焼けした体はずいぶん絞りこまれ、顔つきも厳しくなっている。

「最初は死にそうだったけどな」

「やめて下さいよ、その話は。とにかく今は大丈夫ですから」

青山にからかわれ、助川が照れ笑いしながら右の足首を回した。次いでつま先をつかんだまま脚を真っ直《す》ぐ伸ばして前屈すると、細いワイヤーを編んだようなふくらはぎの筋肉がピンと張り詰める。

「知ってるか？　こういうところって、三週間ぐらいいても、元の環境に帰るとすぐに元に戻るらしいよ」

「そうなんですか？　アオさん、必ず効果が出るって言ってたじゃないですか」

「確かに高地にいて、それから空気の濃いところへ行けば、赤血球が増えて一時的に持久力がアップするのは確かだよ。でも、その効果は長続きしないんだ」

「じゃあ、何で高地トレなんかするんですかね」助川が眉をひそめる。

「少なくとも、何もしないよりはタイムが上がるからだよ。この後で札幌のマラソンに出る連中には、最高の調整になるね」そう、ボールダーでの夏合宿は毎年恒例だが、主役はあくまで、秋の初めに開催される札幌のマラソンに出場する選手たちなのだ。

「アオさん、五輪記念はまだ先ですよね。だったら、その直前まで合宿してればいいんじゃないですか」

「そういうわけにもいかないだろう」青山は足元の芝を千切って宙に放った。かすかな風に流され、ばらばらに散っていく。「こっちはただのサラリーマンだからね、好き勝手に自分の都合で会社を休み続けるわけにはいかないんだよ。俺なんかよりもっと上のレベルに行けば、話は別だけど」

俺より上のレベルか、と青山は溜息をついた。それはつまり、この街に一年も住み、すっかり高地に馴化《じゅんか》してしまった須田のことである。

「でも、慣れるっていう話で言えば、こんな空気の綺麗なところで走っていても、五輪記念の練習にはならないんじゃないですか？　何しろ東京ですからね。新宿を走るなんて、ぞっとしないな」

助川の言うこともっともである。普段の練習は陸上部のグラウンドがある多摩市を中心に行なっているのだが、新宿よりはよほど空気は綺麗なのだ。

「じゃあ、今度はメキシコシティーにでも行くか。ここより標高が高いし、空気は東京より汚い。あそこで練習してれば、どこで走っても恐くないぞ」

「だったら、メキシコで速いランナーがあまり育たないのはどうしてですかね」

「空気が汚すぎて、速くなる前に気絶しちまうからじゃないか」

助川が声を上げて笑った。そう、世界中のランナーは、今はボールダーか中国の高地、あるいはカナダをトレイニング場所に選ぶ。どこも排気ガスとは無縁の場所だ。

尻を叩いて青山は立ち上がった。雲が流れ、太陽が隠れる。陽射しが消えると急に寒さを感じた。何だかんだ言っても、ここはロッキー山脈の麓《ふもと》にある高原地帯である。走った後に油断していると筋肉が冷えて硬くなってしまうし、風邪をひく恐れもある。青山はジャージを着こみ、体を抱くようにして車に入った。

「明日は少し軽めにするからな」菊田の呼びかけに、青山は黙って首を振った。

「あまり飛ばすと、本番にピークを持っていけなくなるぞ。今は一勤三休のペースぐらいでいいんだよ」一日を、三十キロから四十キロのロング走に当てる。それから三日間は距離を減らして体の負荷を軽くするのが、マラソン本番四か月前の常識的な調整方法だ。もちろん完全な休みはないのだが、便宜的に練習の軽い日を「休み」と呼んでいる。

「大丈夫ですよ」青山は、膝の上に置いた掌を見下ろした。ゆっくりと顔を上げ、菊田に訊ねる。「菊田さん、俺、勝てると思いますか？」

「ああ？」

「五輪記念」

「何言ってるんだよ、アオ。だいたいな、お前は――」からかうような笑みを浮かべて菊田がまくしたてたが、急にはっとしたように大きく目を見開いた。唇を舐め、今度は一転して目を細める。「厳しいぞ」

「分かってます」

「相当厳しい。一番の問題は、お前が勝ち方を知らないことじゃないかな。二位にはなれる。お前は絶対に途中棄権しないし、周りが勝手に脱落してくれるかもしれないからな。そうなったら上位に滑りこむチャンスは出てくる。だけど、二位と一位じゃ天と地ほどの差があるんだよ。勝つためには、何か突き抜けたものが必要なんじゃないかな」

「そんなこと、分かってますよ」菊田の言うことは一々もっともなのだが、青山は少しむっとして無愛想な声で応じた。

「いや、分かってない」狭いシートの上で、菊田が身を乗り出した。「分かってたら、お前はとっくに勝ってると思うよ」

菊田の言葉の意味を青山は噛み締めた。もしかしたら俺は、マラソン向きではないのかもしれない。コンスタントにタイムを叩き出せるから、駅伝のようなチーム競技では計算できるランナーとして重宝される。もっともそれと、四二・一九五キロを一人で走り切って先頭でテープを切るのとは、まったく別の話である。

マラソンに限らず、どの距離でも同じだった。

最後に勝ったのはいつだろうと考えると、本格的に陸上を始めた十数年前まで遡《さかのぼ》らなければならない。区の大会の千五百メートルで一位になり、それで何となく長距離をやっていく自信ができたのだ。しかしその後は、勝った記憶がない。二位は何度もある。三位となったら数え切れない。一番最初にゴールに飛びこむ感覚を、彼は実質的に知らなかった。駅伝の途中区間で、トップでタスキを渡したことがあるぐらいだ。

巡り合わせなのだろうか。実力なのだろうか。三十を過ぎて初めて、青山は勝つことの意味を真剣に考え始めた。近々、それを狙うチャンスはある。舞台は地元でもある東京、五輪代表選考レースだから注目度も高い。そこで勝つことで、俺は変われるのではないか――今まで、自分の何かが悪いと思ったことはない。だが今は、ランナーとしての自分には何かがすっぽり抜け落ちていたのではないか、中途半端な存在だったのではないかと思えてくる。

己を完全にするためには、須田に勝たなくてはならない。現在の力は未知数だが、武藤の存在も気になる。明らかに自分よりも実力が上の二人を相手にどう戦い、先頭でテープを切るか。

それを考えた時、勝つということが急に絵空事に思えてくる。無理だ。あるいは「無理だ」と考えること自体、菊田が自分を評して「勝ち方を知らない」と言う何よりの証明なのかもしれない。

「何か恐くなかった？　須田さん」美奈が訊ねる。

「そんなことないよ、昔と同じだ。体を絞りこんだからそんな風に見えるだけじゃないかな。まあ、生え際が後退してきたせいもあるかもしれないけど」青山は前髪を掻きあげてみせた。

「確かに、ここ何年かで急に年をとった感じがするわよね。この前取材したの、確か三年ぐらい前だけど、その時はもう少し髪の毛もあったし」アナゴの握りを口に放りこみながら美奈が言う。明日日本へ戻るという晩、寿司《すし》屋に行きたいと言い出したのは彼女だった。日本へ帰ればいくらでも食べられるだろう、と青山が反論すると、そういうのって理屈じゃないからと彼女はすかさず言い返した。海外へ取材に出て日本に帰る前日になると、必ず日本食が食べたくなるのだ、と言う。それに、海外で日本の食文化がどんな風に捻《ね》じ曲げられているか試してみるのも面白いんじゃない、というのが彼女の言い分だった。

しかし彼女の恐いもの見たさの期待に反して、メインストリートから一本入ったところにある寿司屋はしごくまっとうな店だった。例によってカリフォルニアロールなどアメリカ発祥の寿司があるほかは、ごくオーソドックスなメニューばかりである。二人はカウンターに腰を落ち着け、騒がしい店内の雰囲気に負けないようにと声を張り上げながら喋っていた。

「お寿司は大丈夫なの?」

青山は肩をすくめた。

「前も言ったけどさ、俺は食餌《しょくじ》療法をしてるわけじゃないんだよ。それに、寿司は栄養バランス的にも優れた食べ物なんだぜ」

「ホテルを抜け出して平気だった?　食事もみんなで一緒に取らないといけないんでしょう」

青山は鼻で笑った。

「あのさ、俺はうちのチームでは最年長なんだよ。何をしたって文句を言う奴なんかいない」

「だけど、合宿中にデートはまずいんじゃないかしら」

大袈裟に顔をしかめ、青山はガリに手を伸ばした。少し甘みが勝っているが、味は悪くない。

「デートじゃないだろう。知り合いと食事してるだけだよ。あるいは取材を受けてるとかね。何か聞いてみたら？　それでアリバイが成立するよ」

「ああ」つまらなそうに言って美奈が箸を置き、急に話題を変えてきた。「そうねえ。それよりこの店、須田さんに教えてもらったのよ」

青山は首を傾げた。須田は、山からほとんど下りてこないと言っていたのに。

「あいつ、こんなところに来るのかね。専属の栄養士がついてるから、徹底的に食事も管理してるのかと思ってた」

「週に一度だけ、自由に食べていい日があるんですって。メンタルトレイナーの進言らしいけど」

青山は盛大に溜息をついてみせた。自分自身を縛りつけているというのは須田本人も認めていたが、やはりやり過ぎの感がある。これではまるで監獄ではないか。

「好きなものを我慢してばかりだと、精神的に良くないってことなのかな」

「そういうことみたいね」美奈がまたアナゴを注文した。「彼、アナゴが好物らしいんだけど、ここのアナゴだったら十分満足でしょうね」

彼女の声が届いたのか、日本人の板前が二人の方を向いてにっこりと笑う。美奈が微《ほほ》笑《え》み返した。青山はむっつりと黙っていた。何だか、須田が誰かに洗脳されているような感じがしてくる。しかし、彼をそこまで追いこんだ人間がいるとしたら、他ならぬ彼自身なのだ。

ふと思い出して聞いてみた。

「五輪記念、武藤も出るらしいね」

「ああ」美奈がビールを一口飲む。無意識のうちに煙草のパッケージをいじったが、店内が禁煙だということに気づいて舌打ちをした。「そのようね」

「何か情報、入ってない？」

「うーん」コップを置き、美奈が首を捻《ひね》った。「取材してないのよ。正直言って、今のところはノーマーク」

「そういう対象じゃないわけだ」須田のためのレース。しばらく前に考えた台詞がまた頭に浮かぶ。武藤も俺も、その他大勢の一人ということか。

美奈が慌てて言い繕う。

「そういうわけじゃなくて、武藤さんってしばらく前まで田舎に引っこんでたでしょう？　レースにも出なかったし、こっちとしても取材できるような材料を持ってないのよ。それに、今さら四年前の件を蒸し返すわけにもいかないでしょう」

「あの件、俺は陸連にも問題があったと思うけどね」

美奈が唇に指を当てた。険しい表情を浮かべて、青山に顔を寄せる。

「そういうこと、大きな声で言わないの。まさかこんなところで聞いてる人がいるとは思わないけど、滅多なことは言わない方がいいわよ」

「分かってるけどさ、そういうのって、ことなかれ主義って言うんじゃないか」

「だけど、武藤さんのことが問題になった時、あなた、何かした？　彼を擁護するようなこと、言った？　何もしてないでしょう。それを四年も経ってから言ったって、何にもならないわよ」

「まあ、そうだな」青山は箸を弄んだ。彼女の言うことは正論である。正論であるがゆえに何だか頭に来た。

「ねえ、武藤さんがどうかしたの」

「いや、この前須田と会った時に話したんだけど、三人揃って一緒のレースに出るのは初めてなんだよ」

「大学の同期なのに？」

「それとこれとは関係ないんじゃないかな。巡り合わせってやつだよ。よく知ってる人間が二人いて、そいつらと初めて正面から戦うとなると、こっちだって何だか気になるじゃないか」

「戦う？」美奈が眉を上げた。「ごめんなさい、それって、あなたも代表を狙ってるってことよね」

「いや、そういうわけじゃ……」青山はそっと箸を置くと、体を捻って彼女の方に向き直った。言え、と頭の中で誰かが命じる。俺は須田にも武藤にも勝ってオリンピックに行くと宣言しろ。

　青山は頭を振って、その声を何とか追い出した。

「怒った？」心配そうに美奈が訊ねる。青山はすぐに首を振って否定した。美奈がカウンターに両肘《ひじ》をつき、重ね合わせた拳の上に顎を載せる。「私、一応は陸上の専門家なんだけど、自分で走ってるわけじゃないからね。本当のことは分からないわ。もちろん、ある程度は客観的に評価できると思うの。正直言って、記録を比較するとか、タイムの伸びから調子を推し量ったりとか、レース運びの上手い下手だって分かると思う。でも、本当に勝てるのか、駄目なのかは、私たちが見ても分からないわよね。そういうのって、ランナー同士じゃないと分からないんじゃないかしら」

「いや、隣を走ってる人間が何を考えてるかなんて俺には分からないよ。もしかしたら、自分のことだって分かってないかもしれないのに」

「巡り巡って三人の同級生が同じレースで走るわけか」美奈がゆっくりと顎を撫でる。

「面白い話ね」

「そうか？」

「今度の五輪記念は、どうしたって須田さんが主役になるじゃない」

　露骨な美奈の物言いに、青山は顔をしかめた。が、彼女はそれには気づかない様子で、自分の言葉に酔ったように続ける。

「大学卒業して何年？　八年でしょう。八年目にして、初めて三人が対決するのよね。これって、持っていき方ではけっこう劇的な記事になるんじゃないかしら」

「ならないよ」青山は冷徹に言い放った。「そりゃああの二人には、いろいろあったかもしれない。怪我に悩まされて才能を発揮できなかったり、陸連に嚙みついて田舎に引っこまざるをえなくなっちまったりね。でも、俺には何もない。怪我もしてないし、かと言ってレースに勝ったわけでもない。ただ毎日走ってただけなんだから。そんなの、君の腕がどれだけすごくても、まともな記事になるはずがないよ。俺のことなんかで無理に読ませる記事を書こうとしたら、それはでっち上げになるんじゃないのか」

「そんなこと、実際に取材してみないと分からないでしょう。今はただの雑談だから、あなたはそう思ってるだけなのよ。私、日本に帰ったら、あなたが出たレースをひっくり返して調べてみるわ。それからまた話しましょうよ。そもそもあなたが万年三位だっていうのも、考えてみればすごいことじゃない。いつもう一歩だったんだから。そういうふうに考えたこと、ない？　どうして勝てないのか、自分には何が足りないのかって悩んだことはないの？」

心の内を見透かされ、青山は押し黙った。重苦しい青山の気分には気づかない様子で、美奈が続ける。

「レースのヴィデオでも観てみたら？　実際に自分が走っている場面を見たら、あなただって何か思い出すかもしれないでしょう」

「そんなこと、ないな。走り終わったら、そのレースのことは綺麗さっぱり忘れてしまうんだ」

どうして俺は嘘をついているのだろう、と青山は自問した。本当は、あらゆるレースのあらゆる場面を覚えていると言ってもいいぐらいなのだ。路面のうねり、先行するランナーのウェアの汚れ、沿道から送られる声援、スペシャルドリンクがいつもよりほんの少し濃かったことなど、今まで走ったマラソンの全ての場面を頭の中で再現できる自信がある。なのに彼女に対しては、俺は何事にもこだわりを持たない男なのだというふりをしてしまう。

「まあ、もしも本当に取材ということになったら、会社の方を通してくれないかな。今は雑談だからいいけど、実際に取材して字にするとなったら、こっちだって一応は考えて喋るからさ」青山はわざとらしく腕時計を覗きこんだ。

「考えて喋ると、案外つまらない台詞しか出てこないわよ」

「でも、今日ここで喋ったことを字にするのはルール違反だぜ。こっちは取材を受けてるつもりはないんだから」

「分かってるわよ、そんなこと」面倒臭そうに手を振り、美奈が正面に向き直った。怒らせてしまったかなとも思ったが、これればかりは譲れない。とにかく、自分のことなど記事にして欲しくなかった。須田のことを書けばいいではないか。須田を主人公にすれば、いくらでも劇的な話が書ける。武藤は——武藤は地雷のような存在かもしれない。ふとした一言が彼から怒りの言葉を引き出し、それがまた、波紋というには大き過ぎる影響を生み出す可能性があるからだ。

実際、あの男との喧嘩もほんの些細《ささい》なことから始まったのだ。駐輪場でない場所に自転車を停めたとか停めないとか、その程度のことが原因だったはずである。どちらが悪かったのかさえ、青山は覚えていない。もしかしたら俺だったのかもしれない。それを見咎《みとが》めた武藤がきつい言葉を投げかけ、俺も言い返し——いや、逆だったか。そうだ、逆だった。武藤が、点字ブロックのある場所に自転車を停めたのだった。そんなことしてたら目の不自由な人が転ぶぞ、と注意したのは青山である。それに対して武藤は「下らないことを言うな」と言い返し、青山が「お前の自転車じゃないか」と指摘した。武藤が「文句があるならお前が片づけろ」とか何とか言って——後は殴り合いである。後にも先にも、あれほど激しく人を殴ったことも殴られたこともない。喧嘩を止めに入った仲間が「ヘヴィ級同士の殴り合いだったら二人とも拳を折ってたな」と溜息をついたことだけは、妙にはっきりと覚えている。

どうして武藤があんなにむきになったのかは分からない。その喧嘩以来、卒業するまでほとんど口もきかなかったし、卒業して喧嘩の記憶が薄れ、時たま話すようになった頃には、その話題を慎重に避けるようになっていたからだ。

　たぶん俺は、意識して武藤のことを頭から締め出していた。陸連批判の件にしてもそうである。あの男ならやりかねないと思っただけで、それからはなるべくその件は考えないようにしてきた。武藤は、マラソンをやるべきではないのかもしれない。いや、マラソンだけではなくどんなスポーツも。あらゆるスポーツにはルールがある。時に窮屈に感じることがあっても、我慢してルールを守らなくてはゲイムは成立しない。それを怠った人間は、いつかは競技そのものからこぼれ落ちていくものだ。

　実際、武藤はこぼれ落ちた。

　だったら、こぼれ落ちたままでいればいいのに。あの男は何を考えているのか。何を狙っているのか。

　我に返って、青山は質問した。

「武藤、今どこで練習してるんだ」

「大学に戻ったみたいよ。私が自分で確認したわけじゃないけど」

「そうなんだ」意外だった。しかし次第に、彼が帰る場所はそこしかなかったのではないか、とも思えてくる。喧嘩して飛び出した会社に戻るわけにはいかないだろうし、田舎に引っこんで一人きりで練習するのは精神的にもきついはずだ。

「半年ぐらい前から東京に戻って来てるって話は私も聞いてるけど、あなた、知らないんだ」かすかに非難するような口調で美奈が言う。答えを用意することができず、青山は苦笑しながら首を振るだけだった。

「もしかしたら、彼と仲悪いの？」

悪いと言えるのかどうかさえ分からなかった。あるいはそれ以前の問題なのかもしれない。あいつは赤の他人だ。いや、そんなことはない。他人のことがこれほど気にかかるはずがないではないか。

青山はゆっくりと首を振った。

「あいつのこと、何か分かったら教えてくれないか」

「いいけど、自分で会いに行ってみたら？　母校を訪ねるだけの話じゃない」軽い調子で言って、美奈が青山の顔を覗きこんだが、彼の目に何かを見つけたのかもしれない。急に背筋を真っ直《す》ぐ伸ばして「いいわよ」と請け合った。

「悪いね」

「その代わり、私があなたに取材を申しこんだらちゃんと受けてね」

「またその話かよ」眉をひそめ、青山は湯飲みに手を伸ばした。ほとんど空になっている。最後の濃い一口を飲み干し、何とか笑みを浮かべようとした。「別にいいけど、俺の話なんか聞いても、面白くも何ともないんじゃないか」

「面白いかどうかを決めるのは、あなたじゃなくて私なんだけど」

何だか自分には、どんな些細な権利もないのではないかと思えてきた。青山は静かに湯飲みを置き、勘定してくれ、と板前に頼んだ。

ホテルに戻ると、珍しく部屋に助川がいた。ベッドに寝転がって雑誌を眺めている。「スポーツ・イラストレイテッド」の最新号のようだが、写真を眺めているだけだろう。表紙はタイガー・ウッズ。ポルシェの次はゴルフとか言い出すのではないだろうかと、青山は心配になった。

「ああ、アオさん、電話がありましたよ」

「誰から」嫌な予感が頭の中で膨れ上がる。まさかソノダではあるまい。しかしあの男は、こちらが忘れた頃を見透かしたように電話してくる。

「須田さんです」助川が上体を起こし、ベッドの上で胡坐をかいた。すでに半ば伝説と化しているランナーと話したせいだろうか、顔が輝いている。「ええと、明日うちに来ないかっていうお誘いでした」

「あいつの家に？」

「ええ。何か、見せたいものがあるって言ってましたけど」

「そうか」青山はどさりと音を立ててベッドの端に腰を下ろした。何だか疲れている。アルコールは一滴も口にしていないのに、まるで酒を飲んだ後のように頭がぼうっとしていた。

怪訝そうに目を見開き、助川が訊ねる。

「そうかって、行かないんですか？　明日は練習も休みだって言っちゃいましたよ」

「お前は、何でそういう余計なことを言うんだ」

途端に助川が耳を赤く染め、うつむく。

「すいません」

「いや、いいんだけどな」言い過ぎたかなと思い、青山は声を柔らかくした。「それで、見せたいものって何だって」

「それは見てのお楽しみだそうです。それより須田さん、俺のことを知ってたんですよ。感激だな」

「へえ」

「宮城にずいぶん速い高校生がいるって聞いてたんですって。『へえ、あれは君だったのか』なんて言ってましたよ。いやあ、参ったな」照れ笑いを浮かべ、助川が頭を掻いた。髪が中途半端に伸びて、染めた部分の茶色ともともとの黒が入り混じっている。

本当だろうか。須田は時々、話を合わせるためだけに、平気で知ったかぶりをすることがある。もっとも、初めて話す人間はそうとは気づかないだろう。相手に旧知の仲であるような印象を抱かせる、それが彼独特の社交術でもあるのだ。

「良かったじゃないか、須田みたいな天才に注目してもらえて」

「俺も誘われたんだけど、行ってもいいですかね？」

「駄目だ」考えもしないうちから拒絶の言葉が飛び出した。

「何でですか？」助川が唇を噛み、恨めしそうに青山を見やる。「ちょっと遊びに来いって感じでしたよ。それに、誘われたのは俺なんだし――」

「そうだな」青山は上の空で言った。何かを見せびらかしたいのだろうか。ボールダーの豪邸そのものか、それとも自分を支えてくれるスタッフか。たぶんあの男は、何も意識していない。自分には実現できそうもない豪奢《ごうしゃ》な環境を見せつけられた人間が何を思うかなど、想像したこともないに違いない。須田の頭の中にある辞書からは「嫉妬」という言葉が抜け落ちてしまっているのだろう。

嫉妬、か。青山は靴も脱がずにベッドに寝転がった。頭の後ろに両手をあてがい、天井を見上げる。ベージュのクロスには、所々茶色の染みができていた。須田よ、お前はこんな場所に泊まったことはないんだろうな。滅菌されたような環境に身を置いているうちに、俺たちみたいな普通のランナーが何を考えているか、想像もできなくなっちまったんじゃないか。

自分がはっきりとした嫉妬を感じていることに気づき、青山は呆然《ぼうぜん》とした。

できることなら立場を変わってもらいたい。自分に合わせた完璧《かんぺき》な練習プログラム、体の変調にいち早く気づいてくれるトレイナー、体を内側から改造する手助けをしてくれる栄養士。そういうスタッフは、金で雇うことができる。そもそもボールダーに長期滞在することだって、金さえあれば可能なのだ。会社を辞め、自分の都合に合わせて最高の環境でトレイニングを続ける。そういうことができれば、俺だってお前と正面から戦えるだけの自信を持てるだろう。

結局、金の問題なのだ。

青山の父親は区役所に勤めている。定年間近だが総務部長を務めており、地方自治体の役人としては上りつめた立場だと言っていいだろう。それでも給料はたかが知れている。女房の実家が土地持ちじゃなかったら、二十三区内には一生一戸建ては持てなかっただろうな、というのが口癖だ。その口調には、自分のふがいなさを嘲笑《あざわら》うようなニュアンスと、とにかく俺は二十三区内でそれなりの一戸建ての家に住んでいるんだという誇りが微妙なバランスで入り混じっている。

些細な話だ。いずれにせよ、青山の実家は金持ちとは言えない。青山自身にしても、決して高給取りではないし、貯金だって大したことはない。須田のように、自腹で最高の環境を手に入れることができるだろうか。会社を辞め、ささやかな貯金を食い潰しながらボールダーに長期滞在してトレイニングする。しかし、スポンサーでもつかない限り、その後に待っているのは失業という結果でしかない。そもそも、俺程度のタイムとレースの実績しか持たないランナーを援助してくれるスポンサーがいるわけがない。

　ふと、興味が嫉妬を上回った。

「行ってみるか、須田の家に」

「いいんですか？」雑誌に目を落としていた助川が目を上げ、勢いこんで言った。「一緒に行っていいんですか？」

「須田はお前も誘ってるんだろう？　それでお前が行かなかったら、俺が何か意地悪してるみたいに思われるじゃないか」

「実際、そうじゃないですか」小声で助川が抗議する。「何だと」と青山が鋭く言うと、「何でもないです」と答えてまた雑誌に目を落としてしまった。

「専用プールとか、ジャグジーとか、期待するなよ」

「何ですか、それ」雑誌から顔を上げようともしないで助川が訊ねる。

「あいつは遊びに来てるんじゃないんだよ。お前、遊びに行くつもりでいたら、驚いちまうぞ」

「そうですかね」

「そうだ。超一流のランナーが何を考えて練習してるのか、それを自分の目でしっかり見てこい」

　若い助川には、須田の言葉の一つ一つが参考になるかもしれない。ポルシェ貯金をしている助川に、ランナーとして正しい金の使い方とはどんなことか、教えてくれるかもしれない。

しかし、俺は何を学べばいいのだ。そもそも、昔の仲間から素直に何かを受け取ろうという気持ちになれるのだろうか。

どうして軽い調子で「行く」などと言ってしまったのか。天井を見上げたまま、青山は早くも後悔し始めていた。

6

それは、ただの家ではなく屋敷だった。

青山は、練習の伴走用として使っているミニヴァンを自分で運転してきたのだが、須田の家が見えてきた途端に溜息が漏れ、緩いカーブから飛び出しそうになった。

「アオさん、危ないですよ」助手席から、助川が張り詰めた声で忠告する。

「大丈夫だ」言いながら青山はハンドルを握り直した。慎重に車寄せに入り、ボイジャーとオープントップのジープの間に車を停めてキーを抜くと、もう一度溜息をつき、改めて家を見上げる。

「しかし、でかい家だな」

「でも、ここはアメリカですからね。でかいって言っても、そもそも地価が安いんじゃないですか」分かったような口調で助川が分析してみせる。

「いや、この辺の土地はそんなに安くないみたいだぜ。最近はカリフォルニア辺りからITバブルで儲《もう》けた連中が流れてきてるそうだから、地価も上がってるんじゃないかな。だいたい、いくら土地が安いって言っても、この家のでかさは半端じゃないぞ」

「そうですねえ」つぶやいて助川が車から降り立ち、背伸びをしながら家を見上げる。

青山はまだシートに座ったまま、車のフロントガラス越しにもう一度じっくりと家を見てみた。壁板は全体にベージュ色で、屋根は深い緑色に統一されている。田舎の小さな小学校の校舎と言っても通用しそうな大きさだ。スタッフ全員がここに寝泊まりしているとしたら、いったい何部屋あるのだろう。考えるだけで、青山は金貨が次々と床に落ちる音を聞いているような気になってきた。

　市街地から車で十分ほど、丘の中腹にあるこの一帯は、ボールダーの中でも高級住宅地なのだろう。須田の家だけでなく、半分森の中に埋もれたような形で建ち並ぶ家は、日本の基準で考えれば豪邸ばかりだ。その中でも、須田の家は群を抜いて大きい。

　ようやく車から降りたものの、ドアをノックするのさえ躊躇《ためら》われる。そのうちドアが開き、がっしりした黒人の青年が隙間から顔を覗かせた。二人が来るのを待ち構えていた様子である。どこかに監視カメラでも置いてあるのだろうかと、青山はドアの周囲をぐるりと見回した。見当たらないが、絶対に外の様子をモニターしているはずである。青年は無表情に二人を観察してから、青山に向かってミスター青山か、と訊ねた。そうだと答えると、小さくうなずいて中に入るよう二人に促す。玄関——ホールと言った方が正しいかもしれない——に足を踏み入れた途端、助川が大袈裟に溜息をついた。青山の方に顔を寄せて「ホテルみたいですね」とささやく。青山は黙ってうなずくだけだったが、助川は明らかに興奮した様子で、二人を先導する黒人の青年に向けて顎をしゃくり、「誰なんでしょう」と小声で訊ねた。

「警備員だろう」がっしりした背中を眺めながら青山は答えた。地味なカーキ色のズボンと同色のジャケット。左の腰の辺りが不自然に膨らんでいるのは、たぶん拳銃だ。治安が良いと言われているこの街には相応《ふさわ》しくない重装備にも思えたが、須田は須田で別のことを考えているのだろう。あるいは、武装した警備員も含めてセキュリティシステムが完備しているからこそ、安全が保たれているのかもしれない。

通されたリビングルームは、二人が泊まっているホテルの部屋がそっくり五個ぐらい入ってしまいそうな広さがあった。日本人ばかり十人ほどの人間がいるのに、少しも狭い感じがしない。青山は無意識のうちに坂上を探した。須田以外にこの場で顔を知っている人間といえば、「チーム須田」のヘッドコーチである坂上しかいない。しかし、彼の姿は見当たらなかった。

須田は部屋の中央で床に寝転び、膝のマッサージを受けていた。確か四年前のマラソンで痛めた古傷である。二人に気づくと、腹筋を使って上半身を起こし、「やあやあ」と呼びかけた。マッサージを中断して立ち上がると、「そっちに座ってくれよ」と窓際のソファに向けて手を差し伸べる。部屋の広さに圧倒されてしまったのか呆然としている助川を残して、青山はソファに座った。

正面の壁が全面ガラス張りになっているので、家の裏手の様子が良く見える。綺麗に刈りこまれた芝生の向こうには池があった。池というよりも小さな湖のようなもので、ボートを浮かべてデートしている人間がいてもおかしくなかった。鳥が舞い降り、ばたばたと翼を羽ばたかせて不格好に着水すると、家の方に向かってすうっと近づいてくる。

「鴨《かも》だ」隣のソファに腰を下ろした須田が、青山の視線を追いながら言う。「あいつはスキーターっていうんだ」

「スキーター？」

「この池の常連の鴨が何羽かいるんだ。名前をつけてやったんだよ」

「鴨の見分けなんかつくのかよ」

にやりと笑って須田がうなずく。

「案外暇なんだよ、ここにいると。朝とか、ぼんやり池を眺めているうちに、一羽一羽の見分けがつくようになってきた。あいつは首のところにちょっと白いものが混じってるんだ。年寄りかもしれないな」

「鴨に白髪《しらが》が生えるなんて話は聞いたことがないぜ」

「まあ、そんなことはどうでもいいじゃないか」苦笑しながら須田が顔の横で手を振った。ソファの傍らで突っ立ったままの助川に気づくと、立ち上がって手を伸ばし、肩に触れる。どうしてよいものか分からない様子で助川がなおもぼうっと立ち尽くしていたので、青山は彼のTシャツの裾《すそ》を引っ張って座らせた。

「でかい家なんでびびったらしいんだ」青山がからかうように言うと、助川が口を尖らせて抗議した。

「そんなことありませんよ。須田さんに初めてお会いしたんで緊張してるんです」

須田が声を上げて笑った。

「俺に会ってどうして緊張するんだよ」

「仕方ないんだよ、須田」青山は横から口を添えた。「お前は伝説の人なんだからさ。田舎からぽっと出てきた若造には雲の上の人に見えるんだ」

「伝説扱いするなよ」短い一言に、須田がはっきりとした憤りをこめる。そんなつもりじゃないよ、と青山は素早く言い添えた。須田はしばらく彼を睨みつけていたが、やがて表情を笑顔に切り替えてソファを離れた。戻ってきた時には、グラスを三つ、それに紫色の液体が入ったデキャンタを持っていた。グラスに等分に注《つ》ぐと、二人に向かって差し出す。一口飲むと、酸っぱさが舌を突き刺した。思わず顔をしかめながら青山は訊ねる。

「何だよ、これ」

「クランベリージュース」平然とした顔でジュースを飲みながら須田が答える。「アメリカには妙に甘ったるい変な飲み物も多いけど、中にはこういうやつもあるんだ。この酸っぱさが体にいいような気がして、癖になっちまった」

「そうかもしれないな」渋々認めて、青山はもう一口飲んだ。酸っぱさの奥に、かすかな甘味がある。その甘さを求めてまた一口飲む。癖になるというのは本当かもしれない。

どこかから風が吹きこんでくる。エアコンの風ではなく、芝生の上を渡ってきたらしい青臭い香りがした。リラックスした様子で須田が足を伸ばす。

「いい家だな」青山が言うと、須田が小さくうなずいた。

「別荘らしいんだ」

「別荘？」

「元々はシリコンバレーの金持ちの持ち物らしい。別荘って言っても、税金対策で買ったんじゃないかな。本人は滅多に使わないみたいなんだ」

「別荘にしては大き過ぎないか？」

「俺もそう思うけど、アメリカ人は違うんだろうな。その感覚は俺には分からんよ」須田が皮肉な笑みを浮かべる。「シリコンバレーの金持ちってことは、要するににわか成金なんだろう。家を買って車を買ったら、後は金の使い方が分からなくなったんじゃないかな。残った金を全部この家にぶちこんだのかもしれない」

それはお前も同じだろうと言いかけ、青山は言葉を呑《の》みこんだ。成金と言えるのは、一代で会社を巨大な存在に育て上げた父親であり、子どもの頃から金に囲まれて育った須田は、本物の金持ちなのである。

いつの間にか皮肉な考えに頭を占領されているのに気づき、青山は愕然《がくぜん》とした。自分が急に意地悪で矮小《わいしょう》な人間になり下がってしまったような気がする。ソファの上で座り直すと、青山は慎重に切り出した。

「それで？　俺に見せたいものって何なんだ」

「それが、まだなんだよ」申し訳なさそうに言い、須田が掌の中でグラスを回した。「人が来ることになってるんだけど、予定より遅れてるんだ。夕方の渋滞に引っかかったらしい。さっき、迎えに行った人間から連絡が来た」

「ということは、その人はデンバーから来るんだな」

「デンバーっていうか、空港からだ」

「誰だよ」

「当ててみろよ」にやにやしながら須田が言う。苦笑しながら青山は首を振った。

「クイズは苦手なんだ」

「じゃあ、先に飯にしようか。そのうち来るだろう。飯をお預けにしてまで待つことはない」

「俺は構わないけど」青山はちらりと助川を見た。

「ありがたいっす」今にも舌なめずりを始めそうな顔つきで、助川が素早くうなずいた。食事の度に、彼は青山に不満を漏らし続けているのだ。「ホテルの飯がひどくて困ってるんですよ」

「お前、まだそんなこと言ってるのか」青山は思わずたしなめた。

「そうだよ、飯に文句をつけたら駄目だぞ。いいランナーは、つまらないことに文句は言わないんだ」青山の言葉に須田が追従《ついじゅう》すると、助川は素直にうなずいた。それもまた、青山は気に食わない。しかし須田は、青山の内心の不満にはまったく気づかない様子で、立ち上がって二人を食事に誘った。

　食卓は芝生の上にしつらえてあった。少し肌寒いが、歯の根が合わずに味が分からなくなるほどではない。すでに前菜の皿が並んでいたが、やはり野菜中心のメニューにしているようである。味つけはしっかりしており、食べているうちに青山もホテルの食事の不味さを恨めしく思い出していた。助川が、まるで何日も食事を取っていないように、無言で皿と口の間でフォークを往復させる。池から涼しい風が渡ってきて、青山は剝き出しの腕がぷつぷつと粟立《あわだ》つのを感じた。ふと須田の方を見ると、小さく貧乏ゆすりをしている。こんな癖はなかったはずだし、この前会った時はリラックスする方法を完璧に身につけていると思ったのだが——いや、単に寒いだけかもしれない。

「美味《うま》いな」味の濃いアスパラガスを口に運びながら青山は言った。

「料理を作ってくれる人は栄養士の資格を持ってるし、腕は確かなんだ。別に刑務所に入ってるわけじゃないんだから、美味いものぐらい食わないとな」

「自分で望んでこういう暮らしをしてるんだから、刑務所はないんじゃないかな」

青山が言うと、須田は大変な事実を指摘されたとでもいうように大袈裟にうなずいた。

「ああ、それもそうだな」

次にパスタが運ばれてきた。量は少なめ。トマトの赤とバジルの緑が鮮やかで、風に乗ってその強烈な香りが青山の鼻を突き刺した。

「ああ、この人が寺尾《てらお》さん」料理を運んできた若い男を、須田が紹介した。青山は軽く頭を下げるだけにしたが、助川は立ち上がり、頬張った料理を吐き散らしそうな勢いで「美味いです」と言った。

「それはどうも」寺尾がにこやかな笑みを浮かべる。

「あの、お店か何かやってたんですか」腰を下ろしながら、遠慮がちに助川が訊ねる。

「いや、ここに来る前はプロ野球のチームで合宿所の食事を担当してたんですよ。将来的には自分で店を出したいんですけどね。美味くてダイエットもできるレストランとか、受けると思いませんか？」

「引き抜いてきたのか？」

　青山が訊ねると、須田が顔をしかめた。

「引き抜いてきたっていうのは何だか人聞きが悪いけど、お願いしてここに来てもらったのは確かだよ」

「私の方でお願いしたみたいなものなんです」寺尾がすかさずフォローした。「プロ野球の選手って、あまり食事に気を遣わないいんですよ。須田さんだったら料理の作りがいがあるから……じゃあ、失礼しますね。これからメインを用意しますから」

「メインは何ですか」今にもよだれを垂らしそうな様子で助川が訊ねる。寺尾が自信たっぷりの笑みを浮かべ、七面鳥だ、と告げた。

「七面鳥ですか」がっくりと、助川が椅子に背中を預ける。寺尾が、彼を慰めるように言った。

「ああ、美味いやつを食べてないんでしょう？　アメリカ人って、本当に料理の仕方を知らないからね。今夜は美味い七面鳥をご馳走《ちそう》しますよ」

　パスタの後に出てきた七面鳥には、真っ黒なソースがべっとりとかかっていた。切り分けて口に運ぶと、不思議な味が広がる。甘いのか辛いのか、何とも評価しにくい味であった。

「何だい、これ」青山が訊ねると、須田がにやりと笑ってうなずく。「メキシコ料理を彼流にアレンジしたらしいんだ。おかしな味だろう？　でも、慣れてくると癖になる……助川君は気にいったみたいだな」

「美味いっす」口の回りが黒くなるのも気にせず、助川が料理を口一杯に頬張った。

「ベースはチョコレートらしいけどね」

「チョコレート？」須田の説明に、助川が頭から抜けるような声を出した。穏やかな表情で須田がうなずきかける。

「いろいろ入ってるらしいけど、たまにはこういうきつい味の料理も食べないとね。慣れたつもりだけど、何だか物足りないんだよ。鶏でも七面鳥でもこのソースで食べると、少なくとも味ははっきりするから」

「そうだな」青山はゆっくりと肉を切り分けた。彼の好みからすると少し味がしつこいが、確かに美味い。

「ようよう、客を置いてきぼりにして飯かよ」

怒ったような声に青山が振り返ると、小柄な日本人が芝生を横切ってくるところだった。

「宮崎《みやざき》さん」慌てて料理を呑みこみ、ナプキンで口元を押さえながら須田が立ち上がる。

宮崎と呼んだ男に駆け寄り、握手を交わした。

須田が、宮崎の肩を抱くようにしてテーブルに戻ってくる。青山もナイフとフォークを置き、二人を迎えるために立ち上がった。どこかで見たような記憶がある。半分白くなった髪を短く刈り上げ、がっしりとした四角い顎には髭剃り跡の蒼さが目立つ精悍《せいかん》な顔つきだ。六十は超えているようだが、横縞《よこじま》のポロシャツに隠れた肉体には少しの贅肉《ぜいにく》もついていないようである。豆絞りに半纏《はんてん》という格好をさせれば、下町の祭りが似合いそうだ。

須田は上機嫌に宮崎を紹介した。

「宮崎さんだ。カジマの宮崎雅夫《まさお》さん。お前も知ってるよな？」

「ああ」ようやく青山にも合点がいった。カジマは日本を代表するスポーツシューズメイカーだ。宮崎は三十年前、義兄の鹿島光安《かじまみつやす》と一緒に東京の小さな町工場から会社を興し、世界有数の企業に育て上げた創業者である。営業の鹿島、技術の宮崎というのが会社の両輪で、事実宮崎はずっと、カジマが出すあらゆるシューズに対して最終的なゴーサインを出す立場にあった。今は「顧問」という肩書になり、アスリート向けの特別なオーダーを専門にこなしている。

青山が宮崎のことを知っていたのは、以前、ビジネスマン向けの雑誌で彼の経歴を詳しく紹介した記事を読んだことがあるからだった。その記事は確か、宮崎を「スポーツシューズ界のジョン・ロブ」と評していた。青山は後で、ジョン・ロブがイギリスの伝統的なシューズメイカーであり、オーダーメイドで一足一足を仕上げていることを知って納得した。宮崎は、アスリート一人一人の体格や走り方に完璧に合ったシューズを仕上げてくれるという評判なのだ。

初めて宮崎と対面した青山は「何だか扱いにくそうな人だな」という印象を抱いた。宮崎は空いた椅子に腰を下ろすと、助川の皿から遠慮なしにパンをつまみ上げる。

「いやあ、何だか腹も減ったし疲れちゃったね」しわがれた声で叩き出す素っ気無い言葉も、どこまで本気なのか分からなかった。

「お疲れ様でした」須田が、テーブルに頭が付くぐらい深々と頭を下げる。顔を上げると、申し訳なさそうな表情が浮かんでいた。「やっぱり遠いですよね」

「まったく、何であんたらはこんな遠いところで合宿なんかするのかね。人を呼びつけるにしてもほどがあるだろう。それにしても腹が減ったな」宮崎が助川のパンをもう一つ取り上げる。助川が何か言いかけたが、宮崎に一睨みされて黙ってしまった。

「今、何か用意しますよ」腰を浮かしかけた須田を宮崎が引き止める。

「できたら茶漬けか何かがいいんだが。飛行機の中で重たいものばかり食わされてねえ。腹は減ってるんだが、何だか胃がもたれてるんだよ」

「分かりました」苦笑を浮かべながら、須田が屋敷に引っこんだ。残された青山は、どうしたらよいものか判断に困り、手持ち無沙汰《ぶさた》にフォークをいじった。風が当たったせいで料理も冷えてしまっている。助川は緊張しきった表情で、背筋を真っ直ぐ伸ばして腿に両手を置いていた。

やがて、今しがた二人に気づいたように、宮崎が「おや」と言った。目を細めて青山を見やり、「青山君かい」と訊ねる。ちょっと驚いて、青山は無言でうなずいた。宮崎が「そっちは助川君だろう。今年入社したばかりだよな」と続ける。

「助川浩介です」名刺があればすかさず取り出しそうな調子で、助川が勢いこんで自己紹介した。

「名前ぐらい、知ってるよ」宮崎が苦笑いした。

「どうして俺たちのことを知ってるんですか」恐る恐る青山は訊ねた。宮崎が口を広げて笑う。煙草で黄色くなった歯が覗いた。

「こっちは商売だからね。選手とは、いつお付き合いがあるか分からないだろう？　準備は怠りなく、だよ。ある程度のレベルの選手のデータは全部ここに入っている」宮崎が人差し指でこめかみをこつこつと叩いた。

青山は舌を巻いた。「ある程度のレベル」と言っても自分などたかが知れているし、ましてや今年高校を卒業したばかりの助川は、中央ではまだ無名の存在だ。それを知っているというなら宮崎のリサーチは徹底しているし、記憶力にも恐るべきものがある。

「君らは、会社の合宿?」

「そうです」青山は答えた。

「ご苦労だね。そう言えば、君も五輪記念に出るんだよな。須田君と一騎打ちってわけだ」

「一騎打ちってわけじゃないですけどね」青山は硬い笑みを浮かべて答えた。同じ話題が続かないよう、話を変える。「ところで宮崎さんは、何でこんなところまで来たんですか」

「こんなところ、か」宮崎がテーブルの上に上体を乗り出す。「本当にこんなところ、だよな。冗談じゃない。慌てて呼びつけるほどのことかってんだよ」

「呼びつけたって、須田がですか?」

「呼ばれなきゃこんなところに来るわけねえだろう」言葉遣いは乱暴だが、別に怒っているわけではないのだ、ということに青山はようやく気づいた。誰を相手にしても、こういう話し方しかできないのだろう。

「新しいシューズのことですか」

「おう、そうだよ」宮崎が満面に笑みを浮かべる。「しかし、君らがいるとは思わなかったな。いいのかね、話を聞かせちゃって。こういうのって、一種の企業秘密じゃないのかな」

「カジマにとってはどうなんですか」

「うちかい？　うちは関係ないよ。だって、いろいろな選手にシューズを作ってるんだから。特別に誰かに肩入れするわけでもないし、同じレースでうちのシューズを履いた選手同士が競うこともあるわけだからさ。他の会社に対しては企業秘密ってこともあるけど、選手に対してはないよ。だけど、選手同士の間では企業秘密ってのがあるんじゃないのかね」

「隠すほどのことなんてないんですよ」宮崎の質問に応じながら、須田が見せたいと言ったのは新しいシューズなのだろうか、と青山は訝った。そうだとしても、彼の意図がつかめない。

　須田が戻ってきて、席に着くなり「今すぐ準備できますからね」と宮崎に告げた。宮崎が「けっこうだね」と応じて満足そうにうなずく。

　ほどなく、本当に茶漬けが運ばれてきた。漬物まである。

「おお、ありがたいね」宮崎はさっそく茶漬けに手をつけた。威勢良く音を立てて漬物を齧《かじ》り、茶漬けを流しこむ。ものの二分ほどで平らげ、満足そうにそっとげっぷをした。すぐに寺尾がお茶を運んでくる。宮崎が「気がきくね」と寺尾を誉《ほ》めた。

「ほうじ茶です」愛想のいい笑みを浮かべて寺尾が言う。

「おお、いいね。あんた、こんなところに置いておくのはもったいないな」

寺尾が須田の顔を見て困ったような笑みを浮かべた。

「給料分の仕事はしないといけませんからね」

「給料以上じゃないか」

宮崎が持ち上げると、寺尾が咳払いして「皆さんもお茶、いかがですか」と勧めた。

「ああ、お願いします」須田がうなずき、青山に水を向ける。「たまには日本のお茶もいいんじゃないか」

「そうだな」と青山も応じた。助川も無言でうなずく。

寺尾が人数分のお茶を運んでくる頃にはすっかり暗くなり、湖を冷たい風が渡ってくるようになった。庭を照らし出す照明に小さな虫が集まる。

「さて、飯も終わったし、本題に入ろうか」言って、宮崎が足元に置いた二つのスーツケースのうち、大きな方を横倒しにして開けた。覗きこむと、中に靴の箱が一杯に詰めこまれているのが見える。

「まず、こいつだ」一番端の箱を取り上げ、宮崎が蓋《ふた》を開けた。「K」の字をデザイン化してサイドにあしらった、青山にも見慣れたカジマのシューズである。すでに紐は通してあった。須田が革のデッキシューズを脱ぎ捨て、素足のまま真新しいランニングシューズに足を突っこむ。

「どうだい」宮崎が立ち上がり、腕組みをして須田を——実際には靴を——見下ろす。

「ちょっと緩い感じですね」紐をしっかり結んで立ち上がった須田が足踏みをした。腰に両手を添えてアキレス腱を伸ばしながら履き心地を確かめると、残念そうに宮崎に告げる。「やっぱり緩いな。踵《かかと》のところに隙間ができます」

青山の目には、緩いようには見えない。しかしシューズは、ランナーが選べる唯一とも言える道具である。こだわる人間は徹底してこだわるものなのだ。シューズのことについて須田と話したことはなかったが、彼が道具に執着する人間であることは、青山には容易に想像できる。

「そうか。そうだろうな。思った通りだよ」納得したようにうなずき、宮崎が次のシューズを取り出す。「じゃあ、今度はこっちを試してくれ」

同じデザインのシューズで、青山は先ほどのものとの違いがまったく見分けられなかった。

「こっちの方が合ってます」シューズを履き直した須田がその場で足踏みをする。ソールの下で、芝がさくさくと軽い音を立てた。

「やっぱりそうか。ちょっと足を見せてみろよ」

宮崎に言われるまま、須田がシューズを脱ぐ。宮崎は須田の足元に屈《かが》みこみ、自分の膝の上に右足を載せた。マッサージをするような手つきで、足を調べていく。

「思った通りだ。ちゃんと測ってみないと分からないけど、たぶん右足は三ミリぐらい小さくなってるな。左は……」須田が左足を差し出す。そちらも調べて、宮崎は「二ミリかな」と首を傾げた。

「夕方の方が足は大きくなるんじゃないですか?」助川が口を挟んだ。宮崎が黄色い歯を見せて笑う。

「よくできました」

助川が顔を赤くしてうつむいた。宮崎が声を上げて笑う。

「それは確かだよ。一日靴を履いてると足がうっ血するからな。でも、それは足全体がむくむってことで、基本的なサイズは変わらないんだよ」

「そうなんですか」青山が訊ねると、宮崎はうなずいた。

「ただし、痩せると脂肪が取れて、足が小さくなることはあるんだ。須田君、ずいぶん絞ったんじゃないか」

須田が小さく肩をすくめた。

「こっちへ来て三キロぐらい落ちましたかね」

「来る前は何キロあった」

「五十九キロ」

「あんたの身長だったら、それ以上は体重を落とせないな。だとしたら、靴のサイズもこれで決めてしまっていいと思う」

「じゃあ、これが本番用のシューズということですね」須田が念を押す。

本番、つまり五輪記念ということだろう。青山にもようやく事情が呑みこめた。数か月先のマラソンで履くシューズを調整するために、須田はわざわざ宮崎をアメリカまで呼び寄せたのだ。

「いや、最終モデルはこっちだな」宮崎がさらに箱を開け、別のシューズを取り出す。「中敷をいじってみた。君は左脚の方が五ミリほど短いからな。それに合わせて調整してみたんだ……おっと、これは企業秘密だったかな」

須田が小さな声で笑った。

「そんなの、秘密でも何でもありませんよ。脚の長さが左右でぴったり同じ人なんて、ほとんどいないでしょう」

「まあね。さあ、履いてみてくれ」

須田が靴に足を突っこむ。屈んで紐を結んでいる時から、目が輝き出したのが青山にも見えた。

「こいつはいいですね」

「そうだろう」須田が満足げな笑みを浮かべる。「まあ、だいたい想像していた通りだよ。とにかく無駄にならなくて良かった」

「宮崎さんが失敗するわけないじゃないですか」

須田が芝生の上を軽く走り始めた。照明に照らされ、派手な金色の「K」の意匠がきらきらと輝く。芝生を一周して戻ってくると、須田はすぐに靴を脱いだ。

「本番はこれでお願いします。でも、一つ注文があるんですけど」

「何だい」

「『須田』の縫い取りはやめて下さい」脱いだばかりの靴を顔の高さに持ち上げ、須田が真顔で言った。「何だか、重いような気がするんですけど」

呆気《あっけ》に取られたように、宮崎が肩をすくめた。

「馬鹿言うなよ。こんなの、糸くずみたいなものじゃないか。一グラムもないぜ」

「とにかくお願いします」須田が深々と頭を下げた。

「分かったよ」宮崎が長々と溜息をついた。「実際に履くのは君だからな。納得するまでいじってあげるさ」

「すいません。ご面倒かけます」頭を上げた須田の顔には満面の笑みが浮かんでいたが、青山はその目を見た途端に凍りついた。冷たい光をたたえた須田の目はまったく笑っていなかった。

理由は分からない。しかし、須田がすでに自分の側の人間ではなくなってしまったような気がした。

リビングルームから湖を眺める。庭の照明が辛うじて届く範囲に、鴨が三羽いるのが見えた。他愛《たわい》もない話をしているうちに時は流れ、青山が気づいた時には時計の針は午後九時を指していた。

「これ、使ってみろよ」須田が、二人にサングラスを差し出した。ラップラウンド型のサングラスで、特に変わったものには見えない。

「かけてみろよ」言われるまま、青山はサングラスをかけた。最初は普通のサングラスと何が違うのか分からなかったが、ちょっと顔を動かしてみると違いは明らかになった。まったくずれないのだ。かといって、顔を締めつけられる感じもない。

「何だよ、これ」青山はサングラスを外し、しげしげと見つめた。やはり、見ただけでは何が特別なのか分からない。

「いいですね、これ」助川が単純な感想を漏らす。「走ってもずれないんだ」

須田が笑みを浮かべてうなずく。

「そうだよ。専門的な話で俺は良く分からないけど、ツルが特殊な素材らしい」

「これも新製品なのか？」青山は訊ねた。

「いや、売ってない」須田が首を振る。「作ってもらったんだ」

「『カジマ』に？」

「いや、アメリカの会社。オーダー品だよ。ずれない理屈はよく分からないけど、とにかく顔にフィットして滑らないサングラスって言ったら、こんなものができてきた」

「普通ので十分じゃないか」

青山が呆《あき》れて言うと、急に須田が真顔になった。

「だからお前は甘いって言うんだよ」

「甘い？」むっとして青山は言い返した。「何で俺が甘いんだよ」

「お前、五輪記念は今まで何回走った？」

「三回」即座に青山は答える。「それがどうした？」

「気がつかないか？　あのレースではどうしてもサングラスが必要になる」

「ああ」五輪記念マラソンは、スタート地点の国立競技場を出て最初の一キロは北を目指すが、その後すぐに甲州街道に入り、折り返し地点まではずっと西へ向かうコースを一直線に走ることになる。正午スタートなのだが、冬場なのですでに陽が中天から西へ傾きかけているのが常だ。レースの前半は、ほぼ正面から強い西日を受けて走り続けることになる。

「折り返しまでの前半、こいつがないと目が痛くなるだろう」

「でも、滑らないサングラスならいくらでもあるじゃないか」

青山が反論すると須田が語気を強めた。

「絶対に滑らないやつじゃないと駄目なんだ」絶対に、というところに力を入れて須田が言った。サングラスを手に身を乗り出す。「新宿辺りを走る時の風の強さ、お前も知ってるだろう？　それも、予想できないビル風なんだよ。横殴りみたいな風でサングラスがずれることがあるだろう。それであたふたして遅れたら馬鹿みたいじゃないか」

「そういうことか」青山は、須田に気取られないよう、小さく溜息をついた。「お前、あのコースは何回走ったんだ」

「一回」サングラスを弄びながら須田が答える。「本番は今度が初めてだけどね」

「一回走っただけでそんなことまで覚えてるのか」

「走ったのは一回だけど、その後で何回か下見してるからね。それはともかく、そのサングラスは使ってみてくれよ。そのうち市販されるかもしれないけど、今は手に入らないから、試しに使ってみるといい」

「これって、要するにお金を払って作ってもらったってことですよね」助川が恐る恐る訊ねた。

「そうだよ」こともなげに須田が答える。助川が遠慮がちに質問を続けた。

「いくらかかったんですか？」

　突然、須田が大きな声で笑い始めた。助川が驚いたように肩をびくりと震わせる。しかし青山には、わざとらしい作り笑いにしか聞こえなかった。

「知らないんだよ。自分では金の計算はしないから」

「そうなんですかー」溜息混じりに語尾を伸ばしながら助川が言った。青山は露骨に鼻を鳴らしてやったが、二人ともそれには気づかない様子だった。

須田が、青山の方に向き直る。

「お前、もっと気を遣えよ」

「遣ってるよ」

「でも、陽射しとか風の対策なんて何も考えてなかっただろう」

青山は黙って須田を睨みつけた。大きなお世話だ。そもそも俺はサングラスが嫌いだし、こんな忠告をするのは、俺をライバルとして見ていない証拠ではないだろうか。須田はそれを意識しているのかいないのか。意識しないで忠告しているとすれば、それはそれでまた頭に来る。

「お前はもっと速く行けるはずなんだけどな。俺はそう思ってる」

「ご忠告ありがとう」

「忠告じゃないよ。本気で頑張って欲しいんだ。レースは、競った方がいいタイムが出るからな」

「俺をペースメイカーに使いたいのか?」

「滅相もない」邪気のない笑みを浮かべ、須田が顔の前で手を振る。「そんな重量級のペースメイカー、俺には必要ないよ。ただ、二人でレースを引っ張っていけば、面白くなるんじゃないか」

「どうしても二人で走りたいんだったら、武藤に頼むんだな」

驚いたように目を見開き、須田が肩をすくめる。

「おいおい、分かってるだろう。あいつとまともに話をするのは不可能じゃないか」

青山は素早く首を横に振った。

「とにかく、余計な気遣いはいらない。五輪記念はお前のレースなんだ。人の心配をしてる暇があったら、自分のことを考えろ」

「そんなつもりで言ったんじゃないぜ」須田がむっとして言い返す。緊張が高まるのをはっきりと感じながら、青山は会話の着地点を見つけられずにいた。

空気が抜けるような音がした。そちらに目をやると、別のソファで居眠りしていた宮崎が、大欠伸しながら背伸びをしていた。

「ああ、時差ぼけだな、時差ぼけ」目をしばしばさせて立ち上がり、宮崎がシャツの胸ポケットを探って煙草を取り出す。じっと須田を見たが、彼が苦笑しているのに気づいたのか、小さく肩をすくめた。

「ここは当然、禁煙だよな」

「すいません」須田が頭を下げる。

「ああ、いいんだよ。そもそも、君らの前で煙草を吸っちゃいかんよな。でも、アメリカって国は極端だね。どこもかしこも禁煙で嫌になっちまうよ……ちょっと外で吸ってくるわ」

いいタイミングだ。青山は立ち上がり、「じゃあ、俺たちもそろそろ行くわ」と須田に告げた。不承不承といった様子で助川も腰を上げる。

「そうか」須田は引きとめもしなかった。「サングラス、持っていってくれよ」

「そうするよ、せっかくだから」青山は、サングラスを折り畳んでTシャツの胸元に挿した。「それにしてもお前、窮屈じゃないか?」

「窮屈って、何が」

「自分を追いこんでるみたいだぜ」

「アオ」須田が真顔になった。立ち上がると腕を組み、青山の顔を真っ直ぐ覗きこむ。

「俺は弱い人間なんだ」

「お前が弱い? 冗談じゃない。お前が弱いなんて言ったら、世の中に強い人間なんて誰もいなくなっちまうよ」

「いや、俺は弱い。何か理由をつけてすぐにサボりたくなるし、勝てない時もすぐに言い訳を考えちまう。だから駄目なんだよ。駄目だったんだよ。いつまでも昔の記録にすがってるだけじゃ、前に進めない。俺は前へ行きたいんだ。そのためには、自分を追いこむしかないんだよ」

「そうか」

何かに追われるようにまくしたてる須田に対して、青山は相槌を打つことしかできなかった。

7

「いやいや、それにしても眠くてかなわんね」外に出ると、宮崎が大きく伸びをした。目の端から涙を拭《ふ》き取り、青山の方を見やる。「今回の時差ぼけはひどいよ。もう、海外を飛び回るような年じゃないねえ」

「宮崎さん、何歳なんですか」青山が訊ねると、宮崎が小さく笑いながら振り向いた。

「六十五。考えてみりゃあ、のんびり温泉巡りをしてるか、家で孫の相手をしててもおかしくないよな」

宮崎が煙草に火を点《つ》ける。煙がゆっくりと、家の横にある白樺《しらかば》の木立の方に流れて行った。何となく立ち去りがたく、青山は自分が乗ってきたミニヴァンに背中を預け、宮崎と向かい合った。

「それにしても、須田君の相手は疲れるねえ」

「そうですか」

宮崎の唇の端にぶら下がった煙草がかすかに揺れた。

「見りゃあ分かるだろう」

「あいつとはいつ頃からの付き合いなんですか」

「彼がこっちへ来る直前からだから、もう一年になるかな。急にうちの会社を訪ねてきてね、自分用のシューズを急いで作って欲しいって言い出したんだ。こっちは大量のバックオーダーを抱えてるから、そんなふうにいきなり割りこまれても無理だって断ったんだが、彼はどうしても引かなくてね」

金を積まれて方針を曲げたんですか、と訊ねようとして、青山は言葉を呑みこんだ。世の中には金で動かない人間がいるものだが、宮崎はまさにそういうタイプに思えた。

「奴《やっこ》さん、最後は土下座したんだぜ」

「土下座？」青山は目をむいた。土下座どころか、須田が人に頭を下げる様すら青山には想像できない。もちろん、挨拶の時に頭を下げることはあるだろう。ふだんは慇懃無礼と言ってもいいほど丁寧な男なのだから。しかし、誰かに願いを聞き入れてもらうために頭を下げるような人間だとは思えなかった。

「そう、土下座だよ」その時のことを思い出したのか、宮崎が目を閉じて首を振った。

「たまげたねえ。目の前で土下座されたのなんて生まれて初めてだぜ。たかがシューズのことだろう？　ごく普通の市販品を履いて、いいタイムを出してるランナーだっていくらでもいるじゃないか。シューズなんて、人に土下座してまで作ってもらうようなものじゃないと思うけど、そうでもないのかね」

「僕らが選べる道具は靴だけですからね」

「まあ、そうだけどね」宮崎が頭をがりがりと掻く。「彼、その前はアメリカのメイカーのシューズを使ってたらしいんだ。だけど、細かい希望がなかなか伝わらなかったみたいでね。結局、俺のところに駆けこんできたってわけだよ」

「そうだったんですか」

「土下座はともかく、それからの方が大変だった」苦笑しながら宮崎が首を振る。煙草を吸いに、と言って外へ出てきたはずなのに、最初の一服を除いては灰になるのに任せている。「ソールの素材、アッパーの素材、手当たり次第に試してみた。それとさっきも言ったけど、彼は両脚の長さが少しばかり違うからね。シューズで矯正《きょうせい》する方法はいくらでもあるんだけど、とにかく自然にっていうのが要望だったから、そっちもいろいろと工夫してみたよ。今回のでようやくＯＫが出たわけだ。あと、彼は汗っかきだから、アッパーの素材にも難儀したな。『靴の中に水が溜まる』なんて文句を言うんだけど、そんなこと、あるわけないのにねえ」

「蒸れる感じはありますよ。それは俺も経験がある」

「そうそう」青山の答えに、宮崎が二度、短くうなずく。「普通の人の感覚はその程度だろう。それが彼にかかると『水が溜まる』になっちまうわけだ。大袈裟な話だよねえ。結局、開発中の新素材が一番しっくり来たみたいで、それを採用することにしたんだけどね。まあ、こっちとしては、新しい商品の実験にも役に立つからありがたい話なんだが、それにしてもずいぶん金は使ったな。まだ実用段階じゃない素材だから、どうしてもコストがかさむんだ」

「その金、須田が払ったんですか」

「そりゃあそうだよ」言って、宮崎が車寄せの隅に煙草を弾《はじ》き飛ばした。すぐに新しい一本に火を点ける。「うちだってボランティアじゃないんだから、実費はいただいてる。ただ、普通の選手は既製品をベースにソールの厚さを調整する程度で済むから、それほど金はかからないんだが、彼の場合はほとんどゼロからのスタートみたいなものだったからね。ま、俺だったらとてもあそこまで金はかけられないね。それより、君のシューズはどうする」

「俺の？」青山は親指を自分の胸に向けた。「俺は別に、シューズは……」

「はて、話が違うな」宮崎が首を捻る。「須田君に頼まれてたんだよ。引き合わせるから、君のシューズも作ってやってくれないかって。自分からも話しておくって言ってたんだけどな」

「ああ」

ようやく合点がいった。要するに、須田の「見せたいもの」というのは宮崎だったのだ。宮崎を紹介し、俺に自分専用のシューズを作らせようとしたのだろう。別の選手を紹介すればなにがしかのキックバックがあるとか……いや、まさか。わずかな小遣い欲しさに、須田がそんなことをするわけがない。純粋に、俺にいい靴を履いて欲しいと考えただけなのだろう。途中から険悪な雰囲気になってしまったので、あいつも言い出せなかったに違いない。

自分でも気づかぬうちに、青山は険しい表情を浮かべていた。

あの野郎。そういうのも大きなお世話というのだ。

「で、シューズの件はどうするかね。彼から頼まれてるし、俺の方は引き受けてもいいんだが」

宮崎の問いかけに青山は首を振り、苦笑を浮かべた。

「いや、俺はいいですよ。金もないし、今のシューズで十分満足してますから。『カジマ』のシューズですけどね」

「そうかい？　まあ君の場合、特注でシューズを作る必要もないと思うよ。正確に測ってないから断言できないけど、君はたぶん、両脚の長さがぴったり同じじゃないかな。それに、足そのものも綺麗な形をしてる」

「いつ見たんですか」

「さっき、ソファのところで靴を脱いでたじゃないか」

「それだけで分かるものなんですか」

宮崎が困ったような笑みを浮かべる。

「商売柄だから仕方ないんだけど、人の足元ばかり気になっちまってね。電車に乗ってても、じろじろ足ばかり見ちまうんだ。何だか危ない男だよねえ……それはともかく、君はクッションは厚目が好みか？　それとも薄くても軽い方がいいのかな」

「軽い方ですね」アキレス腱を痛めてから、自分でもいろいろシューズを試してみた。海外の選手が、ソールの厚いシューズの方が足の負担が少ないと言っているのを聞いてそうしたこともあったが、実際には薄くて軽いソールの方が疲労が溜まらないようだった。

「今は何を履いてる？」

「『ウィナー』シリーズの一番新しいやつです」

「なるほど」うなずき、宮崎がズボンの尻ポケットから折り畳んだ紙片を取り出した。「こんなもの持ってきたんだけど、いらないか？　秋に出る新しいシューズのカタログのサンプルだ。『ウィナー』のニューモデルも載ってる。良かったら後で見ておいてよ」

玄関から漏れ出てくる灯りで眺めると、最新モデルがずらりと並んでいる。宮崎が近づいてきて、一つ一つを指差しながら説明を始めた。煙草臭い息が漂う。

「こいつはね、ソールに新素材を使ってる。クッション性と軽さをぎりぎりのところでバランスさせたモデルだ。一度試してみるといいよ。確か昔、アキレス腱を痛めたことがあったよな？　だったら軽さだけじゃなくて、クッション性もある程度は考えた方がいい。これなら、軽さとショックの吸収性の両方で満足できるんじゃないかな」

宮崎が昔の怪我のことまで知っていることに驚き、青山は軽い唸《うな》り声を発した。

「売り出されたら試してみますよ。これ、もらっちゃっていいんですか？」

「もちろん。後でちゃんとしたカタログができたら送らせるからね。これで少なくとも一足は売れたことになるかな？」

「俺も使いますよ」調子に乗って助川が口を挟む。青山は睨みつけてやったが、宮崎は満足げな笑みを浮かべてうんうん、とうなずいた。しかしそれも一瞬のことで、渋い顔になると心配そうに青山に訊ねる。

「君、須田君とは大学の同期だったよな」

「ええ」

「じゃあ、よく知ってるわけだ」

「いや、昔はともかく、ここ一年は会ってませんからね。最近のことは……」

「心配なんだよ、俺は」

「何がですか」

話を区切るように、宮崎が煙草の煙を深々と吸いこむ。

「ちょっと入れこみ過ぎじゃないかな」

「そうですか」

「足が小さくなってるの、君も見ただろう？　まあ、体重が落ちればそういうこともあるんだけど、それだけじゃなくて、ちょっとへばってる感じがするんだ。俺は自分で走るわけじゃないから難しいことは分からないけど、レース前の体調管理ってあるだろう？　レース当日に山を持っていくように、抑えるべきところは抑えるとかさ。彼、明日がレースなら最高のコンディションかもしれないけど、それがいつまで続くかねえ」

言われて青山も少し心配になった。確かに須田は一見リラックスしているようだが、青山から見れば苛立《いらだ》ちがわずかに透けている。もちろん専門のコーチがついて、レースに向けてスケジュールをしっかり管理しているはずだが、彼自身のはやる気持ちまでは制御できないのではないだろうか。しっかりと休養を取るのは大事だが、確かに休むのは恐くもある。もう少し、もう少しと距離を伸ばしていくうちに、いつの間にか疲労が蓄積され、体の切れが失われてしまうものだ。

「こうやって一緒に仕事をしてるけど、須田君は、俺には手の届かない場所にいるような感じがするな」宮崎がぽつりと言い、短くなった煙草の先を見つめた。「彼、日本で低酸素室を準備してるらしいよ」

「低酸素室？」思わず青山は聞き返した。高地トレーニングをするのと同じ環境を人工的に作り出そうという施設で、日本にも何か所かある。高地トレと同じ効果を期待してそこに泊まりこむ選手もいるし、高山にアタックする登山家が事前に体を慣らすために使うこともあるようだ。

「自宅を改造してるみたいなんだけど、個人でそこまでやるかねえ」

宮崎の説明に、青山は短く溜息をついた。須田を遠い存在だと感じているのは宮崎だけではない。須田の考え方、マラソンのために注ぎこんでいる労力と金を考えると、とてもまともに戦えるはずがないと思えてくる。

どうしてそこまで自分を追いこむのか。一度、正面から聞いてみたかった。「勝ちたいからだ」という答えしか返ってこないであろうことは簡単に想像できたが、それでも問い詰めてみたい。どうして勝ちたいのだ。勝って五輪代表に選ばれた後には、いったい何が待っているというのだ。

合宿はまあまあ成功だった、と菊田が自慢げに胸を張った。打ち上げの日、最後の夕食の席である。今日は最後なので特別に、という菊田の気遣いで、テーブルには和食が並んでいた。刺身、天ぷら、肉じゃが。他の選手たちは嬉々《きき》として箸を動かしているが、青山はなぜか食欲が湧《わ》かなかった。

「助川は、ずいぶんタイムを伸ばしたな」

口一杯に料理を頬張った助川が、もごもごと何か答える。菊田が満足そうにうなずき、他の選手の合宿の成果を次々と評価した。最後は青山である。渋い顔になり、声が小さくなった。「ま、アオはベテランだから心配してないけどな」と締めくくる。

実際には苦しい合宿だった。何度も走って慣れているコースだし、気温や湿度などの条件も悪くはなかったのだから、問題が青山自身にあったのは明らかである。走っている限り、いつもと何が違うのかまったく分からない。しかし、例えば一万メートルのスピード練習でタイムを取ってみると、自己最高の二十七分四十五秒には遠く及ばず、二十八分を切るか切れないか、ということが続いた。これが四十キロを超える距離になると、自己ベストよりも数分遅くなるはずである。

体が危機を訴えていないかと青山は何度も自問したが、体調は悪くないし、故障もない。どんな問いに対しても戻ってくる答えは常に同じものだった。大丈夫、行ける、と。

となると、体ではなく精神的な問題かもしれない。そちらの可能性の方が高いのではないかと青山は思っていた。余計なことに気を取られているとタイムにも影響が出てくるものだし、気になることは幾つもあるのだ。かといって、これからそういう問題を解決できるかといえば、それは難しい。せめてソノダのことだけでも何とかならないだろうか。

「とにかく、お疲れでした」青山があれこれ考えを彷徨《さまよ》わせている間に、菊田が話をまとめにかかっていた。「夏の高地トレはきついことが多いけど、これが秋から生きてくる。自分はこれだけやったんだっていう事実は、絶対に自信になるからな。特に札幌のマラソンに出る連中は、今の調子を落とさないように調整を続けてくれ」

その言葉を機に、ようやくまともな食事が始まった。と言っても、選手たちは菊田の演説などほとんど聞かずに、すでにあらかた料理を平らげてしまっていたのだが。青山は自分の皿に箸を伸ばし、海老《えび》の天ぷらを無理に口に運んだ。ふにゃふにゃと歯ごたえのない揚げ具合だったのに、嚙み砕き、飲みこむのにひどく苦労した。


「行かないんですか、アオさん？」恨めしそうに唇を嚙みながら助川が言った。

「俺はいいよ。みんなで行ってこい」青山はベッドに寝転がったまま、助川の顔を見ないで言った。目線はテレビに注がれているが、内容は頭を素通りして行く。

「じゃあ、すんません。俺、行きますから」ぺこぺこと頭を下げながら、助川がドアを閉めた。別にすいませんなんて思ってないだろう、と青山は心の中で毒づく。打ち上げで夜の街に繰り出そうと誘われたのだが、どうにもそんな気分になれなかった。助川は他の先輩たちに報告するのだろうが、皆の反応は目に見えていた。タイムが悪かったたから落ちこんでるんだろう。まあ、アオさんも年だから——。

そんなことはない。ベッドの上で上体を起こし、青山は必死に否定しようとした。年齢など関係ない。俺より年上で頑張っているランナーだっていくらでもいるではないか。大丈夫、帰国してスピード練習を重点的に続けていけば、絶対にタイムは取り戻せる。今はスピード感が落ちているだけなのだ。

とにかく気持ちを落ち着かせよう。そのためにはブルーズが一番である。こちらに来てから買ったオムニバスアルバムをCDプレイヤーに入れ、ランダムの設定にしてからプレイボタンを押す。ジョー・ターナーの「シェイク・ラトル・アンド・ロール」が耳に飛びこんできた。ジャンプ・ブルーズの名曲で、ブルーズからロックンロールへの橋渡しともなった曲である。ふだんなら、つい腰が動きそうになる類《たぐい》の曲なのだが、今夜ばかりはそんな気にもなれなかった。

いつの間にかうつらうつらしてしまったらしい。ぼんやりとした意識が電話の音で切り裂かれる。反射的に受話器を取ってから、無視してしまえばよかったと後悔した。

悪い予感は当たるものだ。

「いかがですか」やんわりと切り出す声。ソノダだ。

無言で息を吐き出し、相手が次の言葉を切り出す前に、青山は受話器を電話に叩きつけた。心臓が肋骨《ろっこつ》にぶつかりそうな勢いで躍っている。よし、これでいい。できるじゃないか。今夜はあの男のペースに引きこまれなかった。言葉を交わさなければいい。電話を切ってしまえばこちらの勝ちだ。

また電話が鳴り出した。クソ、どうする。このまま無視するか、それとももう一度叩き切ってやるか。ベッドから降り、部屋の中をうろうろと歩き始める。十回まで数えた。相手が電話を切る気配はない。思い切って受話器を取り上げ、耳に当てずにすぐに置こうとした時、遠くから声が聞こえてきた。

「アオさん？」

助川だ。小さく溜息をつき、青山は受話器を耳に押し当てる。

「何だよ」

「すいません、寝てました？」

「寝てたよ」

助川の声は、背後で強烈に鳴り響くトランス系の音楽に埋もれてぼやけていた。

「やっぱり出てきませんか？　せっかくですから」

「遠慮しておくよ」

「ええー、いいじゃないですか。みんな、出てこいって言ってますよ」助川の声はどことなく間延びして聞こえる。こいつ飲んでるな、と青山は舌打ちをした。

「よくない。俺は行かないからな。お前もあまり羽目を外すなよ。アメリカは、未成年の飲酒にはうるさいぞ」

「ねえ、アオさん?」

「いい加減にしろ」

青山はそっと受話器を置いた。まったく、びっくりさせやがる。他の連中に言われて電話してきたのだろうが、最後の最後になって調子に乗り過ぎて、何かトラブルでもあったら大変だ。菊田にも一言忠告しておくべきだろうかと迷ったが、次の瞬間には、たぶん彼も同行しているはずだと思い直した。菊田は、お祭りになると真っ先に駆けつける男である。

また電話が鳴り出した。苦笑しながら受話器を取り上げ、「いい加減にしろよ、助川」と低い声で脅すように言う。

「ずいぶん苛々してますね」戻ってきた声はソノダのものだった。クソ、何も言うな。このまま電話を切ってしまえ。しかし、催眠術にかかったように青山はその声に引きこまれ、受話器から指を引きはがすことができなかった。

「どうでしたか、今回の合宿は。あまり調子が良くなかったようですね」

「何でそんなこと知ってるんだ」

「まあ、いいじゃないですか」含み笑いするような調子でソノダが言った。青山は、背筋に冷たいものが這《は》い上がってくるのを感じた。合宿の様子など、自分たち以外に知る者はいない。やはり内部通報者がいて、ソノダに逐一青山の調子を報告しているのだろうか。

「通報者がいるわけじゃありませんよ」青山の気持ちを見透かしたようにソノダが告げる。裏切り者はいないわけか、と青山は幾分ほっとしたが、それでも謎《なぞ》が解けたわけではない。不快感は消えなかった。「まあ、そんなことはどうでもいいでしょう」

「俺には電話しないでもらいたいですね」少し柔らか過ぎるかな、と思いながら青山は言った。もっとがつんと言ってやるべきではないか。しかし、どうしてもきつい言葉が出てこない。「困るんですよ」

「今日で合宿も終わりでしょう？　帰国されたら、一度会っていただけませんか」

「何であんたと会わなくちゃいけないんですか」

「食わず嫌いっていう言葉があるでしょう。とにかく、一度きちんと説明させていただきたいんですよ。話を聞けば、あなたも分かって下さると思いますがね」

「けっこうです」青山はできる限り冷たく言い放った。「あんたが言ってるのはドーピングのことでしょう。おかしいんじゃないですか？　選手にそんなことを勧めるなんて、狂ってる」

「そうですかねえ」青山が挑発しても、反応は冷静だった。「ドーピングをうまく利用している選手がいるのは、あなたもご存知でしょう。それは、そんなに遠い世界の話じゃないんですよ」

「馬鹿な」

「去年、ソルトレークの冬季オリンピックでも大騒ぎになったばかりじゃないですか。あれなんか、氷山の一角なんですよ」

この男の言う通り、冬季オリンピックの距離スキー競技でドーピングが発覚して大問題になったのは、去年のことだ。距離スキーとマラソン、必要とされる運動能力は似通っている。

「ドーピングなんて、弱い人間のやることでしょう」

「いや、私には、強い人ほどドーピングをやるように思えますね」

「冗談じゃない。一生懸命練習している人間がドーピングしただけの人間に抜かれるなんて、不公平じゃないか」

ソノダが鼻を鳴らしたように聞こえた。こんな挑発には乗るな。こいつは俺を怒らせて、何とか付け入る隙を見つけようとしているに違いない。

「あなたは一級品だと思いますよ」

今度は青山が鼻を鳴らす番だった。これまでそんな評価を受けたことはない。タフなだけで、スピードは平凡だし駆け引きもうまくない。十年近くのマラソン経験で、青山は自己評価をその辺りに落ち着かせていた。白けた気分で青山は反論する。

「それこそ、あんたが嘘つきだという証拠じゃないですか。一級品っていうのは、須田みたいな人間のことを言うんですよ」

「彼は確かに一級品だけど、もろ過ぎる。マラソン選手としてはひ弱ですね。ある種、図太さがないといけない」

「人の友だちのことをそんな風に言うな」すごんでみせたが、ソノダは意に介さない様子だった。

「たまたまコンディションが良くて条件も揃えば、一回だけはすごいスピードを出せるかもしれない。だけど大事なのは、長年にわたってそれを維持できるかどうかということじゃないですかね。あなたはずっと続けてきた。一度も棄権しないで、出たレースは全部走りきってきた。これは大事なことです。あなたには、自分でも気づいていない素質がある。そして、何が足りないのかは私には分かっています。今のままの練習では、その足りない部分を補うことは不可能だ」

「何なんだ、その足りない部分って」

「それは、私が言うまでもないでしょう」

痛いほど分かっていた。結局はスピードの問題なのだ。しかし現実には、今のスピードが一杯一杯である。十秒記録を伸ばすことはできるだろうが、一気に一分、二分とタイムを短縮できるとは思えない。そんなことができるとしたら、レースで最高の条件――平坦《へいたん》なコースが延々と続き、無風状態で気温も上がらない――が揃う以外にはありえない。自分自身を変えることはできないのだ。

ドーピングでもしない限りは。

冬季五輪の距離競技で、何度となく流された映像を思い出す。過酷な高地レースで、ゴールインした選手が次々と倒れこむ中、優勝した選手だけは平然と笑顔を見せていた。その選手は確かに優勝候補と見なされてはいたが、ドーピングが限界を押し上げ、ついには天井を突き破ったのだろう。

たぶん、走るのがはるかに楽になる。長距離を走る場合、無意識のうちにどこかで力をセーブしてしまうものだ。これが百メートルだったら、限界まで全身の筋肉を酷使することになる。たかだか十秒のことなのだから。しかし長距離では、どこかに余裕を残しておかないと完走もおぼつかない。レースも後半になって、競り合う相手を一気に置き去りにすることができるのは、そういう余裕の大きな選手なのだ。ドーピングでその余裕を大きくするのは、一番手っ取り早い方法である。何も、金と時間をかけて高地トレをする必要はない。

冗談じゃないぞ、と青山は身震いした。仮にそうやって勝ったとしても、その後にやってくるのは不正の発覚、順位の取り消し、そして世間の厳しい指弾と出場停止処分である。一年なり二年なりの出場停止処分をくらった後では、俺はもう復活できない。年も年なのだし、そんなことがあった後では、世間の見る目も違ってくるはずである。晒《さら》し者になりながら走る度胸はなかった。

「俺は、そんな危ないことをするつもりはない」

「ばれることを心配してるんでしょう？　大丈夫です。最初にも言った通り、絶対に発覚しません。検出できないんですから、証明しようがないんですよ。それに安全です。きちんとやりさえすればね」

「きちんとやるって、何をですか」

「それは、電話では説明しにくいですね」

腕を縛り上げ、自分で静脈に注射しろとでも言うのだろうか。ぞっとしない光景である。これではまるでジャンキーだ。昔、誰かが言っていたのを思い出す。ドーピングに手を染める人間は、ドラッグ中毒と変わらない。一度手を出すと、二度とやめられなくなるのだ。ドラッグは快楽のために、ドーピングは生み出される新しい記録のために。いや、両者にさほどの違いはないかもしれない。記録を叩き出すことは、アスリートにとって麻薬を使うのと同じ、あるいはそれ以上の快感なのだから。

「どうしてそんな持って回った言い方をするんですか」

「事が事だけにね」ソノダの声に真剣味が増した。

「とにかく、いい加減にして下さい。また電話してくるようなら、出るところへ出てもいいんですよ」

「出るところって、どこですか?」馬鹿にしたような口調でソノダが訊ねる。「警察? それとも思い切ってJOCにでも訴えてみますか。私は何をしたわけでもない。こうやってあなたと喋っているだけで、私が誰かにドーピングを勧めたということは立証できないんですよ」

確かにそうだ。この男は絶対に尻尾《しっぽ》をつかませないだろう。この会話を録音できれば、と青山は悔やんだ。ほんの小さな一言から、この男を追い詰める材料を見つけ出すことができるかもしれないのに。いや、そもそもそんなことをするのが俺の役目なのか?

「一つ、お教えしましょう。あなたに一番足りないものが何か、分かりますか」

「さあ」

「技術以前の問題です。勝とうという気持ちですよ。もしかしたらそれは、あらゆるスポーツにおいて一番大事なものかもしれませんね。本気で勝つ気があるなら、私の話を真面目に聞いてくれるはずです」

「そんなことをしてまで勝ちたくないだけだ」

「そう思いこんでるだけなんじゃないですか」電話の向こうで、ソノダがすうっと息を呑む気配がした。「そういう考え方を変えないと、あなたは絶対に勝てませんよ……いずれにせよ、日本でお会いしましょう」

「俺に近づかないでくれ」ほとんど悲鳴のような声で青山は言った。

「では、また」

「ちょっと――」

電話はすでに切れていた。心をつなぎとめていたものが外れ、自分の気持ちがどこかへ彷徨い出してしまったように青山は感じていた。


デンバーからの出発はいつも早朝の便になる。青山は五時に目を覚まし――実際にはほとんど寝ていなかった――ぐずぐず言う助川を叩き起こしながら、自分の荷物をまとめ終えたところだった。遅くとも七時にはホテルを出ないと、搭乗手続きに間に合わない。腕時計を睨みながら助川が荷造りするのを見守っていると、電話が鳴った。おおかた菊田からのモーニングコールではないかと思ったのだが、違った。美奈が妙に暗い声で電話してきたのだ。

「どうした、こんな朝っぱらから」

「ああ、そうか。ごめんなさい」慌てて美奈が謝る。「そっち、何時?」

「まだ六時だよ」

「寝てたわよね、もちろん」

「いや、これから出発なんで、荷物を片づけてたところだ」言いながら、ちらりと助川を見る。のろのろとトランクに服を詰めている最中で、この調子ではいつまで経っても終わりそうにない。「悪いけど、あまり喋ってる時間はないんだ」

「ごめんね。ちょっと知らせたいことがあって」

「ああ」

「武藤君のことなんだけど」

「うん」

「興味ない？」

「いや、そういうわけじゃないけど、あいつがどうかしたのか」

「会いに行ったのよ、さっそく。彼、今は大学の助手ってことになってるのね。要は、大学で練習するために何か肩書が必要だってことらしいんだけど、実際は一人で練習してるみたいよ。でも、調子はいいようね」

「あいつがよく取材を受けたな」あれだけメディアに叩かれた男が。それもほんの数年前のことである。「昔話だ」と笑って水に流してしまうには短い歳月だし、そもそも武藤は、恨みを簡単に忘れる男ではない。

「もちろん取材拒否よ」苦笑いしながら美奈が言った。「それは、監督とコーチから聞いた話」

「監督に会ったのか？　よく話を聞き出せたな。俺が現役の頃だって、何を言ってるか分からない人だったのに」

　青山の出身大学の陸上部監督、小川昌治《おがわまさはる》は、口さがない連中から「有史以前から監督をしている」と悪口を言われている人物だ。それは大袈裟にしても、昨年、監督就任五十周年のパーティが大々的に開かれたのは事実である。要するに、戦後すぐから監督を務めている計算だ。腰はすっかり曲がり、少々耳も遠い。技術論は二十年前でも時代遅れと言われそうな代物で、今はひたすら部員に精神的な説教をするのが己の仕事と心得ているようである。青山たちが卒業する時の記念パーティでは、「そもそも駅伝とは……」と始まる乾杯の挨拶を四十五分も続けたものである。その後で飲んだビールは、麦茶のような味がした。

「そうね。だから、話は主にコーチから聞いたんだけど……とにかく、取材って本人にしないと話にならないでしょう？　あなたから頼んでもらうわけにはいかないかしら」

「俺が？」青山は顔をしかめた。頰がぴくぴくと引き攣るような感じがする。「冗談じゃない」

「そうか」美奈が溜息をついた。「やっぱり図々《ずうずう》しいお願いよね」

「いや、そうじゃなくて」青山は慌てて弁明した。「実は俺、あいつとはうまくいってないんだよ。昔から気が合わないっていうかさ」

「そうなんだ」渋い声で美奈が言った。「じゃあ、無理かな」

「うーん、どうかな」断ることはできる。そもそも俺が彼女に対して便宜を図る義理などないのだから。だいたい、そういうお願いをしてくること自体、図々しいのではないか。同級生三人の因縁の戦いとか言いながら、結局彼女が書きたいのは須田と武藤のことであるはずだ。俺を上手く利用しようとしているだけなのではないか。

しかし、断りきれない。

「俺が頼むにしても、まずはあいつに会うところから始めないといけないな。時間がかかるかもしれないよ。向こうだって、俺のことを良く思ってないだろうから」

「でも、母校を訪ねるってことにすれば、会いに行きやすいんじゃない？　私みたいに取材だって言うと、警戒されちゃうけど」美奈はやけにしつこかった。

「それはそうだけど、作戦まで考えてくれなくていいよ」青山は美奈に気取られないよう、小さく溜息をついた。「どうせ日本に帰ったら大学に行くつもりだから、そのついでに会ってみる」

「助かるわ。話を聞いてみると、けっこう攻めにくそうな感じなのよね。誰か仲介してくれる人がいないと難しいと思うの」

「ああ、分かった」青山は頬が緩むのを感じた。人に頼まれ事をされたのはいつ以来だろう。面倒臭いとは思ったが悪い感じはしない。「じゃあ、日本に戻ったら連絡する」

安堵《あんど》の吐息を漏らしながら美奈が礼を言った。

「ありがとう。正直言って、どうしようかと思ってたのよ」

「君のことだから、もっと強引に取材するかと思ってた」

「強引にやったら嫌われちゃうわよ。取材の基本は人間関係、信頼関係なんだから」

「そんなものかね」

「そうよ。じゃあ、朝早くにごめんね。お土産はいらないから」

そんなもの買ってないよ、と言いかけたが、すでに電話は切れていた。

「何ですか」助川がスーツケースから顔を上げて訊ねた。

「知り合い。日本からだ。飯を食って一段落したら、俺の顔を思い出したんじゃないかな」

「何ですか、それ」

「どうでもいいよ。それより早く荷物を片づけろ。飛行機に乗り遅れたら、丸一日無駄になるぞ」

はいはい、とか何とかつぶやきながら、助川がスーツケースの蓋《ふた》を閉めにかかった。

それを横目で見ながら、青山は窓を開け、涼しい外の空気を部屋に導き入れた。日本ももう、ずいぶん涼しくなっているだろう。帰れば短い夏休みの始まりだ。その間に、母校を訪ねてみることにしよう。

それにしても、大学を卒業してから八年も経って、初めて三人揃って同じレースに出ることになるとは。単なる巡り合わせなのだが、青山はそれだけではない運命的なものを感じた。須田は、覚悟をもって今回のレースに臨む。武藤だって、人に言わないだけで腹に一物持っているはずだ。自分の意志で身を引いた世界に再び入って行こうというのだ、その覚悟は須田よりも強固かもしれない。

それに対して俺はどうだ。毎年出るレースだから出る、走る理由はそれだけである。勝てるあてもなく、そうしようという強い意志もなく、ただ義務のように四二・一九五キロを走る。結局自分は何のために走っているのだろう。何十人もの人間が同時にスタートを切り、勝つのは一人だけ。ある意味、どんなスポーツよりも勝敗の濃淡がはっきりしているのがマラソンだ。しかし俺は、勝ち負けに執着せず、毎年少しずつタイムが上がっていくことにささやかな喜びを見出《みいだ》しているに過ぎない。

それでいいのか。

勝つ喜びを知らぬまま、マラソンを走る意味があるのか。

お前には欲がない、と菊田は言う。ソノダは「勝とうという気持ちが足りない」と指摘した。たぶん須田も、物足りなく思っているのだろう。宮崎を紹介したのも、俺を刺激してやる気を出させるつもりだったのかもしれない。

このままでは俺は、自分は何者であるかさえ証明できないまま、現役生活を終えることになる。

スーツケースの上に置いたサングラスを取り上げた。練習で実際につけて走ってみたのだが、確かに具合は良い。顔の一部になったように、走っている最中は存在を忘れてしまうのだ。しかしこれは、須田が余りものを譲ってくれたのである。彼にとって、俺はやはり敵ではないのだ。敵だと認めていれば、こんな施しはしないに違いない。宮崎を紹介しようとしたことだって、ほんの気まぐれだったのだろう。

しばらくサングラスを眺めた後、青山はそれをゴミ箱にそっと入れた。音を立てて投げ捨てるようなことはしなかったが、そんなことをせずとも、それで自分の気持ちに折り合いをつけたつもりだった。助川は何にも気づかず、まだスーツケースの蓋と悪戦苦闘を続けている。

もやもやとした気持ちの中に、何か核のようなものが生まれつつあった。

それはまだ「不可能」という言葉と同義だったが、青山はマラソンを始めてから初めて、はっきりと勝負を意識した。

第二部　十字路

1

九月下旬に行なわれる札幌のマラソンに出場する選手を除いて、合宿の後には遅い夏休みが待っている。成田で解散すると、陸上部員たちはそれぞれ帰省したり旅行に出かけたりするのだが、「鬼のいぬ間に」ということなのか、若い選手は決まって合宿所に戻って行く。しかし、この春入社したばかりの助川は、秋の駅伝を待たずにそのまま実家へ帰ることにしたようだ。成田から東京駅へ出て、夕方の新幹線に乗る予定だと言う。入社して初めての里帰りのせいか、その顔にはずっと薄い笑みが張りついていた。

成田エクスプレスの座席に腰を落ち着けると、青山はつい助川をからかった。

「久しぶりにママの顔が見たくなったか」

「そういうんじゃないです」助川がぷっと頰《ほお》を膨らませる。「高校時代の友だちに会うんですよ」

「あまり羽目を外すなよ。特に交通事故には注意してな」

「楽勝ですよ」にやにや笑いながら助川が答える。「向こうは、東京と違って車が少ないですから。がらがらの道路を走ってる分には、事故なんて絶対——」

「助川」青山が一音一音を区切るように言うと、助川が短く溜息《ためいき》をつく。

「分かってます」

もう少し注意してやろうと思ったところに、額に汗を浮かべた菊田が戻ってきた。掌を団扇《うちわ》代わりに顔をあおぐ。

「会社に電話してきたんだけどさ、こっちはずっとこの暑さだったらしいぜ。これからもしばらく暑いらしい」

「そうなんですか」青山が訊《たず》ねると、菊田が渋い顔で首を振った。

「何と、北海道も連日三十度近くだってさ。この分だと、札幌はかなりきついレースになるだろうな。涼しいのに体が慣れちまってるから、かえってきついかもしれない」

「ボールダーじゃ、暑さ対策はできませんからね」額に浮かぶ汗を掌で拭《ぬぐ》いながら、青山も菊田の意見に同調した。

「そうだな。しかし、最近の日本はどうなっちまったんだろうね。この分だと、これから夏はずっと海外合宿ってことにしないと、走りこみもできなくなる」

「いいですね、それ。俺、ボールダーだったら三か月でもオーケイですよ」助川がぱっと明るい笑みを浮かべて応じた。

「調子に乗るな」菊田が体を乗り出し、助川の額を拳《こぶし》でこつんと殴る。「お前はメキシコシティーで十分だ。あそこで排ガスにまみれて雑巾《ぞうきん》がけでもしてこい。物価も安いし、三か月と言わず一年でも三年でもいいぞ」

「勘弁して下さいよ。海外だからどこでもいいってわけじゃないですよ。ボールダーだからやる気になるんじゃないですか」

「その調子で、夏休みも浮かれてるんじゃないぞ」

「分かってまーす」菊田の忠告に、助川が呑気《のんき》に返事をした。

「アオはどうするんだ」菊田が青山に訊ねる。「また実家に帰るのか」

「年に二回ぐらいは顔を出さないとね」

「実家が東京だと案外帰省しないものだけど、お前さん、まめだよな」

何だかからかわれているような気がして、青山は逆に質問した。

「菊田さんはどうするんですか」

「俺は女房の実家だ」うんざりしたような口調で菊田が答えた。「遅い夏休みで里帰りだよ。二泊三日で帰ってくるけどな」

「奥さんの実家、どこでしたっけ」

「山梨。温泉でも入ってのんびりしてくるさ。うちの坊主、まだ五歳なのに温泉が大好きでね」

「そうなんですか」

「平気で三十分ぐらい湯につかってるからな。俺だってゆだっちまうのに」

他愛《たわい》もない会話を繰り返しながら、青山は幾分ほっとしていた。海外でのトレイニングは、やはり非日常的なものなのだ。ふだん考えないようなことも考えるようになるし、いつもは見逃している些細《ささい》なことも異常に思えてくる。帰国して、また日常が戻ってきたのだなと実感しながらも、美奈との約束を思い出し、青山は再び気分が重く沈みこむのを感じた。

武藤に会うのか。会わなければならないのか。彼女と約束してしまったのだから仕方ないのだが、つい溜息が漏れてしまう。燃え盛る炎の中に飛びこんで賞賛を浴びるのは消防士だけである。それ以外にそんなことをしようとする人間は、愚か者とか自殺志願者と呼ばれるだけだ。

何だかんだ言っても、家に帰るとほっとする。ちょうど夕食時に着いたので、食卓には青山の好物が並んでいた。

「ちょっと飲まないか」

父親の知哉《ともや》が遠慮がちにビールを勧める。青山は苦笑を浮かべて首を振った。

「悪いけど」

「オヤジ、俺には？」弟の夏樹《なつき》が恨めしそうにコップを差し出す。

「自分で注《つ》げ」無愛想に言うと、父親が自分のコップにビールを注いだ。舌打ちして、夏樹が冷蔵庫にビールを取りに行く。わざとらしい大声で「ずいぶんサービスが違うな」と文句をつけた。

「晋《しん》はたまにしか帰ってこないからだ」父親が言うと、夏樹がすかさず言い返した。

「毎月ちゃんと金を入れてる俺の立場はどうなるんだよ」

「そんなことより、いい加減に独立したらどうなんだ」

「夫婦二人になったらかえって困っちゃうんじゃないの、喋《しゃべ》ることもなくて」皮肉を吐きながら夏樹が戻ってきた。

「大きなお世話だ」一方的に会話を打ち切った父親が、夏樹から顔をそむけて夕刊に目を落とす。視線は記事の上を彷徨《さまよ》っているだけのようだ。何だか話しづらいのは、青山の方でも同じである。俺がマラソンのことを話しても分かってもらえないだろうし、こっちが父親の仕事の話を聞いても面白くもない。年に二回、夏の終わりと正月にしか帰ってこないのだから、互いにもう少し話すべきことがあるのではないかと思うのだが、実際に顔を合わせると、いつも気詰まりな沈黙に支配されてしまう。

「天ぷらだけど、いいかしら」母親の葉子《ようこ》が大皿を持って台所から出てきた。皿一杯に、夏野菜の天ぷらが盛りこまれている。青山は頰が緩むのを感じた。

「大丈夫だよ」

「体重、気にしないでいいの？」

「少しぐらいならね」

「羨《うらや》ましい話ね」転がるような声を上げて母親が笑う。母親とは、会う度《たび》に体重の話題になるのが常だ。青山は、いつも体重のことで愚痴をこぼしている母親に対して「効果的なダイエット法は一つしかない」と説く。カロリーの摂取量よりも消費量を多くすればいい、簡単な計算なのだ、と。しかし母親は、運動するなんてまっぴらだと言い続け、いつも何かしら新しいダイエット法を試している。青山から見れば胡散《うさん》臭いものも多いのだが、あえて何も言わないようにしていた。母親は間もなく六十になる。自分で言うほど太っていないのだが、体を壊しでもしない限り、やりたいことをやっても許される年齢ではないか。

食事はほとんど無言のまま進んだが、その雰囲気がかえって青山をリラックスさせた。一人一部屋が与えられている陸上部の合宿所はアパートを借り上げたもので、壁が薄いせいか隣の部屋の話し声もよく聞こえてくるし、いつでも誰かに見られているような不快感が消えない。食事は朝、夜と食堂で全員揃《そろ》って食べる。大学時代から数えてもう十年以上もそういう生活をしているせいか、時には無愛想なほど静かな時間が恋しくなる。

食事が終わると、父のアルコールの時間も終わりになる。いつもビールを大瓶一本。食事が済めば酒は一切口にせず、夏場でも熱いお茶一本槍《やり》だ。青山の記憶にある限り、その習慣は昔から変わらない。夏樹はそそくさと自室に引っこんだ。コンピュータソフト会社でSEとして働く夏樹は、家にいてもほとんどの時間をパソコンのモニターと向かい合って過ごしている。二十八にもなって家を出ないのは、本当に独立や結婚に関心がないためかもしれない。たぶん、雨露をしのげる場所さえあればいいのだろう。昔から、衣食住には頓着《とんちゃく》しない男だった。

「どうするんだ」

ぼんやりとテレビを眺めていた青山の耳に、父親の声が飛びこんできた。

「え？」

聞き返すと、珍しく真っ直《す》ぐこちらの目を見つめながら繰り返す。

「これからどうするんだ」

「これからって？」

「まあ、そのことについてこんなことを言うのもあれだが」

苦笑いしながら青山はうなずいた。あれ。これ。それ。父親の話はいつも指示代名詞の羅列で、具体的な話題の周囲を迂回《うかい》する。母親には通じるようだが、彼はどうしても理解できない。

「こんなことって、何だよ」

「お前、いつまで今みたいな生活を続けてくつもりだ」

「いや、急にそんなこと言われても」またいつもの話が始まったのかと、青山は小さく舌打ちした。ここ一年ほど、何度も繰り返された話題なのだ。

誰かに指摘されるまでもなく、自分では分かっているつもりである。競技者としてマラソンを続けていけるのも、それほど長くはない。一、二年のうちには決断の時がやってくるだろう。しかしこの問題はじっくり考え、一人で答えを出すべきことだと思っている。他人には一切、余計なことを言われたくなかった。

父親がリモコンを取り上げ、テレビの電源を消した。急に静かになり、母親が台所で洗い物をする音がやけに大きく聞こえてくる。青山は、火傷《やけど》しそうなほど熱い茶を慎重に啜《すす》った。

「そろそろ考えてもいい頃だぞ」

「そうよ」エプロンで手を拭《ふ》きながら母親が戻ってきた。「お父さんの言う通りよ」と同調する。

「ちょっと、二人揃って何だよ」青山は言い返した。両親については、どうにも理解できない部分がある。普段はろくに話もしていないはずなのに、肝心な問題になると事前に入念な打ち合わせをしたように口を揃えるのだ。「俺だって考えてるよ」

「お前、今三十だろう」新聞を畳んで、父親が身を乗り出す。「だいたい、マラソンってのは何歳まで走れるんだ」

「四十でも五十でも。ホノルルマラソンとかだと、ジイサンも走ってる」

「そうじゃなくて、会社はお前の脚にいつまで金を払ってくれるんだ」

「ああ」短く言って青山は唇を嚙み締めた。菊田の顔を思い浮かべる。一年前、彼も自分と同じように引退のタイミングを考えていた。きっかけは、たぶん彼にしか分からない微妙な衰えだったはずである。決断する時は、やはり家族と話し合ったのだろうか。

「マラソンをやめても会社に残るつもりなの？」心配そうに訊ねる母親の方に、青山は目を向けた。

「この年になって、手に職もないのに再就職はきついよ」かと言って、今の職場で自分がどうしても必要な存在というわけでもない。青山の現在の職場は「多摩工場生産管理チーム」である。工場のライン監視が主な仕事で、極論を言ってしまえば人間ではなくコンピュータで済ませることもできる種類の仕事だ。入社してからずっと同じ職場にいるが、「仕事が楽しい」と思ったことは一度もないし、逆に苦しかった記憶もない。同期入社の連中は、時に苦しみ、時に達成感を味わいながら順調にサラリーマンとしてのキャリアを積んでいるわけで、今さらそういう連中と張り合うことは不可能である。

一方で、再就職など想像もできない。納得したように父親がうなずく。

「この不況だし、再就職はきついな」

「オヤジ、他人事みたいに言わないでくれよ」

「まあ、その、一般論ってやつだ」

「でも、今の会社って、お給料もそれほど良くないんでしょう」誰かが聞き耳を立てているとでもいうように、母親が声を潜めて言った。

「どうかな」衣食住のうち、「食」と「住」は会社が面倒をみてくれている。自分のために金を使うと言っても、ブルーズのCDを買うぐらいだし、そんなものはたかが知れている。今すぐマラソンをやめても、贅沢《ぜいたく》をしなければ一年や二年は暮らしていけるぐらいの蓄えはあるはずだ。しかし、実際にそうするとなったら、かなり倹約しなければならないだろう。あるいは実家に戻ってきて、片道二時間かけて多摩の工場まで通うか。いずれにせよ、あまりぞっとしない考えだった。

「いろいろ考えてみた方がいいぞ」重々しい声で父親が忠告する。俺だって考えてるよ、と青山は言い返そうとしたが、結局言葉を呑《の》みこんだ。実際、大したことは考えていないのだ。マラソンをやめた後のことは、霧の向こうでぼんやりと霞んでいるに過ぎない。

いつもは、この会話はこの辺りで終わりになる。青山は腰を浮かしかけたが、引き止めるように母親が追い打ちをかけた。

「大学へ戻ってみたら？」

「大学？」驚いて、青山は母親の方に顔を向けた。

「真面目《まじめ》な話よ。会社にいても、これから先どうなるか分からないんでしょう」

「母さんの言う通りかもしれんな」父親がすかさず同調する。やはり打ち合わせをしていたのだろうか、と青山は訝《いぶか》った。「いいか、お前と同期で入社した連中とは八年も差がついてるんだぞ。今から一生懸命やっても仕事で追いつけるかどうか、分からんぞ」

「そんなことは分かってるさ。何も出世しようなんて思ってないよ」

「そのうち、手遅れだって気づくぞ」

「手遅れになっても、俺は別に気にならないけどね」

「周りの人間がみんな課長になっても、自分がまだ係長でいるのは辛《つら》いもんだ」

「オヤジはそういうの、経験ないんじゃないの」総務部長——区役所の一般職員としては最高の地位に上りつめた父は、言ってみれば同期の出世頭である。皮肉をこめて言ったつもりだったが、父親は「まあそうだが」と淡々と答えるだけだった。

「ねえ、本当に真面目に考えてみて」母親が心配そうな顔で忠告する。「大学で後輩に教えるのだって、悪くないんじゃないの。生活の心配をする必要もなくなるでしょう」

「ああ、まあ」自分が指導者に向いているかどうかは別問題として、ずっとマラソンに関わっていけるというのは理想だが、会社で後輩たちの指導をしたいと思っても菊田がいる。彼がいつまでコーチを続けるつもりかは分からないが、陸上部はそれほど大所帯ではないので、コーチを何人も置く余裕はないだろう。となると、現役を引退すれば、陸上部には俺の居場所はなくなるということだ。しかし、大学ならチャンスがあるかもしれない。

「考えてみるよ」言い残して、青山は席を立った。

「真面目に考えた方がいいぞ、本当に」すかさず父親の声が追いかけてくる。

考えていないわけじゃない。嫌なのは、周りの人間全員が、俺はもう限界なのではないかと思いこんでいるらしいことだ。走ることについて何も知らない両親までがそんなことを言う。急に年をとってしまったように感じ、青山は階段を上る途中で盛大に溜息をついた。

ベッドに横になる。時差ぼけで睡魔が襲ってきたが、無理に目を見開き、ぐるりと部屋の中を見回した。素っ気無い、飾り気のない部屋は昔のままだ。唯一装飾品と言えるのは、壁に飾った自分の写真だけである。自意識過剰だと思う時もあるが、実際、良く撮れた写真なのだ。

箱根駅伝で須田からタスキを受け取る瞬間をとらえたものである。大学に入って三年目で初めて走る箱根で、やっと出番が回ってきた、後は俺に任せろという気負いを隠そうともしない青山の表情。先行する他チームのランナーを次々と追い抜いてきた勢いのままタスキを渡そうとする須田の、力に満ちた顔つき。

この年、二区にエースの須田を据えて優勝候補の一角と見なされていた青山たちの大学は、一区の選手が大ブレーキになって苦戦を強いられていた。予想外の八位で須田が走り出した時、先頭との差はほぼ五分あった。五分――約二十キロ走るうちに五分の差を縮めるのは容易なことではないが、須田はまるでその差が存在しないような快走を見せた。戸塚中継所で須田の到着を待ち続けた青山は、他の部員たちが逐一伝えてくれるレースの経過をやきもきしながら聞いていたのを覚えている。あいつのことだから間違いなく順位は上げてくるはずだが、果たして何位でつないでくれるのか。

走り始めてすぐ、須田が一人かわして七位に上がる。十キロ地点では四人の集団を一気に抜き去った。その瞬間、青山は須田がトップで中継所に現れるのを確信した。二十キロ過ぎ、胸突き八丁の苦しい上りが続くのを感じさせないスピードで、須田はついに先頭を行く二人をとらえた。トップに立った後もスピードを落とすことなく、一気にリードを広げて行く。抜かれた方にすればこれは最大の屈辱であり、何とかしようという気力も失せてしまうものだ。こっちは精一杯、ぎりぎりで走っていたのに、あいつはどうしてあんなに余力があるんだ——。

須田の勢いが乗り移ったように、青山も快調に飛ばした。あるいはあのレースは、自分にとって生涯最高の出来だったかもしれない。前半ずっと続く緩い下り坂ではペースを押さえ気味にしたにもかかわらず、他のランナーが迫ってくる気配すら感じられなかった。コースの半分を過ぎた浜須賀歩道橋付近でぱっと視界が開け、左側に相模《さがみ》湾、正面に富士山が見えてくると、その景色を楽しむ余裕が生まれたほどだった。レースであれほどの晴天に恵まれたのは、後にも先にもあの時だけである。「花の二区」「上りの五区」「下りの六区」がレースとしての箱根駅伝のハイライトだが、景色という点ではこの三区に勝る区間はない。そこに抜擢《ばってき》してくれた監督の小川に密かに感謝さえした。

平塚市内に入り、海風の冷たさを感じながら中継所へ向けてラストスパートに入った時、ふと背後から迫ってくるランナーの勢いを感じた。誰だ？　振り返る余裕はない。ペースを上げて引き離しにかかったが、相手は青山を上回るスピードを保っているようだ。クソ、冗談じゃないぞ。せっかく須田が作ってくれたリードを俺がふいにするわけにはいかない。青山は大きく肩を上下させると、残ったエネルギィを解放した。最後の二キロを走り抜き、ほとんど倒れそうになりながら仲間たちの渦に巻きこまれたとき、青山は意外なことを聞いた。見事な独走だったな、特に最後の二キロはすごかった、と。

そんな馬鹿な。あと二キロというところで俺は誰かに追いつかれそうになった。独走だったわけではない。ところが後でヴィデオを確認してみると、青山は終始後続のランナーとの差を二百メートル以上も保っていた。だったらあれは何だったのか。もしかしたら須田の幻に追われていたのかもしれない、と後になって思った。同じチームの仲間として一緒に暮らし、練習するうちに、須田が自分とはレベルが違う選手だということが青山には身に染みて分かっていたが、あの時はあいつにだけは絶対負けたくないと思っていたのだ。他のチームの選手ではなく、俺の直前を走った須田を強く意識していたのだ。だからこそ、あいつの幻が俺を追い上げてきたのだろう。

青山の独走は区間新記録にこそならなかったものの、その後五年間は誰にも破られなかった。須田がお膳立てしてくれた記録とも言えたが、往路のリードが効いて、チームは青山たちが在籍した四年間で唯一の優勝を飾った。

大学か、とぼんやりと考える。どうせ監督やコーチには会うのだから、挨拶《あいさつ》がてら話をしてみるか。向こうが受け入れてくれると言うなら、真面目に検討してみてもいい。いや、それは傲慢《ごうまん》か。本当はこちらから頭を下げて、ぜひ使って下さいと頼みこむべきだろう。

「お願いします」と言うことはできる。しかし、それはあまりにも性急過ぎるのではないだろうか。確かにこれから、劇的にタイムを伸ばすことは難しいだろう。合宿でも思うように走れなかった苦い記憶が、徐々に暗雲となって心に広がる。あと何年頑張れるか。次の次のオリンピックでは三十五歳。現実味が薄い。それを言うなら、漠然とだが自分が次のオリンピック出場を考えていることだって、現実的ではない。

「兄貴、ちょっといいか」

言い終わると同時に、夏樹がドアを開けた。青山はベッドの上でゆっくりと上体を起こし、渋い顔をしてみせた。

「お前、少し待ってからドアを開けろよ。声をかけてる意味がないじゃないか」

「まあまあ」にやにや笑いながら、夏樹が椅子《いす》を回して反対向きに腰かける。背もたれに両腕を預けると、用件を切り出す前に欠伸を嚙み殺した。

「オヤジたちと何話してたんだ」

「引退しろってさ」

「マジかよ」夏樹が顔をしかめ、鼻を膨らませる。

「そこまで露骨じゃなかったけどな。大学でコーチでもやったらどうだって言われた」

「ふうん」眼鏡を外し、夏樹がTシャツの裾《すそ》で拭った。ぽっこりとした腹が剝《む》き出しになる。

「お前、また太ったんじゃないか」

「座り仕事だからね。腰痛と体重増加は宿命なんだ」

「そんなこと言ってないで、少しはジョギングでもしたらどうだ」

冗談じゃない、とばかりに夏樹が体を震わせた。

「百メートルも走ったらアキレス腱《けん》が切れちまうよ。兄貴、本当に良くやるよな」

この一家で、スポーツに縁があるのは青山だけなのだ。夏樹は子どもの頃から外で遊ぶのが苦手で、将棋からコンピュータへと興味の対象を移し、今も通勤以外には歩く必要のない仕事についている。父親も母親も、学生時代からスポーツにはまったく興味がなかったようだ。

そういう青山も、特に運動神経が優れているわけではない。サッカーをやれば簡単なキックを空振りしてしまうし、野球でも、打席に立ってボールを前に飛ばした記憶がない。同じ走るにしても短距離では決して速い方ではないし、水泳に至っては溺《おぼ》れかけながらようやく二十五メートルを泳げるかどうかという程度だ。ただ愚直に、人よりは少しばかり速く長い距離を走れるだけで、それしか能のない自分が時々嫌になる。もしも野球やサッカーが得意だったら、今頃は同い年のサラリーマンよりもずっと多く金を稼いでいたかもしれない。三十になったからといって、両親が将来の行く末を案じるようなこともなかっただろう。

「だけど、マジでいつまでやるつもりなんだよ。もう三十だろう」

「正直言って、考えたことない」小さな嘘《うそ》をついて、青山はまたベッドに寝転がった。

「いつの間にか三十になっちまったって感じだからな。引退とか言われてもぴんと来ないんだ。走れなくなったわけでもないし」

「だけど、オヤジには心配かけるなよ。もうすぐ定年なんだから、いろいろ気になるんじゃないのか」

「お前、人のこと言えるのか?」

夏樹が憮然《ぶぜん》とした表情を浮かべて反論する。

「俺はここで、ちゃんと両親の面倒をみてるじゃないか。金だって入れてるし」

「面倒みてる? 毎日飯を食わせてもらってる身分で、偉そうなこと言うな」

諦《あきら》めたように、夏樹が肩をすくめる。

「でも、親ってのは年をとるとちょっとしたことが不安になるもんだからさ。大学に戻るのは悪くないんじゃないか。家からだって通えるし」

「そうかもしれないけど、今は余計なことは考えたくないんだ。レースも近いし」

「兄貴、マジでオリンピックでも狙ってるのか？」

「本気だとしたらどうする」

夏樹ががりがりと頭を掻《か》いた。掌で自分の顔を挟み、困惑した笑みを浮かべる。

「いや、それは別にいいけど、何かあったのか？　らしくないぜ」

答えなかった。答えられなかった。自分でも冗談だか本気だか分からないことを、人に説明できるわけがない。ちょっと走ってくるからと夏樹に断り、青山はシャツを脱ぎ捨てた。一日でも体を甘やかしたくない。以前はそれが当然と思っていたのだが、今はこんなことをやっていて何の意味があるのかという疑問を感じることもある。こうやって雨の日も風の日も、多少体調が悪くても走ることに何の意味があるのか。走っても走っても、明日は見えてこないのに。

東京の二十三区内にある大学にしては珍しく、青山が卒業した大学にはキャンパス内に運動施設が揃っている。簡単な内野席がついた野球部のグラウンド、一面綺麗《きれい》な芝が整備されたサッカー部のグラウンドに挟まれる形で、数年前に一新されたばかりの陸上部のフィールドがある。近くにはロードの練習にも適した広大な都立公園があるし、陸上、特に長距離の選手にとって、まずは恵まれた環境だった。

晴れ上がった九月の午後は、フィールドで練習する選手にとっては最悪の環境になる。トラックでは、中距離の選手たちが一様に無表情な顔つきで、一塊《ひとかたまり》になってコーナーを抜けてきたところだった。すでに限界を超え、苦しいと感じる神経も麻痺してしまったのだろう。

「ラスト！」マネージャーだろうか、ストップウォッチを首からぶら下げたジャージ姿の青年が、両手でメガフォンを作って叫ぶ。ストップウォッチを覗《のぞ》きこむと、タイムが伸びないのは全《すべ》て自分の責任だとでも言いたげな渋い表情を浮かべた。そんなに若い頃から他人のことばかり心配してると胃潰瘍《いかいよう》になっちまうぜ、と青山は心の中でつぶやいた。

綺麗に手入れされた芝と茶色のアンツーカーが、くっきりとしたコントラストを見せる。ここで後輩たちの指導をしながら、もう一度勉強し直すのも悪くないかもしれない。体育学部で運動生理学か何かを専攻して、うまく行けば、助手から助教授の道を進む。アメリカかヨーロッパに留学してコーチ学を学ぶ手もあるだろう。

練習風景を横目で見ながら、青山はホームストレッチ側にあるベンチに向かった。予想していた通り、十人は座れそうなベンチに、監督の小川が一人でぽつんと座っている。ここは小川専用の特等席なのだ。遠慮なく近づけるのは、コーチ連中かOBだけである。それもかなり年季の入ったOBで、青山は自分がベンチに近づく資格があるかどうか自信がなかった。が、小川の方で先に彼に気づき、風に木の枝が揺れるような仕草で手招きしてくれた。青山は軽く頭を下げ、歩調を速める。

小川はいつもと同じ格好だった。白いゴルフズボン。生成りのウィンドブレーカーに、くしゃくしゃになった帽子を目深に被《かぶ》っている。夏でも冬でもこの格好は変わらない。夏はともかく、冬の寒風を防げるような服装ではないのだが、小川がフィールドコートやダウンジャケットを着ているのを、青山はついぞ見たことがない。両手で杖《つえ》をつき、そこに顎《あご》を載せている姿は、公園でのんびりとひなたぼっこを楽しんでいるようにも見える。

「お久しぶりです」

立ち止まって頭を下げると、小川の顔の皺《しわ》が深くなった。射しこむ西日に金歯が煌《きらめ》く。ベンチを軽く叩《たた》き、青山に自分の横に座るよう促した。

ベンチには簡単なプラスティック製の屋根がかかっているだけだが、晩夏の陽射しを遮るにはそれでも十分だった。三十度を超える真夏の午後にトラック練習をしている時など、このベンチに座る小川を恨めしく思ったものだが、そのやっかみは真っ当なものだったと今になって思う。今日は八月並みに気温が上がっているが、屋根のお陰でベンチの中は涼しかった。青山も、額に浮かぶ汗がすうっと引いていくのを感じる。ふと、かすかな風が吹きつけてきた。小川の方を見ると、子どものように顔をくしゃくしゃにして、掌に載るような超小型の扇風機を青山の顔に向けていた。

「どうだ、いいだろう」

「涼しいですね」気のきいた切り返しの台詞《せりふ》も思いつかず、青山は素直な感想を口にした。

「こうクソ暑いとやっていけんからな」小川が、扇風機を自分の顔に向ける。長く伸びた白い眉毛《まゆげ》が風にそよいだ。「こんなものが出てくるとはありがたい世の中だね。こんな小さな扇風機とは、よく考えたもんだ」

この男の時間は三十年ほど前から止まってしまっているのではないかと青山は思った。毎年同じような若い選手を迎え、四年後に送り出す。そんなことを繰り返しているうちに、三十年前と現在の区別がつかなくなってしまったのではないだろうか。

携帯電話が鳴り出した。小川が、ゆっくりした動きでベンチに置いた携帯電話を取り上げる。通話ボタンを探す指先がおぼつかない。

「はい……おお、その件ね。うん、とりあえずやってみてくれんかな。もう少しはっきりしたところで報告してくれればいいから。そう、じゃあ、よろしく」

節くれだった指でボタンを押して電話を切ると、小川がにやり、と笑った。

「お前さん、わしがこういう文明の利器とは縁がないと思ってるんだろう」

「いや」苦笑しながら青山は首を振った。すっかり見透かされてしまっている。昔からこうだった。うつらうつらしているように見えながら、小川は時々鋭く突っこんでくる。そして、そういう指摘はたいていてい的を射ていた。

「今日はどうした」

「ご挨拶です」

「なるほど。夏合宿が終わったわけだ」

「ええ」

「お前さん、毎年夏の合宿が終わるとここに顔を出すな。律儀な男だ」

「それしか取り得がありませんから」

「律儀なのは、長距離ランナーにとって一番大事な資質だよ。短距離の連中はわがままで性急でいかん」

「そうですか」答えながら、青山は足元の地面を見下ろした。ベンチのあるグラウンドの隅ぎりぎりまで芝が張ってある。枯れ芝が一本だけ混じっているのに気づき、腰を折って摘み取った。

切り出しにくい。

要するに俺は、求職活動に来ているわけだ。それも「いつから」という明確な時期も示せないままに。もしも今年限りでレースをやめるという決意ができていれば、もう少し話しやすいだろう。しかし、自分の気持ちもはっきり固まっていない状況で「コーチの仕事はありませんか」と聞くのは気が進まなかった。

「武藤が来とるぞ」突然、小川の方から武藤の話を持ち出した。少しどぎまぎしたのを隠そうと、青山は手にした枯れ芝を弄《もてあそ》んだ。

「そうですか」

「まあ、あいつもいろいろあったんだろうが——」言葉を切り、小川が額に手を当てて目を細める。傍らに置いた双眼鏡を取り上げ、目に押し当てた。「あそこにいるよ。反対側で走っとる」

言われるまま目線をトラックの反対方向に向けると、確かに武藤がいた。おそらく三十度近い熱気の中、トレイニングウェアをしっかり着こんでジョギングしている。減量中のボクサーのようにも見えた。

「半年ぐらい前から来てるそうですね」

青山の問いに、小川がゆっくりとうなずく。たるんだ顎の肉が、緞帳《どんちょう》のように畳みこまれた。

「あいつ、わしに頭を下げてきたよ」面白そうに小川が言った。「ここを使わせて欲しいってな。驚いて、つい『いい』って言っちまった。あいつが人に頭を下げるところ、想像できるか」

「できませんね」青山は即座に答えた。

「だろう？　どういう心境の変化か知らんが、驚いた」

「学生たちにも教えてるんですか」

「さあねえ」小川が首を傾《かし》げる。「一応助手ということにしておいたが、わしはそんな細かいところまで見とらんからね。よく分からん。だいたい、コーチは余ってるんだ」

やはりそうかと、青山は小川に気取られないように溜息をついた。長距離、短距離、跳躍に投てき。それぞれに専門のコーチがいる。長距離だけコーチを増やす理由もないだろう。一言も言わないうちから、自分の求職活動は失敗だったと青山は悟った。

「お前さん、あいつとは話をしてるか？」

「いや、全然話しませんね。特に四年前に例の件があってからは」

「ああ」小川がうなずき、ほんの少し首を捻《ひね》って青山を見た。顔を上げると、帽子の陰になった目が寂しそうに笑っているのが見える。「武藤には悪いが、あれは人間が失敗する典型的な見本だったな」

「監督、それはちょっとあいつが可哀想ですよ」

「まあ、聞け」一瞬、小川の目つきが鋭くなる。青山は黙ってうなずいた。「あいつは昔から、人とうまく折り合うことができん。別にわしは、誰とでも仲良くしろと言ってるわけじゃないぞ。駅伝やリレー以外は陸上は完全な個人競技だからな、同じチームの仲間だって、最後は敵になる。でも、いつも敵愾心《てきがいしん》を剝き出しにして、俺だけは他の人間とは違うなんて思って、そういう考えを露骨に態度に出したら、周りの人間は引いちまうだろうが」

「そうですね」確かに、学生時代から武藤は周囲から孤立していた。低レベルな話だが、一年生の時に義務づけられていた合宿所の掃除をまともにやったことがない。自分が当番の日もいつの間にか抜け出し、一人でトレイニングしているのだ。この大学の陸上部は、伝統的に体育会系の厳しい上下関係が薄いのだが、さすがにそういうことが何度も続くと、先輩たちが怒り出す。実際、武藤は何度か殴られたことがあるはずだが、その後も決して掃除当番の義務を果たそうとはしなかった。一度、青山も先輩と武藤の言い合いを聞いたことがある。掃除をすればタイムが上がるんですかという武藤の言い分に、その先輩はとうとう論理的な反論ができなかった。やがて、頰を張る甲高い音が響き、武藤が一人で戻ってきた。殴ったらさっぱりしたのかよ、だからろくな記録が出ないんだとでも言いたそうな、傲慢な笑みを浮かべながら。

そんなことが積み重なり、武藤は同期の仲間たちからも次第に敬遠されるようになった。彼は最初から、誰かと仲良くやろうというつもりがないようだったし、露骨にそういう態度を見せつけられれば仲間も声をかけにくくなる。結局武藤は、同期の連中の飲み会にも一度も出てこなかったし、同室を敬遠されて、二年生の時からはずっと一人部屋を使っていた。それでも力はある選手だから、必ず箱根駅伝のメンバーには選出された。そのことに対して他の部員の不満が爆発したのは、青山たちが三年生の時だった。

当時の主将が、合宿所の食堂に部員全員を——肝心の武藤はどこかへ雲隠れしていた——集め、駅伝はチームワークだ、と演説をぶち始めた。一人わがままな奴《やつ》がいると、チーム全体が駄目になる。今、うちの部にもそういう奴がいるな、と。次第に激昂《げっこう》してきて、しまいには「俺は今年のメンバーから武藤を外すように監督に進言する」とぶち上げた。そこへふらりと現れた武藤が、「駅伝のチームワークってのは、タスキを落とさないで渡すことだけでしょう」と冷笑を浴びせかけ、糾弾集会はしらけてその場でお開きになってしまった。チームワークなど駅伝には関係ないと言い切った武藤の活躍でチームが優勝したのは、その二か月後である。そう、青山が三区を走ったあの年だ。

「そう言えば、お前もここにいる時に武藤と大喧嘩《おおげんか》したことがあったな」悪戯《いたずら》っぽい口調で小川が指摘する。青山は顔が赤くなるのを感じながら答えた。

「昔の話ですよ。それより監督、どうしてあいつを駅伝のメンバーから外《はず》さなかったんですか。あれだけ自分勝手にやってたのに。先輩たちも相当怒ってたんですよ」

「わしだって勝ちたかったからね」涼しい顔で小川が言う。「走るのに人格は関係ない。

あいつを外したら、誰が六区を走った？　上りより難しい下りを任せられるのはあいつしかおらんかったんだよ」

「理由はそれだけですか」

「外したら、あいつは自殺してたかもしれんからな」

物騒な言葉に、青山は思わず眉をひそめた。小川がまた杖に寄りかかり、遠くに目をやる。その視線は、ゆったりとしたペースで走りながら体をほぐす武藤の姿を追いかけているようだった。

「自殺って……」

「別に、あいつが『死んでやる』って駄々をこねたわけじゃないぞ」小川が、武藤に視線を据えたままで答えた。「ただ、わしには分かっとった。わしは、これまでに何千人という選手を見ているから、人を見る目には自信がある。あいつは、走る場所を与えてやらないと生きる意味を見失ってしまうタイプなんだ。停《と》まった途端に死んじまうんだよ」

「それは大袈裟《おおげさ》じゃないでしょうか」青山が遠慮がちに反論すると、小川が首を振る。

「いや、本当だ。自分が預かってる選手の中から、自殺者なんか出したくなかったからな」

じっくりと話し合ったこともない武藤の心理状態を、青山は推し量ることができない。

ただ突っ張った、自己中心的な人間だと思っていた。だから、武藤に対する小川の評価もにわかには信じがたい。

「まあ、とにかく、ああいう性格だから武藤も損してるわな。四年前の陸連の選考方法は、確かにあまり誉《ほ》められたものじゃない。しかしもしもだよ、仮にお前さんが武藤の立場だったら、いろいろな人がバックアップしてくれたはずだ。会社の人間だって黙ってなかっただろうし、わしも一言言ったかもしれない。誰だって、お前が被害者だと思ったはずだぞ」

「俺がオリンピックの代表候補になる可能性はゼロでしたけどね」

帽子を押し上げ、小川が青山を睨《にら》んだ。不満そうに目を細め、口を小さく開く。お説教が始まるかもしれないと青山は身構えたが、彼の口から出てきたのは、溜息のような諦めの言葉だった。

「まあ、お前さんに何を言っても仕方ないがね」

確かに、今さら何を言われても仕方がない。自分は昔からこういう性格なのだし、今さら変えることなどできないのだ。

「武藤も、普段からもう少し人との付き合い方を考えていれば、あんなことにはならなかったんじゃないかな。そもそも、代表に選ばれていたかもしれん」

「そうなんですか？」

「もちろん、選考基準の中には『人柄』なんてものは入らないんだが、それでも他人に与える印象ってのは大事だからね」

「そんなものですかね」

「狭い世界なんだよ、陸上なんて。保守的だしな。出る杭《くい》は打たれるってやつだ。面と向かって文句を言うような奴がいれば、どうしても『干してやれ』っていう話になる」

小川が帽子を被り直した。陽射しが西に傾き、ベンチの中にも陽光が入りこむようになっている。

「実は、今日は武藤に会いに来たんですよ」青山はようやく用件を打ち明けた。「乾杯で四十五分」の場面に直接立ち会っているのだ。このまま放っておいたら、小川がいつまでも喋り続けるのは分かっている。

「ほう」

「取材の橋渡しをしてもらえないかって頼まれましてね」

「ああ、あのお嬢さんかね」

「監督のところにも来たんですよね」

「そう。あの娘《こ》、お前さんの彼女かね」

「違いますよ」耳の後ろが赤くなるのを感じながら青山は否定した。「彼女、この大学の出身なんです。知り合ったのは、向こうが新聞記者になってから、取材を通じてですけどね」

　喉《のど》の奥から搾り出すような声で、小川が苦しそうに笑った。

「そういうことか。知り合いの縁で頼まれたってわけだな」

「そうです」

「それはまた、厄介なことを引き受けたね」小川が杖を押すようにして背筋を伸ばした。肩が震えているのは怒りのためだろうか、それともこの陽気なのに寒さを感じているのだろうか。青山には分からなかった。

「監督も口添えしてくれたんですよね」

「新聞記者の人は大事にしないといかんからな。大学の陸上なんて、なかなか新聞に取り上げてもらえないだろう。新聞に書いてもらえば選手の励みになるから、できるだけ協力するようにしてるんだが、無理なお願いっていうのもあるからねえ」

「武藤を説得するのは、やっぱり無理ですかね」

「まったく、あの頑固者が」小川が苦笑いする。「でも、わしには奴の気持ちが分からんでもないがね」

「武藤は何を考えてるんですか」

「新聞記者なんぞに邪魔されたくないってことだろう。たぶん、この四年間はあいつにとっても辛い毎日だっただろうからな。それを、何を考えたのかは知らんが、もう一度走って、しかもオリンピックを目指す気になっとる。そういう気持ちの変化は、もしかしたら自分でも説明できんかもしれないだろう。自分でも説明できないようなことを、新聞記者にあれこれ聞かれたら、頭に来るんじゃないか」

「でも、四年前の汚名を晴らすいい機会じゃないですか」

「あれは、汚名だったのかね」ぽつんと小川が言った。「まあ、一方的な言いがかりぐらいには感じているかもしれんが、そういうことも他人には絶対に喋らないだろうな、武藤は。あいつは頭のいい男だ。下手に一言喋れば、マスコミってものがその十倍ぐらいに話を膨らませることなんて、分かっとるはずだよ」

「ちょっとあいつと話してきます」青山は膝《ひざ》に手を当てて立ち上がった。腰に錘《おもり》をつけられたような感じがする。

「ほう」首を捻るようにして小川が彼を見上げ、真顔で忠告した。「お前さんの度胸は大したもんだが、くれぐれも噛みつかれんように気をつけてな」

2

武藤はまったく変わっていなかった。中途半端に伸ばした髪を帽子で押さえつけるスタイルも昔通りなら、顔の半分ほどを覆う大きなサングラスをかけているのも同じだ。

立っているだけで汗が噴き出てきそうな陽気なのに、彼の周囲だけ気温が低いように涼しい顔をしている。

一瞬、武藤のサングラスに青山の顔が映りこんだ。こちらの存在には気づいているはずなのに、青山を完全に無視し、グラウンドの端まで来ると折り返して走り続ける。「邪魔するな」と大書してあるかのような背中を見送りながら、どうやって切り出したものかと青山は頭を捻った。正面から取材の件を言い出したら、どんな反応が返ってくるかは大体想像できる。まずは世間話から始めるか。しかし、今まであいつと世間話をしたことがあっただろうか？　特に卒業してからは、交わした言葉の数は両手の指にも満たないはずだ。「調子は？」とか「今日はちょっと暑いな」とか。それもほとんどが青山からの一方的な問いかけであり、武藤は鬱陶《うっとう》しそうに無言でうなずくだけだった。

どうせ会話にならないなら、向こうから何か言ってくるのを待とう。青山はトラックを横切り、芝生の上で胡坐《あぐら》をかいた。時折秋の気配を感じさせる涼しい風が吹き渡ってくるが、それぐらいでは暑さはしのげない。帽子を持ってこなかったのは失敗だった。

武藤はトラックの端で折り返しながら、飽くことなく同じペースで走り続けている。何だか誰かに操られているようだった。遠くでリモコンを持っている人間がいて、彼に単純な往復運動をさせている。電波が途切れれば、武藤はその場でぱたりと倒れてしまうかもしれない。

十分ほども座りこんでいただろうか。結局痺《しび》れを切らして青山は立ち上がった。武藤がこちらに近づいてくるのに合わせて一緒に走り出す。途端に、ジャージが汗で脚に張りついた。武藤はちらりと青山の方を見たが、すぐに無視して視線を前方に据える。一切無駄のない走りだ。ナイロン素材のジャージが擦《こす》れる音がかすかに聞こえてくるだけで、呼吸している気配さえうかがえなかった。

武藤のように、自分の存在をひたすら無に帰したがるランナーもいるものだ。気配を消して前を行く選手に忍び寄り、一気に横に並ぶ。消耗しきった選手なら、突然敵が出現しただけでパニックに陥り、ペースを乱してしまうだろう。しかし武藤の場合、駆け引きというよりも、慌てふためく相手の顔を見て面白がっているだけなのかもしれない。

「武藤」思い切って声をかけると、武藤がちらりと横を向く。目がサングラスに隠れているので、どんな表情をしているのかうかがい知ることはできない。青山は両手でメガフォンを作って、少し声を大きくした。

「ちょっと話があるんだけど」

無言で、武藤がわずかにペースを上げた。ついていけないほどではないが、とにかく暑いのが鬱陶しい。どうしてこいつは平気な顔をしていられるのだろう。

突然武藤が斜めに進路を変え、トラックに入った。慌てて青山も後に続き、横に並んで彼のペースに合わせる。速い。八百メートルを走るようなスピードで飛ばしている。

この練習にどんな意味があるのか、青山にはさっぱり分からなかった。武藤のストライドが大きくなり、明らかに意図的に青山を引き離しにかかる。そうなると青山もついむきになり、背中にぴたりと張りつくようにした。

武藤は無言のまま、トラックを四周した。ほぼ千五百メートル走った計算になる。突然、またジョギングのスピードに落とすと、トラックを離れてフィールドの中に入って行った。巻いたゼンマイがゆっくりと止まるように歩調を緩め、フィールドの中央まで来てようやく立ち止まる。つま先を芝にめりこませるようにして足首をぐるぐると回しながら、両手を組み合わせて大きく伸びをした。

そこで初めて青山の存在に気づいたように「何だ」と言った。感情が抜けきった合成音声のような声であり、青山はかすかな寒気を覚えた。こいつは、昔からこんな声だっただろうか。黙っていると、武藤の方で質問をぶつけてきた。

「お前、まだ走ってるのか」

「走ってるよ。当たり前じゃないか」何を言い出すのかと首を傾げてみせると、武藤の口が横に大きく開いた。目尻《めじり》の筋肉がわずかに緩む。

「ご苦労なことだな」

「おい」むっとして青山は彼のジャージをつかんだ。武藤は「離せ」と言うでもなく、力任せに振り切るでもなく、ゆっくりと顔を動かして、自分のジャージの袖口《そでぐち》をつかんだ青山の手を見下ろした。油の切れかかった機械のような動きだった。

「出るのか」武藤が顔を上げ、サングラスの奥から青山の顔を睨みつけた。

「出るって、何に」

「五輪記念」

「出るよ。それがどうした」

「やめてくれないか」

青山は口を丸く開け、呆然《ぼうぜん》と武藤の顔を見つめた。こいつは何を言っているのだ？何年ぶりかで再会した途端に、レースを辞退しろと言い出すとは。

「馬鹿言うな」青山は武藤のジャージの袖をゆっくりと離した。手が強張《こわば》り、意識して指の一本一本を引き剝《は》がすようにせざるをえなかった。「何で俺がやめなくちゃいけないんだ」

「簡単なことだ」武藤がかすかに唇を歪《ゆが》めた。「一人少なくなれば、俺が勝つチャンスが増える」

青山は口を開け、すぐに引き結んだ。やっとの思いで質問を吐き出す。

「真面目に言ってるのか」

「真面目も何も、そんなこと、ガキだって分かる理屈だ」

「俺は出る」青山ははっきりと宣言したが、少し自信に欠けた言い方だったのではないかと不安になり、語調を強めて言葉を継いだ。「何でお前にそんなこと言われなくちゃならないんだ。俺には走る権利がある」

「そんなもの、放棄してもらった方がありがたい」

「いい加減にしろよ」

武藤の唇の左端が持ち上がる。サングラスを外した。切れ長の目が、陽光を受けてさらに細くなる。ジャージの裾でレンズを拭くと、表情を隠すようにサングラスをかけ直した。ほとんど唇を動かさずに、青山に質問をぶつけてくる。

「勝てないレースに出ることに意味があるのか？」

痛烈な言葉だった。少し前の自分だったら、へらへらと笑って適当な言葉で誤魔化《ごまか》していたに違いない。だが今は、反論できないまでも、無言で睨みつけて抗議するぐらいはできる。青山の顔をサングラス越しに見ながら、武藤がまた皮肉っぽく笑う。

「俺に勝たせろ」

「何言ってるんだ。レースは走ってみないと分からない」

「今回は、俺が勝つ」それが決まりきった予定であるかのように武藤が言い切った。調子は良さそうだ、という美奈の言葉を思い出す。確かに昔と変わらない走りっぷりだが、こいつは大学に戻ってくるまでの間、どこでトレイニングしていたのだろう。故郷の広島で山にこもり、滝に打たれて精神修行をしながら、クロスカントリーの練習でもしていたのだろうか。

自分の言葉に納得したようにうなずきながら武藤が言った。

「俺が勝つことになってるんだから、お前が走っても無駄だ」

「何でそんなに自信がある」

「そんなこと、説明できるか」

馬鹿馬鹿しい。武藤の理屈は滅茶苦茶《めちゃくちゃ》だ。レースまではまだ間がある。仕上がりが早過ぎてピークがレース前に来てしまうかもしれない——武藤のように一人でトレイニングをしている人間には、往々にして起こりうることだ——し、怪我《けが》をする可能性だってある。それこそレースが始まってみないと、どこまでやれるか見当もつかないものだ。

これ以上彼と言葉のぶつけ合いを続けても話は先に進まないと思い、青山はとにかく用件だけを話してしまおうと決めた。

「美奈から取材の申しこみがあっただろう。坂元美奈」

武藤が首を傾げる。

「何だか、そんな話もあったな」

「受けてやれよ」

「何でお前がそんなことを言うんだ」

「彼女、ここの卒業生なんだぜ。俺らとは同期なんだ」

「お前の知り合いか」

「いや、大学にいる時は知らなかったけど、卒業してから知り合った」

「ほう」武藤がサングラスをかけ直した。「その女も、四年前に俺を散々痛めつけてくれた連中の一人であることは間違いないんだよな。何でそんな人間の取材を受けなくちゃいけないんだ」

「そう言うなよ。お前が久しぶりに走るんで注目してるんだから」

武藤が鼻で笑った。

「大きなお世話だ。俺は新聞に書いてもらう必要もないし、あの時のことをまた持ち出されるのもごめんだ」

「おいおい、だけど――」

「お前は知ってるかもしれないけど、俺はその坂元美奈とかいう女を知らない。よく言っておいてくれ、俺に近づくなって」

頑《かたく》なと言うにはあまりにも厳し過ぎる態度に、青山は思わず皮肉を吐いた。

「優勝すれば、インタビューには答えなくちゃいけないんだぜ」

突然、武藤が喉の奥まで見えそうなほどの大口を開けて笑い出す。青山は一瞬たじろいだが、武藤はスウィッチが切れたように唐突に無表情になると、本気とも冗談ともつかない答えを口にした。

「マイクが突きつけられたら、放送禁止用語でもわめいてやるか」

溜息をつき、青山は両手を広げた。

「おいおい、何でそこまで意固地になるんだ？」

「お前には関係ない」

「なあ、今度は須田も走るんだぜ。三人で一緒にマラソンを走るのは初めてじゃないか。そんなに突っ張ってないで、いいレースにしようよ」

サングラスの周囲の筋肉がきゅっと縮んだ。目を細め、暗い光の向こうから青山を睨みつけているに違いない。

「阿呆《あほ》か、お前は。いいレースなんてものはこの世に存在しないんだ」

「じゃあ、どんなレースなら存在するんだよ」

「俺が勝つか勝たないか。二つに一つだ」傲慢に言い放つと、急にエネルギィを使い果たしたように武藤の顎から力が抜ける。深い皺の奥に消えていた無精髭《ぶしょうひげ》が浮かび上がった。「須田ね。あのお坊ちゃまも出るわけだ。最近は何してるんだ？　またリハビリか？　あいつはリハビリばかりしてるからな」

武藤の露骨な皮肉を、青山は辛うじて受け流した。

「今、ボールダーにいるよ。向こうでずっと練習してる」

「金が余ってる奴は違うな。お前、レースの前にあいつと会うか？」

「さあ、どうかな」

「あいつに会ったら言っておけ。お前にだけは絶対に勝たせないってな」

それで暴言のネタが尽きたのか、武藤は踵《きびす》を返してフィールドの外に向かって歩き出した。

「おい、武藤――」

何とか会話を成立させようとした努力は、まったくの無駄に終わった。自分の呼びかけは虚《むな》しく宙に溶け、武藤の背中には決して届かないのではないかと青山は思った。


久しぶりに大学に来てみて、青山はキャンパスの広さにつくづく嫌気がさした。大通りに面した駐車場はキャンパスの東の端にあるのに対し、運動施設が集まっているのは西側だ。直線距離にしても一キロぐらいあるし、構内の道路は曲がりくねっていて、実際にはその二倍は歩かなければならない。残暑というには厳し過ぎる陽光にじりじりと頭を焼かれながら歩いているうちに、次第に苛々《いらいら》が募ってきた。

「おーい、アオ」後ろから声をかけられ振り向くと、相手がぎょっとしたように目を見開いた。長距離コーチの長谷川郁《はせがわいく》ではないか。よほど厳しい顔になっていたのだと思い、青山は思わず体を硬くすると、両腕を体の脇《わき》にぴたりとつけて直立不動の姿勢を取った。

長谷川が小走りにやってきて、青山の前で立ち止まる。青いワイシャツの肩の辺りに大きな汗染みができていた。額の汗を拭いながら「何で俺のところに顔を出さないんだよ」と責めるように言う。

「すいません。グラウンドにいなかったんで、お出かけかと思って」

「ちょっと研究室の方で用事があったんだ。終わってグラウンドに行ったら、お前が来てたって監督が言うからさ」

「武藤に会いに来たんですよ」

「そうか」長谷川がしかめっ面をしてうなずく。

会うのはほぼ一年ぶりだが、去年よりも日焼けが濃くなり、皺が増えたように見えた。長谷川は、学生時代から数えると、すでに三十年以上もこの大学の陸上部に関わっている。未《いま》だに監督の肩書がつかないのは、小川が引退しないからに過ぎない。しかし、実質的に陸上部を引っ張っているのは間違いなくこの男なのだ。アメリカにコーチ留学したこともあり、その時の経験と人脈を生かして、今も最新鋭のトレイニング理論を仕入れてくる。これからジョギングを始めようとする人向けの入門書から、大学の体育学部で使える専門的なものまで、何冊も本を書いており、理論面でも今や日本長距離界のリーダー的な存在だ。

「あいつ、いったいどうしちまったんですかね」並んで歩きながら、青山は訊ねた。長谷川がしきりにハンカチで汗を拭いながら首を傾げる。

「何だかねえ。えらく意固地になってるのは確かだけど、俺らには何も言わんしな」

「昔よりひどいですね」

「そうだな。ま、昔から楽しいタイプの男じゃなかったけど……四年前の件が今でも引っかかってるんじゃないのか」

「そうですよね。だけど、よく練習を許可しましたね」

「教え子に頼まれたら、嫌とは言いにくいだろうが」図書館の前にあるベンチを見つけた長谷川の顔がぱっと明るくなった。ポプラの巨木が大きく枝を張り、深い木陰を作っているのだ。座るよう、青山に促す。揃ってベンチに腰を下ろすと、少しだけ涼しい風が吹き抜けていく。青山は、ハンカチを取り出して顔を拭きながら、ぼんやりと周囲を見回した。まだ夏休みのはずだが、周囲には学生の姿も目立つ。文学部棟と教育学部棟の間に広がった芝の上では、少林寺拳法部の連中が練習をしていた。確か、あそこは立ち入り禁止のはずだが、規則が変わったのだろうか。あるいは、いわゆる既得権というやつかもしれない。男たちのごつごつとした裸足《はだし》に踏みしだかれ、芝は所々禿《は》げて白い土が覗いていた。

　長谷川が、シャツの襟元に人差し指を突っこんでネクタイを緩めた。

「確かに、あの時のあいつの行動は問題だったと思う。頭の固い連中をわざわざ怒らすようなことをしたんだからな。だけど、あれからもう四年も経《た》ってるじゃないか。何だかんだ言ってもうちのOBなわけだし、受け入れてやってもいいと思ったんだよ。練習場所がないのも寂しい話だしな。それにあいつ、全然衰えてないんだ。広島に引っこんで一人でトレイニングをしてたんだろうが、相当走りこんでたみたいだぜ。昔よりスピードが上がってるぐらいだ」

「そうですか」先ほどの夢想を青山は思い起こした。本当に武藤は滝に打たれ、精神修行でも積んだのかもしれない。しかしそれは、心穏やかに、他人を赦《ゆる》す心を育て上げるためのものではなかったようだ。攻撃性は、以前より確実に増している。

「そもそもあいつが頭を下げたんで、俺も動転しちまったんだよ。驚いて『イエス』と言っちまった」長谷川が苦笑いする。「今考えてみると、あれは一種の脅しだな」

「あいつも五輪記念を走るつもりみたいですね」

「そう、俺には何も言わないけど、そのつもりだろうな」

「やっぱり、オリンピック狙いなんでしょうね」

「名誉挽回《ばんかい》としたら、これ以上のチャンスはないからな」長谷川がうなずく。「文句のないタイムで勝てば、今度は陸連だってあいつを代表に選ばざるをえないだろう」

「須田に勝てますかね」

長谷川が、膝に手を置いた姿勢のまま体を捻り、青山の方を向いた。

「須田か。あいつもずいぶん頑張ってるみたいだな」

「金もかけてます」自分の言葉の皮肉さを意識しながら青山は答えた。「うちもこの前までボールダーで合宿をやってたんですけど、そこであいつに会いましたよ。ずいぶん絞りこんでたし、スピードも相変わらずですね。故障の影響もないみたいです」

「ああ、何だか俺の立場としては困っちまうよなあ」長谷川が大袈裟に頭を抱えた。

「今度の五輪記念に出るメンバーを見れば、あの二人には十分チャンスがある。当面のライバルは、エチオピアのアベラとアメリカのスミスぐらいじゃないか。どっちに肩入れすればいいのか分からんよ」

「コーチ」

「ああ?」

「俺も出るんですけど」

「ああ、おう、そうそう」慌てて照れ笑いを浮かべ、長谷川が取り繕った。「分かってるよ、もちろん。自分の教え子が三人も同じレースで走るってのは、何だか複雑な気分だよ。しかも、こんな大事なレースともなれば、なおさらだ」

「でしょうね」やっぱり俺は蚊帳《かや》の外なのだろうと青山は寂しく笑ってみせたが、長谷川はそれを無視した。

「それよりアオ、俺の方でもお前に連絡しようと思ってたんだ。話があるんだよ」

「何ですか」

長谷川が短く咳払《せきばら》いする。青山は思わず身を硬くした。わざとらしい咳払いは、重要な用件を切り出す時の長谷川の癖なのだ。

「お前、そろそろ考えてるのか」

「何をですか」

「自分の将来のことだよ。マラソンをやめても会社に残るつもりなのか」

「そうですね……」まさか、長谷川がこんなことを言い出すとは。あまりにも正面から強いボールを投げつけられ、青山は言葉に詰まった。

「どうなんだ？　会社でコーチの口でもあるのか？　それとも別の仕事でもするか」長谷川が畳みかける。

「まだ決めてませんよ。引退するって決めたわけでもないんですから」

「うちへ来ないか？」

青山は思わず唾《つば》を呑《の》んだ。まさに、自分から願い出ようと思っていたことである。それを向こうから言ってきたのだから、本来ならば即座に「お願いします」と頭を下げなければいけないところだ。

しかし、それができない。

「そんな先のこと、まだ考えられませんよ」それが自分の本心かどうかも分からず、かすれた声で青山は答えた。

「そうか」残念そうに長谷川が溜息をつく。青山は両手を揉《も》み合わせ、頭に浮かんだ疑問を口にした。

「何で俺を誘ってくれるんですか？」

「今、うちは長距離のコーチが俺しかいないだろう？　そろそろ手伝ってくれる人間が必要になってきたんだよ」喋りながら、長谷川の目が地面のあちこちを彷徨った。青山が「本当ですか」と突っこむと、彼は渋々といった感じで事情を説明し始めた。

「監督が引退するかもしれないんだ」

「まさか」青山は思わず大声を上げてしまった。小川は、永遠に監督でい続けるような気がしていたのだ。しかし冷静になって考えると、それも不思議ではない。実質的に指導の中心になっているのは長谷川なのだし、何より年齢という避けられない問題もある。そういうことを考えても、小川が自ら引退をほのめかしていることが、にわかには信じられなかった。

「監督にはさっきもお会いしたんですけど、そんな話は全然出ませんでしたよ」

「そんな大事な話、いきなりお前に喋ると思うか？」

「まあ、そうですね」本当なら青山は、小川とまともに口をきけるような立場ではない。卒業してまだ八年、ＯＢ会の中でも小僧っ子のようなものである。

　長谷川がベンチの背もたれに両腕を預けながら溜息をついた。

「監督、何歳になると思う？　そろそろ家で孫の相手をしていてもおかしくない年だぞ——いや、孫じゃなくてひ孫か」

「ひ孫がいるんですか？」

「確か三歳になる。それはともかく、つい一週間ほど前に、俺も初めてそれらしい話を聞かされたんだ。例によってはっきりとは言わなかったんだけど、監督は、こっちがちゃんと気を回してあげないと機嫌を悪くするだろう。一々説明しなくても、自分の気持ちぐらい酌《く》み取ってくれってことなんだろうが、正直言って参るよなあ。そんな大事な話を、はっきり説明しないで分かってくれって言われても無理だよ」心底困りきった様子で、長谷川が額の汗を拭う。

「正式に辞めるって言い出すか、いつの間にか出てこなくなるかは分からんが、その日に備えて準備はしておかないとな。あれだけの人がいなくなるとなったら、大事《おおごと》なんだよ」

「でも、仮に辞められるとしても、いつになるかは分からないんでしょう？　明日かもしれないし、三年後かもしれない」

「そういうことだ。でも俺は、早めに手を打っておきたい」自分を納得させるようにうなずきながら、長谷川が言った。

「でも、ＯＢの中にはもっと適任者がいるはずです」

「お前には指導者の素質があると思う。後輩連中の受けもいいしな。こっちに来てもらうとしたら、それなりのポストは俺の方で用意できるよ。大学院に席を置くか、それとも助手にするか……たぶん、二年ぐらいは留学してもらうことになると思う。アメリカで最新理論を勉強して、コネを作れ。それは間違いなくお前の財産になるし、ひいては大学にとっても日本陸上界にとっても役に立つ」

そんなものだろうか、と青山はくすぐったい思いで長谷川の説明を聞いた。これは、長谷川の指導法とも通じるやり方である。長谷川の指導法の核は、実は極めて単純なものだ。ひたすら選手を誉めて乗せる。絶対にけなさない。乗せて乗せて、選手に実力以上の力を出させる。

だが今、彼は俺のコーチではない。彼のかけ声で調子に乗って走るような状況ではないのだ。

要は、長谷川は俺に引退を勧《すす》めているのだ。言葉の背後に潜む本音は、さほど慎重に隠されているわけではなかった。お前ももう限界だ。これから記録が伸びるとは考えにくいし、それならいつまでも現役にしがみついていないで、後に続く連中に道を譲れ。長谷川が腹の底に呑みこんで表に出さなかった言葉を想像した時、青山はぞっとした。彼は、自分が面倒をみた選手のことをいつまでも見守り続けている。ほんのちょっとした記録の変化から、選手の体調や心境まで見抜いてしまうのだ。その彼がこんなことを言い出すとは、俺は本当に限界なのかもしれない。

青山は拳をきつく握り締めた。違う、そうじゃないと真っ向から否定したかった。俺は五輪記念を走る。走るに際してはそれなりの覚悟もあるつもりだった。それを、大学時代のコーチの一言でひっくり返してしまう必要はない。

しかし、両親も同じようなことを言っていた。複数の人間が同時に同じことを言い出すとは、誰の目から見ても俺の限界は近づいているのかもしれない。

ふと、現役時代に小川から聞いた言葉を思い出す。あれは、箱根駅伝を数日後に控えた十二月末の寒い日だった。出場する選手一人一人に小川が言葉を贈るのが毎年暮れの恒例の行事なのだが、その時自分に向かって彼が言った言葉が、急に鮮やかに脳裏に蘇《よみがえ》ったのだ。

「練習で身につくことには限界がある。長谷川は科学的に練習しろと言うが、そこから先、練習ではどうしても鍛えられないものがある。それが気持ちってもんだ。気持ちの大きさだけは、持って生まれたものを変えることはできない」

最初は、要するにお前は気持ちが小さい、体力の限界から先を支えてくれるものがないと小川が言おうとしているのだと思って、青山はむっとした。が、それに続く一言が誤解を解いた。

「その気持ちってのは案外大きなものでね。自分は弱気だと思ってる人間は、そこに気づいてないだけなんだ。うまく利用できてないだけだよ」

小川は、精神には無限の可能性があると言いたかったのだろう。時に精神力が肉体の限界を上回ることもあると暗示したかったのだろう。限界ぎりぎりまで自分を追いこんで、そこから先何が見えてくるか。小川の訓話はずっと頭に引っかかっていたのだが、青山はその後も、その「何か」に出会ってはいない。知らぬ間に、体を限界まで追いこまずにマラソンを走り切る術《すべ》を覚えてしまったのだろうか。だとしたら、俺にはまだ伸びる余地があるかもしれない。

今は、その何かを見てみたいと思う。暗闇《くらやみ》の向こうで淡い光を放ち、ふらふらの状態になった自分をさらに引っ張ってくれるはずの何かが本当に存在しているのか、確かめてみたかった。

青山は深々と頭を下げた。

「申し訳ありません」

「駄目かね」渋い表情を浮かべて長谷川が言い、すがるような口調でさらに続けた。

「俺はぜひお前にお願いしたいんだがねえ」

「とにかく、五輪記念が終わるまで待って下さい」

長谷川が、まじまじと青山の顔を見た。口を開いて何か言いかけたが、結局言葉を呑みこみ、うなずく。たぶん勘違いしたのだろう。五輪記念をけじめのレースにする。レースが終われば俺が大学に戻ってくると思いこんだに違いない。

今はレースの後のことなど考えたくもない。欲しいのは結果だけだ。

この話は打ち切ることにして、青山は話題を変えた。

「コーチ、武藤は今どこに住んでるんですか」

「確か、浜田山《はまだやま》にアパートを借りてるはずだ。正確な住所は今は分からんが、調べてやろうか？」

「お願いします」青山は頭を下げた。顔を上げると、長谷川が怪訝《けげん》そうな表情を浮かべている。

「何でお前があいつの住所なんか知りたがるんだ」

青山は事情を説明した。途中で合点が行ったのか、長谷川が話を遮る。

「ああ、そうか。坂元って記者なら、俺のところにも取材に来たよ」

「武藤に取材を断られたらしいんですよ」

「まあ、あの調子じゃ取材なんか受けないだろうな」

「コーチの方から何か言ってやってくれませんか？　頭を下げてきたぐらいだから、コーチの言うことなら聞くでしょう」

「そんなの、最初だけだよ」苦笑して、長谷川が自分の腿《もも》を叩いた。「今は何を言っても聞かないだろうな。すっかり昔のあいつに戻っちまった。いや、昔よりひどくなってるかもしれんな。お前が何を言っても無駄じゃないか？」

「今も頭から無視されましたよ」

「それでも何とかしようとしてる、と」にやにや笑いながら長谷川が立ち上がる。「頼まれ事だからってのは分かるけど、坂元美奈って娘《こ》、お前さんの彼女か何かなのか？」

「何かの方です」小さく咳払いしてから、青山も立ち上がった。「新聞記者に便宜を図っておいたら、後でいいことがあるかもしれないじゃないですか」

「そういう礼儀をわきまえた新聞記者なんて、数えるほどしかいないぞ」

「彼女は礼儀をわきまえてる方だと思いますよ」

「まあ、俺が口を出す問題じゃないかもしれんな。ちょっと俺の研究室に来いよ。武藤の住所、教えるから」それから長谷川は、コーチの件は考えておいてくれ、とつけ加えるのを忘れなかった。否定も反論もせず、青山はかすかにうなずくだけにした。

「いい車にお乗りですね」

声をかけられ、車に乗りこもうと身を屈《かが》めた青山は上体を起こした。周囲を見回すが、知った顔はいない。もしかしたら武藤ではないかと思った。さっきは無愛想にして悪かったな、ちょっと昔話でもしようや、と謝りに来たのかもしれない。しかし彼の姿は見えなかった。

気のせいだろうと思い、もう一度ドアに手をかけると、同じ声がまた聞こえてきた。

「これからお帰りですか」

ようやく声の主を見つけた。小柄な男である。百七十センチの青山よりももう少し小さく、しかも細い。ほとんど贅肉がついていないように見える体を、薄いオリーブ色のコットンスーツに包んでいた。袖口からは長袖のシャツが覗き、濃い緑色のニットタイも、きちんと首元まで締め上げている。アスファルトから熱気が立ち上るような陽気なのに、涼しい表情をしていた。武藤もそうだった。俺以外の人間は誰も暑さを感じていないのだろうか、と青山は訝った。

男は、青山の車のトランクの辺りにいた。ゆっくりと車を迂回して助手席に近づき、車のルーフ越しに青山と対面する。細い顎、薄い唇、何だか鋭利な刃物を見ているような感じがした。口の脇の筋肉が神経質そうにぴくぴくと動く。

誰だろう。知り合いではない。青山は人の顔を覚えるのが得意な方だが、この男の顔には見覚えがなかった。声は？　こちらも記憶にない。

「クラウンですか」男が、真っ白なルーフを指で撫《な》でた。「綺麗に洗車してる」

親父の車なのだ、とは言えなかった。この男は、人の言葉を奪ってしまうような雰囲気を漂わせている。辛うじて、青山は質問を吐き出した。

「あなた、誰なんですか」

「ああ」男の顔に人工的な微笑が浮かんだ。頰を緩めろ。口を少し開け。目の端を下げろ。脳の命令を逐一実行して、しかもタイムラグがあるような雰囲気だった。

「これは失礼しました」男の顔から笑みが消える。「ソノダです」

3

照りつける陽射しがアスファルトに反射して、足元に嚙みつく。この時間、駐車場には車も少なく、人影もほとんどない。二人だけで狭い空間に閉じこめられてしまったように青山は感じた。

この男は、ずっとここで待っていたのだろうか。湯を沸かせそうな暑さの中、汗もかかずに。

「ソノダさん」搾り出すように青山は言った。「用事はないと言ったはずですけど」

男が微笑を浮かべ、青山から視線を外す。その目は駐車場の外れにある芝の斜面、その向こうに建つ経済学部の真新しい建物をぼんやりと追っていた。何かが熟するのを待って時間を稼いでいるようにも見える。

「これはあなたの車ですか」ソノダが、クラウンのルーフを掌ですっと撫でる。

「いや。親父のだ」

「綺麗にしてますね」同意を求めるように、ソノダが同じ台詞を繰り返す。青山の答えを聞けないと、ここから先には進めないとでも言いたそうな感じであった。

「親父は洗車が趣味でね」

「公務員らしい趣味とでも言ったらいいんでしょうか」

Tシャツが汗で張りつくような暑さにもかかわらず、青山は目の前が暗くなり、冷たい夜風に頬を殴られたように感じた。咳払いをして、やっとの思いで訊ねる。

「俺の家族のことを調べたのか？」

「調べるなんてほどのことじゃありません」弁解するように、ソノダが小さく両手を上げた。「契約する相手のことは、何でも知っておきたいんですよ」

「契約？」

「そう」涼しい顔でソノダがうなずく。「契約と言っても面倒な話じゃありません。私の方の条件は一つだけです。データが欲しいんですよ」

「データ」初めて聞く言葉のように、青山は慎重に繰り返した。「データって……」

「あなたに関する全てのデータです。私はあなたに、勝てる力を与えることができる。その力があなたの体をどのように変えていくのか、知りたいだけです」

要するに実験動物か、と青山は思った。俺に薬を投与し、それがどのように記録につながるか、体にどんな影響を与えるかを調べる。表情の乏しい顔つきからはソノダが何を考えているか見抜けないが、何となく実験動物を見るような視線でこちらを見ているような気もしてくる。

「お断りだ」青山は男の顔を睨みつけながら言った。「俺をモルモットにするつもりなら、断る」

「まあ、実験と言うほどのものじゃないんですよ」説明が不十分だったとでもいうように、ソノダが噛んで含めるように言った。「すでにある程度のデータは集まっています。あなたのデータがないとどうしようもないというわけではありませんから」

「つまり、俺の他《ほか》にもあんたと接触している選手がいるということか」言ってしまってから、青山は慌てて周囲を見回した。五十メートルほど離れたところを、学生のカップルがふざけあいながら歩いて行く。二人が、ウィンドウを黒くしたステップワゴンに乗りこんでドアが閉まるのを待ち、青山は話を再開した。「あんたは、いろいろな選手にドーピングを勧めて回ってるんだな」

「そのことについては、特に言うべきことはありません。今問題なのは、あなたと私の関係だけですから」

「冗談じゃない」ソノダを感染源として汚染が広がっているのだろうか。いや、これははったりかもしれない。これだけドーピングが問題視されている時代に、こんな露骨な誘いに乗ってくる人間がいるとは思えなかった。

「何も問題はありませんよ」ソノダが穏やかな微笑を浮かべる。「これまで一切、トラブルはありません。検出されたこともないし、副作用の心配もないんです。これは究極の方法なんですよ」検出されない。副作用もない。どうやらこれが、この男のセールストークの決め手らしい。

「薬の力を借りて勝っても、意味はない」

「あなたはそう考えるかもしれませんがね」ソノダが顎を撫でる。ほとんど髭のない、つるつるした顎だった。この男は何歳ぐらいなのだろう。自分と同年代にも思える。しかし実際にははるかに年上で、若く見えるだけなのかもしれない。こちらがいくら挑発しても乗ってこないのは、こういうやり取りを何度も経験している他に、ある程度年齢を重ねているからではないだろうか。

静かな、しかし自信に溢《あふ》れた口調でソノダが続ける。

「私に感謝している人もたくさんいるんですよ」

「そいつらは腐ってる」

困ったような笑みを浮かべ、ソノダが車のルーフに両手を置いた。今にも演説でも始めそうな様子である。しかし青山の予想は外れ、ソノダは静かに説得するような口調で話を締めくくり始めた。

「いずれにせよ、お会いできて良かったですよ。こうやって会ったんですから、あなたも考えてくれるでしょう」

　素早く一礼すると、ソノダは踵を返して歩きだそうとした。

「待って下さい」青山が呼びかけると、ソノダが首だけ捻って彼の方を見る。「あんたは何が望みなんだ？　データを取りたいって、それだけじゃないでしょう。金が目的なのか？」

「金にはあまり興味がなくてね」ソノダがにやりと笑う。それまで見たこともない表情だった。爬虫類《はちゅう》を思い出させるような、体温の感じられない冷めた笑いである。「有望だと信じた選手に対するサービスみたいなものですよ。そういうのって、スポーツではよくあることでしょう。シューズとかサプリメントとか。同じことですよ」

　ソノダは最後にもう一度、今度は作ったような笑みを浮かべて歩き去った。駐車場の一番隅に停めた車に乗りこみ、タイヤを軋《きし》ませて発進させる。その音ではっと我に返った青山は、素早くナンバープレートを読み、頭の中に四桁《けた》の数字を叩きこんだ。派手な黄色のコルヴェット。国内ではあまり見ない車である。ナンバープレートの数字が全て分からなくても、車種との組み合わせで持ち主を割り出すことができるかもしれない。

　しかし、割り出してどうする？　ソノダの家まで押しかけて文句を言ったら、あいつは引っこむのだろうか。

　突然、青山は古い伝説を思い出した。

場所はオクラホマかテキサスか。アメリカ南部の小さな町の外れにある十字路《クロスロード》で、ブルーズマンがバスを待っている。荷物は、古ぼけたケースに入ったギターだけ。道路は舗装されておらず、時折走り去る古いT型フォードが埃《ほこり》を巻き上げる度にブルーズマンは顔をしかめ、何でこの俺には運が回ってこないんだと、何千回と口にした悪態を繰り返す。そこに一人の男が近づいてくる。じりじりと汗をかくような陽気なのに全身黒尽くめの服装で、幅広の帽子を被っているため、表情は良く見えない。男は突然、ブルーズマンに朗報をもたらす。お前に素晴らしいギターの腕を授けよう。南部で最高のスライドギターの達人にしてやる。最高の声もやろう。お前が歌い出しただけで、女が脚を広げたくなるような声だ。

故郷を出てかれこれ十年、日銭を稼ぐのがやっとだったブルーズマンは、ギターを弾くこと、歌うことの意味さえ見失いかけている。そこへこの申し出だ。男が最後に何か取引条件を持ち出したようだが、そんなものは耳に入らない。バスが来た時には、ブルーズマンは望む全てを手に入れていた。ガラス瓶の口を切ったスライドバーは、時に粘っこく愛をささやくような、時に神の助けを求める叫びのようなフレーズを弾《はじ》き出す。金も女も酒も、全てが向こうからやってくるようになった。そんなことが可能になったのは——悪魔に魂を売り渡したからだ。

ほどなくブルーズマンは取引条件を思い出し、栄光の陰に隠れて意地悪に舌を出している己の運命に身震いする。やがてその日が来る。悪魔が魂を回収しに来る日が。それが分かっていても、ブルーズマンは日々の歓声を、快楽を捨てることができない。

長谷川と別れた時は、そのまま武藤の家に行ってみようかとも思っていた。浜田山なら大学から車で一時間ほどである。うまく行けば武藤よりも先に着き、待ち伏せできるかもしれない。待ち伏せすることにどれほどの意味があるかは分からなかったが、心理的に優位に立てるのではないかという計算もあった。とにかく、あいつには不愉快な気分にさせられたのだ。このまま引き下がるのも悔しい。一言文句を言って、ついでに美奈の取材を受けるよう、もう一度説得してみようかと思った。

ソノダが、そういう計画を全てぶち壊した。風邪をひいたように頭がぼうっとし、ただぼんやりと車を走らせることしかできない。悪いことにクラウンはひどく静かで、運転している意識さえ薄くなる車である。ハンドルに手を添え、前の車に追突しないことだけに注意しながら、あてもなく車を走らせた。

環八《かんぱち》をずっと北上し、小田急の陸橋を越える。このまま走り続ければ浜田山に近づいてしまう、と気づいた。どこかでUターンして家に帰ろう。武藤に会うよりも、今はとにかく落ち着いて考えたかった。誰か相談する人間が必要だ。そうだ、菊田に電話してみよう。彼なら真面目に聞いてくれるはずだから、正直に全てを打ち明けた上でどうするかを考えるのがいい。ようやく意を決して、青山は千歳船橋の駅近くで車を左折させることにした。どこかで方向転換し、環八を南に走って家に帰るつもりだった。

左折する時に、ふと後続の車の存在に気づいた。今までぼんやりしていたので分からなかったが、後ろにいるのはずっと同じ車ではないだろうか。夕暮れが近づく中、こちらを見失わないようにするつもりなのか、早々とスモールライトをつけている。たぶんトヨタ車、それもミディアムサイズのセダンのようだが、車種までは分からない。バックミラーを覗いただけでは、ナンバーも読み取れなかった。

左折してスピードを上げてみる。上等な革のシートの上で体が滑った。アクセルから足を離し、バックミラーを見やると、相手はぴたりと後ろに付いてきている。間違いない、俺を尾行しているのだ。一瞬、青山はパニックに陥った。何で俺が尾行されなくちゃいけないんだ？　これもソノダの作戦なのだろうか。俺を追いまわして「イエス」と言わせるためなのだろうか。

相手が尾行しているかどうかだけでもはっきりさせよう。青山は細い脇道に車を乗り入れた。すれ違いもできないような道で、両脇には民家が建ち並んでいる。道路の入り口にある家のブロック塀は、何度も車のバンパーでこすられて黒くなっていた。アクセルに軽く足を載せたまま、ゆるゆるとクラウンを走らせる。バックミラーを覗きこむと、車は消えていた。ほっと胸を撫で下ろすと同時に、体中から汗が噴き出すのを感じる。

ブレーキを踏みこんで車を停め、エアコンの風量を上げた。シートに背中を埋めて頭をヘッドレストに乱暴に預け、大きく溜息をつく。後ろからクラクションを鳴らされ、慌てて振り返ると、スカイラインの運転席からサングラスの男が渋い顔で睨みつけていた。ゆっくりとアクセルを踏みこみ、車を出す。尾行していたのとは別人のようだ。

狭い道を走り抜けることに神経を集中させ、再び大通りに出る。スカイラインは途中で脇道に入って消えていた。先ほどの車の姿もない。もしかしたら思い過ごしだったのだろうか。

信号待ちをしている間に、ふと助手席の方を見ると、背もたれとシートの隙間《すきま》に小さな紙片が挟まっているのに気づいた。手を伸ばして取り上げる。名刺だった。薗田出。「いずる」とでも読むのだろうか。あとは携帯電話の番号が書いてあるだけの素っ気無い名刺である。いつの間に車の中に置いたのだろう。あの男に自分の全てをつかまれてしまっているようで、不愉快を通り越してかすかな恐怖さえ感じた。

家に戻ると、青山はそそくさと夕食を済ませて自室に引っこんだ。アメリカから帰国した日に話して以来、両親のどちらからも「大学へ戻れ」という話は出ない。青山も、先ほど長谷川からそんな話を持ちかけられたということは胸にしまいこんでいた。

ドアを閉めると、急に静かになる。部屋にいる時は騒音のようなヘヴィミュージックばかり聴いている夏樹はまだ帰っていないし、両親が階下で見ているテレビの音がかすかに忍びこんでくるだけだ。考え事をするには適している。

名刺を机の上に置き、椅子を引き寄せて座る。手元のライトをつけ、灯《あか》りの下でもう一度名刺をじっくりと観察したが、いくら見てもそこからは何も分からない。紙はやや厚手で、文字は濃いグレイ。凝った書体で書かれた名前だけが、唯一の装飾だった。この携帯の番号にかけてみようか、という欲望に駆られる。しかし、話をすればまた不愉快な思いをするだけだろう。それだけならまだしも、青山は自分が彼の話に引きこまれてしまうのではないかと恐れた。

振り切る方法がないのだ。こちらがいくら「ドーピングは悪だ」と力説しても、あの男にはあの男なりの独自の信念があるらしい。会話は平行線をたどり、いつまで経っても結論は出ないだろう。一番いいのは、次に会った時に思い切ってぶん殴ってやることかもしれない。暴力でこちらの意図の強さを身をもって感じさせるのが、あの男と手を切る一番手っ取り早い方法ではないだろうか。

まさか。最後に人を殴ったのは八年前、武藤を相手に喧嘩した時である。もしも今、かっとなって薗田を殴ったら、こっちの手が折れてしまうかもしれない。

それより何より、これが全て手のこんだ陰謀なのではないかと思えてきた。例えば「絶対に検出不能だ」と言って投与した薬が、実際にはすぐに検出されてアウト、そうでなくても俺を精神的に追いこむことができれば、レースで勝つ確率を低くすることができる。かっとなって薗田を殴れば、暴力沙汰《ざた》がどこかで漏れて、スタートラインに立つことさえできないかもしれない。

しかし、いったい誰がそんなややこしいことをするのか。そもそも俺をターゲットにする意味などあるのだろうか。

たかがマラソンではないか。もちろん、トップレベルの選手になれば金が絡むこともあるだろう。仮にオリンピックで優勝でもすれば、CMの話だって舞いこんでくるかもしれないし、引退した後も様々な金儲けの道が開ける。動く金は億単位になるはずだし、それで利益を得る人間は、選手の他にも出てくるはずだ。

ふと、武藤の顔が浮かぶ。「やめてくれないか」と告げたその顔は無表情だったが、冗談を言っているようには見えなかった。本気なのだろう。あるいはあれも、武藤が得意とする駆け引きなのかもしれない。その駆け引きが次第にエスカレートして、ついにはレース以外にも相手に心理的な圧力をかけようとする。

いや、まさかそこまではしないだろう。もしも発覚したら、それこそ武藤はまた叩かれる。

灯りを消し、ボールダーで買ったCDをスーツケースの中から引っ張り出した。コンピレーションものは実家に置いていこう。合宿所に持って帰るのは、日本では手に入りにくいものばかりと決めている。向こうで買ったCDは、いつの間にか十枚にもなっていた。持って帰るもの、置いていくものを仕分けしながら、ソニー・ボーイ・ウィリアムスンのCDを今夜のBGMに選ぶ。「ドント・スタート・ミー・トーキン」の跳ねる三連のリズムが流れ出すと、青山は整理の手を止めてベッドに寝転がった。どうするか。携帯は、手を伸ばせば届くところにある。菊田に電話して相談しよう。そう、確かそう考えながら家に帰ってきたのではないか。

上体を起こして携帯電話を取り上げ、菊田の携帯にかけてみる。「おかけになった電話番号は――」というメッセージが流れてきたので電話を切った。まだ田舎にいるのだろう。本当に電波が届かないのか、電源を切ったままにしているのかは分からない。

何となく宙ぶらりんになった感じで、青山はベッドに腰かけたまま携帯電話を弄んだ。どうするか。夏休みはあと二日。怠けた体を叩き直すためにそろそろ本格的にトレイニングを再開しなければならないし、休みでなければ会えない古い友だちにも連絡を取りたかった。しかし、こんな気分では何をする気にもなれない。自分がどんどん縮み、走る気力さえ失《う》せているのを青山は感じた。もしも本当に俺を精神的に追いこもうと企《たくら》んでいる人間がいるとしたら、その狙いは達成されたも同然である。

突然電話が鳴り出した。薗田だろうか。肋骨《ろっこつ》を打つような鼓動の高鳴りが収まるのを待って、青山は電話を手にした。

「坂元です。青山君？」

　ほっとして思わず口元が緩む。

「ああ」

「帰ってきたのよね」

「そう。約束通り武藤にも会ったよ」

「もう行ってくれたの？　どうだった？」勢いこんで美奈が訊ねる。「取材、受けてくれそうかな」

「ふられたよ。それだけならともかく、喧嘩を売られた」

「そうなんだ」美奈が、がっかりした様子を隠そうともせず相槌《あいづち》を打った。

「大学では取材できそうもないな。あいつが今住んでる家が分かったけど、行ってみるか？　何だったら、俺も付き合うから」

「いいの？」美奈の声に明るさが戻る。

「いいよ。約束したんだから、そこまでは付き合うよ」

「ごめんね、忙しいのに」

「いや、いいんだ。夏休みの間に何とか決着をつけたいから、明日にでも行ってみないか？　あいつ、毎日午後に練習してるみたいだから、夕方家に行けばつかまえられるんじゃないかな」

「いいわよ。じゃあ、大学で落ち合う？」

「そうだな……」青山は顎を撫でた。大学に行けば、また長谷川に出くわして同じ話の繰り返しになるかもしれない。あるいは薗田とばったり会う可能性もある。それだけは避けたかった。

「いや、武藤の家の近くにしよう。浜田山だから、大学で待ち合わせしたらお互いに遠回りになるからね」

大学は大田区の外れにあり、武藤の家がある浜田山からは直線距離で十五キロほど離れている。車ならともかく、電車の乗り継ぎは良くない。

「じゃあ、浜田山の駅でいいかしら」

「そうしよう」

二人は待ち合わせ場所を確認した。事務的な話が終わると、美奈が話題を変える。

「ボールダー合宿の成果はどう？」

「そんなの、これからさ。まだ分からないよ。今は夏休みなんで、練習もちょっと緩めにしてるし」

「あなたの取材、どうしようかしら」

「俺の？」青山は顔をしかめた。「俺の取材なんかしても仕方ないだろう」

「そういう企画だって説明したじゃない。上司も乗り気になってるのよ。明日武藤さんに取材できたら、その後に話を聞いてもいいけど、それって急過ぎるかしら」

「広報を通してくれ」えらく冷徹な言い方だな、と自分でも意識しながら青山は告げた。

「いや、硬いことを言うわけじゃないけど、勝手に取材を受けたなんてことが会社にばれたら、雷を落とされるから」

「いいわよ」少し素っ気無い声で美奈が同意する。「じゃ、正式に申しこむから、あなたはちゃんと取材を受けてね」

「分かったよ。俺は別に、断るような理由はないから」

ここ何週間かで、彼女が急に自分に接近してきたようだ。親しい人間から改めて取材を申しこまれるというのは、何だかくすぐったい気分でもある。顔を知らない記者から取材を受ける方が、むしろ楽だ。互いに緊張しながらの取材になるから、向こうも慎重に話を聞き、記事にしてくれるはずである。こっちだって、言葉を選びながら答えることになるだろう。自分と美奈のように馴《な》れ合った関係では、緊張感溢れる記事など書けないのではないだろうか。

その関係を一気に緊張させる方法がある。薗田のことを話すのだ。ドーピングの誘いが来ているとなれば、美奈だって緊張して取材するようになるだろう。うまく行けば、彼女を利用して薗田の正体がつかめるかもしれない。

「最近、ドーピングってどうなんだ」

「何よ、いきなり」途端に美奈の声が緊張する。

「君、そっちの方は取材してないのか」

「ずっと追いかけてるわけじゃないわ」弁解するように彼女が言った。「ドーピングの問題って、うちの会社ではオリンピックの担当者が追いかけてるテーマだから。日本だけの問題じゃないでしょう？　そもそも日本人選手がドーピングで引っかかった話もあまり聞かないし。海外ではずっと深刻かもしれないけど、日本ではあまり取材するチャンスもないのよ」

「そうなんだ」青山はすっと息を呑んだ。何だかほっとする。この件では、自分も当事者になってしまっているのかもしれない。ドーピングを誘われた男。彼女に、自分をそんなふうに見て欲しくなかった。

「ドーピングがどうかしたの」美奈が慎重に探りを入れてくる。

「別に」

「変ね」彼女の声が勢いを増す。「そういう話って、雑談の話題向きじゃないような気がするけど」

「そうかな」青山はとぼけた。「俺たちの間では一般的な話題だけど」

「そうかなあ。確かに問題だとは思うけど、そんなことを選手が四六時中話してるとは思えないわ」

「そんなことないさ」

美奈の疑惑が、青山にじわじわと迫ってくる。まずいことを言ってしまったと後悔したが、彼女は追及の手を緩めようとしない。

「青山君、何かあったの？」

「いや」

「本当に？」

「君に嘘ついてどうするんだよ」青山はおどけてみせた。「新聞記者に嘘をついてもすぐにばれるだろう」

「そうね」当然だ、という口調で美奈が認める。「まあ、別にいいけど」

彼女は疑っている。青山は、美奈と自分の間にある深い溝をはっきりと意識した。もしも俺がドーピングでもしたら、彼女は遠慮なく叩くだろう。武藤の取材に協力しているということも忘れ、俺をスポーツにおける負、悪の代表として攻撃してくるはずだ。事実今も、ドーピングという言葉が出ただけで、彼女の態度は急激に変わった。

失敗だった。気軽に持ち出すような話題ではなかったのだ。薗田の車のナンバーや携帯の番号からあの男の正体を割り出すのに彼女の力を借りよう、と考えていた自分の甘さを青山は強く意識する。いっそのこと、事実関係を全て話してしまうというのはどうだろう。俺は何をしたわけでもない。そういう話を持ちかけられただけだ。そして気持ちをかき乱されている、言ってみれば被害者ではないか。同情されこそすれ、犯罪者扱いされるような理由はないはずだ。

いや、とにかくこの話題は打ち切ろう。自分がドーピングを持ちかけられるような隙のある人間だと、彼女に思われたくない。

その後は当たり障りのない話題で適当に話を転がし、ようやく電話を切った時には、掌にびっしょり汗をかいていた。ベッドから起き上がり、狭い部屋の中を行きつ戻りつする。磨《す》り減った絨毯《じゅうたん》の感触さえ、鬱陶しく感じられた。

昔はこんなふうではなかった。些細《ささい》なことが気になり、あれこれ思い悩むようになったのは、大学生になってからだったと思う。それもこれも、監督の小川のせいだ。「神経質な奴じゃないと、長距離の選手としては大成しない」。入学したばかりの頃、聞かされた話である。小川得意の抽象的な訓話で、どういう意味なのか、例によって一切説明はなかった。しかし、妙に深く心に染みこんできたその言葉の意味を、青山は自分なりに解釈しようとした。

長距離、特にマラソンというのは、競技時間の長いスポーツである。一人で戦うスポーツで、二時間を超える競技が他にどれだけあるだろう。テニスの試合は三時間を超える長丁場になることがあるが、ゲームの途中には必ず切れ目がある。冷静になる時間が必ずあるものだ。途中で休みも入らず、二時間以上もひたすら体を動かし続ける競技はマラソンか競歩、トライアスロンぐらいのものである。無事に走りきるためには、どうしても神経質にならざるをえない。自分の体が発する危険信号を聞き、周囲の選手の動向に目を配る。だから、走り終えるといつも、体よりも気持ちがげっそりしてしまうのだ。

ふと思いついた。連絡しなければならない相手がいたのだ。ドーピングの問題を聞くのに適した人物である。しかも口が堅いし信用できる。青山は携帯を取り上げ、短縮登録した番号をプッシュした。

「花井《はない》か？」

「アオ？」少し甲高い声。青山からの電話を予想もしていなかったのだろう、びっくりしているようだ。「電話してこないんじゃないかと思ってたよ。忙しかったのか？」

電話の相手は、高校時代の友人、花井祐二《ゆうじ》である。ここ数年は、青山の夏休みに会うのが恒例になっていた。こちらから連絡するのが暗黙の了解だったのだが、今回は様々なことに気を取られて忘れていたのだ。

花井に気取られないよう、青山はそっと溜息を押し出した。

「悪いな。電話し忘れてた」

「心配したよ。死んだかと思ったぜ」

「馬鹿言うな。ちゃんと生きてるよ」

「だろうな、こうやって電話で話してるぐらいなんだから」甲高い声で花井が笑う。少し耳障りだったが、少なくとも疑《うたぐ》り深い美奈の声や、もったいぶった薗田の声を聞くよりもましだ。

「で、どうなんだ、今回は。忙しくて会えそうもないか？」

「いや、せっかくだから会おうよ」青山は壁のカレンダーを見た。銀行からの貰《もら》い物のようだが、ちゃんと今年のカレンダーが貼《は》ってある。ここに来るのは年に二度だけなのに、母親は今でも彼の部屋として掃除してくれているのだ。「夏休みは明日までなんだ。明後日には合宿所に戻りたいから……」

「じゃあ、明日にしようぜ」こちらの話を最後まで聞き終えないうちに花井が言った。

「夜、一緒に飯でもどうだ？」

「そうだな」約束しそうになって、青山は夕方に美奈と会うことになっているのだ、と思い出した。「いや、夜は先約があるんだ。昼間なら空いてる」

「ああ、そうか。じゃ、昼飯でも食おうぜ。こっちは適当に時間を作れるよ。何て言っても自営業だからな」

「悪いな。じゃあ、昼にしよう」

「ああ、それじゃ、十二時でいいな」花井がてきぱきと予定を決めていく。「一度、うちまで来るか？　近くに美味《うま》い蕎麦《そば》屋ができたんだよ。お前、蕎麦は好きだろう？」

「ああ」

「オーケイ……ああ、いや、ちょっと遅らせて一時にしようぜ。その店、十二時過ぎは混んでるけど、一時ぐらいになれば空くからゆっくりできるよ」

「それでいいよ」

「じゃあ、一時にうちに来てくれ」

「了解」

青山は花井の次の言葉を待った。用件が済んだからといって、簡単に電話を切るような男ではない。お喋り好きは今でも変わっていないはずだ。

「で？　最近どうよ」案の定、花井は話を促してきた。明日になれば会えるのに、一度捕まえた相手からは徹底して話を引き出さなければ気が済まない。しつこいのは変わってないな、と青山は思わず笑みを漏らした。

まあまあだね、と答えながら、青山はこいつとはもう二十年以上の付き合いになるのだな、とふと思った。

花井とは、小学校から高校までずっと一緒だった。現在の青山を作り上げたのはこの男だと言ってもいい。特に高校時代の影響は大きかった。陸上部に誘ってくれたのも、ブルーズを教えてくれたのも彼なのだ。

花井から強引に「陸上部に入ろう」と誘われたのは、高校の入学式当日だった。青山自身は、特に何をやろうと決めて高校に入ったわけではない。中学校でも陸上部に入っていたが、特に何かに抜きんでていたわけではなく、高校のレベルでは付いていけないだろう、と感じていたからだ。それを花井が強引に誘ってくれた。お前、長距離をやれよ、と。絶対に才能があるんだからと、妙に自信たっぷりに言い切った彼の口調を、青山は今でもはっきりと覚えている。花井自身は短距離が専門で、高校ではハードルをやるつもりで準備をしていた。まあいいか、と青山は花井の誘いに乗ることにした。せっかく友だちが誘ってくれたのだし、ぶらぶらして三年間を過ごすよりも、少なくとも体を動かしていた方が何かいいことがあるかもしれないと思ったのだ。

そして青山はほどなく、花井の先見の明に驚くことになった。千五百メートル、続いて五千メートルでも順調にタイムを上げ、インターハイにも出ることができたし、三年間でその後のマラソンにつながる基礎を作ることができた。

ブルーズの先生役も花井だった。部活の帰りなどに、よく彼の家に立ち寄っては取りとめもないことを喋って時間を潰《つぶ》していたのだが、ある日突然、彼が「最近凝ってるんだ」と聴かせてくれたのがジョニー・ウィンターだったのだ。最初はぴんとこなかった。怒鳴っているだけのように聴こえるヴォーカル、同じようなフレーズの繰り返しのギター。もともと青山はあまり音楽を聴かない方だったが、その頃流行《はや》っていた曲——マドンナやマイケル・ジャクソンの全盛期だった——に比べて、あまりにも古臭いという印象を持っただけである。

その古臭い曲が、いつの間にか頭にこびりついていた。決して衝撃的な出合いではなかったはずなのに、朝起きるとなぜか頭の中でストーンズをカヴァーした「ジャンピン・ジャック・フラッシュ」の、あるいは「イッツ・マイ・オウン・フォルト」のシャウトが鳴り響いている。

「何か妙にひっかかるよな」と言うと、花井は嬉々《きき》としてジョニー・ウィンターというブルーズ・プレイヤーについて教えてくれた。レコード会社が、当時としては異例の百万ドルという契約金を用意したこと、アルビノに生まれついたマイノリティであり、それが音楽的に何らかの影響を与えているらしいこと、などである。そういう逸話や、吸血鬼を彷彿《ほうふつ》させるようなジョニー・ウィンターの容貌《ようぼう》にはあまり興味が持てなかったが、ほどなく青山もブルーズにはまった。花井のレコードやCDを全部テープに録音してもらい、自分でも買い漁《あさ》るようになるのに時間はかからなかった。

ジョニー・ウィンターにはロック寄りの作品と、よりブルーズ色の濃い作品の両方があるのだが、青山が好んだのはブルーズの原点に近い曲の方である。一度はまってしまうと、そこから抜け出すことはできなかった。遡《さかのぼ》ってマディ・ウォーターズに行き、バディ・ガイを聴き、最後はロバート・ジョンソンにまでたどり着いた。最初に聴いたジョニー・ウィンターの影響か、一番しっくりきたのはギター主体のブルーズで、その好みは今まで変わっていない。

十五年前、むさくるしい花井の部屋でブルーズを聴いていた頃のことを思い出す。冷房もない真夏の部屋で窓を閉め切って、大音量で流れるブルーズに耳を傾けるうちに汗が滝のように流れ出したものだが、不思議と不快ではなかった。黒人のジイサンが、ミシシッピ川沿いの倒れかけた家の軒先で、熱い風に身を焦がされながらブルーズハープを吹いてる感じだよ、と花井はさも分かったように言ったものである。彼に言わせれば、そういう暑さこそがブルーズなのだ。

その後、二人の人生は大きく分かれた。青山は今でも走っているし、あの頃と同じようにブルーズを聴いている。花井は高校を卒業すると同時に陸上に見切りをつけ、実家の薬局を継ぐために大学は薬学部を選んだ。山ほどあったブルーズのＣＤやレコードは、今は埃《ほこり》を被って物置で寝ているはずである。

時折青山は、花井の中にもう一人の自分を見ることがある。途中で陸上をやめてしまった自分。ブルーズを聴かなくなった自分。それで良かったのか、と彼に聞きたい衝動に駆られることがある。実際には一度も聞いたことはないが、花井はたぶん、その質問に対してきょとんとした表情を浮かべるはずだ。これが俺の人生だけど、何か問題でもある、と。花井は近所にできた安売り店に負けることなく実家の薬局を切り盛りしているし、結婚して子どもも二人いる。確か、商店会の役員にも名前を連ねているはずだ。

未だに合宿所暮らしで、自炊したことすらない自分に比べて、何だか彼がずいぶん先に行ってしまったような気もする。

「聞いてるか?」花井の声で、青山は現実に引き戻された。

「ああ」

「どうした。何か心配事でもあるみたいだけど」

「まあね」

「そうか。よしよし、おじさんが話を聞いてやろう」

青山は思わず噴き出した。いつの頃からか、花井は青山と話す時、自分のことを「おじさん」と呼ぶようになった。最初の子どもが生まれた頃だっただろうか。そして、ことあるごとに「何か困ってることはないか」「悩みはないか」と気を遣ってくれるようになった。あいつにしてみれば、いつまでも走ることしか考えていない俺が危なっかしく見えるのかもしれない。今まで花井の好意に頼ったことはないが、今回ばかりはその力が必要になるかもしれない。薬のことを訊ねるのに、彼ほど適した人物はいないのだ。それに、あいつなら無条件に信用できる。追い詰められたような自分の気持ちを話しても、理解してくれるはずだ。

「ちょっと相談があるんだ。とにかく、明日話すよ」

「そうか?　今でもいいんだけど」軽い調子でそう言う彼の声に、怒鳴るように「お父さん！」と呼びつける声が重なった。

「やべえ、嫁さんだ」花井がぺろりと舌を出す光景を、青山は簡単に想像できた。「まったく、いつの間にこんなに口煩《うるさ》くなったのかね。女は変わるもんだな。じゃあ、詳しいことは明日」

「ああ」

電話を切って、青山はベッドに腰を下ろした。玄関のドアが開き、「ただいま」より先に「飯、ある？」と言う夏樹の声が聞こえてくる。まったくこの子は、とか何とか、母親の声が追いかけてきた。立ち上がり、青山は階段を下りた。夏樹をからかって、寝るまでの時間を潰すのもいい。そうでもしないと、何ものかに押し潰されてしまいそうな気がしていた。

4

青山の実家の近くには、広さでは都内でも五指に入る都立公園がある。本格的に長距離を始めた高校生の頃、自主トレでよく走っていた場所だ。そのためか、今でも依然としてここが自分のホームグラウンドだという意識が残っている。

その頃、まだ自分のペースというものをはっきりつかんでいなかった青山は、この公園の常連である中年のランナーとよく競り合いをしていた。実際には、競り合っている気になっていたのは青山だけで、向こうは彼のことなど目にも入らない様子だったが。髪が半分ほど白く、頭頂部も薄くなったその中年ランナーは、趣味でジョギングをしているとは思えないハイスピードを誇り、青山はとうとう一度もまともに追いつくことができなかった。遠ざかる細い背中を見送りながら何度も「チクショウ」とつぶやいたものである。

高校を卒業してから知ったのだが、相手はオリンピックにも出場経験のある峰岸郁夫《みねぎしいくお》というマラソン選手だった。現役を引退してから何年も経つのに、毎日のように走りこんでいたらしい。そのことが分かってからは、思い切って声をかけておけば良かったと後悔した。どうしても聞いてみたいことがあったのだ。人はどこまで記録を伸ばすことができるのか。あれだけのスピードを何歳まで保つことができるのか。要するに「オッサン、何でそんなに速いんだ」という素朴な疑問に対する回答が欲しかった。

高校を卒業してからは一度も峰岸に会ったことはない。調べれば住所——青山の家の近くに住んでいるらしい——ぐらいは分かったはずだが、そうする気にはなれなかった。峰岸はある意味神秘的な存在であり、謎《なぞ》は謎のまま残しておいた方がいいのではないか、と思うようになったからである。今でも時折、峰岸の背中を思い出すことがある。その度に、何十年も経ってレースの結果に一喜一憂しなくなっても、彼のように自分を追いこむ走りがしたいと願う。

今は、誰が走っていても気にならない。この公園は、近くに住む人たちにとっても人気のジョギングコースだから、早朝でも夜中でも必ず走っている人がいる。他人の走りを気にしていたら練習にならないということを、今では青山もよく分かっていた。それに、峰岸以上に速い人間が出現して彼のペースを乱すことも考えられない。

昔は、それこそ周囲の光景も目に入らないぐらい入れこんで走っていたものだ。今は違う。時にはペースを落とし、公園の緑を楽しむこともできるし、意識してそうすることで、走るのに必要な感覚を鋭く研いでおくことができるのではないかと思っている。ケヤキやイチョウの大木を見上げたり、キンモクセイの甘い香りを嗅《か》ぐことで、神経が研ぎ澄まされるような気がしていた。

公園の内部は縦横に道路が張り巡らされ、自分に合ったルートを走れるようになっているのだが、青山はいつも少し複雑なコースを取るようにしていた。スタート地点は公園の南側にある正面入り口。ここから東へ向かって公園内の一番外側を走る周回コースを進み、管理事務所の近くで西に折れる。そこから公園のほぼ中心部にある野球場を目指して、緩いカーブの続くコースをたどって行く。野球場をぐるりと迂回し、今度は公園を南北に貫く一番広い道路に出て北へ向かう。再び周回コースに達すると、反時計回りに走って正面入り口まで戻り、一周が終わりになる。

こんな複雑なコースを選んだのは、距離がちょうど五キロになるからであり、途中で光景が次々と変わるために、走っていて飽きないからでもあった。特に野球場の近くはお気に入りだった。照明塔まで備えた立派な球場で、大学野球の公式戦から高校野球の都大会予選、草野球まで、年中途切れず誰かが野球をやっている。外野の外側を走りながら鋭い打球音を聞くのが、青山は好きだった。俺がここを走っている間に、場外まで打球を叩き出す人間が出てこないだろうか、といつも夢想したものである。空気を切り裂く音にはっと顔を上げると、今しもバックスクリーンを越えた打球が頭の上から降ってくる――しかし、さすがにそこまで飛ばすバッターに出会うことはなかった。

六時過ぎに目を覚まし、青山は朝食も取らずに着替えて公園にやってきた。早朝の公園は静かだ。彼のように走っている人、犬に散歩をさせている人をちらほらと見かけるだけで、はっきりと聞こえてくるのはスズメやカラスの鳴き声だけである。あとは、彼自身が規則正しく息を吸い、吐く音と、シューズのソールがアスファルトを蹴《け》る小さな音。時に上空を吹きぬける風が木立を揺らし、ささやき声のような音を聞かせる。今日の風は初秋を感じさせる冷たさで、雨を予感させるように湿気をはらんでいた。

外野フェンスの隙間から見える鮮やかな芝生は朝露で濡《ぬ》れている。さすがにこの時間では、野球場にも人はいない。少しペースを上げる。急に、頭の中で速いシャッフルのリズムが鳴り響いた。特定のどの曲というわけではない。跳ねるように速い三連のリズムに、これまでに聴いた様々な曲のギターソロがランダムに載っていく。

ほとんど誰ともすれ違わず、追い越されることもなく、青山はいつものコースを二周した。気のせいかもしれないが、走るのが楽な気がする。高地トレイニングの成果は、結局これに尽きるのではないだろうか。空気の薄い場所であれだけ頑張れたのだから、という気分的なものである。もちろん、血液検査でもしてみれば明確な違いが現れるはずだが、青山はむしろ精神的な効果を信じたかった。合宿ではタイムが伸びずに苦労したが、今朝はその効果が出て楽に走れたではないか。二周し終えて腕時計を見る。二十八分五十七秒。軽く流したつもりだが、思ったよりも速い。しかも、体にはまだ余裕が残っていた。

両腕を回しながらゆっくりと歩き、クールダウンする。いい感じだ。レースが明日なら、須田とも武藤とも五分で競い合えるのではないだろうか。

しかし五輪記念はまだ先だ。それまでどうやってコンディションを保っていくか、それより何より、目の前に立ちふさがる鬱陶しい問題をどう解決するか。つい先ほど「悪くないタイムだ」と気分が良くなったのが嘘のように足取りが重くなる。

「来たな」ご丁寧に、花井は店先まで出て待っていてくれた。青山の実家から少し離れた駅前の商店街にある「花井薬局」は、安売りのポップが花が咲いたように飾られ、買い物客で賑《にぎ》わっている。

「繁盛してるじゃないか」店の中を覗きこみながら青山は言った。

「おかげさまで」花井がにやりと笑う。「何だよ、おい、そんなこと言わせるなよ。まるっきり若旦那みたいじゃないか」

「お前が若旦那？　そういう柄じゃないだろう」青山はからかったが、若旦那という言葉に対してかすかな羨望《せんぼう》を抱いているのは事実だった。実家の商売を切り盛りしているだけでなく、花井は地元の商店街、青年会の役員も務めている。独立独歩、などという言葉が頭に浮かんだ。

「ちょっと出てくるから」花井が店の奥にいるはずの妻に向かって声をかけた。返事はない。

「奥さんに挨拶していこうか」気を回して青山は言った。

「おいおい、余計なことするなよ」大袈裟に腕を広げながら、しかし声は潜めたままで花井が反論する。「放っておけばいいんだよ。一々顔なんか見せなくていい」

「そうくると思ったよ」

「何だよ、それ」

「要するに、奥さんに説明するのが恐いわけだ。仕事をさぼって友だちと出かけると、雷を落とされるんだろう」

「馬鹿言うな」花井が唇を歪ませて笑った。「お前は真実を知らない」

青山は小さく肩をすくめてやった。

「知りたくもないな。お前に恥をかかせたくないから」

何も言い返さず、花井はお勧めだという蕎麦屋に青山を案内した。花井薬局の三軒隣にある店で、木製の看板は引き戸の脇に無造作に立てかけられている。凝った書体で書かれた店名は「蕎麦一」と読めた。

「分かりやすい名前だろう?」看板を眺めている青山を見て花井が言った。

「東京一の蕎麦とでもいう意味かな」

青山が言うと、花井が小さく笑った。

「そういう願望があるってことだろう。志は高く、だな。蕎麦そのものは美味いけど、つゆがもう一歩なんだ。少し甘い。まだまだ改善の余地があるね」

「ずいぶん厳しいな」

「大学の先輩がやってる店なんだよ」

「大学って、薬学部の人だろう? 蕎麦屋とはまた、ずいぶん違う道に進んだんだな」

「いや、卒業してから製薬会社に就職したんだけど、元々蕎麦が好きな人だったんだよ。あちこち食べ歩いているうちに、自分でも蕎麦を打つようになって、最後はこの始末さ」花井が肩をすくめる。「最近、脱サラで蕎麦屋をやる人が増えてるみたいだけど、この先輩も同じパターンだ。不思議なことに、どの店もそれなりに美味いんだよな」

「お前、そんなに蕎麦を食い歩いてるのか?」

高校時代の花井は、「麺《めん》類は腹の足しにもならない」と言って敬遠していたはずだ。いつの間に好みが変わったのだろう。俺は案外、この男のことを知らないのではないだろうか。ずっと一緒にいたのは高校までで、卒業して別の道に進んだ後は年に二度ほどしか会ってこなかったのだから、それも当然かもしれない。

「最近は、すっかりはまってるね」引き戸に手をかけながら花井が答える。「年とったせいもあるのかなあ。三十になると、蕎麦の美味さが分かるような気がしてきた」

「そんなものかね」

黙ってうなずき、花井が先に店内に足を踏み入れる。「おーす。大将、いる?」と気楽な調子で声をかけた。

青山は花井の背中越しに店内を見回した。一時過ぎなら空くはずだと花井は言っていたが、四つあるテーブル席は一杯、六人が座れるカウンター席も五つまでは埋まっている。空いているのは、小上がりに二つある座卓の片方だけだった。

調理場との仕切りにある藍《あい》染めの暖簾《のれん》を威勢良く跳ね上げながら、丸刈りの頭に薄い手ぬぐいを巻きつけた小柄な男が顔を出す。怒ったような顔で花井を見ると、表情を崩さぬまま「おう」と短く返事をした。

「今日は特別のお客さんなんですよ」花井が青山のポロシャツの袖を引っ張って、自分の横に並ばせた。「こんにちは」の一言が喉に引っかかり、青山は結局軽く頭を下げただけだった。

「ほら、いつも話してるマラソンの青山。高校の同級生ですよ。青山、俺の先輩でこの店の主人の三澤《みさわ》さんだ」

「ああ」三澤の表情が初めて崩れた。「いつもこいつから話は聞いてますよ。花井のアイドルの青山さんね」

アイドル？　青山は困惑して花井の顔を見たが、彼はにやにやと笑うばかりで何も説明しようとしなかった。三澤が花井を睨んで叱《しか》りつける。

「お前、大事なお客さんを連れてくるならこんな時間は避けろよ。夜ならもう少しゆっくりできるのに」

「この時間しか空いてなかったんですよ。青山も忙しい身でね。座敷、いいですか？」

「いいよ。料理はお任せでいいか？」

「お願いします」

青山は苦労して靴を脱いだ。何だか脚が強張った感じがする。たった十キロ走っただけで？　いや、これは、ここ数日練習のペースが狂ってしまっているせいだと自分に言い聞かせる。海外に行くとこれが困るのだ。飛行機の中で縛りつけられている十数時間は体を動かすことができないのだから、どうしたって調子が狂ってしまう。

　花井が、脂の浮いた顔をお絞りで乱暴にこすり、喉の奥から安堵《あんど》の声を漏らす。出された蕎麦茶を音を立てて飲んだ。青山が思わず苦笑すると、睨みつけてくる。

「何だよ」

「お前、何だかすっかりオヤジ臭くなったな」

「仕方ねえだろう。三十って言えば十分オヤジなんだぜ。自分が高校生の頃、三十の男がすっごいオヤジに見えなかったか？」

「三十になろうがなるまいが、お絞りで顔を拭く奴はオヤジだよ」

「はいはい、悪うございましたね」呆《あき》れたように青山を見ながら、花井が丁寧にお絞りを折り畳む。急に真面目な顔つきになり「元気そうだな」と改めて言った。

「おかげ様でね」

「調子いいんじゃないか？」

「太鼓腹した男に、コンディションのことをとやかく言われたくないよ」

　青山の毒舌に、花井が恨めしそうな顔をして自分の腹を見下ろした。

「仕方ねえだろうよ。こっちは朝から晩まで仕事、仕事なんだ。夜は夜で商店会の付き合いもあるし、体を動かしてる暇なんてないんだよ」

「分かってるって」青山は小さく笑ってみせた。「その腹だって、貫禄だよな」

「だろう?」花井が歯を見せて笑う。「下の娘がさ、『パパ、サンタクロースみたい』だってさ」

「季節はずれだよ」

「いいんだ。娘に好かれてさえいれば、大抵のことは我慢できる」

ビールと蕎麦味噌《みそ》が運ばれてきた。いけねえ、と花井がつぶやき、料理を運んできた店の女の子に向かって「ビールは下げて」と告げる。

「いいじゃないか」青山は素早くビール瓶に手を伸ばした。「もう開けちゃってるんだし、もったいないよ」

「だけど、お前は飲まないだろう」

「俺はいいからお前は飲め」

「悪いよ。それに、一人で飲んでも面白くない」

「いいんだ。今日はちょっと相談があるんだよ。俺に気兼ねしないで好きなだけ飲んでくれ」

「そうか?」悪いな、と言いたそうに花井が眉をひそめる。「じゃあ、軽く一本だけにしとくから」

小さめのコップにビールを注いでやると、花井がすっと飲み干した。ああ、とか何とか声にならない声を上げ、「美味い」とつぶやいてにやりと笑う。青山はビール瓶を持ち上げて二杯目を注いでやった。嬉《うれ》しそうに、一息で空にする。

この男が陸上をやめてしまったのは酒のせいかもしれない。高校時代から、親に隠れてよくビールを飲んでいたものである。次第に体形が崩れ、タイムも伸びなくなった。酒をやめるか、陸上をやめるか。ある時花井は、そのような選択肢が自分の前に示されているのに気づいたのではないだろうか。そしてたぶん、さほど悩むこともなく酒を選んだに違いない。

「それで、相談ってのは何だ？　おじさんが聞いてやるから話してみなさい」花井が、自分で三杯目を注いだコップをそっとテーブルに置いた。

「お前の専門のことだ」

「風邪でもひいたか？」

「違う」苦笑しながら青山は首を振った。「ドーピングのことなんだ」

「ドーピング？」花井が頭から抜けるような声を出した。青山が自分の唇に人差し指を押し当てるのを見て、慌てて声を低くする。「まさか、お前……」

「馬鹿言うな」わざと荒っぽい声で青山は反論した。「何で俺がドーピングなんかしなくちゃいけないんだ」と文句を言いながら、実際にはその入り口に足をかけているではないか、とも意識する。昨日初めて会った薗田の顔が脳裏に浮かんだ。しかし、どんな表情をしていたか思い出そうとすると、さながら霧の中で会っていたように、その顔はぼやけてしまう。

「いや、そんなつもりで言ったんじゃないよ」花井が慌てて弁明する。「でも、いきなりドーピングなんて言葉が出てくると驚くじゃないか」

「すまん」短く謝って、青山はお茶を一口飲んだ。「お前、卒論でドーピングのことを書いたって言ってたよな」

「昔の話だよ」慎重な口調で花井が予防線を張った。「だいたい、卒論なんてのがどんなものか、お前だって知ってるだろう。お前の卒論、何だった？」

「……『マラソンにおける水分補給の必然性と功罪』」

「何だよ、それ」花井が声を上げて笑った。青山も顔が赤くなるのを感じた。要するに適切な水分補給は大事であるという分かりきった結論を、原稿用紙百枚にわたって延々と書き連ねたものである。あんなものにＯＫが出た理由が、青山には未だに分からない。

「俺の卒論なんかどうでもいいよ。問題はお前の方だ」少しばかりむきになって青山は反論した。「今でも薬を扱ってるのは間違いないんだし」

「いいでしょう」この状況を明らかに面白がっている様子で花井が言う。「おじさんに何でも聞いてみなさい」

「長距離の選手がドーピングするとしたら、どんな方法がある？」

「結局、血液に尽きるんじゃないかな」花井が短く結論を出し、ビールを一口飲んだ。

「もちろん脚の筋力を強化するために筋肉増強剤を使う手もあるんだろうが、基本的には持久力アップを目指すのが筋だ。血中の赤血球量を増やす、酸素運搬能力が格段に上がる、いくら走っても疲れない。以上だ。簡単な話だろう？」

「ＥＰＯとかだよな」

「何だ、分かってるじゃないか」花井が両手を広げた。

「それぐらいは知ってるよ。でも、俺の知識はそこまでだ。もっと詳しいことが知りたいんだ」

「貧血の人がいるだろう」真面目な口調に戻って、花井が座り直した。「そういう人のための治療薬がある。要は、赤血球の数を増やして貧血症状を改善するわけだ。それを貧血でない人に投与したらどうなる？」

「通常よりも赤血球が増える、と」

「よくできました」

「冬季オリンピックで問題になったのもそれだよな」

「そう」花井がうなずいた時、料理が運ばれてきた。ふっくらと黄色に焼きあがった卵焼きに、天ぷらの盛り合わせだ。天ぷらは綺麗に花が咲いており、それを見るだけで、青山は三澤の料理の腕を信じる気になった。花井が素早く天つゆに生姜《しょうが》と大根おろしを落としこみ、ししとうの天ぷらを口に運ぶ。衣を噛み砕く心地よい音が、青山の耳にも届いてきた。青山も小ぶりな海老天に箸を伸ばす。外は軽く、同時に歯切れよく揚がっているし、海老そのものはむっちりとした歯ごたえを残していた。上出来である。

「冬季オリンピックの話だっけ？　クロカンのことだよな」花井が箸を置く。

「あれもＥＰＯじゃなかったか？」

「正確には違う。ＥＰＯって簡単に言うけど、本当の名前はエリスロポエチンだからな。まずこいつを覚えておいてくれよ。あの時検出されたのは、エリスロポエチンじゃなくて、ダーベポエチンというやつだ。元々は、アメリカの製薬会社が貧血治療用に開発した薬に含まれている成分なんだけど、体内では自然に作られない人工物質で、効果もエリスロポエチンとほぼ一緒なんだよ。ただし、エリスロポエチンは週に二、三度投与しないと効果が続かないけど、ダーベポエチンは二週間に一度の投与でほぼ同じ効果が出る」

「エリスロポエチンよりも効率的なんだ」

「簡単に言えばそういうことだな」

　仕事柄かもしれないが、この男はドーピングについてずいぶん詳しく知っている。やはり聞いてみて正解だった、と青山は一人うなずいた。

　花井が蕎麦味噌を舐《な》め、ビールを飲み干す。グラスは小さいが、あと何杯飲めるだろう。彼が酔っ払ってしまう前に本題に入りたかったのだが、花井はまだダーベポエチンについて喋り足りないようだった。

「冬季オリンピックの前に問題になっていたのはエリスロポエチンの方なんだ。それまでこの手のドーピングを検出する効果的な方法がなかったんだが、やっと検査方法が確立されたっていうんで話題になったんだよ。そういう状況でエリスロポエチンを使う選手がいるかどうかが、注目の的だったわけだ。ただし、IOCも馬鹿じゃないから、エリスロポエチンによく似たダーベポエチンが貧血治療薬として市販されていることをつかんで、そっちの検査方法についても水面下で調べてたんだよ。その結果、エリスロポエチンの検査方法がそのままダーベポエチンにも使えることが分かったんだ。たぶん、IOCは手ぐすね引いて待ってたんだろうな」

「何だか想像がつくよ」青山はうなずき、先を促した。

「でも、それって何だかおかしくないか？　ドーピングなんかしなくても、ちゃんと勝つ奴は勝つ。それが普通なのに、ドーピングしてる奴を見つけて喜んでるなんてさ」憮《ぶ》然《ぜん》とした様子で花井が腕を組む。

「IOCの連中が本当に喜んでるかどうかなんて分からないじゃないか。実際にお前が話を聞いたわけじゃないだろう」

「想像はできるだろう」渋い声で花井が反論した。「よっしゃ、引っかかった、なんてな。ガッツポーズした奴もいたかもしれない。何だか本末転倒って感じがするけどな」

「だけど、ドーピングをやる奴には同情できない」青山はすっぱりと言い切った。

「まあねえ」花井は相槌を打ったが、何となく義理でそうしているようにも聞こえた。

「とにかく、ようやくＩＯＣが選手に先回りしたわけだよ」

「先回り？」

「それまでは、いつも選手の方が先を行っていたからね」

「赤血球が増える、か」青山は独り言のようにつぶやいた。確かに、持久力はアップするだろう。しかしそれは、小さなエンジンに無理矢理ターボチャージャーをつけ、馬力を搾り出しているようなものではないだろうか。いつかはエンジン本体に無理が来る。

「そういう薬物って、これからも出てくるんだろうな」

「需要がある限りはなくならないだろうな」言ってから、花井は自分の言葉の重さに気づいたようだった。「その需要ってのは、選手からの需要なんだよな。使うのは常に選手なんだから」

「何でそんなものに手を出すのかね。俺には分からん」青山がぽつりとつぶやくと、花井が呆気《あっけ》に取られたように口を開けた。

「そりゃあお前、勝ちたいからに決まってるじゃないか。難しい話じゃないよ。だいたいお前、どれだけの人間がドーピングしてるか、知ってるのか？」

「いや」

花井が顔の前で指を一本立てて見せた。

「競技や大会の種類によって違うけど、だいたいドーピング検査で一パーセントから二パーセントの選手が引っかかってる」

「そんなに？」青山は眉をひそめた。今度の五輪記念マラソンには百人からの選手が参加する。「その計算でいけば、最低一人はドーピングしていることになる。

「だから、そんなに珍しいことでもないのさ。誰でもやってるとは言わないけど、品行方正とは程遠い話だね」

「お前が陸上をやってる頃、絶対に勝てるっていう保証があったらドーピングしたか？」ドーピングの蔓延《まんえん》をさも当たり前のように話す花井に対して、青山は意地悪な質問をぶつけた。

一瞬、花井が言葉に詰まる。罪を告白するように「もしかしたらな」と打ち明け、「絶対にばれなければやってたかもしれん」とつけ加えた。それを聞いて、理由もなく青山は一瞬ほっとした。

「薬はこれからも出てくるよ」花井が自分でビールを注ぎながら言った。「こんなの、いたちごっこなんだ。いっそのこと、俺はドーピング全面解禁っていう条件で大会をやってみるのも手じゃないかと思う。百メートルは九秒五、マラソンで二時間を切る奴も出てくるかもしれない」

「そういう記録の扱いはどうなるのかね」

「黒い点でもつけておけばいいんじゃないかな。いずれにせよ、ドーピングの検査方法は結局追いつかないよ。薬を開発するスピードの方が速いんだからさ」

「そんなものなのか？」青山は目をむいた。当たり前じゃねえか、と花井がつぶやく。

青山は声を潜めて訊ねた。

「じゃあ、今の時点でも、絶対に検出されない薬物があるかもしれないわけだ」

「その可能性はあるよ。もちろん、いずれは検査技術が追いつく。ただし、遺伝子ドーピングなんかが実用化されたら、それこそ今の技術では検出できないだろうね。ジーン・ドーピング、知ってるか？」

「聞いたことはある」

「これは俺の専門じゃないんだが」花井がテーブルの上に身を乗り出した。「エリスロポエチンを作る遺伝子を筋肉細胞に直接注入すれば、同じ効果が得られるんだよ。それを見分けることができると思うか？　細胞レベルでどうやって検査する？」

「よく分からん」理解したいとも思わなかった。青山は、その遺伝子が暴走し、選手が人間ならざるものに変貌していく様を想像し、背筋を冷たいものが走るのを感じた。

「具体的にはどうするんだ」

花井が卵焼きの横腹に箸で穴を開け、そこに天かすを押しこむ。

「この天かすがエリスロポエチンを生み出す遺伝子とするな。で、卵焼きがベクターってことになる」

「ベクター?」

「運搬装置って言うのかな。例えばウィルスなんかだよ。無害化したウィルスに必要な遺伝子を組みこんで、体内に注入してやる。そうすると、遺伝子がどんどんエリスロポエチンを作ってくれるわけだ」

「簡単なことなのか?」

「治療用としてはもう使われてるからね。ただ、遺伝子ドーピングとして実現させるには、もう少し時間がかかるんじゃないかな。赤血球は増やせばいいってものじゃない。あまり増え過ぎると、血液が凝固して死ぬこともあるからな。そいつをコントロールするスウィッチのようなものがないと難しいと思う。ふだん生活をしている時は、遺伝子の動きを止めておくとかさ」

「薬物でも同じような副作用が起きることもあるんだろうな」

「ありうるね」花井があっさりと認める。「薬っていうのはそういうものだ。薬の効用っていうのは、一足す一みたいに簡単にはいかないからさ。使う量や、使う人間の体調によっても全然効果が変わってくる。常に危険性はあるわけだよ。歴史的なことを言えば、ドーピングが問題になったのも、実際に死人が出たりしたのがきっかけだったはずだよ。興奮剤を使って心臓が爆発しちゃったりしてさ」

喋り過ぎたよ、と言いながら花井がビールを飲み干し、空になったコップをそっとテーブルに置いた。

「で？　何でこんな話をしてるんだ。何もお前がドーピングの専門家になろうってわけじゃないだろう」

鼓動が激しくなる。青山は唇をちらりと舐めた。何をしたわけでもないのに乾ききり、ひび割れているようにさえ感じる。

「俺にドーピングをしないかって言ってる奴がいるんだ」

花井が一瞬、言葉を失った。ぽかんと口を開け、青山をまじまじと見つめる。やがて、怒りに顔を歪ませて「どこのどいつだ」と吐き捨てた。

「名前は分かってるけど、何者かは知らない。データを取りたいって言ってたから、薬の開発に関わっている人間かもしれないな」

「分からんな」花井が顎を撫でた。「そんなことしてばれたら、そいつにもメリットは何もない。危険過ぎるよ」

「絶対に検出できないって言ってたぜ。お前が言う通りで、まだ検出方法が確立されてない薬なのかもしれない」

「その可能性はあるな。薬の開発っていうのは、お前が考えてる以上にスピードが速いんだ」

　青山は小さく溜息をついた。

「ドーピングする連中って、どうやって薬を手に入れるんだろう」

「今はインターネットで簡単に手に入るよ。薬っていうのは、外国から持ってくるのは簡単なんだ。日本では未認可の薬が、外国ではもう認可されてることもあるし、個人輸入なら薬事法にも引っかからない。個人輸入っていうことで持ちこんで、注文をさばくのは難しいことじゃないんだ。インターネットを調べてみろよ。特に筋肉増強剤なんかはいくらでも簡単に手に入るぞ」

「冗談じゃない」青山は激しく首を振った。「そもそも俺は、パソコンも持ってないんだから」

「一般論だよ。それはともかく、薬には絶対に手を出すなよ。変な誘いには乗るな」

「お前、さっきは違うことを言ってたじゃないか。もしも絶対にばれない薬物があったら使ったかもしれないって」

「昔の話だし、それは俺のことじゃないか」花井が強張った表情で首を振る。「とにかく、お前はそういうものを使っちゃ駄目だ」

「何で」

「お前は俺の夢だからさ」言ってから台詞のわざとらしさに気づいたのか、照れたように花井が咳払いをする。「まあ、何だよ。高校で一緒に陸上をやってた仲間で今も続けてる奴、どれだけいると思う？　この前、同窓会の準備をしながら調べてみたんだけど、お前だけなんだよ」

「そうなんだ」

花井がうなずく。両手を拳に固めてテーブルに置いた。

「いいか、三十過ぎても趣味じゃなくてスポーツをやってる人間なんて、ほんの一握りなんだぞ。その頃には、昔の仲間もどこかで脱落してる。高校か大学を卒業する時に潮時だと思って身を引く奴もいるだろうし、怪我で諦める奴もいる。何だかんだ言って、ずっと続けてる人間は偉いんだよ。そういう人間は、俺たちみたいに途中でやめちまった人間にとっては希望の星なんだ」一気に喋って、花井がうつむいた。顔を上げた時には笑みが浮かんでいた。「まったく、こういう恥ずかしいことを言わせるなよ」

「自分で勝手に喋ってるんじゃないか」

花井が小さく首を振る。

「まあ、いいよ。とにかくドーピングに関しては、検出されるされないの問題以外にも体のことが心配だからな。さっき言ったみたいに、エリスロポエチン系の薬物を使うと、赤血球が増え過ぎて最悪の事態になることも考えられる。ドーピングで死にました、なんてことになったら、それこそ死んでも死にきれんだろう」

「それ、何だか変だぞ」

「おお、そうだな」花井が声を上げて笑う。空になったビール瓶を調理場の方に向かって振って見せた。それから青山の顔を見て「そろそろ蕎麦にするか」と訊ねる。

青山は皿が一杯に広がったテーブルの上を見渡しながら言った。

「まだ残ってるじゃないか」

「こんな話をしてたんじゃ、何だか食欲もなくなるよ。気になるならさっさと食っちまおうぜ」花井が海老天に箸を伸ばし、一口でほとんどを食べてしまった。

二人は黙々と料理を平らげた。天ぷらがなくなったところで、花井が蕎麦を頼む。一人せいろ二枚だ。

「多いんじゃないか」と青山が言うと、花井が冗談じゃない、と言いたげな顔をして首を振った。

「せいろ一枚じゃとても足りないんだよ。こういう蕎麦屋は、量が少ないのが高級だと思ってるから」

「高級がどうしたって」慌てて花井が振り向く。三澤が、太い腕を組んで立っていた。花井が青山の方を向いて、口笛を吹くように口をすぼめた。

「お味はいかがですか」三澤が一転して声を柔らかくし、青山に訊ねる。

「美味いです。蕎麦が楽しみですね」

「期待していいですよ」

自信たっぷりの言葉も嫌味には聞こえなかった。

「三澤さんも一杯どうですか」花井が、ビール瓶を掲げてみせた。三澤が顔をしかめて首を振る。

「こっちはね、お前さんみたいに昼間から酒飲んでるわけにはいかないの」

「まあまあ先輩、そう硬いこと言わずに」

「駄目だよ」三澤が恨めしそうにビール瓶を睨んだ。「舌がおかしくなるからね。店を閉めるまで酒は飲まない」

「相変わらずですね」からかうように言って、花井が自分のコップにビールを注ぐ。

「自分に厳しく、他人にも厳しくってやつですか」

「自分に厳しく、他人には優しくだよ」反論しながら、三澤が上がりかまちに腰を下ろす。笑みを浮かべながら青山に訊ねた。「こんなもので良かったですかね。減量とか、大丈夫なんですか？」

青山は、小さく笑みを浮かべてうなずいてみせた。

「体重を気にしてストレスが溜《た》まるぐらいなら、美味いものを食った方がいいですよ。食べた分は走って減らせばいいんだし。その方が健康的です」

納得したように三澤がうなずく。

「それもそうだ。でも、マラソンをやる人って、ストイックな感じがするでしょう。赤身の肉しか食わないとか、脂肪分は絶対に取らないみたいなイメージがあるんだよね」

「そんなことないですよ」青山は首を振ってみせた。横から花井が茶々を入れる。

「酒も飲まない、煙草も吸わない。女も、かな？」

「美味い蕎麦を食ってれば、ストレス解消になるんだよ」青山はすかさず反論した。

「じゃあ、蕎麦を出しましょう。それでストレス解消できるなら、こっちとしても嬉しい話だ」言って三澤が立ち上がる。

「先輩の蘊蓄《うんちく》さえ聞かされなければ、俺もストレス解消になりますよ」と花井。

「うるさい」花井の頭を殴るふりをして、三澤が去って行く。調理場に消える後ろ姿を見送りながら、青山は花井に笑いかけた。

「いい先輩じゃないか」

「まあね。まさか、同じ商店街の仲間になるとは思ってもみなかったけど」

「お前のお目付け役みたいなものだな」

「ま、そんな感じだ。お目付け役は嫁さんだけで十分なんだけど」ビールを一口飲み、花井がコップを上から抑えるように持った。「ドーピングねえ。ずっと気をつけていろいろ見てたんだ。卒論で書いたからってわけじゃないけど、何だか気になるんだよ。こういう商売をしているせいかもしれないし、自分が陸上をやってたからかもしれないが」

「そうか」

「だけど、ドーピングの何が悪いのか、最近は分からなくなってきた」

青山は花井の顔を見やった。立てた右膝に腕を置き、手の先ではコップがゆらゆらと揺れている。さあ、これから腰を据えて飲もうぜという様子だが、酔った気配はない。

「おいおい」

「いや、本当に」真顔で花井がうなずく。「聞くけど、ドーピングの何が悪い？」

「体に悪いだろう」

花井が力なく首を振った。

「本人がそれを承知でやってるとしたらどうだよ。自分の体のことなんだから放っておいてくれって言ったらさ。自分の責任でやる分には、誰にも止められないんじゃないか？　死んでも勝ちたいっていう気持ちが本物なら、体を犠牲にする人間もいるだろう」

「だけど不公平だと思わないか？」むきになって青山は言った。「一生懸命練習している人間と同じ能力を、薬を使うだけで手に入れるっていうのはさ。一年分の努力と一回の薬が同じ効果だっていうことになったら、馬鹿馬鹿しいだろうが」

花井が、指先でテーブルをこつこつと叩いた。

「そう、俺もそれがドーピングの根本的な問題点じゃないかと思った。でもさ、不公平ってことになれば、練習方法自体が不公平じゃないか？」

「どうして」

「例えばさ、お前は毎年高地トレに行くだろう」花井がコップをそっと置いた。「ところが、行きたくても行けない選手がいる。お前と同じぐらい才能を持っている選手でも、金がなければ、そういう条件のトレイニングはできないわけだ。世界中を見回せば、もっと不公平なことだってある。アフリカなんかにはすごい才能がごろごろしているはずだけど、そういう連中はシューズを買えなかったりするじゃないか。いや、金がないってわけじゃなくて、シューズを売ってる店がないってことだけでな。それだけじゃないぞ。例えば低酸素室ってのはどうだ？　手軽に人工的に高地環境を作るって意味では、あれも一種のドーピングじゃないか」

そうか、とつぶやきながら、青山はお茶を一口飲んだ。花井の理屈は理解できないでもないが、そんなことを言い出したら、スポーツの世界で公平なことなど何もなくなってしまう。金のある者、ない者。練習条件に恵まれた者、そうでない者。様々な選手が同時にスタートラインに立ったとして、それは果たして公平なレースだと言えるのだろうか。

「まあ、そう暗くなるなって」無理に作ったような明るい声で花井が言った。「いろいろ考えると、ドーピングってのは何が悪いか分からなくなるんだけど、何だか胡散臭《うさんくさ》い感じがするのは確かだよな。少なくとも俺は、ドーピングをやる人間は卑怯《ひきょう》者だと思う。だから、お前にだけはそんなことをして欲しくないんだ」

青山が顔を上げると、確信に満ちた顔つきで花井がうなずいた。

「たぶん、そんなことをして勝っても、あまり嬉しくないんじゃないかな。そう、それが一番問題なんだ。ドーピングは、勝つ喜びを半減させちまうような気がする。それに、絶対検出不可能だと言っても、いつばれるかもしれないってびくびくしながら生きていかなくちゃならないだろう。それって、時効を待ってる犯罪者みたいじゃないか」

「ああ」逃亡者のイメージが青山の頭に浮かぶ。誰かが引金を引き、嫌疑が降りかかる。世間の追及を避けるため、身の回りの荷物を詰めこんだボストンバッグを後生大事に抱えて、冷たい雨が降る中、路地から路地へと逃げ回る——。

「さっきも言ったけど、お前は俺たちにとっては英雄なんだ。ドーピングなんかして欲しくないね。それで負けたって、俺たちは絶対に文句なんか言わないよ」

「問題は、そう言ってきた人間にどう対処するかってことなんだけど」

「放っておけ」乱暴に言い放ち、花井がコップを一気に空ける。「こっちから何か言う必要なんてないよ。お前が眠ってる隙に注射するなんてことはできっこないんだからさ。何でお前に目をつけたのか、何のためにそんなことをしてるかは分からないけど、放っておけば向こうも諦めるんじゃないか」

「警察とかに言わなくていいのかな」

「馬鹿言うな」花井が吐き捨てる。「どこの誰が犯罪を犯してるっていうんだよ」

「それによって、俺が精神的なダメージを受けているとしたらどうかな」

「そういうことなら、何とかなるかな」花井が頭を掻《か》く。「精神的なダメージを与えるっていうのも、傷害か何かになるんじゃないか？　でも、警察沙汰《ざた》になんかなったらお前も困るだろう。とにかく馬鹿野郎のことはさっさと忘れて、レースのことだけ考えろよ。五輪記念も近いんだしさ」

「ああ」

「狙ってるんだろう、オリンピック」

「ああ、まあ」

「おいおい、もっと自信を持てよ」

青山は曖昧《あいまい》な笑みを浮かべた。外野の人間が何だかんだ言うのは簡単である。しかし、実際に走るのは俺なのだ。

今の状態では、俺は走る前から負けたも同然だ。青山は汗をかいたビール瓶をじっと眺め、酒でも飲めれば、と切実に思った。

5

浜田山駅の改札を出ると、朝方予想していた通りに雨が降り出していた。首をすくめて駅前を見回すと、美奈が指定してきたコーヒーショップはすぐ目の前にあった。濡れるほどの雨ではないが、青山はつい小走りに店に駆けこむ。

美奈がカウンター席に危なっかしく腰かけ、オレンジジュースのコップに挿したストローを手持ち無沙汰にぐるぐると回していた。傍らでは、灰皿の上で煙草が細い煙を上げている。ドアから吹きこむ風が煙草の煙を揺らした。それで彼女は青山が店に入ってきたことに気づき、うなずいて小さく手を振る。青山はコーヒーを買ってから美奈の横に腰を下ろした。

「どうかした?」腰を落ち着けようともぞもぞ動いている最中に声をかけられ、青山はスツールから転げ落ちそうになった。

「どうかしたって、何が」

「何か、元気がないみたいに見えるけど」

「君はカウンセラーか何かか?」

美奈が肩をすくめる。

「茶化さないで」

「気のせいだよ。ちょっと遅れそうなんで焦ってたんだ」

「そんなに慌てること、なかったのに。何時に行けば武藤さんに会えるか分からないでしょう」

「だけど、君との約束には遅刻してるからね」青山はわざとらしく腕時計を彼女の目の前に掲げて見せた。

「武藤さん、もう帰ってるかしら」美奈が手首を裏返して自分の時計を見た。五時。雨のせいですでに街は暗くなり、歩道には傘の花が開いている。

「行ってみないと分からないな。俺も、あいつの生活パターンを知ってるわけじゃないから」

「いいの？」

「何が」

「もしかしたら待つことになるかもしれないし、武藤さんのことだから、また怒鳴りつけるかもしれないわよ。怒鳴りつけるだけだったらまだいいけど……」

殴り合った時の痛みが顎の辺りに蘇ってきて、青山は思わず顔をしかめた。

「乗りかかった船だよ。それに、あいつにはもう嫌われてるんだから、今さらどうってことないさ」

「あなた、彼と何があったの？」

一瞬言い淀《よど》んだが、青山は結局、つまらないことが原因で大喧嘩したことがあるのだ、と打ち明けた。

「そんな昔のこと、まだ気にしてるの？」美奈が呆れたように言った。カウンターに両肘《ひじ》を預け、彼の方に身を乗り出す。「もう、とっくに時効じゃない。だけどあなたは、喧嘩をするようなタイプには見えないけど」

「そりゃあそうだよ、俺は平和主義者だからね。あんな大喧嘩をしたのは後にも先にもあの時だけだ。でも、あいつは……」

「かっとして切れたら何をするか分からない？」

「そう思わないか」

「まあね」美奈が、酸っぱいものを噛んでしまったような表情を浮かべる。

「もしかしたら君、俺をボディガードにしようとしてるのか」

美奈が鼻を鳴らし、煙草を灰皿に押しつけた。

「ボディガードだったら、陸上部じゃなくて柔道部かラグビー部の人に頼むわよ。あなたは、ボディガードと言うより緩衝材かな。一応昔馴染《なじ》みなんだから、あなたがいれば武藤さんも落ち着いて話してくれるかもしれないじゃない」

「そうは思えない」

　青山は、ブラックのままコーヒーをゆっくり飲んだ。何だか彼女と二人、ブレーキの壊れた車に乗って暴走しているような気分になってくる。

「もう行く？」美奈が気ぜわしそうに腕時計を覗きこむ。金銀コンビのオメガのコンステレーションが、日焼けした腕に良く似合っていた。

「行くか。気は進まないけど」

「ねえ、別に私一人で行ってもいいのよ。やっぱり悪いし」

「君一人じゃ心配だ」

　むっとした顔つきで、美奈が青山を睨みつける。

「子ども扱いしないで」

「そうは言っても、実際に君は俺を緩衝材にしようとしてるじゃないか」

「うちの会社では、使えるものはデスクでも使えって言われてるのよ」

「デスク？」

「新聞社のアンカーマン。原稿を見る人。いつもふんぞり返って威張ってるけど、忙しい時は立場も何も関係ないでしょう」

「なるほど」

　身のこなしも軽く、美奈がスツールから滑り降りた。雨脚はさらに強くなり、店の窓ガラスに大きな水滴を叩きつけている。雨滴は次々と流れ落ち、ガラスに太い髪の毛のような跡をつけた。青山はバッグの中を探ってメモ帳を取り出し、長谷川に教えてもらった武藤の住所を確認した。

「ここからだと、けっこう遠いんじゃないかな」

「どこなの？」

「成田西。歩くと十五分ぐらいかかると思う。雨が降ってなければ大したことはないけど、この天気じゃずぶ濡れになるよ」

「大丈夫、車だから」

「そうか」青山もスツールを下り、先に出口に向かった。ドアを押さえてやると、美奈がうつむいたまま、ありがとう、と小声で言って外に出た。

美奈は、駅のすぐ近くに車を待たせていた。黒塗りのハイヤーで、新聞社の社章を模したステッカーをダッシュボードに乗せている。歩道ぎりぎりに寄せて駐車していたのだが、駅前は道幅が狭いので、そこにいるだけで通行の邪魔になっていた。

「会社の車か」

「昼間都内を移動する時は、あまり車は使わないようにしてるのよ。かえって時間がかかるから」言い訳するように美奈が言って肩をすくめた。「今日は雨になりそうだったから」

「用意がいいことで」

青山の皮肉を受け流し、美奈がドアを開けて後部座席に滑りこんだ。青山もすぐ後に続く。美奈が武藤の住所を告げると、運転手はすぐさま車を発進させた。やはり通行の邪魔になっていることを気にしていたに違いない。だったら美奈も、呑気《のんき》にオレンジジュースなど飲んでいないで、すぐに店を出れば良かったのだ。俺だって別に、喉が渇いていたわけではないのだから。

雨がフロントガラスを叩く。エアコンが静かに風を送り出しているにもかかわらず、車内にはむっとした空気が立ちこめていた。

「どうかしらね」美奈が自信なさそうにつぶやく。

「どうって」

「武藤さん、取材受けてくれるかしら」

「わざわざ家まで足を運ぶんだ、あいつだって少しは考えるだろう」気休めに過ぎないことは分かっていたが、青山はあえて言ってみた。

「でも、アポもないし」

「やっぱり、取材の時は基本的にアポを取るのか?」

「そうね、こういう緊急じゃない取材の場合はそうするわ。誰だって、いきなり家に訪ねてこられたら警戒するでしょう。顔見知りならともかく」

「君だって武藤とは顔見知りじゃないか」

美奈が身を震わせ、自分の体を抱いた。

「向こうはそう思ってないんじゃない？　武藤さんって、まるでこっちがそこにいないような態度を取るのよね。話をしていてもサングラスを外さないから、こっちを見ているかどうかも分からないし。何だか幽霊を相手にしているみたいな感じがしたわ」

「ああ」青山も思い出した。サングラスの奥から出てこない武藤の本音を。レンズに映りこんだ自分の間抜けな姿を。

「時々そういう人もいるんだけどね」美奈が溜息をつく。何だかんだ言って、やはり気が重いのだろう。自分だったら、武藤を取材リストから外してしまうかもしれない。

車は水しぶきを跳ね上げながら、住宅街の中をゆっくりと走って行く。無口な運転手は、カーナビで武藤の住所を確認しながら、何度か右左折を繰り返した。結局武藤の家にたどり着いたのは、車に乗ってから十五分も経ってからだった。美奈が神経質そうに腕時計に視線を落とす。

「これだったら、歩いてきても同じだったかもね」

「車で正解だよ。俺は、傘もなしで雨の中を歩くのはごめんだから」青山は風邪をひきやすい体質なのだ。特に夏から秋に季節が変わる頃は、用心していても必ず一度は風邪をひく。雨の中を歩き回っていたら、間違いなくやられるだろう。そして風邪をひけば、少なくとも三日は練習にならない。やっと走り出しても、それから二日は体が重く、切れが戻らないのだ。結局元に戻るまで、一週間近くを無駄にしてしまう。

「それにしてもずいぶん……古いアパートね」武藤の家に対する美奈の評価は、ごく控えめなものだった。正確に言えば「崩れ落ちそう」といったところである。

「傘、出しましょうか」言って、運転手が雨の中に飛び出す。雨は土砂降りになり、トランクまで傘を取りに行く間に運転手のシャツがたちまち肌に貼りついた。傘を受け取ると、美奈が先に外に出る。ハイヤー会社の名前が入った巨大な傘がぱっと開いた。青山も外へ出て、美奈の傘の中に逃げこむ。近づき過ぎたかな、とも思ったが、彼女は意に介する様子もない。青山は傘を受け取って彼女にさしかけてやった。「どうも」と美奈が呆《ほう》けたような声でつぶやく。

二階建てのアパートは長年の雨と風で汚れ、本来クリーム色とチョコレート色であったはずの外壁は、くすんだ灰色に変わっている。郵便受けは傾き、十個あるうち半分は扉が壊れているようだった。部屋の方も同様で、誰かが蹴破ろうとしたのか、一〇一号室のドアは下の方に穴が開きかけている。人の気配はない。神社を囲む森がすぐ背後まで迫っており、背の高い木の枝からこぼれ落ちる雨粒が屋根を激しく叩いていた。

「こんなところ、夜中に一人で来たくないわね」美奈が暗い声で言った。確かにその通りだ。住宅街の只中《ただなか》にあるのに、そこだけが別の空間のように、アパートの近くには家がない。右横は駐車場、左横の空き地は鉄線で囲まれている。木製の杭に打ちつけられた不動産屋の看板は錆《さ》びて、斜めに傾いでいた。

「二〇一号室だ」言って、青山は歩き出した。雨に濡れるのを恐れるように、美奈がぴったりと体を寄せてくる。近づき過ぎだよ、と言おうとしたが、彼女はひどく真剣な様子であり、冗談めかした台詞を吐けるような雰囲気ではなかった。

雨で滑る鉄階段を慎重に上り、二人は武藤の部屋の前に立った。外廊下には容赦なく雨が吹きこんでくる。一か所、屋根に雨漏りしているところがあり、その下の廊下には小さな水溜まりができていた。

美奈がドアをノックする。返事はない。もう一度表札を確認すると、彼女は今度は少し乱暴にドアに拳を叩きつけた。やはり反応はなく、廊下を叩く雨の音がやけにうるさく聞こえてくるだけだった。

「これだけ雨がひどいと、ノックの音も聞こえないかもしれないな。家の中で傘をさしてたりしてさ」

「まさか」反射的に美奈が反論したが、青山の言葉をあっさり否定した様子でもない。

青山は美奈の前に出て、自分でもドアをノックしてみた。やはり、人がいる気配はない。

「蹴破ってみようか?」青山がドアの下の方をつま先で蹴飛ばすと、美奈が慌てて腕を押さえた。

「やめてよ」

「警察に通報されるかな」

「そうじゃなくて、そんなつまらないことで怪我でもしたら馬鹿みたいじゃない」

「俺のことを心配してくれるのか？」

「私がいない時にやるのは勝手だけど」耳をかすかに赤くしながら美奈が言った。「私がいるのにあなたを止められなかったってことになったら、こっちの責任問題にもなるじゃない」

「そういうことか」青山はかすかに唇を歪めてみせた。

「そういうこと」美奈が首を傾げ、「彼、いないみたいね」という分かりきった結論を改めて口にした。

「どうする？」

「私はこのまましばらく待つけど」ドアを睨みつけながら美奈が宣言した。

「付き合うよ」

「無理しなくていいわよ」

「張りこみってやつを一度経験してみたかったんだ」

美奈がまじまじと青山の顔を見た。

「変な人」

青山はすっと肩をすくめて、彼女の言葉をやり過ごした。

ハイヤーへ戻る途中、美奈が武藤の郵便受けを調べた。鍵《かぎ》がついていないことが分かると、大胆にも蓋《ふた》を開ける。ダイレクトメールが二、三通底にへばりついているだけで、新聞もなかった。

「夕刊がないってことは、やっぱり家に帰ってるのかもしれないわね。それとも、一度帰ってきてからまた外出したのか」

「いや、武藤は新聞を取ってないんじゃないかな。あいつがこの世で一番嫌いなものは、たぶん新聞だから」

「一番目はテレビね」溜息をつくように美奈が言う。

「そうだな。それより君、いつもこんなふうに他人の郵便受けを覗いたりするのか？」

「まさか」美奈が怒ったように頬を膨らませる。「社会部の記者だったらこれぐらいするかもしれないけど、私はこんなことしたくないのよ。今は、特別。まさか、人一人つかまえるのにこんなに苦労するとは思ってなかったわ。普通は新聞社の名前を出せば、何かしら話してくれるものなんだけど」

「あいつは例外だよ」

「そうみたいね」

青山は美奈に傘を差しかけたまま、彼女を先に車に乗せた。ドアを閉めてやってから、自分は反対側に回りこむ。青山が乗りこんでドアを閉めるのを待って、美奈が運転手に告げた。

「すいません、しばらくこのまま待ちますから」

「はい」短く返事をしてから、運転手がシートの上で体の位置を少しずらした。

「さっきの話だけど」美奈がぼんやりした声で切り出した。

「取材の話？」

「私、プロ野球とかJリーグの取材には昔から興味がなかったのよ。何ていうか、あの人たちって取材馴れしてるから、当たり障りのないことしか言わないし、取材の時に、いかにも面倒臭そうにするのよね」

「それは、君たちがああいう連中を甘やかしてきたからじゃないのか？　俺から見れば、日本のスポーツジャーナリズムっていうのは選手と親しいかどうかで勝負してるような感じがするんだけど。だから、選手だって横柄になるんだよ」

　美奈が無言で胸を押さえた。

「どうした？」

「痛いところ、突かれた」

　青山は小さく声を上げて笑ったが、美奈はごく真面目な口調で応じた。

「とにかく私は、取材は一期一会だと思ってるの。一度しか取材しないから真剣になる、みたいなところもあるでしょう。なあなあの関係で話を聞いても、厳しいところまで突っこめないじゃない」

「そうかもしれないな」彼女も自分と同じように感じているのだと思い、青山は頰が緩むのを感じた。「君の理屈からすると、俺は君の取材対象じゃないってことになる。改めて質問されても、真面目に答える気にもなれないからね」

「まあ、ね。もちろん例外はあるけど」言葉を切り、美奈が小さく溜息をつく。「武藤さん、帰ってくるかしら」

「そりゃあ帰ってくるだろう。練習以外の時間に何をしているのかは知らないけど、他にやることもないだろうし」

しかし、あいつはどうやって生活費を捻出《ねんしゅつ》しているのだろう。大学の助手といっても、それは施設を使うための許可証のようなものに過ぎない。アルバイトをしているのか、それともスポンサーがついたのだろうか。

気を取り直して、青山は美奈に質問の鉾先《ほこさき》を向けた。

「この取材にはずいぶん入れこんでるみたいだね」

「デスクが乗り気になっちゃってるのよ。もちろん、実際に記事にするのは五輪記念の直前になると思うけど、取材だけは先に進めておかないと安心できないでしょう」

「そうだな。じゃあ、俺の取材を先に済ませちまうっていうのはどうだろう」

「あなたは三回シリーズの最後なの」

「取材の順番なんかどうでもいいんじゃないか」
「私の中では、三番目に掲載するってことは、三番目に取材するってことなの」
「よく分からないな」青山は肩をすくめて首を振った。
「あなたにも、練習やレースの時の癖とか流儀があるでしょう？　私の仕事も同じなのよ。三回の連載をやるとしたら、その順番で取材していかないと駄目なのよ。それに、広報を通せって言ったのはあなたでしょう？　やるなら、ちゃんと手順を踏んでからにしましょうよ」

青山は口を閉ざした。このまま続けば口喧嘩に流れてしまいそうである。そんなことをするために、彼女と二人、車の中に座っているわけではない。

では何のためなのだ？　ここで武藤をつかまえ、彼女の取材を受けるように説得したとしても、自分にとって何かメリットがあるとは思えない。もしかしたら俺は、彼女に対して何か下心を抱いているのだろうかと自問してみたが、「そんなはずがない」という答えが返ってくるだけだった。

あえて理由を探すとすれば、あいつのことが気になるからだ。五輪記念で戦う相手が何を考えているのか、どんな練習をしているのかを知りたい。

雨脚が弱まる気配もなく、六時前にはもう外は暗くなってきた。武藤のアパートが次第に闇に溶けこんでいく。灯りといえば不安定に瞬く街灯だけで、数秒置きにその光の中に浮かび上がるアパートは、幽霊屋敷のようにも見えた。二人はほとんど言葉を交わさず、じっと前を見据えたままである。美奈は特に何も感じていない様子だったが、青山は体がもぞもぞする不快な感覚に襲われ始めていた。閉所恐怖症というわけではないが、狭いところに長い間閉じ込められていると、思い切り体を動かしたいという衝動に駆られる。

　美奈が腕時計に目を落とし、運転手にラジオをつけるようにと告げた。ヘッドレストに頭を預けると、腕組みをし、黙ってＮＨＫの六時のニュースに聞き入る。青山はぼんやりと聞き流していた。

「来た」突然美奈がつぶやき、体を乗り出して窓の外に目をやる。青山も彼女に体を寄せるようにして外を覗きこんだ。

「あれ、そうよね」美奈が振り返り、青山に確認する。近づき過ぎたと思ったのだろうか、顔をしかめた。青山は慌てて座り直し、たぶんそうだ、と言った。

　異様な光景である。走ってきたのだ、ということは一目で分かった。ボクサーが減量用に使うようなサウナスーツを着て、道路の水を跳ね飛ばしながらアパートの方に近づいてくる。頭から被っているフードのせいで、表情はほとんどうかがえない。荷物は、背中の小さなリュックにまとめているようだ。ちらりと腕時計を見てスピードを緩める。雨宿りのつもりなのか、一階の外廊下に入って、ぎこちない手つきでフードをはね除けた。険しい表情で、用心するように周囲を見回し、もう一度時計を見る。約束の時間通りに到着したのに相手はまだ着いていない、というような感じだった。両腕を大きく振るって雨滴を跳ね飛ばそうとしたがうまくいかないようだ。おそらく雨はスーツの中まで忍びこみ、全身が濡れそぼっているはずである。俺だったら絶対にこんなことはしない、と青山は身震いした。

「行くわよ」

「ちょっと待てよ」ドアに手をかけた美奈を青山は引きとめた。「着替える時間ぐらいやろうぜ。濡れたままじゃ、あいつも話をする気にならないだろう」

渋い顔をしたが、美奈は結局うなずいた。所詮彼女も新聞記者だ、と青山は思う。アスリートの気持ちを本当には理解していない。ずぶ濡れで走るというのは、一種異常な行為である。精神的にも変に高ぶっているものだ。自分でも考えがまとまらないし、何を喋っているかも分からなくなる。そういう時に話を聞きに行くのは不意打ちと同じだ。

武藤が空を見上げ、掌を上に向けて差し出す。顔をしかめ、ようやく階段を上って行った。もう濡れるところなどどこにも残っていないはずなのに、頭を手で押さえ、雨を恐れるような早足である。ドアが閉まってから、美奈は自分の時計できっちり五分計った。

「行くわよ」

「まだ早いんじゃないか」

「着替えにそんなに時間がかかるわけないでしょう」

勢い良く飛び出す美奈に、青山は渋々従った。雨はようやく小降りになってきたが、それでもぼんやり歩いているとすぐにずぶ濡れになってしまいそうな勢いである。美奈は、青山が差し出した傘を断り、頭を掌で押さえて前屈みになりながら階段を上った。青山が追いつくより先に武藤の部屋の前に到着し、勢い良くノックする。間をおかずにドアが開き、それと同時に美奈が短く悲鳴を上げた。何事かと青山が廊下をダッシュすると、美奈は口を両手で押さえ、辛うじて「ごめんなさい」という言葉を押し出したところだった。見ると、武藤が下着一枚という格好でドアノブを持ち、迷惑そうに美奈を睨んでいるところだった。濡れた服は足元に積み上げられている。

「お前か」ほぼ全裸で女性の前に立っているという事実に気づかないように、武藤が青山に視線を向ける。先日会った時の厳しい、突き刺すような視線ではなく、どこかぼんやりと濁ったような目つきだった。まるでレースの後のようだ、と青山は思った。最後の一滴までエネルギィを使い果たしてしまったランナーは、座ることも倒れることもできず、夢遊病者のようにトラックを彷徨うことがある。そんな時、その目は何もとらえていない。観客の姿も一緒に走った選手の姿も映らず、ただアスファルトの幻影が今も目の前に続いているように感じるだけである。

ったようだ。

青山に言われて、武藤は初めて自分が素っ裸に近い格好をしていると気づいたようだった。

「何か着ろよ」

「これから約束があるんだが」感情の抜けた声で、武藤が青山に向かって告げる。美奈がようやく我に返り、お時間は取らせません、と細い声で告げた。武藤がじろりと美奈を睨む。彼女の言葉の意味を吟味しているようだったが、やがて青山に小さくうなずきかけるとドアを閉めた。鍵をかける音はしない。

美奈が小さく溜息を漏らす。

「驚いた?」青山は小声で訊ねた。

「別に」顔をそむけながら美奈が素っ気無い声で答える。「男の裸で驚いてたら、水泳の取材なんかできないわよ」

「そりゃあそうだけど」

雨が吹きこむ。ジーンズの裾が濡れてくるのを青山は感じた。不愉快だ。美奈の濃いベージュのパンツの裾も黒くなり始めていたが、彼女は一向に気にする気配がない。自分よりもよほど我慢強いな、と青山は感心した。服のことなど気にしていては取材はできない、ということなのだろう。

いきなりドアが開く。武藤は乾いたTシャツとショートパンツという格好に着替え、頭にタオルを載せていた。耳を覆い隠す長さの髪はまだ濡れそぼっており、雫《しずく》が垂れてグレイのTシャツの肩に黒い斑点《はんてん》ができていた。

「それで?」相変わらず、何を考えているのか分からない物言いである。苦笑する気にもなれず、青山はこの場の対応を美奈に譲った。

「先日もお願いしたんですけど、取材の件なんです」

「お断りしたはずだけど」

「どうしてか、理由を聞かせてもらえませんか」

「あんたにそんなことを聞く権利があるのか」冷ややかに言い放って、武藤が青山を睨みつける。「それで、お前は何でこんなところにいるんだ。この人の付き添いか?」

青山は肩をすくめてみせた。何を言っても冷めた反応しか返ってこないことは分かっている。二対一にして、この男に無言の圧力をかけるためにここにいるのだと自分に言い聞かせ、口をつぐむことにした。

美奈が何か言いかけ、唇を引き結ぶ。どうしようもなく頑《かたく》なな取材相手もいるだろう。目の前でドアを叩きつけて鍵をかけ、留守番電話をセットして絶対に出ようとしない。それに道端でつかまえようとしても、一切質問には答えない、というタイプの人間が。それにしても武藤は頑な過ぎる。青山はほんの少し、この男に対して同情を感じた。何も悪事に手を染めたわけではないし、疑惑の渦中にいる人間でもないのだ。ただ少し喋り過ぎただけで、これがスポーツの世界のことでなければ「勇気ある批判」として逆に評価されていたかもしれない。

そもそも美奈は、勝算があってここに来たのだろうか。ようやく武藤をつかまえることができたものの、彼女は次の一手を打つことができず、黙って唇を嚙み締めているだけではないか。

突然、まったく予想もしていなかったことに、武藤が「上がれば」と言った。美奈が目を見開き、武藤を見やる。彼はすっと目をそらし、視線の端に青山を捉えた。

「お前も上がれ」

「俺は取材に来たわけじゃない」

「俺が彼女を襲ったらどうする？　ここは独身の男の家なんだぞ」

美奈がちらりと青山を見る。青山は「分かった」と答え、彼女の先に立って部屋に入った。

何もない部屋だった。靴を三足も置けば一杯になってしまいそうな玄関に続いて三畳ほどの台所があり、その奥が六畳の畳部屋になっている。台所の隅にある木製のドアは、トイレと風呂場への入り口だろう。先ほど玄関先に積み上げられていた濡れた服は、六畳間の隅に張り渡した洗濯ロープの上でぶらぶらと揺れていた。洗濯機は見当たらない。大慌てで台所の流しで洗い、手で絞ったのかもしれない。部屋全体に湿気がこもり、古くなった畳は歩くとかすかに沈みこんだ。幾度となく勝利を味わい、将来を嘱望されていた男が、三十過ぎて一人で住む部屋には相応《ふさわ》しくない。反射的に、凋落《ちょうらく》とか転落という言葉が脳裏に浮かんだ。しかし武藤は恥じる様子もなく、六畳間の窓際に陣取って胡坐をかいた。美奈が彼の正面に正座する。頭の上ではグレイのTシャツがゆらゆらと揺れていた。青山は彼女の斜め後ろに座ることにした。これは彼女の仕事であり、自分はただこの場で付き添っているだけなのだ、と言い聞かせながら。

武藤が腕を組む。美奈は時間稼ぎをするようにメモ帳をぱらぱらとめくっていた。あいつは、このまま俺たちが音を上げるのを待っているのかもしれない。あるいはこれも、武藤なりの駆け引きなのだろうか。じりじりとしたペースで進むレースの中、相手が我慢しきれずに飛び出して調子を乱すのを、息を潜めて待ち構えているつもりなのか。

ゆっくりと腕組みを解き、武藤が「で？」と短く言った。それまで呼吸をするのを忘れていたように美奈が盛大に溜息をついたが、質問をぶつけることは忘れなかった。

「この四年間、何をしてたんですか」

武藤が右目だけを大きく開く。ノーコメント、という台詞が出てくるのではないかと青山は思ったが、実際にはまったく別の答えが返ってきた。

「山ごもり」

「山ごもり？」美奈がボールペンの動きを止め、メモ帳から顔を上げて訊ねる。からかわれているのではないかと疑っているような口調だった。「山ごもり、ですか」

「嘘だと思ってるかもしれないけど、冗談でも何でもない」

「田舎に戻ってたんですよね。広島に」

「広島ってのは、けっこう田舎でね」頭に載せたタオルの両端を引っ張りながら、武藤が答える。ふざけて言っているのではないようだった。「クロカンの練習に使える場所がたくさんあるんだ」

それは本当かもしれない。事実武藤は、高校時代はクロカンでずいぶん走りこんでいたと聞いたことがある。それが、山下りのスペシャリストとしての成功につながったはずだ。迷った時に自分の原点に戻ろうとするのは自然な成り行きだろう。

「じゃあ、練習はクロカンを中心に？」

「いろいろ」

「ロードも？」

「地元じゃ、ガキどもの間に変な噂《うわさ》が広がってたみたいだな」武藤の頬がかすかに緩んだ。

「噂って……」

「夜中に、車よりも速く走る奴がいるってさ。昔、タクシーに乗ってて横を見ると、婆《ばあ》さんが平気な顔で車を追い抜いて行ったって話、聞いたことあるだろう」

「冗談ですよね」少し怒った口調で美奈が言った。右手に持ったボールペンで、小刻みにメモ帳を叩いている。

「どこまで冗談で、どこまで本当かね」

「いい加減にしろよ、武藤」

青山が忠告すると、武藤が白けた視線を投げつけてきた。

「お前には関係ないだろう」

「彼女は真面目に質問してるんだ、真面目に答えろ」

「青山君、いいから」美奈が厳しい表情を浮かべて振り向いた。これは私の仕事なんだからあなたは黙っていて、ということなのだろう。青山は小さく肩をすくめて視線を落とし、畳の目を数え始めた。美奈が武藤の方に向き直る。

「ロードはいつも夜走ってた、ということですよね」

「そう。誰かに見られるのが嫌だったから」

「秘密練習ですか」

「そうだ」

「どうしてそこまで……」

「俺は、誰かに見せるために練習してるわけじゃない」

美奈がまた、ボールペンでメモ帳を叩いた。叩くスピードが先ほどよりも速くなり、メモ帳に穴が開いてしまうのではないかと、青山は他人事ながら心配になった。

「その答えじゃ、よく分かりませんね」

「これは取り調べか何かなのか？」胡坐をかいたまま、武藤が嘲《あざけ》るような口調で訊ねる。

美奈が心なしか背筋を伸ばし、少し冷たい口調で反駁《はんばく》した。

「そういうわけじゃないけど、もっと具体的に話してくれませんか」

「あんた、取材が下手だね」

露骨な武藤の言い方に、美奈の耳が赤くなった。挑発に乗るなよ、と青山は声をかけたくなった。自分のペースを守って淡々と質問を続けろ。そうすれば、あいつの方が君のペースに巻きこまれるかもしれない。

美奈が小さく咳払いして質問を続けた。

「完全に一人で練習してたんですか」

「こんな男、誰が面倒みてくれると思う」

「きつかったでしょうね、一人きりで四年も練習を続けたのは」

「四年じゃない。正確には二年半だ」武藤のペースが崩れたのではないか、と青山は思った。言わなくてもいいことを喋り始めている。「あれから最初の一年は、何もしなかった。ぶくぶく太って、無様だったな。ここ半年は大学で練習している。誰かの指導を受けているわけじゃないけど、少なくとも周りには阿呆な学生連中がうろうろしているから、一人じゃない。結局、山ごもりしていたのは二年半という計算だ」

「じゃあ、完全なブランクは一年ということですね」

「そう言っただろう」武藤の顔が不機嫌に歪む。「あんた、人の話を聞いてないのか」

「確認しただけです」挑発されながらも、美奈の声は辛うじて冷静さを保っていた。

「一つ、いいですか」

「一つも何も、もう幾つも質問してるじゃないか」

「どうしてまたマラソンに出る気になったんですか。私が言うのも変だけど、あんなことがあった後だから、もう走らないという気持ちになってもおかしくないでしょう。四年間、レースから遠ざかっていた後に復帰するっていうのは大変じゃないですか、精神的にも、肉体的にも」

　無言で、武藤が唇を嚙み締めた。一番触れられたくない質問なのかもしれない、と青山は思った。武藤が背筋を丸め、腕組みを解く。わざと体を弛緩《しかん》させているようにも見えた。

「確認しておきたいんだけど」

「はい」美奈は逆に背中を伸ばして座り直した。

「これは正式な取材なんだな？」

「そのつもりです」

「だったら、今から言うことは書かないでおいて欲しい」

「オフレコ、ですか」探りを入れるような口調で美奈が訊ねる。

「そう」

「約束はできません。オフレコにするかどうかは、話の内容を聞いて決めます」

「こっちには選択権はないってわけだ。あんたらは、いつもそうだな」武藤が唇を歪める。「だったら、喋らなくてもいい。別に話す義務はないんだから」

　二人は、しばらく無言で睨み合った。結局、折れたのは美奈の方だった。

「分かりました」

「俺がもう一度走るのは、こいつらをぶっ潰すためだよ」武藤が、突然青山を指差した。さながら自分の指はナイフであり、突き立てることで青山の命を奪うことができる、とでもいうように。静かだが、確信をこめた口調で武藤が続ける。「青山も、気取ってやがる須田も、陸連もマスコミも、全部ぶっ潰してやる」

「潰すって……」美奈が困惑した表情で訊ねる。

「俺が勝てばどうなる？　俺は何かを証明したことにならないか？　俺は証明したいんだ。自分が何者かということをな」

6

心に溜まっていたものを全て吐き出してしまったのか、武藤が急に沈黙する。「ぶっ潰す」と名指しで言われた青山も、その瞬間は頭に血が上ったが、すぐに冷静になった。武藤の気持ちも分からないではない。

「お前、五輪記念に勝ったらどうするつもりだ」青山は仏頂面を浮かべた武藤に質問をぶつけた。

「どうするって何が」面倒くさそうに武藤が口を開く。エネルギィを使い果たしてしまったような口調だった。

「五輪記念に勝ったらオリンピック代表だぞ」

代表は辞退すると言い出すのではないかと青山は想像していた。それこそ最高のしっぺ返しではないか。陸連は慌てふためき、武藤に頭を下げに来るかもしれない。新たな候補を探すために、急遽《きゅうきょ》別のマラソンを選考レースに認定せざるをえないかもしれない。それを見てほくそえむ武藤の姿を、青山は容易に想像することができた。勝つことが全てならば、それに付随する五輪代表の座など、武藤にとっては些細なことであるはずだ。

「分かってるよ」落ち着いた声で武藤が答える。「そんなものは目的じゃないけど、結果としてついてくるならいただく」

　意外な感じがして、青山は武藤の顔をまじまじと見つめた。武藤の唇が歪む。

「何だよ。俺が代表を辞退して、陸連に意趣返しするとでも思ってるのか」

「まあな」

「それも面白いかもしれん。だけど、俺の目的は連中を困らせることじゃない」武藤が視線を美奈に移す。「坂元さんよ、四年前は、陸連の連中もずいぶん恥をかいたんじゃないか。結局、あいつらが腹を決めないからこんなことになったわけだろう」

「そう……ですね」渋々といった感じで美奈が認める。

「もう、いいじゃないか。俺の目的は、自分が一番速いっていうことを証明するだけなんだ」

「須田には簡単に勝てないぞ」

　青山が低い声で忠告すると、武藤が突然声を上げて笑った。ぎょっとしたのだろう、美奈の背中が硬くなるのが分かった。

「須田のお坊ちゃまか。あいつはボールダーでしこしこやってるらしいな。奴の考えてることは想像できる。何でも金で買えるとでも思ってるんじゃないか」

「そうかもしれない」

「そうかもしれない、じゃなくてそうなんだよ」武藤が強い口調で言い切った。「金のある奴は、大抵のことを金で解決できるんだよ。最高の環境が欲しいと思えば、海外で家を借りて専属のコーチやトレイナーをつけることもできる。俺にはそんなことはできない。お前にだって無理だろう。そういうのは不公平だと思わないか」

「自分の金でやってることだろう。他人がとやかく言う筋合いの問題じゃない」

「そうだな。だったら、お前が他人の俺に文句をつけるのもおかしいんじゃないか」

「あの」美奈が割って入った。武藤がじろりと彼女を睨む。たじろぐ様子もなく、美奈が質問を続けた。「今日は何をしてたんですか」

「何って」武藤が正面から美奈を見据えたが、その目つきはどこか虚《うつ》ろだった。

「あんな雨の中を走って」

「大学から帰ってきただけだ」嘲笑《あざわら》うように武藤が答える。

「走って帰ってきたのか?」驚いて青山が訊ねると、武藤はそれがどうした、と関心なさそうに答えた。

「十五キロはあるぞ」

「ハーフより短い」

「あんな雨の中を走って、風邪でもひいたらどうするんだ」

「いつも晴れたレースになるとは限らないだろう。そういう時の練習だよ」武藤が唇の端を持ち上げて笑った。「俺は、雨には弱くてね。それはお前も知ってるんじゃないか」

青山はすぐに、武藤の言葉の意味に気づいた。一度だけ、六年前の実業団駅伝で武藤と同じ区間を走って競り勝ったことがある。あの時の屈辱と痛みを武藤はまだ忘れていないに違いない。

二区を一緒に走ることになった二人は、ほぼ同時に三位でタスキを受け継いだのだが、その時は今日よりもひどいコンディションだった。一月で、みぞれ混じりの雨が降り続き、気温は零度近かったはずである。二人は淡々とペースを乱さず走り続けた。武藤のことを気にするよりも、青山は体を重く濡らす雨、突き刺すような風を何とかしたいという切実な思いと戦うだけで精一杯だった。

中継地点で待っている間はずっとグラウンドコートの上に雨合羽を羽織っていたのだが、走り出して百メートルもしないうちにウェアがびしょ濡れになった。雨は下着にまで容赦なく染みこむ。体が冷え、青山は長袖のTシャツを着こんでくるべきだったと後悔し続けた。いや、雨で濡れたTシャツはかえって体温を奪うだろうし、その重さが負担になるかもしれない。手足を剝き出しにしていた方がまだましなのだと思い直し、次の瞬間には冷たく濡れた腕を恨めしく見下ろすことになる。そんなことの繰り返しばかりで、まったくレースに集中できなかった。

シューズも中まですっかり濡れ、ぐずぐずと音を立て始めた。脚が重くなる。ペース配分も何もあったものではない。とにかく早く次の走者にタスキを渡してしまいたい、青山の頭の中はその思いで埋め尽くされた。時折吹きつける強い風を避けようと、互いに相手を壁にするための位置取りでせめぎ合った。

残り一キロを切ったところで武藤がサングラスを投げ捨てた。雨のせいで夕暮れ時のように暗く、足元がおぼつかなくなったのだろう。サングラスが青山の前に落ちる。避ける間もなく、次の瞬間に青山はサングラスを踏み潰していた。シューズの下でプラスティックが割れる不快な感触が伝わる。この野郎、と武藤を睨みつけた。わざとやったな。俺の気を散らし、進路を妨害するつもりだろう。お前らしい、卑怯なやり方だ。勝つためにはこんなことまでするのか。

それがかえって青山の闘争心に火を点けた。最後の最後、次の走者が大きく手を振るのが見えたところでラストスパートをかけると、武藤は着いてこなかった。着いてこられないのだろうと、青山は心の中で舌を出した。結局、二十メートルほどの差をつけてタスキを渡すことができた。

走り終えた後の武藤の悔しそうな顔つきは、今も青山の脳裏に焼きついている。仲間が肩にかけた毛布を払いのけ、思い切りアスファルトに叩きつける。怒りをぶちまける対象を探すように周囲に鋭い視線を投げると、集まっていた選手たちが音も立てずに下がった。一様に、牙をむく獣を避けるような怯えた目つきをしていた。

俺は雨には弱い。武藤の言葉を青山はじっくりと嚙み締めた。

「六年前の駅伝で――」

「俺はお前に負けたわけじゃない」武藤が青山の言葉を途中で遮る。「雨に負けたんだ。だから、万が一に備えなくちゃいけない」

「いつ降るか分からない雨に備える？　大袈裟だよ、お前は」

武藤は反論せず、鼻を鳴らして話題を変えた。

「まあ、須田もどこまで持つかね」

「どういうことだ」もったいぶった台詞が気になり、青山は反射的に訊ねた。

「金を使って勝とうとする人間は、金がなくなったら全てを失うんだよ」

「何言ってるんだ、お前」青山は思わず声を出して笑った。「あいつの家の金がなくなるわけないじゃないか」

武藤は謎めいた微笑を浮かべるだけで何も説明しようとしなかった。美奈の方にゆっくりと向き直り「これぐらいにしてもらえないかな」と告げる。

「まだ話が途中なんですが」突然取材の中止を告げられた美奈が、なおも食い下がる。

「格好良く書いてくれよ。『自分が何者なのかを証明するために走る』って。もちろん、こいつらをぶっ潰すっていうところは除いてな」

「簡単には行かないぞ」青山は武藤を睨みつけた。「俺も走るんだからな」

「今年の高地トレはスピード練習のタイムが良くなかったそうじゃないか。そろそろ限界なんじゃないか？　恥をかく前にやめたらどうだ」

「何だと」青山は無意識に腰を浮かし、立ち上がりかけた。学生時代の大喧嘩の時のようにぶん殴ってやりたいと思ったが、この男は何でそんなことを知っているのだろうという疑問が衝動を押し止《とど》める。

「青山君」美奈が立ち上がり、彼の前に立ちはだかる。「よして」

　青山は拳を握り締め、それで怒りを封じこめようとした。これも武藤の作戦だということは分かっている。こいつは、レース前であろうと、チャンスがあれば神経戦を仕掛けようと狙っているに違いない。

「さ、そろそろお帰り下さい」座ったまま、素っ気無い口調で武藤が二人に告げ、玄関に向けて手を伸ばした。「これから客が来るんでね」

「分かりました」美奈が何事もなかったかのように軽く一礼した。「また聞くことがあったら連絡します」

「必要ない」武藤がかすかに首を振る。

「武藤さんは必要なくても、私の方ではあるかもしれません」

「これで終わりにしたいから、今日はあんたに話すことにしたんだ。二度目はない」武藤の言葉は説明ではなく宣言だった。美奈は何か言いたそうにしていたが、結局言葉を呑みこみ、玄関に向かう。青山は、部屋を出る前に振り返ってちらりと武藤の顔を見た。

彼の視線はこちらを向いていたが、どこか遠くにある別の目標を見定めようとしているようでもあった。

車に戻ると、運転手が「どうしますか」と開いてきた。六時半。ずいぶん長い時間武藤の部屋にいたような感じがしたが、実際にはほんの三十分ほどのことだった。美奈が「ちょっと待って」と言い、メモ帳を広げる。先ほど武藤に話を聞いていた時は、ほとんどメモを取っていなかったのだ。室内灯を頼りに、猛烈な勢いでメモ帳にペンを走らせたが、それは二分と続かなかった。嫌な思いにピリオドを打つように、ペン先を紙に叩きつけて顔を上げる。

「結局、あまり中身のある話は聞けなかったわね」溜息をつきながら美奈が言う。「これじゃ字にならないわ」

「書くことはあるじゃないか。広島でクロカンの練習をやってたって言ってただろう」

「それが本当かどうかも分からないわよ」

「そうか」確かに、武藤の話が全てでっち上げである可能性もある。あいつのことだから、嘘をつくぐらいは何とも思わないだろう。「でも、とにかく書くのが新聞記者の仕事だろう」

「そうは言っても無理があるわよ。『シュートで七十行』って知ってる？」

「いや」

「昔、田淵《たぶち》が阪神にいた頃、どんなボールをヒットにしても『シュート』としか言わなかったんですって」

「何でまた」

「シュート打ちが苦手だったらしいのよ。それで、いつも『シュートを打った』って言ってれば、他の球団のピッチャーは『田淵はシュート打ちが得意なんだ』って信じるんじゃないかって考えたんでしょうね。とにかく、阪神担当の記者は、いつもその一言だけで七十行のトップ原稿を書かなくちゃいけなかったんですって。それで生まれた伝説が『シュートで七十行』」

「へえ」そういうのはでっち上げというのではないかと思いながらも、青山は相槌を打った。

「それぐらい、普段から書ける材料を集めておけっていう先輩たちの自慢話なんだけど、今回は無理ね」小さく溜息をついて、美奈がメモ帳を閉じる。

「ずいぶん弱気だな。君らしくない」からかうように言ってみたが、彼女は本気で困っている様子だった。

「本人に当たれない時は周囲の人に話を聞くのが筋だけど、今回はどうしようもないかもしれないわ」

「そうかもしれないな。俺も監督やコーチに話を聞いてみたけど、何も知らなかった。武藤の奴、最初は頭を下げてきたんだけど、その後は何も話さないらしいんだ。勝手な話だな」

「彼らしいと言えば彼らしいけど……」美奈がボールペンの軸を噛む。「だけど今日のあいつは、何だかあいつらしくなかった」

「何が」

「あいつがあんなに喋ったのを聞くのは久しぶりだ――いや、初めてかもしれない」

「昔からあんな感じなの？」

「無理に突っ張ってる感じはあったけど、昔はあそこまでじゃなかった。やっぱり、四年前のことを未だに根に持ってるんじゃないかな。だとすると、あいつをあんなふうにした責任の一端は君たちにもあるんだぜ」

「私が取材してたわけじゃないわよ」むっとして美奈が反論したが、続けて出てきた言葉はずっと自信のないものになっていた。「と言っても、あなたたちから見ればマスコミの人間は全部同じでしょうからね。この場を借りて、私がマスコミ代表として謝ったら許してくれる？」

青山は体を捻って彼女に微笑《ほほえ》みかけた。

「俺は別に被害者じゃないから」

「そうか」美奈が照れ笑いを浮かべる。「でも武藤さんは、私が頭を下げても許してくれないでしょうね」

「馬鹿にされるだけだよ。そうじゃなければ無視されるか」

「そうね」諦めたように、美奈がメモ帳をバッグに落としこんだ。小さく肩を揺らして溜息をつくと、辛うじて笑みを浮かべて青山に問いかける。「さて、これからどうしましょうか」

「俺は帰るよ」時間は分かっていたが、青山はわざと腕時計を覗きこんだ。「明日は合宿所に帰るんだ。いろいろ準備しなくちゃいけないから」

「でも、せっかくだから食事でもしない？　ここまで付き合ってもらったんだから、お礼ぐらいするわよ」

「いいよ、別に。君だって忙しいだろう」

「今日すぐに出さなくちゃいけない原稿があるわけじゃないし、どっちにしても夕飯は食べるんだから。それに、こういうのって『また後で』って言ってると絶対に流れちゃうわよ。それじゃ、あなたに借りを作ったままになるから」

「借金は早く返したい、と」

「そういうこと。何が食べたい？」

「焼肉かな」青山はにやりと笑った。合宿所に帰る前に、嫌というほど肉を食べておくつもりだった。

「焼肉なんか食べていいの？」

「明日から合宿所の監獄暮らしだから、最後の日ぐらいは羽目を外さないと」

「あなたの羽目を外すっていうのは、その程度のことなのね」

青山は黙って肩をすくめてやった。

「ま、いいわ」美奈がバッグを漁《あさ》り、取り出したシステム手帳を広げた。「この近くだと明大前にそこそこの焼肉屋があるけど、そこでいい？」

「いいよ。そもそも肉の美味い不味《まず》いなんてよく分からないんだ」

「それはそうよね」美奈が喉の奥で笑った。「グルメのマラソンランナー。趣味は食べ歩き。そんな人がレースに勝てるわけないもんね」

そうじゃなくても勝てないんだけどな、と青山は心の中でつぶやいた。

いつの間にか雨は上がっていた。が、雨が上がっても気持ちが晴れるわけではない。湿った空気が立ちこめた武藤の部屋の様子を思い出す。そう言えばあの部屋には、テレビもオーディオもなかった。新聞も取っていない。外の情報に触れていないはずなのに、彼は須田のことも青山のことも良く知っていた。どこから情報を仕入れているのだろう。

ハイヤーが動き始める。その瞬間、向かい側からひどく低い位置にヘッドライトのある車が走ってくるのに気づいた。何だかずいぶん車高の低いスポーツカーだな、と青山はぼんやりと思ったが、その車のブレーキランプがアパートの前で灯《とも》るのを見た途端、顔から血の気が引くのを感じた。丸型二灯のテールランプに低く幅広いボディ——つい最近、見たばかりではないか。

コルヴェット。あそこから薗田が降りてくるはずだ。体を捻り、ガラス越しにそれを確認しようとしたが、ドアが開くより先に、二人が乗ったハイヤーは角を曲がってしまった。停めてくれ、と叫びそうになって言葉を嚙み殺し、青山は乱暴にシートの上で座り直した。

「どうしたの？」怪訝そうな口調で美奈が訊ねる。

「何でも……ない」あいつはドーピングをやっているのかもしれない。そんな想像が頭の中を走る。しかし、その想像を美奈に話すことはできない。はっきりと証明するだけの材料はないのだ。そんな状態で美奈に喋ったら、武藤の名誉を傷つけることにもなりかねない。あんな男でも——あんな男だからか——名誉を大事にする気持ちはあるだろう。それに、俺が想像で余計なことを喋ったと知ったら、怒り狂うだけでは済まないのではないだろうか。

「何でもないよ」青山が同じ台詞を繰り返すのを聞いて、運転手が車のスピードを上げた。青山は腕を組み、運転手の後頭部をじっと見つめる。

彼女に言えば少しは楽になる。しかし言えない。たとえ叩き潰すべき相手であっても、証拠もないことを迂闊《うかつ》に口にすることはできない。

叩き潰す？　いつの間にか武藤の発想が乗り移ってしまったのだと気づき、青山は苦笑いを噛み潰した。

店に入る前に青山が実家に電話を入れたことを、美奈は散々馬鹿にした。

「何だか子どもみたいよ」

「だけど、わざわざ食事の準備をさせてすっぽかしたら悪いじゃないか」

「悪いって、自分の母親のことでしょう？　親離れしてないのね」

むう、とか何とか声にならない声を漏らし、青山は腕組みをした。彼女に指摘されるまでもなく、そのことに関しては密《ひそ》かに引け目に感じている。弟には「いい加減独立しろ」などと説教をしているが、実は独立していないのは俺の方ではないか。家を出ているとは言っても、学生時代から合宿所暮らしで食事を作ったこともないし、光熱費の支払いをしたこともない。

「私は十八の時からずっと一人暮らしだし、実家には二年に一度ぐらいしか帰らないわよ」美奈がからかうように言う。

「それはそれで親不孝じゃないか」

「独立独歩が我が家の方針なの。何の用事もないのに家に顔を出したりしたら、驚かれるわよ」

「はいはい」

青山が溜息をついたところで料理が一度に運ばれてきて、美奈がようやく攻撃の鉾先《ほこさき》を緩めてくれた。

「そこその店」と美奈は言ったが、大したことはないな、と青山は心の中で馬鹿にした。料理の質以外の部分に金をかけ過ぎているのではないだろうか。中華料理店を居抜きで買ったのではないかと思えるほどの派手な原色の調度類、黒服の店員――どことなく、バブル崩壊以前の飲食店を彷彿させる。肝心の料理はと言えば、サンチュは少しなびているし、キムチも辛さとコクが足りない。これでは肉の味もたかが知れている。

「焼肉は汚い店の方が美味しいと思ってるでしょう」青山の心を見透かしたように美奈が言った。青山は、サンチュに包んだ熱い肉に歯を食いこませた瞬間で、言葉を返せずにうなずくだけだった。

「やっぱり、七輪に炭を熾《おこ》して、がんがん煙を出しながら焼く方が美味しいわよね」

「しかも、そういう店の方が安い」

「私も、友だちと行く時はそういうお店にするわよ。女の子でも、ワイルドに肉を焼く方が好きな子はいるから。私も含めてね。でも、今日はこっちの店にしたの」

「どうして」

「あなた、本当に鈍いわね。生活感がないっていうか」美奈がタレで汚れた箸を青山に突きつけた。不思議と下品な感じはしない。「自分でクリーニング屋に行ったこともないんじゃない？」

「いや、そんなことないよ」青山は箸をくわえて口ごもった。全てお見通し、という感じである。クリーニング屋にも行くことは行くが、季節の変わり目の時ぐらいである。会社に着ていくワイシャツは、洗って乾かしておけば自然に皺が取れるやつだ。

「ここ、無煙ロースターでしょう？　煙が出ないのが売り物なのよ。今日、私たち、ずいぶん雨に濡れたじゃない。そんな時に煙もうもうの店に入ったら、体ごとクリーニング屋行きよ」

「君がそんな細かい気配りができる人だとは思わなかったな」店に入ってからずっと煙草を吹かし続けている彼女がそんなことを言うのは、そもそも矛盾している。

「あのね、あなた何か勘違いしてるかもしれないけど、新聞記者に一番大事な能力って、取材力でも文章力でもないのよ」

「じゃあ、何だよ」

「気配りよ。相手を気分良くさせる能力。気持ちよく喋ってもらうことができれば、仕事なんて八割がた終わったみたいなものなんだから」

「じゃあ、武藤の取材はやっぱり失敗だったわけだ。あいつ、珍しくよく喋ったけど、機嫌が良かったわけじゃないからな」

「仕方ないわね」美奈がキムチの皿に箸を伸ばしかけて迷い、結局箸を置いた。焼き網の上で脂が落ち、一瞬だけ細い煙が立ち上《のぼ》る。煙が目に入ったわけでもないのに、彼女が目を細めた。「楽な取材ばかりじゃないのは分かってるわ。それにこんなことは、今までだって何回もあったわよ」

「いくらおだてても気を許さない相手もいるわけだ」

「そう。でも、大抵の人は何度か会って、正面からきちんとお願いすれば、そのうち口を開いてくれるのよ。武藤さんは……たぶん無理でしょうね」

「弱気だな」

「仕方ないわよ」美奈が繰り返し、肉の皿に箸を伸ばした。落ちこみぶりを挽回しようとでもいうように、次々と肉を焼き網に並べていく。ロースターに視線を据えたまま、突然鋭い声で訊ねた。「さっき、どうしたの」

「さっきって、何が」とっさに青山は惚《とぼ》けた。彼女が何を知りたがっているかは分かっている。正直に打ち明ける代わりに、すれすれの質問を投げかけることにした。

「ドーピングについてどう思う」

「何よ、いきなり」美奈が顔をしかめる。

「何でドーピングする奴は減らないんだろうな。どうせばれることなのに」

「ばれないと思ってるからやってるんじゃないの」箸を持ったまま、美奈が肩をすくめる。「実際、表沙汰にならないケースもけっこうあるはずよ。結局ドーピングって、新しい薬を使おうとする選手と、それを検出する方の追いかけっこだから。いつも先を行ってるのは選手の方だし」

花井も同じようなことを言っていた。青山は一人うなずいて続ける。

「ああいうのって、選手やコーチが自分で薬を見つけてくるんだろうな」

「そうね。だいたいは手に入りやすい市販薬を使うから、そんなにお金がかかるわけでもないし、ちょっと情報網を広げておけば、どんな薬が市販されたのかぐらいはすぐに分かるでしょう。ねえ、それより何でそんなことを聞くの？　この前の電話でもそんなことを言ってたけど……普通に話題にするようなことじゃないわよね」

青山は唾《つば》を呑んだ。肉と飯を包んで食べるばかりになっていたサンチュを皿に置き、薄く立ち上る煙越しに美奈を見やる。

言うべきか？　言わざるをえないのだ。すでに、笑って誤魔化すことができないところまで話は進んでしまっている。

「俺にドーピングしないかって言ってる奴がいるんだ」

美奈が目を見開き、まじまじと青山を見つめた。十秒ほども沈黙を続けた後、ようやく「どういうこと」と質問を吐き出す。

青山は、順を追って説明した。合宿に行く直前、携帯に電話がかかってきたところから、その後も何度か電話で説得されたこと、帰国後、向こうが直《じか》に会いに来たこと。美奈は箸を宙に浮かしたまま、焼き網の上の肉が焦げるのも気にならない様子で青山の話に耳を傾けていた。全て話し終えると、それまでの話を一言で総括する。

「変な話ね」

「変だろう？　でも、この薗田って奴は実在してるんだよ」さっきも武藤のアパートに、と言いかけ、青山は言葉を呑みこんだ。あいつは関係ない。何をしているのかは知らないが、この場での会話にあいつを巻きこんではいけない。俺は何も、誰かを告発しようとしているわけではないのだから。

「断ればいいじゃない」

「断ったさ」

「じゃあ、それで話は終わりでしょう」

「いや」

「他に何かあるの？」

「あの男を何とかできないか？　あいつ、他の選手にもドーピングを勧めてるかもしれないじゃないか」

「そうね……犯罪にはならないけど、道義的な問題にはなるでしょうね」

「だろう?」青山は身を乗り出した。「ああいう奴を放っておいていいのかよ。ＪＯＣに突き出すとか、そういうことはできないのかな」

美奈が首を捻る。言ってしまってから青山は、我ながら現実味のない話だと思った。そもそもあの男が何かをしたという証拠はないのだ。俺にドーピングを勧めて精神的に苦しめた? そんなことは証明すらできないだろう。それに一言「知らない」と言われてしまったら、追及はそこまでだ。

「それにしても、その男の目的がよく分からないわね」

「ああ、まあ、そうなんだ」曖昧に言って、青山はウーロン茶を一口飲んだ。陰謀説が頭の中で蘇る。もしも武藤と薗田が接触していたら。武藤は、勝つためには何でもやる男だ。誰かが俺にプレッシャーをかけているのだろうか、と青山は想像したものだが、それはまさに武藤なのかもしれない。青山が渋い顔をしているのにも気づかず、美奈が組んだ手に顎を載せ、自説を披露した。

「だいたいそういう人って、自分の正体を隠したがるものじゃないかしら。こっちからは接触できないようにしてあるとか」

「ところが俺は、奴の電話番号を知ってるんだ」青山は尻ポケットから財布を抜き出し、薗田の名刺を差し出した。美奈が電話番号をメモして、青山に返す。

「奴の車のナンバーも覚えてるよ」

「教えて」

事務的な口調で美奈が言う。青山は、すでに暗記してしまっているナンバーを彼女に告げた。

「これで薗田という人の正体が分かるっていう保証はないわよ」

「分かってる」

「じゃあ、どうして私に教えたの」

「俺は関わり合いになりたくないけど、君はこの男のことを知りたがるんじゃないかと思ってさ」

「私が?」美奈が、焦げた肉を丁寧に金網の端に寄せた。「何だか曖昧な話だから、記事にできるかどうかは分からないわよ。もちろん、あなたの頭の中だけにある話だとは思ってないけど」

「当たり前じゃないか」憤然として青山は腕を組んだ。美奈は、涼しい顔で青山の怒りをやり過ごして提案する。

「じゃあ、私が当たってみるから、あなたはこの鬱陶しい男の存在を忘れちゃえばいいじゃない。そもそもあなたはドーピングを持ちかけられただけで何も悪いことはしてないんだから、気にすることないわよ。もちろん、薗田という男のことを記事に書くことがあれば、あなたにもコメントをもらうつもりだけど」

「匿名にして欲しいな」

「そんなこと、今の段階では何とも言えないわよ。記事にできるかどうかも分からないんだから。だけど、どうしてその男のことがそんなに気になるの」

「隙があるって思われたんじゃないかな。こいつなら、誘えば乗ってくるんじゃないかって。それが嫌なんだ、自分がそんなふうに見られたってことが」

「でも、あなたはその誘いには乗ってない。それは、あなたに隙がない何よりの証拠じゃない？　それなのに、何でそんなに気にするのかな」

　それは、説明しても分かってもらえないだろう。青山は口をつぐみ、サンチュを頬張った。欲が足りない、と言われていたのを思い出す。もしも俺が、何をやっても勝ちたいと思っているような人間なら、薗田の誘いに乗っただろう。そして、俺の周りでそれだけ欲が強い人間といえば武藤しか見当たらない。薗田の車が武藤の家の前で停まったのは、偶然とは思えなかった。

　思いが乱れる。

　何となく話は尻すぼみになり、二人はさっさと食事を切り上げた。最後の晩餐《ばんさん》とばかり、今日は徹底して肉を食べてやろうと思っていた青山は、どこか拍子抜けした気持ちを隠し切れずに箸を置いた。食事時なのに客は少なく、店内は閑散としている。ＢＧＭがやけに大きく、耳障りに聞こえた。

「満足してないって顔ね」

「うん。何だか中途半端だ」

「デザートは？　アイスクリームとコーヒーぐらいならここでも出るけど」

「もらおうか」

ちょっと驚いたように美奈が口を開けた。

「何か変か？」

「確かに今日は、ずいぶん羽目を外してるみたいね」

「何だか馬鹿らしくなっちゃってさ。合宿所ではきちんとカロリー計算して食べてるんだけど、そこまで自分の体を管理する必要があるのか、最近疑問なんだよ。若い連中なんか、食事の他にもスナック菓子とか平気で食ってるし、あんまり気にし過ぎるのもどうかなと思う」どうせ勝てないんだし、という台詞を青山は辛うじて呑みこんだ。

「でも、須田さんはもっと徹底してたじゃない」

「あいつは異常だ。あれほど徹底して自己管理できる人間なんていないよ」俺は弱い人間だから、という須田の台詞を思い出しながら青山は言った。「俺たちにできるのは、せいぜいバランス良く食事を取って、足りない分をサプリメントで補給するぐらいだ。今日は肉を食べたから明日は魚と野菜、それで帳尻を合わせてるんだよ」

「食事のバランスを取るっていうのは、一食の中での話じゃない。一日でっていうのは理屈に合わないわよ」

「ずいぶん詳しいね」青山の皮肉は美奈には通じなかった。

「一流の選手ほど、自分の体に気を遣うものでしょう。それはどんなスポーツでも同じだと思うけど」

「はいはい、どうせ俺は一流じゃないよ」

「今までどうして勝てなかったと思う?」

いきなり核心を突く質問をぶつけられ、青山は言葉に詰まった。どうする? おどけて冗談で切り返すべきか、それとも「失礼な」の一言を吐き捨てて席を立つべきか。いや、それではあまりにも大人げない。

「それは取材か?」

「正式な取材は広報を通して、でしょう。分かってるわよ」ぶっきらぼうに美奈が言った。茶化している様子ではない。「そうじゃなくて、本音を聞きたいの。友だちとして」

「友だちとして、ね」青山は渋い顔をしてみせたが、美奈は気づかない様子だった。あるいは無視しているのか。

「そう。これからあなたが言うことは記事にはしないから」

「それは約束だな?」

「約束するわ。どうして勝てなかったと思う?」美奈が質問を繰り返す。青山は目の前の皿を横にどけ、身を乗り出した。内緒話を聞く時のように、美奈が顔を寄せる。

「分からない」

電流が流れたように、美奈がぱっと椅子の背もたれに背中を預ける。

「からかってるの？」

「まさか」

「思わせぶりなこと言わないでよ」

「悪い」青山は咳払いをして、椅子に寄りかかった。「だけど、今のは本音だ。どうして勝てないかが分かってたら、俺はとっくに勝ってると思わないか？」

「それはそうだけど……」

「君はどう思う？」

「そんなこと、私に聞かないでよ。走るのはあなたなんだから」

「だけど、どうしてなんだろうな」青山は頰杖をつき、今まで走ってきたレースを思い出した。悪くはない。平均点以上だ。駅伝なら、監督がある程度のタイムを期待できる選手として、最初にメンバー表に書きこむはずである。しかしマラソンとなると話は別だ。なぜいつも、人の背中を見ながらゴールすることになってしまうのか。あるいは俺は、自分のペース、自分のレースの形というものを持っていないのかもしれない。目の前を行く誰かの背中を追いかけ、その選手のペースに合わせてしまう。だから、ハイペースのレースの時はタイムも上がり、そうでない時は平凡な記録に終わるのではないだろうか。

自分のペースで走るのが恐いのか？　あるいはそうかもしれない。走り始める前にはいつでも、タイムよりも完走することを第一目標に置くぐらいなのだから。タイムは、その結果ついてくるものに過ぎないといつも思っている。

まさにそれが、欲がないということかもしれない。たとえ途中で潰れる可能性があっても勝負に出る、誰かのペースに合わせることなく自分の力を全て解放する。そうすれば先頭でテープを切るチャンスが出てくるかもしれないが、それが裏目に出たらどうする、と考えてしまう。中途で脱落し、救護班に抱えられて背中に毛布をかけられる、そんな目にだけは遭いたくなかった。

しかし、完走することにどれほどの意味があるというのだろう。勝ちに行かないランナーに、どんな存在意義があるというのだろうか。

「大丈夫？」美奈が心配そうに訊ねた。

「ああ」我に返り、青山は硬い笑みを浮かべる。「俺だって考え事ぐらいするさ」

「ちょっと悪い質問だったかな」

「いいんだ」気分転換にと、青山は話題を変えることにした。「それより、さっき武藤が言ってたこと、覚えてるか」

「須田のこと。あいつの実家の資産がどうとかさ」

「何？」

「ああ」美奈が眉根に皺を寄せる。「何か変な感じね。何が言いたかったのかしら」

「あいつの実家、どうかしたのかな」

「知らないわ。私は経済部の記者じゃないから」

青山は彼女の顔をじっと見つめた。しばらく睨めっこのようになったが、結局美奈が負けて苦笑を浮かべる。

「分かったわよ。それも私が調べればいいんでしょう」

「俺には関係ない話かもしれないけど、何か気にかかるからね」

「ずいぶん神経質なのね」

「神経質じゃないと、いいランナーにはなれないんだよ」そして、いいランナーというだけでは強いランナーになれない。それは、青山には痛いほどよく分かっていた。

第三部　旅路の果て

1

突然、アスファルトに貼りついてしまったように脚が上がらなくなる。前につんのめりそうになり、青山は慌てて足元を見下ろした。何でもない。怪我《けが》しているわけでも、路面に異変が起きたわけでもなさそうだ。恐る恐る左脚を上げてみる。次いで右脚。何ごともなかったように、普通に歩くことができた。よし、ほんの五秒のロスだと自分を励まして走り出そうとした途端に、また脚が固まってしまう。

右側を、須田がすり抜けるように走り去った。まるで青山がそこに存在していないかのような態度だ。おい、俺は変なんだ。どうかしちまったんだ。少しは心配してくれてもいいじゃないか。そんな願いは届かず、須田の背中がどんどん遠ざかる。

今度は左側から武藤が抜いていく。一瞬青山の方を向いた時、サングラスを突き抜けるような鋭い視線をぶつけてきた。待て。俺を置いていくな。まだレースは途中なんだ。叫ぼうとしたが声が出ない。手を伸ばす。空《くう》をつかむばかりで助けてくれるものは何もなかった。他《ほか》の選手が次々と青山を抜き去っていく。やがて前方の風景の色が溶け合い、暗闇の中に消えた——。

そこで目が覚め、青山は額に浮かんだ汗を拭った。十一月も半ばを過ぎてからよくこの夢を見る。いつの間にか強張《こわば》った脚の感覚、冷たく自分を突き放す須田や武藤の視線が現実のものであるように感じられてきた。

　そして、己の選手生命の終わりを予感させるようなこの夢から逃れる手段を青山は知らない。


「大丈夫か、アオ」投げかけられた菊田の言葉が、硬い音を立てて耳にぶつかる。青山は無言で膝《ひざ》に両手を当てたまま、呼吸を整えた。背中を伸ばし、何とか笑みを浮かべて「大丈夫って、何がですか」と言い返す。

　笑顔の裏側では、「この野郎」と思っていた。誰に指摘されるまでもなく、調子が狂っているのは自分で良く分かっている。こっちは、走り始めて一年や二年の駆け出しではないのだ。そういう時、コーチには黙っていて欲しい。中には、細かいところまでチェックしてもらいたがる選手もいるが、俺は違う。余計な心配をされると、自分では気づいていないだけで本当にどこか調子が狂っているのではないかと思ってしまうのだ。

　今回は、ちょっとしたスランプに過ぎない。それがたまたま、少しばかり長く続いているだけなのだ。しかし菊田は青山の気持ちを逆撫《さかな》でするように言葉を積み重ねた。

「ここのところずっとだぞ」手にしたチャートに目をやる。そこには青山の不調が、冷徹な数字で書き残されているはずだ。

「長く走ってればこういう時だってありますよ」

菊田に背を向け、青山はゆっくりと芝生の方に歩いて行った。自分でも理由は分からないが、ここ一週間何となく体が重く、脚の運びが思うようにいかない。今日もそうだ。スピード練習で一万メートルを走ったのだが、誤差の範囲で済まされないほどの遅れが出てしまった。

芝生に座りこんでシューズを脱ぐ。もしかしたら、この新しいシューズのせいかもしれない。そういえば以前、レースの直前に新調したシューズが合わずに本番で疲労骨折してしまった選手の話を聞いたことがある。

仮にそうだったとしても、それは自分の責任だ。確かに須田に言われたことがきっかけではあったが、シューズを作ってくれと宮崎に頼んだのは俺なのだから。何となく調子が上がらない状況に業《ごう》を煮やして、気分転換の意味も含めてシューズを替えてみることにしたのだ。

「カジマ」の本社に宮崎を訪ね、シューズの製作を頼んだのは十月半ばである。二時間ほどの面談と足型の測定の後、ゼロから作るのではなく、発売されたばかりの新製品を自分の足に合わせて作り直してもらうことにした。そのシューズが一週間前にでき上がってきたのだが、実際に履いて走ってみると、今までいかに足に合わない靴を履いていたかが分かった。宮崎のシューズは「履いていない」という表現がぴったり来るほど足にフィットする。さらに、地面を蹴《け》る衝撃がこれまでのものと比べて圧倒的に少ない。それを宮崎に伝えると、彼は「隙間《すきま》がなくなればショックも減るんだよ」と教えてくれた。合わないシューズを履くと、足はインソール、次いで地面と、一度の着地で二度衝撃を受けることになる。完全に足に合ったシューズならそんなことはないし、ハイテク素材を利用したソールが衝撃を和《やわ》らげてくれる、というのが宮崎の説明だった。

そう、確かに宮崎が胸を張る通り、このシューズは最高だ。となると、タイムが伸びない原因は他にある。

合宿ではタイムが伸びなかったが、帰国した直後は、間違いなく高地トレの成果が現れていた。体が軽く、呼吸も楽で、普段は抑えておこうと思うところでもペースを上げることができたし、スピード練習のタイムも悪くなかった。もちろん、そういう効果は長くは続かない。人によって違いはあるが、せいぜい数週間程度である。だが今までの経験からすると、その後急にタイムが悪くなることはないはずだ。

衰え、という言葉が頭に浮かぶようになった。どんなランナーでも衰える。違いと言えば、それが早いか遅いかだけだ。

だらしなく脚を芝の上に投げ出し、両手をついて上体を後ろに傾けた。ひんやりとした風が芝の上を流れてくる。空は高く、グラウンドを囲むように立ち並ぶイチョウの葉もすっかり黄色くなっていた。一緒に走り終えた選手たちが、歩くようなスピードでトラックを流している。何事かぼそぼそと話しながらのジョギングは、いかにも呑気《のんき》に見えた。最年少の助川はまだ元気一杯で、今にも「もう一本行きましょうか」とでも言い出しそうである。助川は高地トレ以降、着実にタイムを伸ばしていた。この分で行くと、正月の実業団駅伝のメンバーにも入ってくるだろう。

俺はどうするか。今年の青山は、十二月の五輪記念マラソン一本に絞って調整を続けてきた。それからわずか二週間後の実業団駅伝に出るという手はあるだろう。そこは調整の意味で、今月末に行なわれる駅伝の予選に出るのは、事実上不可能である。あるいはでスピード感覚を体に覚えこませれば、実戦の勘も取り戻せるはずだ。メンバーに選ばれれば、それなりにチームに貢献することができるという自負もある。

しかし今の状態で、監督は本当に俺の名前を名簿に書きこむだろうか。陸上部としては、マラソンよりも駅伝で勝ちたいというのが本音である。マラソンではまだ会社から五輪代表が出たことはないが、実業団駅伝では優勝争いの常連なのだ。実績を残し、陸上部の存在を会社にアピールするためには、駅伝に力を注ぐのが手っ取り早い。もし今のような調子が続けば、監督は俺をメンバーに入れることを躊躇《ためら》うかもしれない。名門チームが予選落ちしたとなれば、洒落《しゃれ》にもならないではないか。俺だって、自分のせいで負けたら気分が悪い。

予選はパスしよう。青山は後ろ向きの結論を出した。

それにしても、本当に限界が近づいているのだろうか。これから先タイムが伸びることもなく、ランナーとしての自分はゆっくりと自然死を迎えることになるのだろうか。結局勲章を一つも得ることなく、尻《しり》すぼみで終わってしまうかもしれない。

勝ちに行く、などと考えたことを恥ずかしく思う。後から冷静になってみれば、それが虚勢に過ぎないことは明らかだ。マラソンは短距離種目や球技とは違う。自分を奮い立たせ、一瞬アドレナリンを放出させれば、普段練習している以上の力が出せるわけではない。興奮も緊張もご法度《はっと》である。頭に血が昇った状態では、四二・一九五キロを走りきることなどできないのだから。

立ち上がり、入念にストレッチングを始めた。体が硬くなっているわけではないが、やはり「重い」という違和感を消し去ることはできない。体重も体脂肪率も変わっていないのだが、いつの間にか太ってしまったような感じがした。そう言えば、この季節にしては汗の量も多い。Ｔシャツを脱ぎ、裸の上半身をひんやりとした風にさらす。急激に体の熱が引き、ぷつぷつと肌が粟立《あわだ》つように感じた。トンボが一匹、風に逆らうように滑空し、芝の上に下り立つ。お前はいいな、と青山はふと溜息《ためいき》をついた。地面を蹴る衝撃を感じることもなく、どこまでも飛んで行ける。はるか高みに舞い上がれば、ずっと先にあるゴールを見ることもできるだろう。目先のアスファルトを睨《にら》みながら走っている自分が、トンボよりも下等な存在に思えてきた。

そんな自分に、五輪記念に勝つ可能性はあるのだろうか。

やるべきことは全《すべ》てやってきたはずである。それでも何かが足りないのだ。何かが。


陸上部の更衣室は、グラウンド脇《わき》にある粗末なプレハブ小屋である。当番制でちゃんと掃除をしているのに、いつの間にか汗の匂《にお》いが染みついて、窓を開け放しても消えなくなってしまった。水の出が悪いシャワーを使ってから、青山は乾いた服に着替えた。他の選手たちは上半身裸で雑誌を眺めたり、汗で濡《ぬ》れたTシャツ姿のまま馬鹿話で盛り上がったりしている。さっさと着替えろよ、と言おうとして青山は言葉を呑《の》みこんだ。そんな説教をすれば、自分がこの中で最年長なのだということを意識せざるをえない。

更衣室の壁には、駅伝の輝かしい成績を誇示するように表彰状が飾ってある。最近十年間のものは、走ったメンバーの集合写真つきだ。創部からほぼ五十年、壁のほとんどの部分がそういった表彰状や写真で埋め尽くされており、そのうち天井にでも貼《は》らなければ間に合わないような状態である。それらをぐるりと見渡し、青山は小さく溜息をついた。ようやく気を取り直すと、濡れた髪をタオルで乱暴にこする。汗を拭《ぬぐ》ってタオルから顔を離すと、目の前に助川がいた。

「アオさん、今夜飯でも行きませんか」

「また焼肉か？」青山は思い切り顔をしかめてやった。

「いいじゃないですか」

「お前、ちゃんと合宿所の飯を食えよ。バランスを考えて作ってくれてるんだから」

「だけど」叱《しか》られた子どものように助川が下唇を噛《か》む。

「最近、外食ばかりじゃないか。コンビニ通いの癖も直らないしな」

「合宿所の飯じゃ足りないんですよ」

「それはいいんだよ。食わない奴《やつ》は速くならないからな。だけど、スナック菓子なんか食ってると、骨が強くならないぞ」

「今から骨を強くしようと思っても手遅れでしょう」頬《ほお》を膨らませて助川が反論した。

「わざわざ体に悪いものを食うことはないんだよ。だいたいお前は――」

　青山の説教は、携帯電話の呼び出し音で中断された。慌ててバッグに手を突っこむ。呼び出し音が五回鳴ると、留守番電話に切り替わるようになっているのだ。

「はい」電話に出ながら助川の方を見ると、説教を免れたと思ったのか、忍び足で他の選手たちの方に歩いて行くところだった。

「やあやあ」

　声を聞いた途端、青山は電話を切ってしまいたいという衝動に駆られた。須田だ。何で電話してきたのか。しかし、切ることはできなかった。我ながら付き合いがいいなと苦笑しながら、「ああ」と短く応じる。

「調子はどうだ？」探りを入れるような様子ではなく、ごく普通の日常の挨拶《あいさつ》という感じである。屈託がないというか、裏表がないというか、この男は誰と話していても、どんな時でも自分のペースを変えようとしない。そういう態度が相手を苛つかせることもあるのだが、そんなことは気にもしていないのだろう。

「まあまあだね」青山は当たり障りのない答えを返した。まあまあ？　冗談じゃない。しかし、当面のライバルに自分の調子を正直に答える気にはなれなかった。いや、須田をライバルなどと考えるのは、俺の一方的な思いこみか。「いきなり電話してきて何だよ。アメリカからじゃ電話代がかさむぞ」

「いや、日本に戻ってきたんだ。だから、ご挨拶」

「そうか」青山は携帯電話を強く握り締めた。そっと息を吐く。何で俺は緊張してるんだ？　知り合いが帰国して、連絡してきたというだけではないか。

「だけど、お前が帰ってきたこと、新聞には載ってなかったな。一応スポーツニュースはチェックしてるんだが」

須田が、電話の向こうで含み笑いを漏らした。

「まさか、凱旋《がいせん》帰国みたいに派手に取り上げられるとでも思ってたのか？」

「今までの新聞やテレビの騒ぎ方を考えると、それが自然じゃないか」成田空港で大勢の報道陣が出迎える。テレビカメラが並んでいる場所には自然と野次馬も集まってくるもので、「誰が来るんだ」と噂話《うわさ》が広まり、やがて須田が姿を見せると黄色い歓声が上がる。戸惑いながらも愛想良く手を振ってみせる須田。歓声はさらに大きくなる——王様の凱旋だ。

「マスコミへのサービスはやめたんだ」

「へえ」

「今まで十分サービスしたからね」確かにその通りだ。青山は注意して新聞やテレビを見ていたのだが、須田の話題は新聞やテレビのニュースで、思い出したように時折大きく取り上げられた。民放のある局に至っては、三十分のドキュメンタリー番組で彼の特集を組んだほどである。その番組は、ボールダーで一週間密着取材したもので、例の須田の家も紹介されていた。練習の様子も、メンタルトレイナーとのやり取りも、須田は撮影を許可し、インタビューにも饒舌《じょうぜつ》に答えていたものである。番組の最後では、彼が日本最高記録を出した時のゴールシーンをとらえた映像が様々な角度で映し出され、五輪記念で彼が勝つのは既定の事実だ、という印象を青山に植えつけた。

「メンタルトレイナーに忠告されたんだよ」須田が快活な声で打ち明ける。「お前はメディアにサービスし過ぎだって。レースが近いんだから、そろそろ余計なことに煩わされないで集中した方がいいってことなんだろうな。俺は取材なんて受けても受けなくても同じだと思うんだけど、一応ね」

「金を払っている人間の忠告は聞いた方がいい、と」

「そういうこと」須田が声を上げて笑った。それがまた、青山の神経を逆撫でする。

「とにかくトレイナーの忠告に従って、レース前の記者会見まで隠れてることにした。それで、帰国の日程も知らせないで帰ってきたんだよ」

「じゃあ、何で俺に連絡してきたんだ」

一瞬、須田が言葉を失ったが、次の瞬間にはまた明るい声で笑い出す。

「お前は友だちじゃないか」

「ああ」

「飯でも食わないか。こっちは缶詰状態だから、何だか人恋しくてね」

「飯ねえ」すっぱり断ることもできるはずだと思いながら、青山は迷っていた。レース前にライバルと飯なんか食えるかよ、という理屈は成り立つ。しかしそれでは、俺があまりにも神経質になっているという印象を須田に与えてしまうかもしれない。結局「いいよ」と答えてしまった。

「じゃあ、明日とかはどうだ？　そっちの練習が終わってからでいいからさ。都合は合わせるよ」

「八時ぐらいでもいいかな……いや、待てよ。そもそも俺はどこに行けばいいんだ？」

須田の実家は、確か渋谷区の松濤《しょうとう》にある。グラウンドからは行きづらい場所で、練習を終えた後、シャワーを浴びて身づくろいをしてからでは八時には着けないだろう。

「ああ、言ってなかったっけ？　今は川崎に住んでるんだよ。川崎って言っても海の方じゃなくて新百合ヶ丘だけど」

「何だ、すぐ近くじゃないか」グラウンドからは、京王線と小田急線を乗り継いで二十分ほどである。

「住所を言うけど、今、メモできるか？」

「ちょっと待って」青山はバッグを探ってシステム手帳とボールペンを取り出した。須田に言われた住所を書き取る。須田は駅からの行き方まで説明してくれたが、結局途中で書くのをやめてしまった。山一つ越えただけだが、新百合ヶ丘はあまり知らない街だし、目印を説明されてもよく分からない。まあ、いい。住宅地図でも調べれば済むことだ。

「じゃあ、八時に」と須田。

「了解」

電話を切って、青山はあることを思い出した。しばらく忘れていたのだが、本人の声を聞いて急に思い出したのだ。選手たちが三々五々更衣室を出て行き、一人になるのを待って、電話をかける。

「はい、坂元です」せかせかした美奈の声が返ってくる。電話を邪魔物扱いしているのは明らかだった。

「青山です」

「あら」少しだけよそよそしい声で美奈が応じる。「久しぶりね」

「今、ちょっといいかな」

「あまり良くないけど……」美奈が送話口を手で覆ったようだ。ざわざわとした背後の音が小さくくぐもる。「会社なんだけど、原稿を書いてる最中なのよ」

「かけ直そうか」

「いいわよ」面倒なことは早めに済ませてしまいたいという態度を隠そうともせず、美奈が言った。「何?」

「前に須田の実家の話、したよな」

「ああ、会社のことでしょう？　武藤さんが言ってた話よね」

「調べてくれた？」

「うん。ちょっと待って」ごそごそという音がして美奈の声が途切れる。しばらくして彼女が再び喋り始めた時には、背後は静かになっていた。「ごめん、今廊下に出てきたから」

「それで？」

「直接取材したんじゃなくて経済部の人に聞いただけだし、そもそも私は企業の財務状況なんか聞かされてもさっぱりなんだけど」

「うん」彼女にしては前置きが長いな、と青山は苛立った。

「あなたも同じようなものでしょう」

「そうだけど、どういうこと？」

「いろいろ話は聞いたけど、簡単に言うと、『メディアセル』はいつ不渡りを出してもおかしくない状態みたいね」

「倒産？」

「そうね。グループ企業全体の累積赤字が膨らんでるのよ。ＩＴバブルが弾《はじ》けた影響らしいんだけど、資金繰りは相当苦しくなってるみたいね。今は、赤字会社の切り捨てと資産売却の準備を進めてるようよ」

「かなり悪い状態なんだ」

「遠慮して言えばそういうことね」

小さく溜息をついてから青山は続けた。

「武藤はどこでそんな情報を仕入れたのかな。新聞も取ってない、テレビも持ってないみたいだったけど」

「新聞なんてどこでも読めるじゃない」

「仮に『メディアセル』が潰《つぶ》れたとして、須田には何か影響が出ると思うか？」

「少なくとも、今回の五輪記念マラソンには関係ないんじゃない？　でも、その後のことは何とも言えないわね。今みたいなスタッフを維持していくだけでも年間億単位で費用がかかるはずだし……スポンサーでもつけば話は別だけど、そんなこと、当てにできないでしょうしね。『チーム須田』が解散したら、今までと同じようにやっていけるかどうかは疑問ね」

「そうだな」すうっと気持ちが冷える。自分が「ざまあみろ」と須田を嘲笑《あざわら》うのではないかと想像していたのだが、実際にそういう話を聞いてみると、とてもそんな気分にはなれない。それに、須田が自分の体に金を注《つ》ぎこんだことが、会社が傾きかけていることと関係があるとも思えなかった。

「それより、何で今ごろ急にそんな話を思い出したの？」

「いや、何となくね」須田が帰国していることを美奈には教えるべきではないか、とも思った。今なら彼女の特ダネになるはずだ。しかしそれは、須田に対する裏切りにもなる。二人の友人を天秤《てんびん》にかけて、結局青山は須田を選んだ。「それより、例の特集はどうなったんだ？」

「うーん」美奈が低く唸《うな》った。「武藤さんの取材がうまく進まなくて、困ってるのよ。私、広島まで行ったのよ。彼の高校時代の先生とか友だちにまで話を聞いたけど、広島に戻っていた時期は、本当に人付き合いを避けてたみたいね。誰も武藤さんに会ってないし、ご両親はあっさり取材拒否」

「山ごもりしてたっていうのも本当かもしれないな」

「そうね。からかわれてるのかと思ったけど、本当だったみたい。これはまだ確認できてないんだけど、どこかのお寺にお世話になってたっていう話もあるのよ」

「それは、まさに修行だな」寺にこもり、野山を駆け巡って時には滝にも打たれる。座禅も組んだのだろうか。長距離選手の練習としては常軌を逸している。しかしそれを言えば、須田のやり方だって常識的とは言えない。だからこそ、俺はあの二人に勝てないのだろうか。狂気に足を踏み入れないと、人の上には立てないのだろうか。

「来週、もう一度広島に行ってみるつもりなのよ。そのお寺が見つかれば、もう少し武藤さんの広島時代のことが分かるかもしれないでしょう」

「執念深いね、君も」

「そうよ。それと、あなたの会社の広報にも取材を申しこんだんだけど、その件、まだ聞いてない？」

「聞いてないけど、いつの話だよ」

「今日の午後」

「じゃあ、まだだな。うちの会社、あちこちに散らばってるせいか時差があってさ、多摩の工場に話が伝わってくるのはいつも半日遅れなんだ」

美奈が声を上げて笑った。じゃあ、と言って電話を切る前に、やはり須田が帰国していることを教えるべきだったかもしれないと青山は後悔した。それでも二人の間の貸し借りを表にすれば、まだ自分の黒字の方が多いのではないかと思えた。

もう一つ、彼女に調べて欲しいと頼んでいたことがあったのを思い出した。薗田のことである。しかし、一度にいくつもの質問をぶつけるのもまずいと判断し、青山は携帯電話をバッグにしまいこんだ。大学の駐車場で会って以来、あの男からは連絡がないが、ふとしたはずみにその名前を思い出すと、どうしても不愉快な気分が蘇《よみがえ》る。こちらの問題もいずれは決着をつけないといけないだろうなと思いながら、青山はバッグを担ぎ上げた。汗で湿ったトレイニングウェアが入っているだけなのに、肩にきつく食いこむように感じられた。

「やあやあ、迷ったか?」須田は笑顔で迎えてくれた。八時を十分ほど過ぎている。彼の指摘した通り、青山は道に迷ってしばらくうろついた。新百合ケ丘の住宅街は迷路のように入り組んでいるうえ、須田の家は駅からずいぶん離れていたのだ。

「悪いな」青山は土産の菓子折りを須田に手渡した。須田は食べないだろうが、素直に礼を言って受け取ってくれた。

家に入る前に、もう一度外観を見回す。コンクリート打ちっぱなしのモダンな造りで、周囲の家よりは一回り大きいが、特に変わった様子は見受けられない。宮崎の話では、この家に低酸素室があるということだったのだが、外を見ただけでは特殊な設備があるようには見えなかった。

　中に入ると印象は一変した。一階は普通のリビングルームとキッチンだったが、彼が通されたのは地下室である。やけにだだっ広い部屋だった。片隅にダイニングテーブルのセットと簡素な応接セットがあり、部屋の中央にはウェイトトレイニング用のマシンが置いてある。一番目立つのはトレッドミルのマシンだった。部屋の片隅はカーテンで仕切られているが、隙間からはベッドが覗《のぞ》いている。壁全体が簡素にセメントで塗られているだけで、装飾品の類《たぐい》は一切ない。天井近くの壁に灯《あか》り取りの細い窓が並んでいるが、夜なので単なる黒い横穴のようにしか見えなかった。

「何だか……」

「監獄みたいだろう?」須田が青山の言葉尻をとらえて言った。「俺はインテリア関係のことなんか全然分からないし、設計した人間はそういうことはどうでもいいと思ってたんだろうな。帰ってきたらこんなふうになってたんで驚いたよ」

　部屋にはもう一人いた。ダイニングテーブルに着いていたその男が、青山に気づくと満面に笑みをたたえて立ち上がる。照れ臭そうに、須田が「オヤジだよ」と紹介した。

「須田真一《しんいち》です」如才なく頭を下げ、名刺を差し出した。「メディアセル」の名前と

「代表取締役」の文字が入っているだけの簡素なものである。電話番号もないが、ひっくり返して裏を見ると、グループ企業の中の代表的な会社の名前と代表番号が、虫眼鏡が必要なほど細かい文字でびっしりと刷りこまれていた。

「すいません、今日は名刺は……」ジャケットのポケットを叩《たた》きながら青山が謝ると、真一が鷹揚《おうよう》にうなずいた。

「いいんですよ。名刺を持って走る人はいませんからね」腰を下ろすと、赤ワインのグラスを口に運ぶ。もうずいぶん入っているようで、手の動きが危なっかしかった。

「この家がどうなったか、査察に来たんだってさ」須田が説明すると、父親が渋い顔で弁明した。

「金を出したのは俺なんだぞ？　見に来る権利ぐらいはあるんじゃないか。ねえ、青山さん？」

「分かったから、アオに絡むなって」困ったような笑みを浮かべ、須田が壁にかかったインタフォンに向かって言った。「すいません。揃《そろ》ったんで食事を出して下さい」

ボールダーでも食事の用意をしてくれた寺尾が料理を運んできた。青山に気づくと、柔らかい笑みを浮かべて頭を下げる。

「またお会いしましたね」

「ご馳走《ちそう》になります」

三人でテーブルを囲み、静かな食事が始まった。今日はボールダーの時とは違い、完全な和食である。魚と豆腐を中心に十品が並んだ。どれも薄味で、胃に入った途端にそのまま体に染みこんでいくような感じがする。

真一が一人でワインを飲み続けている。少しペースが速いように青山には見えた。豪快に飲み、がつがつと食べ、大声で話す。食事の途中で、青山はこの男が少しばかり鬱《うっ》陶《とう》しくなってきた。話題がどこに飛んでも、結局は自分がいかにして金を儲《もう》けたか、というところに戻ってきてしまうのだ。須田にとっては父親の自慢話も慣れたもののようで、苦笑を浮かべて適当に相槌《あいづち》を打ちながら聞き流している。金の話が出るたびに、青山は何度も聞きそうになった。あなたの会社は潰れかけているのではないか、と。そういう状況を息子は知っているのか、と。

食事が一段落して真一の話が途切れるのを待ち、須田がようやく口を開いた。

「この部屋、どこがおかしいか分かったか？」

「別に普通じゃないか」青山が首を傾《かし》げると、須田が微笑を浮かべる。

「低酸素室なんだ」

「ああ、ここが……」青山が立ち上がって部屋の中を見回すと、須田が両手を組み合わせてテーブルに肘《ひじ》をつき、説明した。

「要するに、ボールダーと同じような環境を再現してるんだ」

「それなら、国立の施設があるだろう」

「そう、原理的にはあれと同じだ。規模はずいぶん小さいけどね」須田がうなずく。青山は、部屋の入り口のドアが二重になっていたのを思い出した。気圧を一定に保つためだろうかと思いそのことを訊《たず》ねてみると、須田が首を振る。

「いや、気圧は通常なんだ。酸素の量だけを自由に調整できるようになっている。今、この部屋の酸素濃度は一六パーセントぐらいかな。だいたい、二千メートル級の場所にいるのと同じだ」

「ということは、マグノリア級だ」

「そう」

「あまり苦しくないな」青山は鼻で大袈裟《おおげさ》に息を吸ってみせた。

「動いてないからだよ」須田が笑いながら言い、次いで挑発するように唇を歪《ゆが》めた。「そのトレッドミルをやってみるか？　十分で死ぬぞ。もう高地トレの効果も薄れてるだろうからな」

「お断りだ」踵《かかと》を軸にくるりと須田の方に向き直り、青山は言った。「食べた直後は運動しないことにしてるんだ」

「まあ、その方が体にはいいな……俺は、トレイニングの時は酸素濃度を一四パーセントまで落としてる。だいたい、三千メートル相当だ」

聞いてもいないのに須田が説明を続ける。青山は小さく肩をすくめた。この男は、自慢話を聞かせるために俺をここに呼んだのだろうか。どのタイミングで「帰る」と言おうかと考え始めた時、真一が突然大声でわめきたて始めた。

「まったく、この家にいくらかかったと思ってるんだ」

「分かってるよ、オヤジ。でかい声出すなって」慌てて須田が注意する。

「オリンピックが終わったらどうするつもりなんだ」

「別宅で使えばいいじゃないか」

「冗談じゃない。家なんてのはな、雨露がしのげればいいんだよ」

「よく言うよ、あんな馬鹿でかい趣味の悪い家に住んでるくせに」

二人とも笑みを浮かべているのを見なければ、本気で喧嘩《けんか》しているように聞こえた。

青山が腰を下ろすと、今度は彼の方に身を乗り出して真一がまくしたてる。真剣な顔つきになっていた。

「ねえ、青山さん。俺は、どうにもマラソンってやつが分からない。速く走れて、それで何かいいことがあるのかね」

「それは――」青山の言葉を遮り、真一が続ける。

「そりゃあ、勝てば目立つでしょう。一時は金も入ってくるかもしれないよね。でも、そういうのは長くは続かないんですよ。男ならね、やっぱり形に残るものに取り組まなくちゃいけないんじゃないかな」

「オヤジ、いい加減にしろって」須田が立ち上がり、真一の肩に手をかける。真一が乱暴にそれを振り払った。

「真二郎、お前もそろそろ将来のことを考えてくれなくちゃ困る。会社のことだってあるんだぞ」

「会社のことなんか、誰でもできるだろう。優秀な部下が揃ってるんだからさ」

「お前じゃないと駄目なんだ」真一が乱暴にテーブルを拳《こぶし》で叩く。弾みでグラスが倒れ、底に薄く残っていた赤ワインがこぼれて血のようにテーブルに広がった。「俺が作った会社だぞ。息子のお前がちゃんと面倒をみてくれないと困る」

「分かったよ。その件は、今度のレースが終わったらちゃんと話すから」

「分かってないんだ、お前は」真一が、酔眼を青山の方に向けた。「青山さん、あんたはどうなんですか。走ると何かいいことがあるんですか。何のために走るんですか」

「ほらほら、オヤジ、本当にいい加減にしろよ。もう酔っ払ってるんだろう」須田が真一の脇の下に手を差し入れ、強引に立たせた。真一は特に抵抗する素振りも見せず、須田に促されるままに部屋を出て行く。

一人取り残された青山は、椅子《いす》に浅く腰かけたまま部屋の中を見回した。いったいこの家には、どれだけの金がかかっているのだろう。自分が一生稼ぐ分の給料を注ぎこんでも間に合わないのではないだろうか。

　五分ほどして須田が戻ってきた。額に薄《うっす》らと汗をかき、照れ笑いを浮かべている。

「悪いな、変なことになっちまって。オヤジは育ちが悪くてさ、最近酒も弱くなったみたいで、飲むといつもあの調子なんだ」立ったまま弁明し、「コーヒー、飲むか?」と訊ねる。

「もらうよ。ブラックでいい」

　うなずくと、須田は自分でコーヒーの準備を始めた。フィルターをセットし、コーヒーの粉を計り入れる。ミネラルウォーターを注ぎ、コーヒーメイカーの電源を入れると、ほどなく香ばしい香りが漂ってきた。コーヒーができ上がるまで、須田は無言で視線を宙に彷徨《さまよ》わせていた。

「オヤジさん、何歳なんだ」

「六十二」コーヒーをカップに注ぎながら須田が答える。「まあ確かに、ずっと金儲けばかりで走り続けてきて、そろそろ後継ぎのことを考えるようになる年だよな」

「お前、どうするつもりなんだ」

「そうだな」青山の前にカップを置きながら須田が姿勢を正した。「いずれは引き継ぐことになると思う。実際今も、『メディアセル』の登記には名前が載ってるし。俺は一応、役員なんだよ」

「へえ」

「名義だけだぜ」弁解するように須田が慌てて言った。「別に仕事してるわけじゃないんだ。まあ、オヤジとしては、そういうことから始めて実績を作ろうってつもりなんだろうな。俺みたいに何の仕事もしてない人間がいきなり後継ぎなんてことになったら、会社の中には文句を言う人間も出てくるだろう。一種のアリバイ作りなんだよ」

「それにしてもオヤジさん、この家によく金を出したな」

「ああ」須田がコーヒーを一口飲む。それで時間稼ぎをしているように青山には思えた。

「何だかんだで二億ぐらいかかってるんじゃないかな」

「二億ねえ」俺の生涯賃金とどちらが多いだろうと、青山は頭の中で数字をこねくり回しながら溜息をついた。「そういう金をぽんと出せるのは羨《うらや》ましい限りだよな」

「こんなになるとは思ってなかったんだよ。上の階にはスタッフ用の部屋も用意しなくちゃいけなかったし、それだけじゃ間に合わないから別にマンションも借りた。我ながら馬鹿だな」

「馬鹿っていうか、俺らみたいな一般庶民には理解できない」

「反発する人がいるぐらいのことは、俺にも分かるよ」

「俺とか？」

須田が真顔で青山を見つめた。何も言わず、うなずきもせずにコーヒーカップに手を伸ばす。持ち上げようとして戸惑い、結局はテーブルに置いたままにした。

「聞いていいかな」青山はコーヒーを一口飲んで間を置いた。もう口に出してしまったのに、実際に質問していいものかどうか、まだ判断ができない。

「何だ」

「オヤジさんの会社、危ないって話を聞いたんだけど」

目を細め、須田が真っ直《す》ぐに青山を見る。眉間《みけん》の皺《しわ》が深く、太くなった。

「誰から聞いた」

青山は肩をすくめ、カップに手を伸ばそうとした。その手を須田がつかむ。カップが揺れ、コーヒーがテーブルにこぼれた。

「よせ」

青山が小声で抗議すると、はっと気づいたように須田が手を離した。

「分かってる……詳しいことは知らないけど、そういう状態になってることぐらいは俺も知ってる」

「こんな家に金を使ってる場合なのかよ。いや、茶化してるわけじゃないぜ。俺はマジで心配してるんだ」

「分かってるよ。もしかしたら、俺が専属スタッフを雇ったり、こんな家を建てたりしてるから、オヤジの会社も傾いたのかもしれないな」

「そうなのか？」

力なく、須田が首を振る。

「そんなことはないと思うけど、後ろめたい気はするじゃないか。だけどな、アオ、俺はやるんだ。これで家が潰れようが、全てをなくそうが、俺は勝ちに行く」

須田の瞳《ひとみ》に、青山は狂気の輝きを見出《みいだ》した。今までだったらそれに気圧《けお》され、「お前なら勝てるよ」と言ってしまったかもしれない。しかし今夜の青山は、引き下がらなかった。引き下がるつもりはなかった。

「俺に勝たなければ、お前は優勝できないんだぜ」

「俺は誰にも負けない」

青山は須田の顔に視線を据えた。見る間に須田の表情が厳しくなる。自分も須田を睨みつけながら青山は訊ねた。

「どうして俺をここに呼んだ」

「だから、帰国報告だよ」さらっと言った須田の言葉の裏側に、青山は突き刺すような皮肉を感じた。

「俺を羨ましがらせようと思ってるのか」

「まさか」

「お前は、俺のことをライバルだと思ってないんだ。最初から計算に入ってないんだよな」

「まさか」須田が声を上げて笑ったが、青山にはひどく空疎な笑い声に聞こえた。

「ライバルだと思ってるなら、わざわざ大事な家は見せないんじゃないか？　お前にとって俺は安全パイだから、安心して自慢できると思ってるんだろう」

須田は否定も肯定もしなかった。ようやく口を開くと、弁解するようにつぶやく。

「お前は数少ない友だちなんだ。自分のことを何でも話せる相手だと思ってる。なあ、俺だってたまには、馬鹿話でもして息抜きがしたいんだよ」

「俺を息抜きに使うな」

コーヒーをほとんど残したまま、青山は席を立った。マラソンにおいて、自分以外は全て敵なのだという当たり前の事実を、改めて強烈に意識する。

「分かった。今から言うのは本音だぞ」

須田の言葉に、青山は肩をすくめた。こいつの本音だって、どこまで信用できるか分からない。

「俺は、お前が羨ましい」

「馬鹿言うな」青山は乱暴に笑い飛ばした。お前こそ、日本中のランナーが憧《あこが》れ、羨む存在なのだ。須田の口調がさらに真剣味を増した。

「一度も棄権したことがない。故障にもほとんど縁がない。俺にお前みたいなタフさがあれば、こんなに金をかけて、囚人みたいな暮らしをしながら頑張る必要もないんだ」

「それは――」

「お前には頑張ってもらわないと困る。お前は、五輪記念でも絶対に完走するはずだ。俺はお前について行く。お前が走ってると思えば頑張れる」

「お前のペースメイカーになるつもりはないよ」

「心のペースメイカーだ」須田がようやく表情を崩して、弱々しい笑みを見せた。「お前の存在を、いつも頭の中に置いておく。それで俺は頑張れるんだ。どんなレース展開になっても、俺はお前と競うつもりで走る」


須田の家を辞去し、冷たい星の光が降り注ぐ中を駅へ向かって歩きながら、青山は須田の言葉を嚙み締めた。俺が羨ましい？　あれは掛け値なしに本音だったのだろうか。

それにしても武藤のことが話題にならなかったな、と青山はふと思う。俺のことをどう思おうが勝手だが、須田が勝つためには、俺だけでなく武藤も倒さなければならないのだ。それは決して簡単なことではない。それを理解していないとすれば、あるいは何の問題もないという確信を持っているなら、須田よ、お前は自信という名の陥穽《かんせい》にはまっている。

2

美奈から電話がかかってきたのは、青山が須田の家を訪ねてから一週間ほど経った日のことだった。

「ごめん、駄目だったわ」申し訳なさそうに告げる彼女の声が、背後の雑音にかき消されそうになる。

「駄目だったって、何が」分かってはいたが、青山は念を押した。

「例の薗田っていう男のこと。かなり入念に自分の存在を隠してるみたいね」

「どうして？　電話番号も車のナンバーも割れてるじゃないか」これだけ手がかりがあって分からないのは彼女の怠慢だと、青山は一瞬だが決めつけた。

「相手が普通の人間ならそれで特定できるかもしれないけど、どうやら薗田は違うみたいなのよ」苛ついた声で美奈が反論する。「私だって、できる限りは調べたのよ。ずいぶん時間もかけたし、社会部の知り合いにも手伝ってもらったりして。あちこちに借りを作ったのよ」

「分かった、分かった」彼女の機嫌を損ねないようにと、青山は猫なで声を出した。

「君がちゃんとやってくれてるのは分かってるよ。もともとは俺が無理言ってお願いしたことだしな、文句を言える立場じゃない」

「分かってるならいいけど」まだ不満そうな様子を漂わせながらも、彼女は本題に入った。「まず携帯電話ね。あれはプリペイド式のもので、番号から持ち主はたどれなかったわ。それと、車は個人じゃなくて会社の所有になってるわね」

「薗田の会社？」

「登記を調べたら会社の所在地は新宿になっていたけど、その住所にはそれらしい会社はなかったの。行ってみたんだけど、雑居ビルで空き部屋になってるのね。ビルの所有者までは行き着けたけど、ここ何年も借り手はついてないそうよ。何でも昔殺人事件があったそうで、所有者も困ってたわ」

「やめてくれ」青山はうめき声を漏らした。「苦手なんだ、そういう話」

美奈がようやく柔らかい声で笑った。

「もしかしたら、ペーパーカンパニーかもしれないわね。税金対策か何かじゃないかしら」

「会社の登記に薗田の名前はない？」

「もちろん。登記に名前が載っている人間については全部調べてみたけど、記載されてる住所に実際に住んでいる人間は誰もいなかったわ。つまり、関係者は全員行方不明。典型的な幽霊会社みたいね」

「いずれにせよ、薗田の正体は分からないわけだ」

「今のところは。がっかりした?」

「がっかりしたというか、何だか訳が分からない」

諭すように美奈が続ける。

「でも、そういうことって多いのよ。会社って、その気になればいろいろなことの隠れ蓑《みの》に使えるから。残念だけど、この線は今のところこれ以上たどれないわ」

「そうか」青山は唇を噛んだ。半ば予想していたことではあったが、じわじわと気味悪さが広がる。

気を取り直そうとするように、美奈が話題を変える。

「それはそれとして、別の噂を聞いたの」

「噂?」

青山は携帯電話を握り直した。合宿所の両隣の部屋は静かで、耳に入ってくる音と言えば、低く流れるライトニン・ホプキンスだけである。

「具体的に薗田の名前が出てきたわけじゃないけど、ドーピング用の薬を売りさばいているグループがあるらしいっていう噂なのよ。何か引っかからない?」

「引っかかるけど、本当なのか?」

「あくまで噂よ」自分で言い出しておきながら美奈は慎重だった。「今のところは判断しようがないわ。材料が少な過ぎるのよ」

「ブローカーみたいなものかな」

「そうね。具体的にどんな連中が何のためにやっているかは分からないけど、東欧や中近東の選手に薬を流している、みたいな話だったわ」

「金のために？」

「それはどうかしら。あなた、ドラッグの売人みたいなことを想像した？」

「まあね」深夜の繁華街。煙草をやり取りする間に、パッケージに押しこまれた白い粉が右から左に動く——。

「ドラッグはどうして儲かるか分かる？　需要の割に供給が少ないからよ。ドーピングなんてやる人間の数は限られてるから、大きなビジネスにはならないはずでしょう」

「じゃあ、何でそんなことを……」

「それこそ、そういうことをやっている人を捕まえて聞いてみないと分からないわ。正直言って、私一人の手には負えないかもしれない」

美奈の弱気な発言に、青山は一瞬ひるんだ。彼女が一段低い声で続ける。

「筋肉増強剤とかだったら商売になるかもしれないわよ。ボディビルをやってる人たちなんかが手に入れたがるんじゃないかしら。今は、インターネットを使って簡単に買えるみたいだし」

「EPOみたいなものはそうはいかないんじゃないか」

「そもそもEPOは筋肉増強剤ほどポピュラーじゃないから、それこそ需要と供給のバランスが取れないんじゃないかしら」

姿の見えない相手に手を伸ばしているうちに前後左右の感覚が失われ、体が宙に浮いているような不安感に襲われる。首筋をそっと撫でてみた。暖房を入れていない部屋は寒いほどなのに、薄らと汗が浮いている。

「とにかく、実際にそういう噂が根強く流れてるのは確かなのよ。そのグループって、アメリカが拠点じゃないかって言われてるんだけど、それこそ向こうで時間をかけて調べてみないと分からないわね」

「アメリカって、薬の関係はうるさいんじゃないのか」

「一般的にはね。でも、非合法な薬に関しては日本よりもルーズなところがあるんじゃないかしら。そうじゃなければ、あれだけドラッグが出回ることもないでしょう。金さえあれば、ドーピング用の薬だって手に入れる手段はいくらでもあるはずよ」

「薗田もそういうグループのメンバーなのかな」

「それは本人に聞いてみないと分からないわね」美奈が冷徹な口調で結論を出した。

確認する手はある。俺が直接電話をかけてみればいいのだ。美奈が電話しても、薗田は警戒してすぐに切ってしまうだろう。しかし俺なら話を聞きだせるはずだ。

「薗田を捕まえよう」

「何言ってるの」呆《あき》れたように美奈が言った。「私がこれだけ調べても正体が分からなかったのよ」

「俺ならあの男を呼び出すことができる。のこのこ出てきたところを捕まえて……」

間が空き、美奈が考えこんでいる様子がうかがえた。話し始めた時には、少しだけ声が明るくなっていた。

「そうね。どうせこのままじゃ埒《らち》があかないから、思い切って本人に当たってみるのも手かもしれないわ。うまく行けば記事になるかもしれないし」

美奈が乗ってきたので、青山は急に顔が熱くなるのを感じた。

「そうだよ、やってみよう。君があいつを捕まえてインタビューすればいい。何だったらカメラマンも連れて行って、顔写真をばしゃばしゃ撮ってやろうぜ」

美奈が溜息をついて、青山の悪ふざけをたしなめた。はやる気持ちをなだめるように、落ち着いた声で提案する。

「じゃあ、あなたの方で連絡を取ってくれる？　落ち合う場所と時間が決まったら、すぐに私に電話して。何だったら今夜でもいいわよ」

「分かった。これからすぐに電話してみるよ。今、会社だろう？」

「そう。よほど遠くで待ち合わせしない限り、都内だったら一時間で現場に行けるから」

「じゃあ、また後で」

電話を切って、青山は大きく深呼吸した。いつの間にかライトニン・ホプキンスのCDは終わっている。気持ちを落ち着かせるために別のCDをかけようとしたが、厄介なことは早く済ませてしまった方がいいと思い直し、再び携帯電話を手にした。カーテンを引く。戸締まりも確認した。アパートを借り上げたこの合宿所は、ドアや窓が少し開いているだけで隣室に声が筒抜けになってしまう。今は両隣の部屋には誰もいないようだが、用心に越したことはない。

机の引き出しにしまっておいた薗田の名刺を取り出す。いつの間にか皺が寄り、縁がめくれ上がっていた。この名刺を何度眺めたことだろう。成田空港で初めて薗田から電話を受けたのが、はるか昔のことのように思える。心臓が激しく肋骨《ろっこつ》を打ち、電話番号を打ちこもうとすると手が震えた。落ち着け、と自分に言い聞かせ、ゆっくりと息を吐き出す。慎重に番号をプッシュした。

呼び出し音が三回鳴って、聞き慣れた声が電話に出てきた。

「はい」寝起きの声だ。あるいは、ドラッグで意識が飛んでいる人間はこんな声を出すのかもしれない。

「薗田さん……ですね」

「これはどうも。青山さんじゃないですか」急に薗田の声がはっきりと目覚め、営業用の明るい口調が戻ってきた。「お久しぶりですね。調整の方はどうですか」

「お会いしませんか」余計な前振りを一切省いて、青山は切り出した。「話したいことがある」

薗田はあっさりと青山の提案に応じた。

「けっこうですよ。いつにしますか」

「今からでも」

「場所は？」何の疑問も挟まず、薗田が会話を転がしていく。急に会うことは拒絶されるのではないかと思っていたのだが、その予想はあっさり外れた。

「大学の駐車場は？　この前、俺を待ち伏せしていた場所」

「いいですよ。あそこなら間違えようもないですからね。でも、この時間でもまだ開いてるんですか」

「二部の連中がいるから、十一時ぐらいまでは自由に出入りできる」

「何かお持ちした方がいいんですか」薗田がいきなり本題に入ってきた。「あるいは、こちらで適当にアレンジしてもいいですよ。まずは試してもらって、それから詳しい話に入りましょうか」

街でドラッグを売っている連中は、こんなふうには喋らないだろう。薗田の口ぶりは、腰の低い営業マンのそれである。

「今夜は話だけね。けっこうですよ。じゃあ、十時にお会いしましょう」

「話だけだ」

ああ、と短く答えて青山は電話を切った。いつの間にか薗田のペースに巻きこまれてしまっている。時間も場所も提案したのは自分なのに、会談そのものを彼に設定されたような感じが消えない。壁の時計を見上げた。八時半。薗田と会うまで一時間半ある。電車を乗り継いでいく間に冷静になれるかどうか、どうにも自信がなかった。


駐車場はほぼ車で埋まっていた。三基ある照明塔の灯りは頼りなく、中途半端な闇《やみ》がアスファルトの上を漂っている。どこで待つか迷った末、青山はキャンバスから一番遠い駐車場の端を選んだ。この辺りには車が少ないから、互いに見失うことはないだろう。それにすぐ外は幹線道路だから、薗田も目立つようなことはできないはずだ。

約束の時間まであと十分。青山は三十秒置きに腕時計を見下ろした。レース用のナイキのデジタル時計で、もうずいぶん長い間使っているが、とにかく軽いのが気にいっている。ストラップが少しばかり緩くなっていたが、もうしばらくはこいつのお世話になるだろう。マラソンを走る時と同じように、この時計が今の自分にとっては命綱であるような気がしていた。

ヘッドライトが目を焼く。額に手をかざし、駐車場に入ってきたのが薗田の車なのかどうか見極めようとした。違うようだ。コルヴェットならもっとヘッドライトの位置が低い。車はバックで駐車スペースに停《と》まった。ヘッドライトがスモールになる。タクシーで、青山が立っている位置からは運転手の顔がぼんやりと見えるだけだった。目を凝らして確認しようとすると、ヘッドライトが二回、短く瞬く。美奈だ。少しばかり芝居がかっているかもしれないと思ったが、彼女はあらかじめ打ち合わせた通りにしてくれた。この後は、彼が合図するまで車の中で待機している手はずである。青山からの合図は、薗田が現れたら左手を二回振るという単純なものだった。タクシーとの距離は二十メートルほどあるが、彼は照明のすぐ近くに立っているから、彼女が見逃すことはないだろう。

その場でじっと待っている緊張感に耐えられず、青山は照明が照らし出す輪の中をうろうろと歩き回り始めた。美奈は俺が何をしているのか訝《いぶか》っているかもしれないし、落ち着かない気持ちを察してくれるかもしれない。だが、自分が他人の目にどう映っているかなど、今の青山にはどうでもいいことだった。

薗田は何か見本を持ってくるかもしれない。話をするだけとは言ったが、彼としては一気に商売を進めてしまいたいのではないだろうか。そもそもあの男が勧める薬は、どのようなものなのだろう。注射か、それとも錠剤か。レース本番までどれぐらいの頻度で摂取すればよいのだろう。毎日注射しなければならないとなったら面倒だな、と思う。それに、何度も同じ場所に注射すればあざのようになってしまうだろう。手足を剝《む》き出しにして走るマラソンランナーの場合、その痕《あと》をうまく隠すには、どこに注射するのが一番いいのか。ヤク中の連中が、足の指の間に注射するという話を聞いたことがある。そんな所に注射針を突きたてる痛みに耐えることができるとは思えない。そもそも走るのにも支障が出てくるのではないだろうか。

いや、痛みも苦しみもない、もっと上手《うま》い方法があるのだろう。もう一歩、あと一息。足りないと思った何か、自分でも分からなかった勝つために必要な何かを、薗田と会えば手に入れることができる。一言「イエス」と言えば、王冠に手が届くところまで歩を進めることができる。

足を止めた。照明の下で長く伸びた影はひどく薄く、頼りない。まるで自分は半ば死にかけており、それがために影さえも薄くなっているのではないかと思えてきた。

時計を見る。約束の十時を回っていた。薗田は来ないかもしれない。時間には正確な男だという印象がある。来ないなら来ないで、とりあえずは肩の荷を下ろすことができる。美奈と「駄目だったね」と肩をすくめ合い、ここでお開きだ。しかし、夜ベッドに入れば、どうしてあの男が来なかったのかが気になり、眠れなくなるだろう。だったら、どんな結果が待っているにしろ、今夜のうちに済ませてしまいたい。

十時五分。夜の講義を終えた学生たちが、ぞろぞろとキャンパスから出てくる。そのうち何人かが駐車場に入ってきた。すぐに車のエンジンをかけて走り去って行く者もいるし、自分の車に寄りかかって友だちと無駄話をしている者もいる。さっさと行け、と青山は口の中で毒づいた。薗田のような人間と一緒にいるところを誰かに見られたくない。

十時十分。絶対に来ない。疑念は確信に変わった。顔を上げ、合図を出すのも馬鹿らしいと思って美奈の車に向かって歩き始めた途端、携帯電話が鳴り出した。美奈が呼んでいるのではないかと思ったが、そうではなかった。

「困りますね、青山さん」薗田だった。これまで聞いたことのない冷ややかな口調である。背筋に冷たいものが走り、青山は思わずその場で立ち止まった。急に手が汗ばんできたようで、電話を取り落としそうになる。

「何ですか」

「そこに誰かいますね」

「いや——」青山は無意識のうちに周囲を見回した。薗田の口調は、まるでどこかに隠れてこちらを観察していたかのように確信に満ちている。

「嘘《うそ》をついても分かります。あなた一人だと思ってたんですがね」

返す言葉がなかった。こんなことは、少し考えてみればすぐに予想できたことである。

薗田は用心深い男だ。関係ない第三者がこの場にいれば、絶対に顔を見せないだろう。美奈を立ち会わせようと考えたこと自体、無謀な計画だったのだ。

「一人で来るとは言わなかった」

ようやく搾《しぼ》り出した青山の反論を、薗田は真っ向から否定した。

「誰かを連れてくるとも言いませんでしたよね。とにかく、今夜はあなたとはお会いしません。いずれこちらから連絡します」

電話は一方的に切れた。青山は携帯電話をポケットに突っこみ、その場に立ち尽くす。自分の間抜けさ加減に腹が立つばかりで、これからどうすれば良いのかさえも分からなかった。

タクシーのドアが開き、美奈が用心深く周囲を見回しながら出てきた。青山の二メートル手前まで来て、異変に気づいたのか眉根《まゆね》に皺を寄せる。

「どうしたの」

「君がここに来ていたこと、薗田にばれてたみたいだ」

「何ですって？」暗い照明の下で、美奈の顔がすっと蒼《あお》ざめる。

「今、電話がかかってきたよ。他人がいる場所では会えないってさ」

「ということは、私はあの男には絶対に会えないっていうわけね」

「たぶん」

美奈が溜息をついたが、すぐに気を取り直して顔を上げた。

「こうなったら意地ね。私があの男を見つけ出すわ」

「大丈夫かよ」

「当たり前じゃない。何とかするわ」

「やめた方がいい」

「どうして？　私が信用できないの？」

「そうじゃなくて、薗田は、俺たちが考えていたよりも危険な人間かもしれない」

美奈の喉《のど》が小さく上下する。

「自分のことぐらい自分で守れるわ」

「無茶しないでくれ、頼むから」

美奈が小さくうなずいたが、納得しているようには見えなかった。

誰かに見られている。監視されている。急に闇が重苦しくのしかかってきたように感じて、青山は自分の体をきつく抱いた。何と馬鹿なことをしていたのだろう。薗田を排除してやる。今思い返してみると、何とも衝動的で浅はかな考えだ。おそらく美奈の言う通りで、薗田の背後には青山が想像もできないような巨大な組織があるのだろう。そんな人間をおびき寄せて美奈にインタビューさせることなど、できるわけがない。

合宿所まで送るという美奈の申し出を断り、青山は大学の最寄駅まで歩き始めた。十分ほどの道程がひどく遠く感じられる。月もない夜で、冬の訪れを予感させる冷気が肩に重くのしかかった。

最寄の駅から合宿所までは歩いて十五分ほどかかる。こぢんまりとした繁華街を抜けると住宅街に入るのだが、歩きなれた道が、今夜はやけに暗く感じられた。とうに十一時を過ぎ、人気も少ない。普段は何とも思わないのだが、今夜はどうしても早足になってしまう。

いっそ走り出そうかと思った瞬間、背後から野太いエキゾーストノートに追い立てられた。振り返ると、低い位置からヘッドライトが青山を照らし出している。薗田だ。青山は、頭から血の気が引くのを感じながら走り出した。ヘッドライトが背中を焼くように感じられる。このままこんな場所でひき殺されてしまうのか――反射的に青山は手すりに手をかけ、歩道に飛びこんだ。

車がブレーキ音を軋《きし》ませて急停車する。大きく深呼吸しながら、青山は逃げろ、と自分に命じた。しかし足が動かない。どっと汗が噴き出し、頬を伝う。先ほどまで冷たいと感じていた風が、生暖かい吐息のように顔を撫でていった。

コルヴェットのドアが開き、薗田が道路に降り立った。茶色いジャケットの襟《えり》を丁寧に撫でつけ、真っ直ぐ青山の顔を見つめる。それだけで、首を絞められたように息が詰まった。

「乗りませんか」何事もなかったかのような口調で薗田が誘う。車の背後を回って助手席のドアを開け、小さく手招きしてみせた。さっさと逃げろ。この辺りには、車が入れないような路地がたくさんある。そこへ逃げこんで合宿所までたどり着けば、何とか逃げ切れるはずだ。しかし、そんな簡単なことができない。この男に逆らうことができないのだ。だったらいっそ、俺が自分で決着をつけてしまってもいい。美奈が狙った特ダネは駄目になるかもしれないが、それよりもとにかくは自分のことだ。このままでは俺は、この男の呪縛《じゅばく》から逃れることができないかもしれない——永遠に。

青山はゆっくりと一歩を踏み出した。痙攣《けいれん》した後のように脚が強張り、一歩一歩を確認するように歩かなければならなかった。ようやく助手席のドアまでたどり着き、薗田と対峙《たいじ》する。相変わらず無表情で、何を考えているのかまったく読めない。青山はぎくしゃくと体を折り曲げて車内に身を滑りこませた。足を投げ出すようにシートに座ると同時に、薗田がドアを閉める。一瞬、閉じこめられたと思ってパニックに陥り、青山は自分の浅はかさを呪《のろ》った。が、カーステレオからマイルス・デイヴィスが静かに流れているのに気づくと、何とか気持ちを落ち着かせることができた。大丈夫、周囲の状況を把握できるぐらいには俺は冷静だ。

薗田が運転席のドアを開け、シートに身を落ち着ける。ゆったりとした動作でシートベルトをかけると、すぐに走り出した。タイヤを鳴らすこともなく、ごく静かにアクセルを踏み続ける。左腕をドアに預け、心持ち体を傾けて、リラックスしきっているように見えた。青山は何度か深呼吸を繰り返し、薗田の言葉を待った。

「大学の駐車場にいた女性は新聞記者ですね」

青山は答えずにいたが、薗田は構わず話を続けた。

「そういう人たちとはお付き合いしたくないですね。あなた、何を考えてるんですか」

「あんたを取材してもらおうと思った」

薗田が声を上げて笑う。これまで聞いたことのない野卑な笑いであり、青山はこの男の本性を垣間見たように思った。

「私を取材ですか。面白いですね」

「あんたの話は面白いのか？」

「さあ、どうでしょう」

「あんた、本当は何者なんだ？　何で俺にドーピングさせたがるんだ」

「勝つ能力があるのに勝てない人を見ていると苛々するんですよ。それは、性分としか説明しようがないですね」

「またその話か」青山は鼻を鳴らしてやったが、薗田は意に介する様子も見せない。

「そう」フロントガラスに視線を据えたまま、薗田が素早くうなずいた。「あなたは勝てる。でも、自分でも気づかないうちに、限界まで戦うことをやめてしまっているんですよ。だからこそどんなレースでも完走できるし、怪我《けが》も少ないんじゃないですか」

「途中で棄権するよりはましだ」

薗田が唇を歪めて笑みを浮かべた。「一度も棄権しないで、常に上位に入賞するというのは大変なことですよ。それも長い間ずっとだ。地味だけど、あなたこそが今の日本ではエースと呼ばれるべき存在じゃないですかね」

「冗談じゃない」笑い飛ばしたつもりが、青山の声は凍りついた。

「あなたはもっとやれます。あなたの限界はもっと上の方にある」

確かに薗田の指摘する通り、俺は一度も全力を出し切ったことがないのかもしれない。それは、不可能なことではないのだ。萎《な》えそうになる脚を、悲鳴を上げる心臓を励まし、精神の力で肉体の限界を超えることはできる。今度の五輪記念で、そのことを証明するつもりでもあった。

「ほんの一押しでいい。何かの手助けがあれば、あなたは勝てます」薗田が再び断言する。この男はマラソンのことをどこまで分かっているのだろうか。何にも知っちゃいないくせに——しかしそう思った次の瞬間には、彼の言葉がこの世で唯一の真実であるように思えてくる。

「その手助けがドーピングだって言うなら、お断りだ」

「あなたは弱い人だ」

「何だって」青山は思わず薗田の方を振り向いた。

「あなたは弱い人だ」薗田が繰り返す。この男の言いたいことは、今では青山にもよく分かっていた。勝つためには何でもやる。それぐらいの覚悟がないからいつまで経っても勝てないのだ、と。

「おまけにあなたは、私を罠《わな》にかけようとした」急に薗田の声が冷たくなる。ふと膝に違和感を感じて下を見下ろすと、いつの間に取り出したのか、薗田が右手に黒い棒のようなものを握っている。左手一本でハンドルを握り、リラックスした感じで車を走らせているが、右手には力が入り、血管が青く浮き上がっていた。冷や汗が噴き出し、青山は唇を嚙みながら目をそらした。単なる鉄の棒なのか、それとも——まさか拳銃ということはあるまい。薗田がそんな危ない橋を渡るとは思えなかった。

　青山が身を強張らせているのに気づいたのか、薗田がちらりと助手席の方を向く。薄い笑いがひび割れ、悪意が覗いていた。

「ご心配なく。拳銃じゃありません」

　そう言ったきり、運転に専念する。コルヴェットはエンジンのパワーを持て余したまま、時速四十キロほどでのろのろと走っている。気づくと周囲は馴染《なじ》みのある光景で、車は合宿所の周辺をぐるぐると回っているだけなのだと気づいた。このまま自分をどこかへ連れ去るつもりはないだろうと、青山は自分を安心させようとした。しかし、左膝を狙っている物体の存在が気になる。

青山の心中を見透かしたように、平板な声で薗田が告げた。

「拳銃じゃありませんが、十分な重さがあります。これをあなたの膝に叩きつけたらどうなりますかね」

青山は思わず、シートの中で体をずらそうとしたが、背中全体を押し包むバケットシートの中では逃げ場がない。背中を冷たい汗が伝った。

「どうやら私は、間違った相手を選んでしまったようです。あなたは、勝つためにどんなことでもする人だと思っていたんですが、それは私の見こみ違いでしたね。要するにあなたは弱い人なんです。勝つために何でもやろうという気概がない」

「ドーピングして勝っても嬉《うれ》しくない」反論する自分の声がかすれているのに青山は気づいた。膝を狙う凶器のことを考えると、喉を絞められているように息苦しくなってしまう。その凶器が振り下ろされれば、膝の骨は砕け、関節を支える腱《けん》が断ち切られるだろう。五輪記念に出られなくなるどころか、一生脚を引きずったままになるかもしれない。

「本当に嬉しくないかどうかは、勝ってみないと分からないでしょう。一度ぐらい、そういう気分を味わってみたらどうですか。机上の空論だけじゃ何も分かりませんよ」

痛いところを突かれて青山は黙りこんだ。薗田がさらに畳みかける。

「あなたは競技の公平性のこととか、健康のこととかを考えてるんでしょう。ドーピングは悪だと信じている」

「当たり前じゃないか」かすれる声で青山は答えた。

「一つ、質問しましょう。誰もがあなたのように考えているとしたら、どうしてドーピングはなくならないんですか？　ドーピングは、勝つという目標を実現するための一つの手段に過ぎないんですよ。それに、周りの人間が全員ドーピングをしているような状況でレースに出たら、それこそ逆の意味で不公平じゃないですか」

「つまり、みんながドーピングしていて俺だけがそうじゃないって言うのか？」

「喩《たと》えですよ、喩え」少し苛ついた声で薗田が答える。「いいですか、この世に公平なことなんて何もないんです。それに、自分の健康よりも勝つことを優先したい選手がいるということは、あなたにも理解できるでしょう。それが現実なんです。一瞬でも栄光をつかむことができれば、その後の一生を棒に振ってもいい、死んでもいいって考える人は少なくないんだ。あなたにはそういう強い気持ちがない。何でもいいんです。勝てば、罪悪感も羞恥心《しゅうちしん》もなくなる」

　そうじゃない、と叫びたい。しかし、あまりにもはっきりと断定されて反論できなくなってしまった。結局青山は、握り締めた拳を膝の上に置いたまま薗田の次の言葉を待つしかなかった。

「あなたには失望しました」溜息をつくように薗田が言う。「これからは、私の方から連絡することはありません。それから、妙な方法で私に近づいてきたり、誰か別の人間と引き合わせようとしたら、その時はこちらも考えさせてもらいます」

「脅すつもりか？」

「あなたは、脅されても仕方のないようなことをしたんですよ」

青山は音を立てて唾《つば》を呑むと、意を決して運転席に視線を投げた。街灯の灯りが薗田の顔をぼんやりと照らし出している。生気はなく、死人がハンドルを握っているようにも見えた。

「ただし、あなたの方で私に会いたいと言うなら拒絶はしません。私を頼りにしたいと思う人に対して門を閉ざすようなことはしたくないですから」

「俺から電話をすることはない」言ってはみたものの、自分の声には一片の自信も感じられなかった。

「もう一度言います。私は拒絶しませんよ」快活な口調を取り戻して薗田が繰り返した。「ただし、私のことを誰にも話さないという前提でですがね……さあ、着きましたよ」

気づくと目の前に合宿所があった。青山は全身の力が一気に抜けたように感じ、張りのある革のシートから滑り落ちそうになった。薗田がギアをパーキングに入れ、慎重にサイドブレーキを引く。前を見据えたまま静かな声で告げた。

「できれば、あなたとは友好関係を保っていたかったんですがね。私はあなたに勝ってもらいたかった」

「まだレースは始まっていない」ドアに手を伸ばしながら、青山は自分に言い聞かせるように言った。「あんたは、ドーピングしないと俺が勝てないように言うけど、走ってもいないうちから結果は分からないだろう」

「いずれにせよ不利だと思いますよ、あなたは」

その言葉の意味を青山は瞬時に理解した。手を引っこめ、薗田の方に向き直る。

「五輪記念に出る選手で、誰かドーピングしている奴がいるんだな」

薗田は無言を貫いた。ハンドルを指で叩いたが、マイルスのバンドが叩き出す「マイルストーン」のリズムにはまったく合っていなかった。

「武藤——」

「それぐらいにしましょう」薗田がぴしゃりと言葉を叩きつける。それ以上の質問をはっきりと拒絶するような口調だった。同時に、右手に持った凶器をさらに強く青山の膝に押しつける。

「いいですね」

せめてもの抵抗として、青山は返事をせず、うなずきもせずに車を降りた。乱暴にドアを叩きつけた直後、コルヴェットがタイヤを鳴らして走り去る。角を曲がる時もブレーキランプは瞬かなかった。

「すげえ車だな」呑気な声に振り向くと、ジャージにトレーナーという軽装の助川が、あんぐりと口を開けて立っていた。手には財布を握り締め、自転車のハンドルに手をかけている。コンビニエンスストアに夜食でも買いに行くのだろう。

「今の、コルヴェットですよね？　アオさんの知り合いであんなすごい車に乗ってる人がいるんですか」

「知らない方が身のためだぞ。余計なことを喋《しゃべ》ると殺される」

「何言ってるんですか」助川が眉根を寄せる。青山が狂ってしまったのではないかと本気で心配している様子だった。そして自分は正気だと言い切れる自信は、今の青山にはまったくない。

「薗田が追いかけてきたの？」大声を上げた直後、美奈はすぐに声を潜めた。「何もなかった？」

「ああ」

「脅されたんじゃないでしょうね」

「いや」一瞬躊躇った後、青山は低い声で否定した。「そういうわけじゃない」

「本当に大丈夫なの？」

「生きて電話してるんだから大丈夫なんだろうな」

「ふざけてる場合じゃないわよ」

「ふざけてないよ」服を脱ぎたいと青山は切実に思った。体が赤くなるまで熱いシャワーを浴びたい。その前に少し走るのもいいだろう。頭を空っぽにするためには、その順番が正しいはずだ。まず走り、それから熱いシャワー。しかしなぜか、そういう手順をすっかり忘れて美奈に電話してしまった。命綱にすがりつくように。

「とにかくこの件は忘れよう」

「ちょっと、私はまだ納得してないわよ。あの男、絶対に何かあるわ」

「そりゃあ、あるだろうさ」

「だったら記事にできるわ。ドーピングを商売にしている組織があるなんてことが分かったら大問題よ」

「そうかもしれないけど、君には無理して欲しくないんだ。それに、ドーピングは商売にならないって言ったのは君じゃないか。そもそもの前提に無理があるよ」膝に押しつけられた凶器の感触を思い出しながら青山は言った。自分に都合の悪いことがあれば、あの男はいつでもこちらの背後に回りこみ、躊躇《ちゅうちょ》せずに首をかき切るだろう。

「だから、私は大丈夫だって」美奈が苛ついた声で言う。「余計な心配しないでよ」

「とにかく俺は手を引く。あの男のことはもう忘れるよ」

「それでいいの？　あなたの仲間がドーピングしてるかもしれないのよ。それでもいいの？」

「それはそいつらの問題で、俺には関係ない。俺は俺のやり方で走るだけだ」

「どうしたの？」美奈が心配そうに声を潜める。「何があったの」

「何でもない。いろいろ考えただけだ」

「いろいろって何を」

少しばかりしつこい。青山は黙りこむ代わりにまくしたてた。

「そんなこと、一々説明できないよ。いいか、あんな男のことを考えて気持ちがかき乱されるのは馬鹿らしいじゃないか。頭の中から締め出したいんだよ。俺は小心者だから、余計なことを考えてると走れなくなるんだ」それは事実だな、と自嘲《じちょう》的に思いながら青山は続けた。「さっさと忘れたいんだ。忘れてレースに専念したい」

しばらく沈黙が流れた。美奈が淡々とした声で「分かった」と答える。とにかく、薗田に関することは全て忘れるのだ。忘れることから五輪記念は始まる。

勝ちたい、と心の底から思った。ドーピングなしで勝てば、薗田の存在を完全に否定することができる。しかし、今のままで勝てるのか――忘れようとしても、なぜか薗田の誘いが心の中で蘇る。あの男の言う通りかもしれない。俺が勝つにはドーピングするしかないのだ。

そうやって勝ったとして、レースの後でも俺は俺でいられるのだろうか。いくら自問しても答えは出てこなかった。

3

できれば大学には来たくなかった。マラソンの本番が迫ってきて、本来なら心も体もそのための準備に入らなければならない時期である。監督の小川の話を聞く気分にはなれなかったが、「どうしても」と頼まれると断ることができなかった。

トラックでは、長距離の選手たちがスピードトレイニングをしている最中だった。ストップウォッチを持ったコーチの長谷川が大声を張り上げ、選手たちに指示を与える。今日は特に冷えこみが厳しく、北風が間断なく枯れた芝の上を吹き渡ってくるほどだが、選手たちの顔には汗が浮かんでいた。長谷川が青山に気づき、軽く手を上げてうなずきかける。青山は立ち止まらずに軽く一礼するだけにした。

小川はいつものベンチに腰かけていた。一旦《いったん》立ち止まり、青山は深呼吸する。用件は分かっていた。できれば先延ばしにしたい話である。だったら最初から「レースの後にして下さい」と断ればよかったのに、こうやってここに来てしまった。いくら恩のある監督とはいえ、頼まれたら断れないというのが何とも情けない。

「おお、来たか」

一瞬、青山は自分の目を疑った。杖《つえ》をついた手に顎《あご》を載せてグラウンドを凝視する格好はいつもと同じだが、小川はこの前会った時と比べて急に年老いてしまったようだった。体が一回り小さくなり、顎から首にかけての皮膚がだぶついている。杖だけが頼りで、それを奪ったらそのまま前のめりに倒れてしまいそうだった。小川の視線と正面からぶつからないように注意しながら、青山は深く頭を下げる。

「ご無沙汰《ぶさた》してます」

「まあ、座れ」

青山は慎重に距離を置いてベンチに座った。小川はそこに固定されたように前を向いたまま、風に消え入りそうな声で青山に呼びかける。

「どうするか」

「はい?」

「お前はどうする」

何と答えて良いか分からず、青山はグラウンドに視線を投げた。長谷川は看守さながらの厳しい視線を選手たちに注いでいる。青山は、自分の姿を長谷川に重ね合わせようとした。ストップウォッチとホイッスル、それに記録を書きこむチャートを手に、選手たちに目を光らせる。そういう生活を三十年続けた後、顔に皺が増えた自分の姿を想像しようとしたが、どうにもうまくいかなかった。

「まあ、何だよ」小川の声がふらふらと揺らめき、語尾が風に消える。「引き際ってものがあるな、どんなことにも」

「はい」いきなり切りこまれ、青山は両手を固く握り合わせた。妙な話である。今こうやって自分に引退を勧告しているのが、所属しているチームの監督でもコーチでもなく、大学時代の恩師だとは。

「青山」

「はい」

「何歳になったか分かるか」

「はい？」

「わしが何歳になったか分かるか」

青山は口をつぐんだ。言われてみれば自分は、この男の正確な年齢を知らない。百歳を超えているのではないかという噂がまことしやかにささやかれているが、今はそれもあながち嘘ではないのではないかと思えた。

「八十五だ」

「そうですか」大正一桁《けた》の生まれか、と青山は頭の中で計算した。

「八十五なんてのは、生きてるのが不思議なぐらいの年だよな」

「そんなことないですよ。うちの爺《じい》さんは九十まで生きました」

「最後の五年間は何をしてたかね」

言えなかった。病院と家を往復し、最後は枯れ木のようになって死んでいったということは。

「一生飽きないと思ってた」

「陸上が、ですか」

「ああ」小川が、空気を求めるように首を伸ばす。目を細めると、今にも眠ってしまいそうに見えた。「世の中にはいろいろなスポーツがあるが、こんなに簡単で面白いのは陸上だけだからな。何もなくても裸一つでできる。そこが魅力だった。自分で走ったり跳んだりするのもいいもんだが、若い連中を見てるのは本当に楽しかったよ。陸上は、その人間の素の部分がそのまま試されるんだ。隠し事なんかできないし、能力も個性も素っ裸の状態で出てくる。面白いもんだよな。いい加減に手を引こうと何度も思ったけど、その度に何か光るところがある選手が入ってきてな。結局この年になるまでやめられんかった」

「監督……」

「しかし、いろいろな学生を見てきたけど、お前は一番つまらない選手だったな」

青山は思わず苦笑した。時々小川はさらりと暴言を吐くのだが、それは大抵彼の本音であり、しかも本質を突いている。

「つまらなかった、ですか」

「そうだな。わしは、ものになる選手は一目で分かる。光るところが見えるんだよ。そういう眼力に関しては自分でも自信がある。お前は、初めて見た時はここまでの選手になるとは思わなかった」

「ずいぶん正直ですね」

喉の奥で咳《せき》をするような音を立てながら、小川が笑う。

「この年になって嘘をついたり、人に気を遣っても仕方ないだろう」

「そうですね」そうですね？　その台詞《せりふ》は、自分に実力がないということではなく、小川が年だと認めたことにならないだろうか。雷が落ちるのではないかと青山は身構えたが、小川は何も言わなかった。

「須田はどうですか。武藤はどうだったんですか。あいつらには光るものがあったんですか？」

小川が小さくうなずくと、だぶついた喉の皮膚がふるふると震えた。

「須田はきらきら光ってたな。でも、その光は太陽の光じゃなかった。何て言うかね、もっと人工的で繊細な感じだったよ。武藤、武藤はな……」小川がゆっくりと首を振る。

自分の辞書にない言葉を懸命に探しているようであった。

「どうだったんですか」

「あれは、わしの引き出しには入りきらない人間だ」小川がすっと顔を上げた。「今も昔も、あいつのことは理解できん。あえて言えば……」

「あえて言えば？」

「獣だな」小川が青山の方に首を捻《ひね》った。眼鏡の奥で目が鈍く光る。「あいつは本能だけで走ってる。技術云々《うんぬん》じゃないぞ。気持ちの問題だ。勝ちたい、その気持ちだけが前面に出てる。それ以外の気持ちがあったかどうかも分からん」

「もしかしたら、須田もそうかもしれませんね」

小川が丸く口を開け、ゆっくりと閉じた。顔をくしゃくしゃにし、ほっほっと鳥のような声を上げて笑う。

「そうだな。あいつも、業《ごう》の深さじゃ武藤には負けんだろう。ああいう連中は、選手としては若いうちから結果を残す。だけど、後輩を指導することはできないんだよ。何でも自分が基準になるから、自分より才能がない選手は馬鹿にして相手にしないだろうし、自分よりも速い選手は嫉妬《しっと》で潰してしまうかもしれない。そんな奴らには、若い選手は任せられん。その点、お前は違う」

「俺には後輩の面倒をみるような力はありませんよ」

「陸上という世界で最後まで生き残るのは、お前みたいな人間なんだ」眼鏡の奥で小川が目を細める。「突出したものはない。ただ一つあるとしたら、諦《あきら》めない気持ちだ。それだけは誰にも負けないと思ってるんじゃないか」

「それは――」そうですと認めかけ、青山は口を閉ざした。自分は諦めない、絶対にギブアップしないと口で言うのは簡単である。しかし、自分でそんなことを言った途端、全てが嘘っぽくなってしまうような気がした。

「まあ、こんな話はいいよ」薄い笑みを浮かべ、小川がまたグラウンドの方を向いた。溜息と一緒に言葉を押し出す。「それにしても、飽きる日が来るとは思わなかったな」

「飽きたんですか？」

体を小刻みに震わせるようにして小川が首を振った。

「飽きたって言ったら陸上に対して失礼かもしれん。だけど、こう、何て言うかな……かーっとくるものがなくなっちまったんだよ。お前ら、わしのことを『瞬間湯沸かし器』なんて呼んでただろう」

青山は苦笑いを浮かべて首を振った。

「まあ、いい。昔の話だ。それに、自分でも自分を抑えられなくなったことがあるのは確かだからな」

実際には「抑えられなくなったことがある」どころの話ではなく、小川は一日一回は誰かに雷を落としていた。それはまさしく瞬間的に爆発する噴火のような怒りであり、何がきっかけになって頭に血が昇るのかは誰にも予測できなかった。一度も小川の怒りを買わなかったのは、青山の知る限り須田と武藤だけである——蒼白い人工的な光を発する天才と、人の枠には入りきれない獣だ。

「いつ頃からかな、そういう気持ちがなくなっちまった。選手が一生懸命やってれば、おお、頑張ってるなとは思うよ。でも、それ以上の気持ちが出てこない。サボってる選手を見ても、やる気がない奴は放っておくしかないと思うぐらいでね」

監督の気持ちの変化は選手の気質にも如実に影響するはずだが、実際には陸上部は何も変わらず、今も長距離を中心に着実な成績を上げている。それは、指導の中心がすでに長谷川らコーチ陣に移っている何よりの証拠である。

「まあ、わしも役に立たんようになったし、これ以上ここにいても仕方あるまい」

「冗談じゃない。監督は陸上部のシンボルなんですよ」

「ほう。だったら、銅像でも建てて毎日拝んでくれるかね」

「茶化してるんじゃないですよ」

「分かっとる」小川が手を伸ばし、労《いたわ》るように青山の腕をそっと叩いた。「とにかくそういうことだ。少し疲れてるのも確かだし、とにかく燃えるものがないと、選手にも見抜かれちまうからな。冗談じゃなくて、最近のわしはもう銅像みたいなものだ」

「そんな……」

「長谷川からコーチの件は聞いてるんだろう?」探りを入れるように小川が切り出す。

「ええ」

「そういうことだ」これで話は打ち切りだとばかりに、小川がぽん、と膝を叩いた。

「考えてくれたか?」

「いや」

「まだ考えられないか」

「五輪記念があります。それまでは……」

「分かっとる。こんな時期に言い出すのは失礼なことだよな」

「いえ」

「いやいや、気分を悪くしたなら申し訳ない」小川が頭を下げた。ついぞ見たことのない仕草であり、青山は思わず体を硬くした。「レース前の選手がどれだけ神経質になってるかは十分分かっとるつもりだ。お前じゃなかったら、待ったかもしれない。お前だから言ったんだよ。お前は、他人に何か言われたぐらいで気持ちがぐらつくような人間じゃないからな」

　そうじゃないんだ、と叫びたかった。俺は、ちょっと突つかれただけでふらふらと揺れ動いてしまうような弱い人間なのだ。

小川が口を開く。声はますます弱々しく、風に吹き消されそうになった。

「時間がないんだ」

「時間？」

「わしは間もなく入院しなければならん」

「どこか悪いんですか？」

口を開けたまま、呆《ほう》けたような顔つきで小川が首を振った。

「医者は何も言わんがね、自分では何となく分かっとる。とにかく、病院に入ったらしばらくは出てこられないだろう。いや、出てくる時は棺桶《かんおけ》に入っとるかもしれん」

「やめて下さい」青山は強い調子で言ったが、それが自らを安心させるための台詞なのだということは自分でも承知していた。

「まあ、いいよ。自分のことぐらい自分で始末をつける。わしがいなくなれば、それなりにばたばたするだろう。OB会の連中もいらんことを口出ししてくるかもしれん。そんなことになる前に、いろいろなことを決めておきたいんだ――まあ、一種の遺言だな。とにかく、わしが死んだぐらいで陸上部は立ち止まるわけにはいかんのだよ。なあ、わしは何もお前に引退しろって言ってるわけじゃないんだぞ。大学へ戻って、ここで自分の練習をしながら後輩の面倒をみるぐらいはできるだろう。お前にはそうして欲しい。これから先の何十年か、陸上部の柱になるのはお前なんだ。頼む」

小川が深々と頭を下げる。長谷川は小川の病気のことには一言も触れていなかった。知らなかったのかもしれないし、あえて青山には告げなかったのかもしれない。いずれにせよ、小川が人に頭を下げるなど、青山には想像もできなかったことだ。もしも自分が現役の時に彼のこんな姿を見たら、呆然《ぼうぜん》と口を開けて言葉をなくしていたかもしれない。

しかし今の青山は、少しばかり悲しい思いを噛み締めながら、すっかり細くなってしまった小川の横顔を見つめることしかできなかった。

気持ちはぐらついていたが、それでも会社のグラウンドに戻って練習するつもりだった。動いて汗を流せば、少しは気持ちがすっきりするかもしれない。

無理だ。

小川から直接頼まれたのでは、もはや断りようがない。確かに彼の言う通り、大学に戻っても競技を続けることはできるだろう。だが後輩の指導となると話は別だ。学生たちに檄《げき》を飛ばす自分の姿は、未《いま》だに想像もできない。そのうち、自分の練習にかける時間と、学生たちを指導する時間のバランスが逆転するだろう。その時が俺の本当の引退ということになるはずだ。

キャンパスをぶらぶらと横切るうちに、鋭い視線が突き刺さってくるのを感じた。顔を上げると、肩にスポーツバッグを担いだ武藤が立ちすくんでいるのが目に入った。何でお前がこんなところにいるんだとでも言いたげに、青山を睨みつけている。青山は顔を逸《そ》らし、そのまま横を通り過ぎようとした。

「待てよ」

青山は一瞬だけ歩みを止めたが、すぐにまた歩き出した。武藤が乱暴に腕をつかむ。

「離せよ」武藤の顔から視線を外したまま、青山は吐き捨てた。武藤は彼の腕をつかんだ手にさらに力を入れ、強引に引っ張る。痛みに、思わず顔が武藤の方を向いた。

「離せ」もう一度言うと、武藤がようやく手の力を緩めた。青山は大袈裟《おおげさ》に腕を振ってみせたが、武藤はそれを無視し、近くのベンチに向けて顎をしゃくった。

「座れよ」

「何だよ、いったい」

武藤は答えず、無言でベンチを指差した。逆らえない雰囲気であった。せめてもの抵抗にと思い切り顔をしかめてやったが、武藤は気にする様子もない。さっさと歩き出し、先にベンチに座る。背後の芝生の上では、今日も少林寺拳法部の連中が練習をしていた。昔からそうだった。この連中は、気づくといつもここで練習をしている。もしかしたら二十四時間、三百六十五日営業なのかもしれないとぼんやりと考えながら、青山はベンチに腰を下ろした。プラスティックの冷ややかな感触が背中と尻を不快に刺激する。武藤はベンチの真ん中に腰かけたが、青山はできるだけ離れて端に座った。

「ここに戻ってくるのか」

武藤の質問に、青山は両手をきつく握り合わせた。上体を前に倒し、十メートル先の路上を見つめる。行き交う女の子たちの脚だけが目に入った。

「誰から聞いた?」

青山は逆に聞き返したが、答えは戻ってこない。こいつと会話を成立させようとした俺が馬鹿だった。そのまま無視しておこうかと思ったが、武藤は同じ質問を繰り返した。

「戻ってくるのか」

「まだ決めてない」こいつの質問に答える必要などないのだと思いながら、反射的に青山は本音を吐いてしまった。

「俺はもうすぐ出て行く」

「五輪記念が終わったら、だな?」

「そうだ。用がなくなったらサヨナラだ」

「お前、それはひどくないか」どうせまともな返事など返ってこないのだと思いつつ、青山は武藤を非難した。「散々世話になっておいて、そういう言い方はないだろう」

「平凡な人間は、才能のある人間に奉仕する義務がある」

「自分にそれだけの才能があると思ってるのか?」

「当たり前だ」傲岸《ごうがん》に武藤が言い放つ。たぶんこの男は、自分の強さを説明できないはずだ。ただ本能のままに走っているだけなのだろう。それこそ小川が指摘したように「獣」だ。そして獣は、己の力以外のものを信用しない。命を助けてもらった相手でも、邪魔になれば容赦なく嚙み殺すだろう。

「コーチの話、お前なら受けるだろうな」

「どうして」

武藤が鼻を鳴らす。だらしなく脚を投げ出し、腹の上で手を組んだ。

「お似合いなんだよ。こういうところで、学生相手に教えてるぐらいがさ」

「そうか」怒るな。青山は拳を握り締め、そこに怒りを封じこめようと努めた。

「せいぜい頑張るんだな。お前がホイッスル片手にガキどもに怒鳴ってる頃、俺はオリンピックで走ってる」

「勝てると思ってるのか」

「思ってるんじゃない。信じてる。疑う余地はない」

「絶対に俺に勝てると思ってるわけだ」

ふつふつと怒りがこみ上げ、青山は組み合わせた両手に痛いほど力を入れた。武藤が逆に訊ねる。

「お前こそ俺に勝てると思ってるのか？」

「レースは始まってみないと分からない」

　声を上げて武藤が笑う。自分以外の人間は全て愚か者だと信じ、馬鹿にしきった笑いだった。

「走る前から結果は分かってるんだよ。お前には自信がないんだ。だから、始まってみないと分からないとか言ってる」

「じゃあ聞くけど、お前はどうしてそんなに自信がある」

「勝てるからだ」

　答えになっていない。会話は完全に食い違っていた。この男は普通の人間とは思考回路が違うのだろう。そんなことは以前から分かっているつもりだったが、こうやって面と向かって話をしていると、やはり苛々させられる。この辺りでやめておくべきだと思ったが、青山は口を閉じておくことができなかった。俺と武藤の関係などとうに壊れてしまっているし、こいつは今、俺に神経戦をしかけているのだ。自信を失わせ、レース前に戦意を殺《そ》ぎ取ろうとしている。それは同時に、この男が俺を敵だと認めている何よりの証拠なのだ。

「どうして勝てると思う」青山は声を押し殺して武藤に問いかけた。

「俺には力がある」感情の抜けた声で武藤が答える。

「ドーピングでもらった力か」

一瞬、二人の間を冷たい風が流れた。足元を吹き抜ける隙間風ではなく、さながら雪混じりに横から殴りつけてくるような冷風である。ちらりと武藤の方を見ると、相変わらずだらしなく脚を投げ出したままで、顎を引き、足元を見下ろしていた。

「薗田という男を知ってるな」

返事はない。青山は、周りを歩く学生たちに聞こえないように、小声で続けた。

「派手なコルヴェットに乗ってる小男だ。そいつは、いろんな選手にドーピングを勧めて回っているらしい。何が狙いか分からないが、そいつは俺たちを汚染しようとしてるんだよ」

「だから?」

「お前はその男と接触してるだろう」

はったりだ、と意識しながら青山は武藤に質問を叩きつけた。ちゃんとした証拠をつかんでいるわけではない。

「お前の家の前で、薗田の車を見かけたことがある。お前のところに行ったんじゃないのか?」

武藤の答えは「ほう」の一言だけだった。肯定でも否定でもない。ということは肯定なのだ、と青山は勝手に解釈した。

「いつからあいつに会ってるんだ」

「ほざいてろ」吐き捨てたものの、武藤は席を立つ気配を見せない。妙な自信を青山は感じ取った。ばれるわけがない、お前には何も分からないはずだと無言で主張しているようだった。

「どうなんだ？　お前は薗田と会ってるのか」

「俺がその男に会ってるとしたらどうだっていうんだ」他人のことを話題にするような落ち着いた声で、武藤が逆に訊ねた。

「ドーピングしてまで勝ちたいのか？」

「お前、俺がドーピングしてると思ってるのか」

聞き返され、青山は口を閉ざした。組んでいた手をほどくと、左手の甲にくっきりと爪《つめ》の跡がついている。

「思うのは勝手だがな、ろくな証拠もないのに俺を疑ってるわけか」

「じゃあ、やってないんだな」青山は念を押した。

「ノーコメント」見ると、武藤は薄っぺらな笑みを浮かべていた。全身から力を抜き、完全にリラックスしている。その時青山は、間違いなくこいつはドーピングをしていると確信した。何の根拠もない。直感のようなものだった。

「お前はあの男に騙《だま》されてるんだよ。ばれたらどうする。今度は本当に追放だぞ。絶対にばれないなんて言ってるけど、そんな薬があるわけないだろう。それに体に影響が出たらどうするんだ。下手《へた》すると死ぬかも——」

「だからお前は駄目なんだ」武藤がはっきりと言い切った。さながらそれが誰でも知っている事実であり、青山だけが気づいていないとでもいうように。「死んでも勝ちたいっていう気持ちがないから勝てないんだ」

「冗談じゃない、俺だってそういう気持ちはある」

「お前がここで裸踊りをしたら、俺は五輪記念を辞退してやるって言ったらどうする？一人ライバルが減るぞ。どうだ、やってみるか」

「馬鹿言うな」頭が混乱するのを感じながら青山は吐き捨てた。「それとこれとは話が違う」

「俺ならやる。ちょっと恥をかくぐらいで敵が一人減るなら、どうってことないじゃないか。誰かを殺せって言われてもやってみせるよ。お前は何でそういうことができないんだ」

「馬鹿らしい。話にならないな」

「馬鹿ね。そうかな」武藤が鼻で笑った。「お前にはできない。マラソンで勝つより大事なものがたくさんあるからだ」

「そんなもの、ない」

「そうかね」武藤の頬が奇妙に歪んだ。

「じゃあお前は、全てを捨てても勝ちたいのか？　そのためならドーピングでも何でもするのか？」青山は体ごと武藤の方を向き、激しく責めたてた。武藤がぼんやりと口を開け、空を見上げる。釣られるように、青山も顔を上げた。葉が落ちたイチョウの木の隙間から、初冬の高い空が広がっている。降り注ぐ陽射しは弱々しく、二人の足元に頼りなげな陽だまりを作るだけだった。

「ノーコメント」武藤がゆっくりとベンチに座り直し、それからのろのろと立ち上がった。青山を見下ろし、激しい視線をぶつけてくる。「誰かに喋りたいなら喋れ。証拠は何もない。恥をかくのはお前だ」

「検査でばれるさ。それこそ優勝でもすれば、絶対にドーピング検査を受けなくちゃいけないんだからな」

武藤が唇の端を歪めるようにして笑った。「お前にだけは負けないよ。負ける気がしない」と捨て台詞を残して立ち上がる。ジーンズの尻ポケットに両手を突っこみ、見えない金メダルを見せびらかすように胸をそらして歩き出した。青山はその背中を睨みつける。急に武藤が小さくなり、背中が曲がった。膝が体重を支えきれなくなり、がっくりと前向きに崩れ落ちる。ほどなく、衣服の裾《すそ》から灰が流れ出した。武藤が、人間ならざるものに変貌《へんぼう》していく。さらさらと体が崩れ、アスファルトの上には一塊の灰を覆うように上着が残っただけだった。

幻視から覚めた時、武藤はすでに青山の視界から消えていた。

「よう、調子はどうだい」気楽な口調で声をかけられ、青山は足を止めた。調子？　良くない。相変わらずタイムは上がらないし、それにつれて気分も落ちこむばかりだ。むっとして無視しようかと思ったが、振り向いた途端、それができない相手だと気づいた。

「宮崎さん」青山は汗を拭った。絡みつくように不快な汗だった。

「悪いね、朝練の邪魔して」

「もう終わりですよ」青山は腕時計を覗きこんだ。八時近い。弱々しい冬の陽射しが、ようやく地面を暖めはじめたところだった。トラックを離れ、他の選手たちがのろのろと更衣室に向かう。その様子を見守りながら、青山は宮崎に問いかけた。

「ずいぶん早いんですね」

「営業に時間は関係ない」皺の目立つ顔をさらにくしゃくしゃにして宮崎が笑った。顔見知りなのか、コーチの菊田が大声で挨拶する。宮崎は気楽な調子で手を振ってそれに答えた。

二人は並んで歩き、トラックの片隅にあるベンチに腰かけた。宮崎が、巨大なトートバッグをベンチの上に下ろす。

「お前さんの調子を見に来たんだ」

「またまた」俺なんかと言いかけ、青山は言葉を呑みこんだ。自分を卑下《ひげ》したら、宮崎が怒り出すような気がしたのだ。

「ちょっと、シューズを見せてみな」言われるままに脱いだシューズを渡すと、宮崎は手にとってあちこちを改め始めた。自分にしか分からない印がついているとでもいうように、ソールを指で撫でつける。しばらくそうしていたが、やがて満足そうな表情で顔を上げた。

「やっぱり、想像通りだな」

「何がですか」

「あんたは本当にいい走りをしてる」

「何で分かるんですか、そんなこと」

宮崎が、顔の前で架空のシューズを指で描いた。

「ソールの減り方で分かるんだよ。フォームが悪い奴、着地が下手な奴は、変な具合に磨《す》り減る。お前さんは、平均的に綺麗《きれい》に減ってるね。教科書に載せてもいいような走りだな」

だから小川も俺にコーチ就任を要請したのだろうか、と青山はぼんやりと思った。宮崎がシューズを手渡しながら小さな笑みを浮かべる。何だか無理しているような強張った笑いだった。

「いよいよだな。あと二週間か」

「須田のシューズは完成したんですか」

「ああ、まったくあの野郎は」言葉遣いは乱暴だったが、宮崎の顔に浮かぶ笑いは今度は本物だった。「あんな強情な奴、見たこともないよ。わざわざアメリカくんだりまで行ってやったのに、あれからまた駄目を出しやがった」

「そうなんですか?」

「自分では理想のシューズは見えてるんだろうが、それをうまく口で説明できないんだろうな。まあ、そういうのは分かる。それにしても、俺が知ってる中じゃ、あれほど靴にこだわる選手はいないよ。あまりこだわらない選手の方がレースでは強かったりするんだが、彼は貴重な例外だね」

完全武装、という言葉が青山の頭に浮かんだ。ある意味、それは滑稽《こっけい》でもある。マラソンに興味がない人から見れば、須田の用具へのこだわりは常軌を逸しているだろう。いや、俺から見ても異常だ。

「あいつの家に行きましたよ」

「おお、あんたも行ったか」宮崎が相好を崩した。「俺も招待されて行ってきたよ、噂の低酸素室に……何だね、やっぱり金持ちの考えることは違うな」

あいつの家は潰れかけているのだ、商売は破産寸前なのだということは言わなかった。

もしかしたら宮崎も知っていて黙っているのかもしれない。

「今日は、新しいシューズを持ってきたんだよ」宮崎が、トートバッグから真新しいシューズを取り出した。受け取り、改める。宮崎が慎重にその様子を見守った。

「今ので馴染《なじ》んでるって言っただろう？　だから同じものにした。重さもサイズも寸分違わない。履いてすぐに走れるよ」

「ありがとうございます」

「なに、商売さ」

実際には商売ではないのだということは、青山には分かっていた。オーダーでシューズを作っても採算は取れないはずだ。宣伝効果を考えても、カジマとしては赤字を増やすことにしかならないだろう。

「ここ、煙草吸っていいのか？　携帯灰皿は持ってるんだが」

「いいですよ」

宮崎が煙草を取り出し、素早く火を点《つ》けた。深く吸いこみ、気持ち良さそうに煙を吹き上げる。

「何だか、今度のレースは特別だな」

「そうなんですか」

「須田の思い入れが俺にも移っちまったのかもしれん」

宮崎の思いを青山は想像してみた。大事に育てた息子たちが、敵味方に分かれて戦うのを見守るような気分ではないだろうか。そう、大学のコーチの長谷川が頭を抱えていたのと同じように。

「宮崎さん」

「何だ」

「自分が作ったシューズを履いている選手が同じレースに何人も出てる時って、どんな気分ですか。誰を応援するんですか?」

「しない」煙草を唇の端にぶら下げたまま、宮崎が即座に断言した。「一人だけだったら必ず現場に行く。走ってる選手の様子を見れば、シューズの具合が分かるからな。それは、俺たちみたいな会社では欠かせない義務なんだ。でも、二人、三人と俺のシューズを履いてる選手がいる時は行かない。恐くて見てられないんだよ。もちろん、シューズがレースの勝ち負けを百パーセント左右することなんてないんだが、何だか恐いんだ。だから今度の五輪記念も若い奴に見に行かせて、俺は家で布団を被ってるだろうね。あるいは近くの公園に行って、鳩《はと》に餌《えさ》でもやりながらレースが終わるのを待ってるか」

「そんなものなんですか」

「そんなものだよ。何だか、うまく説明できないけどね。そうだなあ、例えば俺が作ってるのがシューズじゃなくて、銃や地雷だったとしようか。それがどんなふうに使われているか視察するために戦場に行こうとは思わないだろう」

ぞっとしない喩《たと》えだったが、青山には理解できた。いや、喩えではなく、それはある意味まさに真実である。レースは戦いだ。勝った者だけが生き残り、敗れた者は十把一絡げで地獄に落とされる。

「今度のレースは荒れそうな気がする」宮崎がぽつりとつぶやいた。

「そうなんですか」

「外野の人間の勝手な予想だよ。でも、俺もマラソンについては素人ってわけじゃないからな。出てくる選手の顔ぶれを見れば、何となく展開は予想できる。最後まで結果が分からないような気がするよ。トラック勝負までもつれこむんじゃないかな」

「そのトラックに最初に入ってくるのは誰なんですか」

宮崎が口をつぐむ。指先で煙草が燃えるのを眺め、時間が過ぎるのを利用して答えを先送りしようとしているようだった。

「どうなんですか、宮崎さん」

「そんな質問するなよ。俺に分かるわけないじゃないか」苦笑を浮かべ、宮崎が携帯灰皿に煙草を落としこんだ。すぐに新しい一本に火を点け、天を仰ぐようにして煙を吹き上げる。

「あんたか、須田か。俺のシューズを履いている人間に、一番先に国立競技場に戻ってきてもらいたい。でも、例えばあんたたち二人でトラック勝負になって、最後の百メートルまで競り合うことになったら、俺はどうしたらいいんだ？　それこそ布団を被って、テレビ中継が終わるのを待つしかないよ」

青山は声を上げて笑ったが、それが空疎な笑いであることは自分自身が一番よく分かっていた。

厳しいレースになる。そういう予感は彼の中にもあった。そして、ラスト百メートル勝負になれば俺は絶対に勝てない。最後の最後、瞬間的な爆発力は須田の方が上なのだ。そもそも、そこまで持ちこめるかどうか。武藤や、他の強豪選手を振り切り、二人が一緒に国立競技場に戻ってこられるという保証すらないのだ。

そして別の意味でレースは荒れ模様になるかもしれない。ドーピングしていることを否定しない男が一緒に走るのだ。急に、自分が走る四二・一九五キロが、無価値なもののように思えてきた。

4

十二月に入ってから、青山は練習量を徐々に減らした。この時期は故障が一番恐い。調整不足を懸念してついオーヴァーペースになってしまう選手もいるのだが、そういう選手に限って本番前にすっかり調子を崩してしまうのを、青山はこれまで何度も見てきた。俺はこれでいいんだ――しかし、必死に自分に言い聞かせてみても焦りは消えない。

その焦りは、いつものレース前には感じたことのないものだ。勝たなければならない。勝たなければレースに出る意味がない。しかし俺には、そのための実力も作戦もないではないか。あるいはこれが、プレッシャーなのかもしれない。

そんなことを考えた時、決まって頭に浮かぶのは薗田の言葉である。「私は門を閉ざさない」。電話を入れさえすれば、何かが動き出すはずだ。そう思って何度も薗田の名刺を机から取り出したが、いざ電話を前にすると体が固まってしまう。そんなことの繰り返しばかりが続いた。

レースまで十日ほどになった水曜日の夜、青山は菊田と膝を突き合わせていた。他の選手が練習から引き上げるのを見計らって、菊田がわざわざ彼を監督室に呼んだのである。

彼が何を言いたいのか、青山には分かっていた。要は「頑張れ」ということである。その後には「タイムは気にするな」とか「お前らしく走ればいい」という抽象的な言葉が続くに違いない。

「まあ、何だよ」呼び出しておきながら、どう話を切り出していいのか分からない様子で、菊田が言葉を濁す。青山は話を聞くふりをしてうなずきながら、ぼんやりと部屋の中を見回した。監督室とは名ばかりのプレハブ小屋の一角を区切っただけの場所で、どこからか隙間風が吹きこんでくる。エアコンはついているのだが、咳《せ》きこむような音を立てるだけで用をなしていなかった。小さなスチール製のデスクと椅子が一つ、それに二人が向かい合って座っている人造皮革のソファが二脚あるだけで、仮にも名門と呼ばれているチームの監督室というよりは工事現場の休憩室といった雰囲気である。

「とにかく、タイムのことは気にするな」青山が予想していた通りの台詞を吐きながら、菊田が居心地悪そうにソファの上で尻をもぞもぞと動かす。

「何のことですか」

「ああ?」菊田が目を細める。

「だから、タイムって何のことですか」

菊田が小さく舌打ちする。

「調整がうまくいってないじゃないか。普段のお前のペースじゃないぜ」

「年なんですよ」青山はさらりと言ったが、ほとんど無意識のまま発した言葉が気持ちをへこませた。「ついでに言えば、タイムが悪いからって気にするような年でもないし」

「そうは言っても、な」

「大丈夫です。走ってみないと何も分からないんだから。もしかしたら、本番では最高の走りができるかもしれないでしょう」

「まあ、そういう可能性がないとは言えないが、練習以上の力が本番で出ることなんて滅多にないんだぜ」

「今から心配しても仕方ないでしょう。少なくとも故障はしてないんだから、スタートラインには立てますよ」

これでは俺が菊田を慰めているようなものではないか。苦笑しながら青山はペットボトルの水を一口飲み、ソファに背中を埋めた。きしきしと安っぽい音が背骨に伝わる。頭の後ろで両手を組み合わせ、だらしなく全身の力を抜いた。一方の菊田は、前屈《かが》みになって両手を固く握り締めている。さながら青山の次の言葉に己の命運が握られているとでもいうような、緊迫した表情を浮かべていた。

「菊田さん、何を心配してるんですか」

「入れこみ過ぎなんだよ、お前」

「俺が？」青山は、自分の顔を指差してみせた。「いつも通りですよ」

「俺にはそうは見えないな」菊田が頬杖をつき、心配そうに青山を見た。「何をかりかりしてるんだ？　お前はベテランだから調整も任せてたけど、今回は力が入り過ぎだよ。こんなこと、今までのマラソンの前には絶対になかったぜ。いつも自分のペースを守って、他人のことなんか気にしてなかったじゃないか」

「俺が誰を気にしてるって言うんですか」惚《とほ》けてみせたが、菊田は身を乗り出して追い討ちをかけてきた。

「須田だよ。それと武藤も、かな」

渋い表情を浮かべ、青山はゆっくりと上体を前に倒した。菊田も同じようにする。脚ががたがたする小さなテーブルを二人で挟みこむ格好になった。菊田がテーブルに両手をつき、青山に顔を近づける。

「そりゃあ、お前は気にしてないって言うだろうし、普段だったら俺も信じるよ。お前はマイペースな男だからな。でも今回は違う。あいつらを意識してる」

「してません」

「本当に気にしてないとしたら、お前は人間じゃないよ」

「何ですか、それ」

菊田が腕を組んだ。一瞬目を閉じ、小さく溜息をついてから細い目を一杯に見開く。

「須田は昔の仲間だろうが。そいつが怪我から復活して最後のチャンスに賭《か》けてる。マスコミだって騒いでるから、嫌でも耳に入ってくるだろうが。武藤も同じだ。あいつが何を考えてるのか俺には分からんが、きっと内に秘めたものがあるんだろう。お前はそういう奴らと一緒に走るんだぞ。いろいろなものを背負った二人とな。そういうことを意識してないって言い切れるか？」

「意識してません」青山は、あくまで白を切り通すことにした。菊田といくら話し合っても、自分のもやもやは解決しない。青山が菊田をコーチとして認める認めないという問題とは関係なく、所詮《しょせん》答えが出ない疑問だからだ。「とにかく、目標は完走です。それと自己ベストを短縮すること」

「よせよ」白けた調子で菊田が肩をすくめる。むっとして青山は質問を投げ返した。

「何をよせって言うんですか」

菊田が、ソファの肘かけを気ぜわしく指で叩く。それがまた、青山の気持ちを苛立たせた。

「野球のピッチャーのモチベーションって分かるか」

「何ですか、それ」

「どんなピッチャーでも、その試合で最初にマウンドに上る時は完全試合を狙う。フォアボールを出しちまえば、狙いをノーヒットノーランに切り替える。ヒットを打たれれば次の目標は完封、点を取られたら、今度は何とか完投しようと思う。ぼこぼこ打たれ出したら、とにかく五回までリードを保ったまま後のピッチャーにマウンドを譲って、勝ち星を拾おうとするわけだ」

どこかで聞いたことがある話だ。青山はうなずき、先を促す。

「要するに、最初の目標はうんと高く持たなくちゃいけないってことだよ。最初から『とにかく五回まで』なんて言ってたら、緊張感が続かないだろう。一本ヒットを打たれただけで、ぼろぼろに崩れちまう」

菊田らしい喩えだ。彼が本格的に陸上を始めたのは大学に入ってからと遅く、岡山の県立高校時代までは野球部の選手だったのだ。陸上部からも何度も勧誘されるほどの素質の持ち主だったのだが、結局三年間を野球部で過ごし、俊足の外野手として鳴らした。今でも何かあると喩え話に野球を持ち出して、陸上部員たちの苦笑を誘っている。

「マラソンは野球じゃありませんよ」

青山の反論に動じる様子もなく、菊田が続ける。

「アオよ、お前の本当の目標は何だ。いつでも『完走』って言ってるけど、お前の能力からすると、それは低過ぎるんじゃないか」

「そんなことないですよ。四二・一九五キロを走り抜くのがどれだけ大変なことか、菊田さんはよく分かってるでしょう」

「確かに俺には大変なことだったよ。だからさっさと引退してお前らのケツを蹴っ飛ばす役になったわけで……でも、お前は違う。お前はもっと高い目標を設定すべきだと思う。いや、本当はもう、自分の中ではそういう目標を持ってるんだろう?」

青山は肩をすくめるだけにした。目標は他人に言った途端に色褪《いろあ》せ、萎《しぼ》んでしまうように思える。菊田が自分をじっと観察している様子がうかがえた。

「お前は大ボラを吹くタイプじゃないから、俺にも何も言わんだろうよ。それは分かってあえて聞くけど、要するに勝ちに行くつもりなんだろう、今回は」

青山は大きく目を見開き、菊田を睨みつけるようにした。

「いい、何も言わなくてもいい」慌てて菊田が顔の前で手を振る。「そういうのって、自分のためだけのものだからな。今さらコーチと頭を突き合わせてタイム設定をするような年でもないんだし、自分の胸の中にしまっておけばいいよ」

「別に、いつもと同じですよ」

「いつもと同じだったら、こんなに調整に苦労してないはずだ」菊田が両手を組み合わせて尖塔《せんとう》を作り、そこに顎を載せた。話がぐるぐると回り、結局出発点まで戻ってきた。「慣れないことをしたんだよ、お前は。須田にも武藤にも勝つ。普段とは違う目標を設定して、そのせいでプレッシャーを感じてるからこそ、うまくいかなかったんじゃないか——今さらこんなことを言っても仕方ないけどな。ただ、俺には相談して欲しかったよ。コーチってのは、そういう時のためにいるんだから」

青山は無言を貫いた。おそらくは菊田の言う通りである。須田や武藤に挑発され、馬鹿にされ、その結果「俺は勝ちに行く」と呪文のように自分に言い聞かせることになった。優勝——高過ぎる目標であることは分かっているのに、いつの間にか自分自身がそれに縛りつけられていたのだ。

そして、こうやって菊田と話し合った後でも呪縛は解けていない。

「まあ、この際だ。死ぬ気でやれよ」菊田が物騒な台詞を気楽な調子で口にした。

「いつだって死ぬ気で走ってますよ」

「今度は特に、だ。骨は拾ってやるからさ。安心して走れ。何でもかんでも自分一人で背負いこむなよ」

「菊田さんが骨を拾ってくれるつもりでも、何にも残らないかもしれませんけどね」

菊田がまじまじと青山の顔を見る。喉仏が大きく上下し、諦めたように弱々しい笑みを浮かべてうなずく。

「完全燃焼か。あまりいい喩えじゃないけどな」

「言葉をこねくり回すのは俺の仕事じゃないですから」

「だったら、走るだけだな」ようやく菊田が相好を崩した。

「分かってるじゃないですか」立ち上がり、青山は先に監督室を出た。調子の悪さに加えて弱気を見透かされ、何かすがるものがなければやっていけない気分だった。

試合前でもこんなに緊張することはない。青山は意識して深く呼吸し、気持ちを落ち着かせようとした。

「そんなに硬くなる必要はありませんよ」

V8エンジンのどろどろとした低い響きにかき消されそうな薗田の声が、辛うじて耳に届く。青山は無言でそれをやり過ごそうとしたが、彼をリラックスさせようというつもりなのか、薗田は無駄話をやめようとはしなかった。

「それにしても、今日はずいぶん混んでますね。日曜日のこの時間なら、普通はがらがらなんですが——ああ、時間を気にする必要はありませんよ。全てあなたに合わせてありますから」

青山が何も言わずにいると、薗田は小さく溜息をついて続けた。

「緊張するのも分かりますよ。でも、何も特別なことじゃありません。リラックスして下さい。私も、あなたに全力を出していただくためのお手伝いができて、こんな嬉しいことはないんですから」

青山は腿《もも》の間に両手を挟みこみ、じっと前を見続けた。

菊田と話した後、青山は誰かに背中を蹴飛ばされるように薗田に電話を入れた。薗田は何事もなかったかのように平然と青山の頼みを聞き入れ、レース一週間前の日曜日の早朝、合宿所のある駅の近くで落ち合ったのだ。どこへ行くのか言わないまま、薗田は中央道に入り、高井戸のインターチェンジで下りて環八《かんぱち》から二四六号線へと車を走らせた。青山はにわかに緊張した。実家の近くなのだ。薗田は青山の実家がこの辺りにあることなどとっくに知っているのだろうが、そのことについては一言も触れない。

「どこまで行くんですか」

「ここです」

言い終えると同時に、薗田は車を路肩に停めた。青山は息を呑み、うつむく。

「ああ」事情が読めたというように、薗田がうなずく。「ご実家の近くでしたね。気にしないで下さい。よほどの偶然でもない限り、誰かに知られることはありませんから」

薗田が車を降りる。ガードレールを乗り越え、歩道を小走りに急ぎ、すぐ目の前にある雑居ビルの階段に消えた。このビルに誰がいるのだろうか。それにしても自宅のすぐ近くとは。青山はぼんやりと薗田の後ろ姿を追っていたが、ビルの名前を確認する気にもなれなかった。どうでもいいことなのだ。今さらそんなことを知っても何にもならない。美奈の顔が目に浮かぶ。「何で肝心なことを見てなかったのよ」と叱責《しっせき》されるだろうか。花井の渋い表情も容易に想像できた。「俺たちのアイドルなんだから」——違う。俺は欲の深さに見合った能力がない一人のランナーに過ぎないのだ。

永遠に思える五分が過ぎた頃、薗田が戻ってきた。コルヴェットのドアを開ける音にびくりとして顔を上げると、穏やかな表情が青山を見下ろしている。薗田は素早く運転席に滑りこむと、青山の顔の前に半透明のピルケースを差し出した。

「簡単にご説明します」淡々とした口調で言って、薗田がピルケースを開ける。「そんなに面倒なことじゃありません。今日のところはまず、赤と青の錠剤を一緒に飲んで下さい。明日以降は、八時間間隔をあけるようにして下さい。先に赤、それから青という順番です。それと、それぞれ必ず二十四時間の間隔をあけて下さい。だから、飲む時間は決めておいた方がいいですね。赤は昼の十二時、青は夜の八時とかですね。しつこいようですが、分量と飲む間隔だけは絶対に守って下さい。それと、レース二日前、金曜日でやめて、土曜日と日曜日は飲まないように」

「それを守らないと?」

蘭田が回答を拒絶して肩をすくめる。青山はかすかに震える手でピルケースを受け取った。蘭田が腕時計を確認し、ミネラルウォーターのボトルを差し出す。

「今、ここで飲んでしまって下さい」青山の顔の前にボトルを突きつける。受け取らずにいると、蘭田が低い声で続けた。「あなたが飲むのを見届けるのが私の仕事なんでね。お願いしますよ。大丈夫です。副作用の心配はありません。実際に走る段にならないと、効果を実感することもありませんから。普段の生活には何の影響もないんです。何の心配もいりませんよ」

青山はなおも躊躇っていたが、蘭田はそれを無視するように説明を続けた。

「レースの前の日に少し時間は取れませんか?　血液検査をしたいんです。それと、レースの後、三日以内にもう一度検査をさせていただきたい。それでこちらが必要なデータは取れますから」

ああ、と低い声で返事をしてから、青山は思い切って錠剤を手にした。本当に大丈夫なのか。副作用はないという話だったが、信用できるかどうか……しかし、勝ちたい。三分ほど、薬を手にしたまま固まっていたが、結局口に含み、呑み下す。

「水を飲んだ方がいいですよ」薗田に言われ、青山はようやくボトルを受け取った。一口水を飲み下し、目を閉じて水が胃の中に落ち着くのを待った。冷たさがじんわりと腹の底に広がり、それが収まると今度はカイロを抱いたように胃の辺りが温まってきた。奇妙な温かさは次第に体全体に広がってくるような感じがする。

自分の体の中では、今何が起こっているのだろう。いや、まだ錠剤が溶け出してもいないはずだ。何十分か、何時間か後に錠剤の成分が血管を駆け巡り、その結果俺は何者かに変身する。もう手遅れだ。一歩を踏み出してしまったのだと痛感し、青山は後頭部から血の気が引くような思いを味わった。

「これだけではまだ効果は出ません。組み合わせが大事なんですね。青い錠剤も飲んで下さい」

震える手で、青山は青い錠剤をつまみあげた。これを飲んでしまえば、もう引き返せない。いや、これでいいのだ。今のままの状態で「勝てる」と言い続けても、それは強がりどころか単なるほらに過ぎない。どうしても勝ちたかった。勝って、今まで自分を平凡なランナーだと評価していた連中をあっと言わせてやりたい。そのためには、ドーピングだろうが何だろうが試してみるべきなのだ。薗田は、絶対にばれないと保証している。だったら後は、自分の気持ちの問題だけではないか。

　実際、やっている人間は少なくないはずだ。花井は「一パーセントは検査で引っかかる」と言っていた。百人に一人。俺だけじゃない、という事実が少しばかり気分を楽にしてくれる。そして勝とうという気持ち以上に大事なものがあるとは、今の青山には思えなかった。武藤が言っていたことが頭に浮かぶ。確かに俺は今まで、走るよりも大事なものを捨てきれなかったのかもしれない。しかし今は違う。走って勝つ、それ以外には何もいらない。

　自分の中に潜んでいた業の深さを、青山はようやく認める気になった。何も清廉潔白、綺麗な体でいることだけが大事じゃない。

「一つだけ教えてくれ」外を走る車をぼんやりと眺めながら青山は訊ねた。

「何でしょう」薗田の声にかすかな苛つきが混じった。

「本当は何のためなんだ？　スポーツ選手にドーピングさせても金になんかならないだろう。実際あんたは、俺には金を要求していない」

「だから？」

「金にもならないのにこんなことをするのはどうしてなんだ」

　薗田が運転席から身を乗り出した。青山の腕をつかみ、自分の方に引き寄せると、眉間に皺を寄せて低い声で説明する。

「初回は無料なんですよ」

「初回？」

「あなたはもう私から離れることはできない。一度勝てば次も勝ちたくなる。その時に私が必要になるのは分かっているでしょう。その時は私もしかるべき料金をいただきます。単純な話でしょう。薬を必要としている人がいるから売る。それで商売は成り立つんです。ただし私は良心的ですからね、最初のお試しまで金を取るつもりはないんですよ。それにあなたが試してくれれば、その輪は確実に広がっていく。一人で黙ってることはできないでしょう。我々にとっては新規の顧客開拓にもなるんです」

薗田が乾いた声で笑った。青山は苦いものがこみ上げてくるのを感じた。我々？　こいつの仲間は何人いるのだろう。

「幾らなんだ？　次から俺は幾ら払うことになるんだ？」

「それは、今知る必要はないでしょう。さあ、残りの薬を飲んで勝ちに行って下さい」

青山はふと窓の外に目を転じた。視線が焦点を引き結ぶと、その先に一人の男の姿が映る。青山は目を見開き、シートベルトを引きちぎるように身を乗り出した。それだけでは飽き足らず、窓を開ける。

峰岸郁夫だ。高校生の頃、いくら頑張っても追いつけなかったかつてのオリンピック代表選手である。日曜の朝の練習——彼にとっては未だに趣味ではなく練習であるような気がした——を終えた直後なのだろう、腰に両手を当て、足元のアスファルトを見下ろしながら、一歩一歩を確かめるように歩いている。髪はさらに薄くなり、顔に皺も増えたようだが、ジョギングパンツから覗く剝き出しの脚は依然として若々しい。そうか、まだ走っているのかとぼんやりと考えた直後、青山は言いようのない不安が吐き気のようにこみ上げてくるのを感じた。

最後に峰岸の背中を追いかけてから十数年が経つ。おそらく命が続く限り、峰岸は走り続けるだろう。彼自身、自分が走り続ける理由が分かっていないのではないかと思えた。それこそ、息をしたり水を飲んだりするのと同じレベルの行為なのかもしれない。

もしかしたら俺は、彼のようにはなれないかもしれない。一瞬の栄光の後に待っているのは、汚辱と自己憐憫《れんびん》の日々かもしれない。俺は今まさに、別の世界に足を踏み入れようとしているのだ。

「どうしました」

薗田の声が耳から抜ける。青い錠剤をピルケースに戻し、コルヴェットのドアに手をかけた。車道に足を踏み出した。信号が青に変わり、車が流れ始めている。後ろから激しくクラクションを鳴らされたが、青山はそれを無視して、開け放ったままのドアからピルケースを車内に投げつけた。薗田の体に当たって蓋《ふた》が開き、錠剤が散らばる。薗田は表情一つ変えずに青山をじっと見ていた。青山は右折車線の端にあるガードレールを飛び越え、首都高の下の中央分離帯に足を踏み入れた。薗田の声が追いかけてくる。

「青山さん？　後悔しますよ」

冗談じゃない。後悔しないために、俺は車を降りたのだ。


美奈の記事は、レース二日前の金曜日に掲載された。結局彼女が熱を入れていた連載は紙面に載ることはなく、単なるあおり記事になっていた。やはり武藤にまともな取材ができなかったのが大きかったのだろう、青山も取材を受けたのだが、彼の話は一行も入っていなかった。

要するにそういうことなのだろう。俺はダークホースとも見なされていない。しかし、今ではそれも気にならなかった。心配なのは、自分の体にどんな影響が出ているかである。赤い錠剤だけでは効果がないと薗田は言っていたが、ドーピング検査では引っかかるかもしれない。錠剤を飲んでからレースまで一週間、その間に完全に排泄《はいせつ》されてしまうのだろうか。

昼食を取りながら、青山はじっくりと新聞を読み返した。何かに集中していないと、つい薬のことを思い出してしまう。水なしで飲んだ時の喉を引っかくような感触。胃の中にじんわりと広がった水の冷たさ。その後に襲ってきた、経験したことのない生温かさ。青山は頭を振って紙面に集中した。

　五輪記念マラソンそのものが美奈の会社が主催する大会だから記事の扱いが大きいのは当然なのだが、「選手代表」のように須田の写真が大きく掲載されているのを眺めていると、どうにも嫌な気分になってくる。記事そのものも、露骨ではないものの須田の優勝を望むような内容だった。

「五輪マラソン男子代表選考を兼ねた第二十五回東京五輪記念マラソン（同実行委主催）は、あす十八日、国立競技場を発着点に折り返す四二・一九五キロのコースで行なわれる。膝の怪我から復帰した日本最高記録保持者・須田真二郎（30）を軸に、招待外国人選手らが絡んだ展開になりそう。五輪代表には、昨年の世界陸上で二位に入った上《うえ》田貢《だみつぐ》（28）、今年二月の九州国際で日本歴代二位の好記録をマークした高井英俊《たかいひでとし》（27）がすでに内定しており、今回の五輪記念マラソンで三位以内、同時に日本人最高成績という条件を満たした選手が三人目の代表となることが決まっている。

　須田は三年前に右膝を故障。それまでも度々故障に悩まされていたことから再起も危ぶまれていたが、コーチ、栄養士らをメンバーに加えた〈チーム須田〉を結成、米・ボールダーに長期滞在して高地トレを重ねるなどして再起の道を探ってきた。心配された膝の故障も完治し、スピードには一層磨きがかかって、今回のレースでも優勝の最有力候補と見なされている。

　帰国後は、低酸素トレーニング施設を備えた自宅で極秘練習を行ない、コンディションを整えてきた。十六日行なわれた会見でも『やるべきことはすべてやった。レースは自分（の持つ日本最高記録）との戦いになる』と自信のほどをみせた。

須田を軸とした戦いに絡んできそうなのが外国人招待選手。中でも今季世界最高、歴代でも世界七位相当の記録を保持しているアメリカのベテラン、ジェフリー・スミス（35）、弱冠22歳ながら昨年のベルリンマラソンで二位に食い込んだエチオピアのテスファエ・アベラの二人は、タイム的にも須田を脅かす存在となりそうだ。四年前の五輪記念で優勝経験のあるスミスは会見で『走り慣れたコース。平坦でスピードが出やすいから、ハイレベルの戦いになるのではないか』とレース展開を予測。一方、今回が初出場となるアベラは『祖国の英雄・アベベが優勝したコースを走れることを光栄に思う』とやや緊張した面持ちで語った。

さらに若手の注目株、室田光《むろたひかる》（24）、ベテランの谷山大輔《たにやまだいすけ》（33）らも調整は万全。これに加え、四年前の五輪代表選考をめぐって陸連に抗議、その後第一線から身を引いていた武藤憲次（30）が久しぶりにレースに復帰する」

久しぶりに復帰、か。ずいぶん抑えた書き方だ。あれだけ素っ気無く対応されたのだから、美奈だって文句や皮肉を書いてやりたいと思ったはずである。いや、自分のことがこの程度しか書かれていないのを読めば、武藤は逆にかりかりするかもしれない。絶対に勝てるというあいつの自信を黙殺するような内容なのだから。そんな思惑はなかっただろうが、美奈は結果的に神経戦で俺に加担してくれたことになるかもしれない。

　昨夜のスポーツニュースでも、青山は記者会見の様子を見ていた。スミス、アベラ、谷山と一緒に壇上に並んだ須田は、そこにいるだけで会場全体を圧倒し、他の選手を添え物にしてしまっていた。突き抜けた笑顔、如才ない受け答えは昔と変わっていない。しかし、久々にテレビの画面で見る須田からは、直接会っている時には分からなかった凄みのようなものが滲《にじ》み出していた。最後に会った時から、一段と体を絞りこんだようだ。

　美奈から電話がかかってきたのは、記事を読み終えた直後だった。

「今日の新聞、読んだ？」妙に慎重な口調で彼女が切り出す。

「読んだよ」できるだけ冷静に、さっさと電話を切ろうと自分に言い聞かせながら青山は答えた。

「あなたのこと、書いたのよ」

「載ってないじゃないか」

「切られちゃったのよ」申し訳なさそうに美奈が説明する。「原稿が長過ぎるって、デスクに文句を言われてね。泣く泣くあなたのところをカットしたわ」

「ありがたい」

「え？」

「注目されてない方が、プレッシャーがかからないからね」

「そんなものなの？」

「ああ」

しばらく会話が途切れる。自分から話し出すことは何もないのだと思い、青山は黙っていた。やがて、美奈が溜息をつくように言葉を押し出す。

「やっぱり、レース前のプレッシャーって相当なものなのね」

「俺みたいなヘボランナーでもそうだよ」

「そんなこと言ってないわよ」美奈が慌てて自分の言葉を打ち消す。「今回のメンバーの中では、あなたはトップグループに入ってるんだから」

彼女の言う通りで、自己ベストを比較すれば、確かに青山は上位十人には入る。しかし、そんな比較に意味がないことは彼自身が一番良く知っていた。

「数字で勝ち負けが決まったら楽だけど、そんなことはない」

「もう、やめてよ」苛ついた声で美奈が言う。「神経質になってるのは分かるけど、私に当たらないで」

「俺が神経質になってると思うなら、どうして電話なんかしてきたんだ？　君はずいぶん無神経なんだな。新聞記者っていうのはみんなそうなのか？」

電話の向こうで美奈がはっと息を吞む気配がうかがえた。やがて、聞こえるか聞こえないかぐらいの声で「ごめん」とつぶやく。青山は深く息を吸いこみ、誰が見ているわけでもないのに笑顔を作ってみせた。土曜の昼、合宿所の食堂には他の選手もいて、だらだらと食後のお喋りをしている。低く流れるホワイトノイズのような声をシャットアウトするために、青山は電話を当てていない方の耳を掌で塞《ふさ》いだ。

「俺が神経質になっても仕方ないよな。誰にも期待されてないんだし」

「そんなことないわよ」美奈はごく自然な調子で言ったが、彼女自身が自分の言葉を信じていないのは明らかだった。

「やめてくれよ」笑いながら青山は反論した。「チームの連中も陸連もマスコミも、俺には注目してない。そりゃあそうだよ、今まで人に自慢できるような記録も結果も残してないんだから」

「そんな――」

「だけど、たった一人だけ、俺が勝つと信じてる人間がいる」

「誰？」

「俺」

一瞬間が空いた。美奈が噴き出すのではないかと青山は思ったが、彼女はごく真剣な調子で「そうね」と相槌を打った。

「一人ぐらい、俺が勝つと信じてる人間がいないと悲しいじゃないか」

「じゃあ、私も信じてあげようか」

「信じるのは勝手だけど、賭けはしない方がいい」

今度は彼女も声を上げて笑った。ころころと、耳に心地よく転がる笑い声だった。唐突に真面目《まじめ》な声に戻ってぽつりと言う。

「一人の戦いなんだよね」

「そう。マラソンでは誰も助けてくれない。須田だって同じだよ。みんなあいつが勝つと思ってるだろうけど、最後はあいつが自分の力を信じきれるかどうかが問題なんだ。それは、須田だってよく分かってると思うよ」

「そうね。それより私、まだ薗田のことが引っかかってるんだけど——」

「やめるんだ」青山は厳しい声で決めつけた。少し声が高くなってしまったのか、食堂にいる選手たちの視線がすうっと集まってくる。薗田の話はしたくない。自分が向こうの世界に片足を突っこんでしまったことを、彼女にだけは知られたくない。

「あいつには関わらない方がいいって言ったじゃないか」

「そうはいかないわよ。これって、大問題なんだから。スポーツの世界を根本から崩しかねないことなのよ」

「マスコミだって、何でもかんでも調べられるわけじゃないだろう」

「それはそうだけど……運動部から一人、ジュネーブにＩＯＣ担当の特派員が出てるのよ。ドーピングの問題も専門に取材している人なんだけど、その人も、例のドーピングに関する噂は聞いてるそうよ」

「そういう組織があるってことか？　この前言ってた話だよな」青山は携帯電話を握る手に力を入れた。

「もちろん、噂の域は出ないんだけどね。でも、何もないのに噂になるわけがないでしょう。それに噂になってる以上は、そのうち誰かが正体をつかんで記事にするかもしれないわ。私は、そういう競争に負けるわけにはいかないのよ」

「それは正義感じゃなくて、商売の問題だろう」

「そうかもしれないけど、もしも本当にそういう問題があるなら、自分で取材して書いてみたい。それは、あなたが走らないと死んでしまうのと同じで、本能みたいなものなのよ……ごめん、この話、もうしないことにしたんだったわね」

「君は納得してないんだろう」やめてくれ、と叫びたかった。もしも彼女が薗田をつかまえて取材すれば、あの男は俺がドーピングしようとしたことをぶちまけるかもしれない。そうなったら、全てがおしまいだ。

「納得してないけど、今日はやめておくわ。明後日、レースだもんね。あなたの心をかき乱すようなことは言いたくないから」

もう十分かき乱されてるよ、と言おうとしたが、青山は結局言葉を呑みこんだ。彼女に文句を言っても仕方がない。

電話を切って、青山は両手をテーブルに置いて背筋を伸ばし、天井を見上げた。十年近く毎日通ったこの食堂と別れる日も近いかもしれない。しかし、特に感慨が湧《わ》いてくるわけではなかった。いつの間にか自分が、レースに臨む心理状態になっていることに気づく。一歩ずつ。十メートルずつ。一キロずつ。そうやって目の前だけを見て、四十キロを超える道程を乗り切る。そこから先、レースが終わった後のことを考え始めると、その時点で気持ちが切れてしまうのだ。そして集中力が途切れる瞬間は、敗北へのターニングポイントを目の当たりにする瞬間でもある。

いつもと変わらない朝だった。変わらないことがありがたかった。前夜は眠れないのではないかと心配していたのだが、十一時過ぎにベッドに入るとすぐに意識がなくなり、その状態は朝の六時まで途切れることなく続いた。目覚めて一つだけ、いつものレースの朝と違っていたのは、奇妙な開放感を感じたことである。そうか、今回はホテルを替えたのだ、とようやく気づいた。五輪記念に出る時にいつも使っていた古いビジネスホテルではなく、今年は奮発して完成したばかりのシティホテルに泊まったのだ。いつも泊まるホテルに比べて部屋はゆったりしているし、壁紙が明るいのも開放感を高めるのに一役買っている。

後から気づいたのだが、このホテルは陸連幹部や外国からの招待選手、有力ランナーの宿になっていた。昨夜も、ロビーでスミスを見かけた。マラソンを始めて以来、ずっと青山が目標にしてきたランナーである。偉大過ぎず、かといって簡単に追いつける存在でもないのがいい。マラソンデビューしてから十五年、淡々と走り続けて衰えることを知らない。一度も棄権したことがないという共通点もあり、自分にとっては格好の見本だと青山は常々思っていた。もちろん、ベストタイムは彼の足元にも及ばないにしても。

昨夜はよほど声をかけてみようかと思った。直接話したことはないが、海外のマラソンで一度、一緒に走ったことがある。その話をきっかけにして、明日も一緒に走るのだと切り出せば、何分かは会話が続いたかもしれない。しかし青山は遠くから彼の姿を確認しただけで、結局声はかけなかった。近年は、自分が同じ場所をうろうろしているだけなのに対し、スミスははるか遠くへ行ってしまったように感じていたからである。スミスは自分より年上なのに、タイムは今も着実に伸び続けており、来年のオリンピックでもアメリカ代表の有力候補と見なされている。いったいこの男はいつまで走るのだろう。意識して年齢の壁に挑戦し続けているのかもしれないし、そもそもそんなことは考えたこともなく、ただ走るのが好きだから、頭の中に年齢の問題が入りこんでくる余地すらないのかもしれない。一人リラックスしてソファに座りこみ、「ジャパン・タイムス」を読んでいるスミスの姿からは、悲壮感も緊張感も感じられなかった。レースの最中もこんな調子なのだ。号砲が鳴る直前まで笑みを絶やさず、レース中も苦しそうな表情は絶対に見せない。勝っても負けても「今日は楽しめた」というコメントが出てくるのも本音だろう。俺もあんなランナーになりたい、と青山はつくづく思う。緊張とは無縁で、レースの中に楽しみを見出せるような余裕を持ちたい。

手足を思い切り伸ばし、次いでゆっくりと力を抜く。ぼさぼさになった髪に手を突っこんで頭を掻《か》き、それからようやく上体を起こした。サイドテーブルに置いたリモコンを取り上げ、テレビのスウィッチを入れる。ちょうど朝のニュースの時間で、アナウンサーが「ではスポーツニュースです」と告げた瞬間だった。

ベッドの上で胡坐《あぐら》をかき、次々と流れるニュースをぼんやりと眺める。終盤で五輪記念のニュースが始まった。一瞬体が硬くなるのを感じたが、何もニュースを見るだけで緊張する必要はないのだと思い直し、重ねた枕《まくら》にだらしなく腰を埋めて画面を見やる。ニュースはやはり、須田の話題を中心に進んだ。以前、彼が国内最高記録を出した時のレースの映像が使われ、その後に自信満々の様子で臨んだ記者会見の場面に切り替わった。何か変わった様子はないか見極めようと、青山は体を乗り出す。何もない。また痩《や》せたこと以外には、何の変化も見られなかった。何度か彼の笑顔の中に垣間見た狂気は、テレビの画面からは感じられなかった。結局、俺が気にし過ぎなのかもしれないと青山は溜息をついた。いい加減にしよう。他人のことは忘れて自分のレースのことだけを考えよう。

ベッドから抜け出し、手が切れるほど冷たい水で丁寧に顔を洗う。タオルで水滴を拭いながら、カーテンを引いて朝の弱々しい光を部屋に取り入れた。窓から見える空は薄らと雲に覆い尽くされている。テレビは天気予報に変わっており、最高気温は十度前後、午後はところにより雨が降るかもしれないと告げた。湿気は多いだろう。ベストコンディションとは言えない。しかしこればかりは俺の力ではどうしようもないのだと自分を納得させ、青山は天気予報を頭から追い出した。雨が嫌いな武藤は神経質になるかもしれないが、それはそれでいい。あいつが苛つくほど、こちらは精神的に優位に立てるのだから。

スタートは正午。食事は八時半に取る予定で、ホテルのレストランにもそう伝えてあった。そして食事を済ませてしまえば、あとはもうレースの雰囲気に飲みこまれてしまい、気持ちを落ち着かせるにも盛り上げるにも手遅れである。だからいつも、できるだけ食事の前に気持ちをレースのために切り替えておくことにしていた。

バッグを探ってCDプレイヤーを取り出し、ヘッドフォンを被《かぶ》る。「プレイ」ボタンを押すと、ほどなくスティーヴィー・レイ・ヴォーンの艶《つや》やかなギターの音が聴こえてきた。アップテンポで調子のいい「エムプティ・アームス」「ルック・アト・リトル・

シスター」「ラブ・ストラック・ベイビー」と続く。これで走るリズムをイメージした後は、静かな曲で気持ちを落ち着かせる。「ライフ・ウィズアウト・ユー」「リトル・ウイング」。スローではあっても、テキサスの噴き出すような熱さを感じさせる曲が多い。スローな曲に熱さを同居させるこの才能には驚くばかりだ。

三十五歳でレイ・ヴォーンが死んでから十年以上が経つ。彼も、十字路で悪魔に魂を売り渡した一人だったのだろう。俺は結局、誘いには乗らなかった。そのせいばかりではないのだろうが、驚くべき能力を身につけることもなく、平凡なランナーとして競技生活の晩年を生きている。そして本当に終わってしまうかどうかは、今日のレースの結果次第なのだ。勝てば、誰も「引退しろ」とは言わなくなるだろう。代わりにまったく別の世界の幕が開くのだ。今度は、これからオリンピックまでの数か月の過ごし方を考えなくてはならなくなる。

余計なことを考えるなよ、と青山は自分を戒めた。欲の強い人間ほどマラソンに向いている。しかし、レース直前に欲を出せば、その欲が余計な考えを引き連れてくる。今はただ、無心でスタートラインに立ちたいと願うだけだった。

バターをつけないトーストを一枚。温かいトマトスープを一杯にオートミールを少々。それにバナナと水というのが青山の朝食だった。エネルギィ補給としてはこれで十分だし、この組み合わせなら走っている最中に胃がもたれることもない。

　国立競技場までは歩いて行くつもりだった。一時間後に出かければ、それでも準備の時間は十分にある。もう少し時間を潰そうと思って、青山は一面から順番に新聞を読み、それも終えてしまうと、朝食時間が終わりかけて人の少なくなったレストランの中をぼんやりと眺め渡した。

「おお、青山君じゃないか」

　声をかけられ、新聞から顔を上げると、長身痩軀《そうく》の髭面《ひげづら》の男が目の前にいた。坂上――「チーム須田」のヘッドコーチである。

「監督」青山は思わず立ち上がり、深々と一礼した。

「一人かい」

「ええ。監督もですか？」

「ああ、試合前の仕事は終わったからね」言うなり、坂上が青山の前に腰を下ろした。一歩遅れて青山も席に着く。一瞬間が空く間に、青山はすばやく坂上を観察した。紫色を基調にした派手なジャージ姿は、マラソン関係者が大挙して泊まっている今朝のような日でなかったら、レストランの入り口で押し止《とど》められていただろう。どこかぼんやりとした様子でテーブルを指で叩いているその姿を見た限りでは、とても「長距離の神様」と呼ばれた人物には見えない。

大学、実業団の強豪チームで指導者としてのキャリアを重ねた坂上は、無名の選手を発掘する名人として知られていた。「原石を磨く」と言われたその指導法で、オリンピックに送りこんだ選手は五人を数える。「どんな人間にも可能性がある」というのが口癖で、「マラソンは楽しく走らなければ意味がない」というのがその理論的——青山には理論的とは思えなかったが——な支柱だった。何冊もある著書でも、繰り返しそのことを強調している。

その坂上を、自分一人のためのコーチとして引き抜いてきたのが須田だった。一説には契約金として五千万円を払ったと言われている。須田に確かめたことはなかったし、ここで坂上に訊ねるのも場違いな感じだったが、その噂はそれほど大袈裟なものではないだろうと青山は信じている。一年間コーチしてくれと頼むだけで、五千万円を払うぐらいの価値が坂上にはあるのだ。

「どうだい、調子は」

「いつも通りですよ」

「そうか、そうか」坂上は髭面の中に大きな笑みを浮かべた。人はいつもこの笑顔に騙される。表向きは愛想が良く、マスコミ操縦も得意だが、選手と対する時になると途端に表情を一変させるというのが、青山の聞いている坂上の評判だった。

「須田はどうしてますか」

「今、部屋にいる」坂上が人差し指を天井に向けた。「精神集中の最中じゃないかな。俺がそんなのに付き合っても仕方ないから出てきたんだよ」

「コーヒーでも？」

青山が手を上げかけたのを、坂上が押し止めた。

「いや、遠慮しておく。俺が緊張してもどうしようもないんだが、何だか今朝は胃の具合が悪くてね」

「監督でも、そんなことあるんですか」青山は何度か坂上に会ったことがあるが、緊張などとは縁のない豪快な人物というのが一貫した印象だった。

「自分で走るわけじゃないから、かえって気を遣うんだよ」坂上がわざとらしいしかめ面を作って胃をさすった。「まあ、今日はよろしく頼む」

「お断りします。よろしくやるつもりはありません」

一瞬、坂上が目を細めて厳しい表情を浮かべる。が、次の瞬間には、レストラン全体を揺るがすような大笑いを爆発させた。

「こりゃあ失礼した。そりゃあ、そうだよな」真顔に戻り、坂上がテーブルの上に両肘をついた。「しかし、コーチとしてはそんなことも言いたくなるさ。あいつも悩みに悩んだんだよ」

「分かります」

「怪我するのは精神的に弱いせいじゃないかとか、今までの食生活が間違ってたんじゃないかとか、頭がぐちゃぐちゃになるまで考えたみたいだ。俺たちが一緒にやるようになる前は、いろいろと怪しいことにも手を出してたみたいだよ。民間療法とか、まじないみたいなものとかね」

青山は顔をしかめた。

「あいつらしくないですね」

「だから、それだけ焦ってたということなんだろう。まあ、一年前からは俺たちがサポートして、システマティックにやってきたけどな」

「須田、調子はどうですか」

「いつも通りだ。いつも通りにやれば勝てる」

「そうですか」

「俺にとっても大変な仕事だったよ」須田に付きっきりだった一年間を思い出したのか、坂上が腕組みをして天井を仰ぐ。「俺はどっちかと言えば、未完成の選手を磨き上げるのが得意だからな。須田のように完成された選手をさらに伸ばすなんてのは、慣れてないんだ」

「須田は伸びましたか？」

坂上が両手を一杯に伸ばしてみせる。

「ぎりぎり一杯までな。それが心配でもあるんだが……」中途で言葉を切り、坂上が慌てて立ち上がった。

「いや、邪魔したな。レースの前に余計なことを言った」

「いえ」

「失礼するよ。君も頑張ってくれ」

そそくさと立ち上がり、坂上がレストランを出て行った。

人間の能力は、ゴム紐のようなものなのだろう。伸ばす気さえあれば、どこまでも伸びる。しかし限界はあるはずで、あまりにも引っ張り過ぎるとどこかでぷつんと切れてしまうはずだ。

そして、切れたゴム紐をつなぎ直すことはできない。絶対に。

坂上は何を心配しているのだろう。青山は再び新聞を手に取ったが、見出しが頭を通り過ぎていくだけだった。

5

宮崎は荒れ模様のレース展開を予想していたが、それには幾つかのケースがある。次々と首位が入れ替わり、最後の最後まで勝敗が読めない場合がそうだろう。有力選手が次々と脱落し、ダークホースにも挙げられていなかった選手がトップでゴールインする場合も、観客からはそう見えるはずだ。しかしスタートに限っての「荒れ模様」は、もっと肉体的、暴力的な状況を指す。

号砲と同時に、百人を超える選手が一斉にスタートを切った。国立競技場のトラックを四分の三周走った後、マラソン門からいよいよ外へ飛び出す。

このマラソン門が曲者だ。数十人が一斉に殺到するので、少しでも有利なポジションを取ろうと選手たちがせめぎ合う。その際に肘や膝がぶつかり合うことは珍しくないのだ。青山は他の選手を慎重に避け、無事に国立競技場の外に出た。この段階ではまだグループを形成するまでに至らず、三十人ほどの大きな集団に巻きこまれたままである。後ろは仕方ないとして、前と左右に目を配り、不用意な接触を回避した。

大江戸線の駅を横目に見ながら右折して外苑西通りに出たところで、青山は異変に気づいた。

青山が呑みこまれた十人ほどの集団の中には須田もいた。向こうが先に青山に気づき、苦しそうな表情で胃の辺りを押さえてみせる。声を出さず、口だけ動かして「武藤」という言葉を結んだ。おそらく、マラソン門を出る時に武藤に肘打ちを食らったのだろう。珍しいことではない。しかし、それをやったのが武藤となると話は別である。意図的な肘打ちで、須田の出足をくじいて戦意を喪失させようとしたのではないだろうか。あいつならそれぐらいのことはやりかねない。いや、まさか――。

疑念が渦巻き、青山は思わず顔をしかめた。須田は腹を庇《かば》うようにわずかに上体を屈め、依然として苦しそうな表情を浮かべている。肋骨《ろっこつ》を折るほどの怪我ではないだろうが、それでも一番大事なスタート序盤にペースを乱されてしまったのは痛いはずだ。だいたい、腹を庇いながらではまともに走れるわけがない。青山は、前方の集団の中に武藤のゼッケンナンバー「98」を探した。見つからない。須田にちょっかいを出している間に自分も出遅れてしまったのだろうか。

自分のペースを崩すわけにはいかない。先に行くぞ、と心の中で声をかけ、青山はほんの少しスピードを上げた。

外苑西通りに入るとコースはすぐに緩い上り坂の右カーブに入る。五輪記念は、全体には平坦《へいたん》でスピードの出やすいコースなのだが、都市部を走るレースだけに、ところどころ勾配《こうばい》のきつい坂が顔を見せる。距離的には短いが、上り下りを何度も繰り返すうちに、自分でも気づかぬ間に疲労が溜まってしまうものだ。しかもそれが、一番きつい序盤と終盤に集中している。

最初の緩い上り坂を、青山は難なく駆け抜けた。走る前に予想した通り、体は軽い。呼吸も楽だし、新しいシューズの効果なのか、脚にもまったく負担を感じなかった。これなら、かなりハイスピードの展開になってもついていけるだろう。

今飲みこまれている集団から早く抜け出てしまいたい。他の選手に囲まれて走るのは苦手なのだ。集団の中にいて、それが本来の自分のペースより遅いと、知らぬ間に走りが上ずってしまう。前に行くべき力が跳び上がるために使われるようになり、膝や足首に予想外の負担がかかってしまうのだ。そしてもどかしさは焦りにもつながる。とにかく、自分を雲のように取り囲むこの連中から抜け出そう。そして前の集団にスピードを合わせるのだ。

集団で交差点を曲がる時には、思わぬ危険が生じるものだ。コース取りを間違うと他の選手と接触したり、それこそ肘打ちを食らう恐れがある。青山は、新宿御苑トンネルに入る直前、四谷四丁目の交差点で外寄りに進路を取った。大回りにはなるが、こうすれば、他の選手が内側に殺到するのに巻きこまれずに済む。ばたばたと集団が交差点を曲がる中、青山は前方に開いた空間に向かって悠々と歩を進めた。直線に入って、十人近くの集団がばらける。三人ずつ、三列だ。青山は三番目の列の一番右につけた。須田の姿は見当たらない。たぶん、このグループの後ろに位置してチャンスをうかがっているのだろう。武藤の肘打ちで走れないほどのダメージを受けているとは考えられなかった。

四谷四丁目の交差点を左に曲がると、すぐに新宿御苑トンネルが顔を見せる。ぽっかりと前方に開いた穴を前にすると、青山はいつも軽い恐怖に襲われる。たかだか数百メートルの距離だが、暗闇と反響する騒音とが「閉じこめられるのでは」という妄想を生み出すのだ。青山はここを走る度に、コース変更の提案ができないものかと考える。横を並んで走る新宿通りに迂回《うかい》すればいいだけの話なのだ。

急坂を下り、トンネルに入る。途端に体が闇に包まれ、弱いオレンジ色の光だけが頼りになった。サングラスをしてこなくて正解だった、とつくづく思う。サングラスをかけたままトンネルに飛びこむと、ほとんど視界がゼロになってしまうし、一々かけたり外したりするのも面倒くさい。

基本の基本だが、下り坂ではどうしても下に引っ張られ、歩幅が広くなりがちである。ストライドを意識して狭くしろ、と自分に言い聞かせた。彼のいる集団が、一斉にほんのわずかスピードを上げる。やや遅れ気味になるが、構わず自分のペースを保つことにした。トンネル入り口の坂はかなり急勾配だが、距離は短い。前にいる連中は一時的にスピードが上がっただけであり、無理矢理それに合わせる必要はない。予想した通り、トンネル内で道路が平坦になると同時に青山は前の集団に追いついた。

前方、それほど遠くないところにテレビカメラの照明が見える。先頭のランナーをフォローする中継車のものだろう。誰か一人が前に飛び出しているのか、それとも数人が集団を作っているのかまでは分からないが、青山たちのいる二番手集団はそれほど離されてはいないようだ。位置的には悪くない。

車の走る音、それに自分たちのシューズがアスファルトを蹴る音が、トンネルの壁に反響して案外大きく響く。けっこう耳障りだが、それもほんの数分の我慢である。青山は唇を舐《な》め、目を細めて暗闇の奥を見つめた。小さな光が前方に見えてくる。坂を上がればすぐに新宿駅だ。

トンネルを抜ける上り坂もかなりの急勾配である。腕を後ろに引け。無理に脚を運ぶことを意識せず、腕の振りで体を引っ張り上げろ。トンネル出口の光があっという間に大きくなったが、曇り空が冬の陽光を完全に遮断してくれた。すぐに明治通りを横切り、新宿の街中に入る。坂を上りきったと思った途端にまた現れる新宿陸橋の上り坂を駆け上がれば、後は山手線の線路を越え、西へ向かって一直線だ。

トンネルを抜けると、前方を行く集団が左右に開いた。一人……二人……いつの間にか五人にまで減っている。須田はまだ追いついていないようだったし、武藤のゼッケンも見えない。二十メートルほど先では、スミスが快調に飛ばしていた。右肩が少し下がり気味になる独特のフォームで、シルバーブロンドの長髪を風になびかせながら、ただ一人先頭を走っている。自分が七番手につけていると知り、青山は少しだけ気が楽になった。自分たちの後に続く三番手の集団の気配は感じられない。振り向くな。振り向いてペースを崩す必要はないし、まだ追われることを意識するような地点ではない。

タイムズスクエアを左に、新宿駅を右手に見ながら、青山は「35」のゼッケンをつけた選手の後ろにつけた。前を行く選手のユニフォームがぱたぱたと揺れたが、実際にはほとんど無風状態だろう。わずかに湿気があるように感じられるが、不快な汗が滲《にじ》み出てくるほどではない。西の空にあるはずの太陽は、分厚い雲の向こうに隠れたままだ。

突然、時ならぬ甲高い歓声が巻き上がる。どきりとして、青山は声のした方にちらりと顔を向けた。誰かの名前を叫ぶわけではなく、「頑張れ」を連呼するわけでもない。ただ「おお」とか「イエイ」とか、無意味な声が束になって耳に飛びこんでくるだけだ。そう、新宿駅の南口にたむろしている人たちがレースを見て口にする反応は、分かっているつもりでいても青山を驚かせる。彼らは別に、そこに陣取って応援をしているわけではない。たまたま駅にいたら近くでマラソンをやっていた、というだけのことなのだ。予想もしていなかったマラソンを見ることができて喜んでいるのか、それとも「よくやるよ」と呆れかえっているのか、どちらなのだろう。

もしもマラソンをやっていなかったら、と考えることがある。日曜日の午後、自分もあの人ごみに混じって偶然レースを見かけたら、半ば呆れながら「ご苦労さん」とでもつぶやいていたかもしれない。だいたい、こんなことをしても何にもならないのだ。俺はただ、人より少しだけ速く走れる力にすがって十五年間も長距離を続けてきたに過ぎない。そして今のところ、無数のレースの記録以外には何も残っていない。マラソンで飯は食えないのだ。食える選手もいるかもしれないが、それはほんの一握りの例外である。深刻な怪我をすればその時点で全ては終わりだし、そうでなくてもいずれは年齢のことを意識せざるをえなくなる。

「大学に戻るっていうのはどうなんだ」

両親の声が耳に蘇る。あれから俺は、長谷川にも小川にも同じことを言われた。もしかしたらあんたたちは、全員がグルになって俺を引退させようと企んでいるんじゃないのか。

冗談じゃない。勝ったら、誰にも何も言わせない。他人の言葉で自分の進路を決めるのではなく、勝者として自らの行く末をじっくりと考える権利を得るのだ。

今日の俺なら勝てる。

エネルギィが漲《みなぎ》り、体の底から力が湧き上がってくるという感じではなかった。むしろ逆である。何事もなく、ただ淡々と一メートルずつを刻んでいるだけだが、概してそういう時の方がタイムは伸びるものだ。力が有り余っていると感じるのは、たいてい気持ちが入り過ぎている時であり、そういう時は決まって三十キロ過ぎでペースが落ちてしまう。今日は今のところ、そういう気配は感じられなかった。最初の五キロの入りは何分になるだろう。気にはなったが、レースが始まったばかりのこの時点ではあまりタイムのことばかりを考えても仕方がない。とにかく今のペースを崩さず、先頭を行くスミスを逃さないことが肝要である。スミスはまだ、一気に突き放しにかかる気配は見せていない。自分でも意識しないまま、たまたま一人先に行ってしまっただけだろう。

　西新宿の高層ビル街を右手に見ながらレースは進む。いつの間にか、若い室田が横に並んでいた。典型的なピッチ走法で、ぱたぱたという感じで走っている。青山は、彼の足音と自分の足音の微妙なずれが綺麗な三連のリズムを作っているのに気づいた。そう、これはレイ・ヴォーンの「プライド・アンド・ジョイ」である。もしかしたらライヴヴァージョンかもしれない。スタジオヴァージョンよりも少し速めで、勢いがついている。ちらりと横を見ると、室田の顔は引き攣《つ》りそうなほどに緊張し、寒風に叩かれて目には薄らと涙が浮かんでいた。この男は確か、マラソンはまだ三回目のはずである。自分なりのレースを作っていくほどの経験はないだろう。しかし、若さが持つスタミナと瞬発力は脅威だ。マークする選手のリストに、青山は彼の名前を刻みこんだ。

　静かだった。

　普段は渋滞する道路も、今日はマラソンのために通行禁止になっている。日曜日のビジネス街は閑散としており、レースを主催する新聞社とテレビ局の社旗を歩道で振る人の数も少ない。さながら新宿が滅びてしまい、自分たちがどこか安全な場所を求めて逃げ回っているように青山は感じた。室田の息遣いが身近に感じられる。二人の足音と呼吸はしばらく綺麗にシンクロしていたが、やがて別の音が混じって乱された。誰かが後方から迫っているのだ。三連を刻んでいた足音のリズムが複雑な変拍子に変わる。ペースが乱されたように感じ、青山はかすかに苛ついた。

と思う間もなく、誰かが横を駆け抜けて行く。突風が吹き抜けるようなスピードだった。須田だ。ちらりと横を向くと、顔にぴったりと張りついたサングラスが目に入る。

須田だ。速い。レースの組み立てもスタミナ配分も無視したようなスピードで飛ばしていた。肘打ちを食らった影響はまったく感じられず、まるで一万メートル、あるいは五千メートルの選手のようなスピードを保っていた。見る間に前を走る三人をかわし、二十メートルほど先を一人行くスミスの背中を追走して行く。

やる気だ、と青山は直感した。あいつは優勝するだけでなく、自分の持つ日本最高記録の更新を狙っている。歩道に陣取った応援の人波の中から、「須田！」と叫ぶ野太い声が響いた。須田がちらりと横を向く。今にも手を振ってみせるのではないかと青山は夢想したが、彼はすぐに正面を見据え、ペースを落とすことなくスミスの追走を続けた。今日の須田には、愛想も何もない。勝つためになりふり構わぬ試合をするのではないかと青山は想像した。もしかしたらあいつにとっては、オリンピック代表の座など何の意味もないのかもしれない。ただこのレースで勝つこと、独走で国立競技場に戻り、自己ベストを更新することこそが大事であり、それで潰れてしまっても後悔しないのではないだろうか。

すぐにでもスピードを上げたいという欲望と、青山は必死に戦った。まだまだ。レースは始まったばかりである。こんなに早い段階でスパートをかければ、後でがっくり来るのは目に見えている。落ち着け。引っ張られるな。今あいつが先に行っても、追いつくチャンスは絶対に来る。

高層ビル街を抜けると、頭上に首都高の高架橋が覆い被さってくる。しばらくは首都高の影に入ったまま走り続けるのだ。西参道口を抜け、山手通りの下をくぐる。新宿御苑トンネルと同じように、出入りのきつい坂道だ。しかし焦ることはない。先ほどと同じように走ればいいだけだ。上を走る首都高の騒音は邪魔だが、それだってそのうち慣れるだろう。須田は早くもスミスをとらえ、二人が重なり合うようにして立体交差の暗闇に消えていく。己に課した焦るなという戒めも忘れ、青山はほんの少しスピードを上げた。いくら序盤とはいえ、ここで離され過ぎたら体よりも気持ちが萎《な》えてしまう。

どうする？

行こう。行くしかない。とにかくあの二人から離されないようにしよう。

室田の呼吸を聞いた。いつの間にか落ち着いた軽い調子になっている。今俺がスピードを上げても、こいつは間違いなくついてくるだろう。よし、ついてこい。一人よりも二人の方がペースを保ちやすいのだ。二人で一緒に須田を捕まえよう。

心持ち、青山はペースを上げた。すぐ前方を行く三人の背中が迫ってくる。前に二人、後ろに一人という逆三角形の陣形になっていた。青山は外側に膨らみ、一人を抜いて前の二人の背後につく。オーケイ、呼吸は異常なしだ。きつい上り坂に差しかかり始めたが、脚も悲鳴を上げることはない。しかし、坂を上りきったところで二人の前に出ると、青山はいきなり風の壁にぶち当たった。今日はほとんど無風状態なのだが、このコースは所々で不規則なビル風が渦巻く。上から吹き降ろし、時に真正面から体を突き抜けるような強い風だが、それも一瞬後には収まるはずである。はたして、硬いゼリーの中に頭から突っこんだような抵抗感はすぐに消えた。顔を上げると、前を行く須田とスミスのゼッケンがはっきりと見てとれる。距離は二十メートルほど。離されてもいないし近づいてもいない。もう少し追い詰めておきたいところだが、当面は今のペースを守ることにした。二十メートルは致命的な差ではない。

ふと、室田の気配が自分の真後ろに移るのを感じた。よしよし、と青山は一人ほくそえむ。俺を風除《よ》けにしようというわけか。けっこうだ。そうやって、スタミナを温存しておくといい。

幡ヶ谷《はたがや》の駅前にさしかかる。やけに目立つ「幡ヶ谷ゴールデンセンター」の看板が目に飛びこんできた。何なのだろう、と毎回不思議に思う。名前からしてボウリング場かパチンコ屋に思えるが、一階が二十四時間営業のスーパーになっているということ以外、青山はこの建物のことを何も知らない。いつもレースが終わったら確かめてみようと思うのだが、御苑トンネルのことを問題提起しようと思って忘れてしまうのと同じように、走り終えると頭からすっぽり抜け落ちてしまう。まあ、来年また思い出すだろう。同じコースを走り、同じ疑問を抱き、結局は翌年まで忘れてしまう。

いや——永遠に謎《なぞ》のままにしておこうと青山は心に決めた。来年は五輪記念を走らないのだから。走るわけがないと強く自分に言い聞かせる。引退するのではなく、オリンピックで走って日が浅いから、このレースには出られないのだ。

今は、その自信も根拠のない戯言ではなくなっていた。体は軽いのだが、脚はしっかり地についている。先を行く須田とスミスの存在は気になるが、自分にまだまだ余力があるのは分かっていた。

中野通りを過ぎ、笹塚《ささづか》の駅前に出る。この辺りは住宅街ということもあって、声援も一際大きい。どんな時でも声援はいいものだ。特に子どもが精一杯叫ぶ「頑張れ！」の声は一際良く通るせいか、走っていてもつい頬が緩んでしまう。気になるのは、小旗のざわめきだ。沿道で配られる応援用の小旗は安っぽいプラスティック製で、打ち振られる度にかさかさと耳障りな音を立てる。その鬱陶しい音が、いつの間にか耳の底に染みこんで離れなくなるのだ。

オヤジはどの辺りにいるのだろう。青山はちらりと沿道を見た。珍しく「今日は応援に行く」と言っていたのだが、それらしい姿は見当たらない。オヤジにしてみれば、わざわざ沿道に足を運ぶのも、俺に引導を渡すための手段なのだろう。最後のレースぐらいは親として見届けてやろうという心積もりが透けて見えた。まったく、三十にもなって親にどうこう言われたくない。応援なんかしてくれなくても自分一人でちゃんと走れる。それにオヤジ、あなたは感傷的な気分で俺の最後のレースを見守るつもりかもしれないが、そうはいかないのだ。俺はまだやめない。自分でシューズを脱ぎたくなるまで走る。そう、峰岸のように年を取るまで走り続けることだってできるだろう。

間もなく環七《かんなな》との交差点にさしかかる。ここは陸橋の下をくぐるのではなく、側道に迂回するルートだ。少し道が狭くなるが、今のところ集団が横に広がっているわけではないから、コース取りにはさほど神経を遣わずに済む。依然として鬱陶しいのは、上を走る首都高から降り注いでくる騒音だ。日曜日の午後、これから山梨方面に遊びに出かけようという人も多いのだろう。ようやく小旗の音から解放されたと思うと、今度は間断なく続く騒音に悩まされる。まったく、もう少し何とかならないのか。例えば、首都高を封鎖して、そこでレースをやるというのはどうなのだろう。たかだか二時間のことである。一般道を封鎖する現在のコースよりも、交通への影響も少ないのではないだろうか。もっとも首都高コースでレースをすれば、今よりも厳しい風との戦いを強いられるだろう。

七キロを過ぎ、間もなく八キロにさしかかる。ちらりと腕時計を見た。十キロのタイムはどれぐらいになるだろう。体内時計は、かなり速いペースになっている、と告げていた。普段なら少し自分を戒めるところだが、今日はその気はない。行ける所まで行こう。限界を突き抜けて走るとしたら、今日しかないのだ。

調子はいい。その理由は分からなかった。実際にドーピングの効果が出ているのか、それとも単純に体調がいいだけなのか。しかし、思い煩っても仕方ないと考え、青山は頭の中で薗田の顔に大きなバツ印をつけた。ドーピングの効果なのかどうかは、終わってみなければ分からない。万が一検出されるようなことになっても、その時はその時だ。今はレースのことだけを考えればいい。走っている最中に終わった後のことをあれこれ思い悩んでも、どうしようもないのだ。

ふと、美奈はどこで見ているのだろう、と思った。国立競技場で待っているのか、あるいは沿道のどこかで待機しているのか。君から見て、今日のレースはどうなんだ。やはり須田が有利と見ているのか。それともスミスがベテランの味を発揮して最後まで争う展開になると思っているのか。俺が今三番手につけていることは分かっているのだろうか。三番手だぞ、三番手。もちろん本当のせめぎ合いが始まるのは三十キロ過ぎからだが、とにもかくにも俺はトップの二人に食いついている。たぶん君は、俺が勝てるわけがないと思っているはずだ。もしも勝ったらどうする。どんな顔でインタビューする。勝って五輪代表に内定したら、俺の経歴には何を書くつもりだ。マラソン初勝利ということを大々的にアピールするつもりか。

いや、いくら何でもそれは気が早い。本当の意味での勝負が始まるのは二十キロ以上も先なのだ。それまでには俺が脱落してしまうかもしれないし、須田が独走して駆け引きもクソもなくなってしまうかもしれない。

緩やかな坂を上りきり、高速の永福《えいふく》ランプを通過した。この辺りからは、沿道に街路樹が目立つようになる。また応援の声が聞こえ始め、首都高の騒音と混じり合って青山の体を包みこんだ。相変わらず室田はすぐ後ろにつけているが、彼の呼吸の音は騒音にかき消されて聞こえない。苦しいか？　まだまだ行けるか？　ふと、後ろを振り向いて訊ねてみたいという欲望に駆られた。そんなことはすべきではないのだが、まだマラソン経験の浅い室田がどんな顔をしているのか見てみたいと思った。

もしかしたら、鏡を見るようなものかもしれない。

「ガンバレー」という細く甲高い声が聞こえてくる。ちらりと歩道に目をやると、父親に肩車された三歳ぐらいの女の子が、頬を赤くして小旗を打ち振っているのが見えた。もちろん、何をやっているのかは分かっていないだろう。一時間後、折り返してまた選手たちが戻ってくるまでここで待つつもりだろうか。それともぐずり始めて、暖かい家に帰って行くのだろうか。女の子が被った毛糸の帽子の赤が、青山の目にやけに鮮やかに焼きついた。

誰かが迫ってくる。ともすれば騒音にかき消されそうなその気配を、青山は敏感に感じ取った。室田ではない。もっと荒々しく、他を圧するような勢いが彼の背中を襲った。砕氷船《さいひょう》が流氷を割りながら前へ前へと進む光景が青山の頭に浮かぶ。

武藤だ。しかし、足音は一人のものではない。武藤が前に出て、すぐ後にアベラが続く。先ほどまで青山が飲みこまれていた集団の背後から追い上げてきたのだろう。これにベテランの谷山が加われば、美奈の挙げた有力選手がトップ集団に勢揃いしたことになる——俺以外は。アベラの伸びやかな脚が、力強くアスファルトを蹴る。青山は少し斜めに移動して、アベラのすぐ後ろについた。後続の室田も彼にならったようである。四人が綺麗に縦一列に並んだ。吹きつける風が消え、体が急に温かくなったように感じる。

大丈夫か？　おいおい、そんな質問は早過ぎる。いい。このまま行こう。この集団のペースは自分に合っている。武藤に煽《あお》られ、先導される形になって少しペースが上がったが、それでリズムが狂ったわけではない。むしろ、先を行くスミスと須田の背中が近づいてくるのがありがたかった。早くあの二人を飲みこんでしまえ。間もなく十キロ、走り始めてからほぼ三十分が経つ。視線を前に投げ、アベラの脚の運びに目をやった。アスファルトから浮き上がるような伸びやかな走りだ。こんな走り方で最後まで持つのだろうか。膝に、そして足首に負担がかかり、いずれはスピードが落ちてくるはずだ。あるいは、エチオピアの選手にとってはこれが普通のフォームなのだろうか。俺がこんなフォームで走ったら、三十キロ前に潰れてしまう。

宮崎は、俺のフォームは教科書に載せられそうだと言った。そうかもしれない。疲労の溜まらない、理想的なフォーム。しかし彼は、シューズ作りに関しては日本一の職人かもしれないが、自分でマラソンを走るわけではないのだ。疲れない、故障しない走りは、彼から見れば理想的かもしれないが、俺はもっと速く走れるフォームを手に入れたい。壊れてしまってもいいのだ。一番先にゴールに飛びこめさえすれば、他に何もいらない。

ああ、違う。今はフォームのことを考えている場合ではない。もしかしたら俺は、動揺しているのか？　無意識のうちに体の異変を察知し、それが不安の芽を育《はぐく》んでいるのだろうか。あるいは体内に残った薗田の薬が、精神状態にも何らかの影響を与えているのか。そんなはずはないと自分に言い聞かせる。調子はいいが、今までに経験したことがないというほどではないのだ。いい加減にしろ、と自分を叱りつける。これは俺だけの戦いだ。ここまで走ってきて、まだ薗田の幻影に悩まされているのは、集中できていない証拠ではないか。

給水ポイントが近づいてきた。今のところ体が水を欲しがっている気配はないが、とりあえずは水分を補給しておくべきタイミングである。十キロ地点から先は、がらりとコースの状況が変わる。調布に入るまではアップダウンもほとんどなく、見通しのいい広い道路が続くので、一層スピードが上がるのだ。それに合わせて行くには給水のタイムロスさえも惜しい。だから、今のうちに水分を補給しておく必要がある。

　頭上を走る首都高が右に大きくカーブする。その手前が十キロ地点だ。通過した瞬間に腕時計に目を落とし、五キロのスプリットタイムを確認する。十五分五秒。先を行く二人はほぼ十五分ジャストで通り過ぎたはずだ。最初の五キロが十五分十秒だったから、やはりペースが上がっている計算になる。ここからしばらくは、五キロ十五分を切るハイペースで進むだろう。それでも、今の自分の調子なら十分対応できる。問題は、もう一度ここまで戻ってきたその後である。ややアップダウンが出てくるせいもあるのだが、都会の密度の濃い空気に飲みこまれ、目の前に見えない壁が立ちはだかって、知らぬ間にスピードが落ちてしまうのだ。

　目の前が開けたタイミングを見計らって、青山は歩道側にすっと進路を変えた。背後の室田が同じように動くのが感じられる。アベラは給水せずにそのまま行くようだ。青山の気配を感じたのか、少しだけ右側に寄って前を空けてくれる。風が吹きつけ、パンツがはためいた。アベラと並んだ武藤は真っ直ぐ正面を見据えたまま、力強いフォームで走っている。どうやら二人とも給水するつもりはなさそうだ。思案どころである。給水では、一瞬スピードが落ちる。その瞬間、二メートルだった差は四メートルに広がってしまうのだ。先頭を行く二人はさっとボトルに手を伸ばした。須田が先、スミスがすぐ後に続く。二人とも視線をテーブルに向けず、ひったくるようにボトルを手にした。ドリンクがこぼれ、雲の隙間から射しこむ薄日の中でしぶきがきらきらと光る。

やはりここで給水しておこう。ボトルの位置は決められている。テーブルの位置を確認した。参加選手の背番号によって、青山は前から五番目のテーブルの位置は決められている。十番ごとにテーブルが一つ与えられており、52番のゼッケンをつけた青山のボトルは六番目のテーブルに置いてある。小さな社旗を貼りつけたボトルはすぐに見つかった。

すっとテーブルに近づき、手を伸ばそうとした瞬間、目の前を暗い影が過《よ》ぎった。何が何だか分からないうちに青山は体のバランスを崩し、天地がひっくり返る。空は暗い。先ほど一瞬だけ見えた陽光は、今は雲の裏側に姿を隠してしまっていた。

6

受身だ、受身を取れ。高校時代、武道の授業で柔道を教えていた教師の顔が頭に浮かんだ。本名は忘れてしまったが、自分たちがつけた「鬼熊《おにくま》」というあだ名は今も覚えている。その鬼熊は、口を酸っぱくして受身の重要性を強調したものだ。上体を丸めろ。掌で畳を強く叩き、その反動を利用して起き上がれ。恐がらずに脚を伸ばすのを忘れるな。びくびくしながらやってると怪我をするぞ。

首をすくめ、体を丸める。肩を少し打ったが、綺麗に一回転して起き上がることができた。ドリンクは？　諦めろ。今飲まなくても大丈夫だ。それより、後ろにいた室田は無事だろうか。走り出しながらちらりと振り向く。大丈夫、うまく避けていた。ボトルは取り損ねたようだが、ステップを踏むようにコースを右に取り、青山を追い抜こうとスピードを上げたところだった。

うるさい。悲鳴がうるさい。青山は沿道の観客に鋭い一瞥《いちべつ》を投げた。あんたたちが転んだわけじゃないし、俺は何ともないんだから騒がないでくれ。アスファルトで打った肩が心配になったが、一度ぐるりと腕を回してみると、痛みはほとんど残っていないことが分かった。鬼熊の教えは、しっかり体に染みついていたのだ。

前を行く選手たちからはかなり遅れてしまった。すぐ前を走る室田との差も、五メートルほどに開いている。走るリズムが戻ってくると、危機一髪だったのだということを改めて強く意識した。うまく受身が取れなければどこかを痛めていたかもしれないし、テーブルにぶつかる危険性もあった。しかし、結果的に俺はついていた。シューズが脱げなかったのも幸運だったし、数秒遅れを取っただけではないかと自分に言い聞かせる。

それにしてもあれは何だったのか。数秒前の出来事を頭の中で反芻《はんすう》するうちに、十メートルほど先を行く武藤の背中が目に入った。ボトルを頭上にかざし、顔に水を振りかけている。疑念が湧きあがってきた。わざとやったのではないか。急に思いついてドリンクを手に取る振りをして、俺がテーブルに近づく瞬間を狙い、いきなり左側に進路を変えたのではないか。

まさか。確かにあいつは駆け引きの好きな男だが、これは明らかに妨害である。そこまではしないだろう——いや、あいつならやりかねない。須田にも肘打ちを食らわせたではないか。

冗談じゃない。口の中で悪態を嚙み潰し、青山はスピードを上げた。武藤の肩に手をかけて振り向かせ、問い詰めてみたかった。そこまでして勝ちたいのかよ。こんな姑息《こそく》な手段で手に入れた勝利にどれほどの意味があるというのか。

お前にだけは絶対に勝たせない。待ってろよ。絶対にお前を追い抜き、置き去りにしてやる。俺の背中を見送って敗北を悟れ。

環八を過ぎると沿道の風景ががらりと変わり、郊外の表情が色濃くなる。高い建物は姿を消し、道路の上を街路樹の枝が覆う。声援が一段と高くなり、小旗を打ち振る音が細波《さざなみ》のように押し寄せてきた。

一人一人の声援ははっきりと聞こえた。

「焦るなよ」

「頑張れ」

「遅れてるぞ」

そして選手の——主に須田の——名前を呼ぶ声。俺への声援はないのかと青山は声援に耳を傾けたくなったが、すぐに気持ちを切り替えた。沿道の応援がはっきりと聞き取れるのは調子の良い証拠である。大丈夫、転倒の後遺症はないし、転ぶ前と比べてリズムが変わったわけでもない。

芦花《ろか》公園の駅前を通り過ぎる。依然として青山は、四人で作る二番手グループのすぐ後ろにつけていた。心持ちスピードを上げて室田の横に並ぶ。室田の呼吸は少し荒れており、青山の方をちらちらとうかがっては不安そうな表情を浮かべた。もしかしたら、転んだ俺を避けた時にリズムを崩してしまったのかもしれない。よし、こいつはこのまま置いていこう。青山の前を行く武藤とアベラまではわずか五メートル。あの二人の間に割って入るのだ。そこから先、先頭を行く須田とスミスまでの差は十メートルにまで縮まっている。二人のペースが落ちた気配はないから、追いかけるこちらのスピードが知らず知らずのうちに上がっていたことになる。そして俺は好調だ。シューズのソールがしっかりとアスファルトをとらえ、蹴り返す反動も心地良い。重心がスムーズに移動し、このままのスピードで永遠に走って行けそうだった。

室田を追い抜き、アベラの横に出る。そのタイミングを見計らったように、アベラと武藤が同時にスピードを上げた。しかけるのか？　ついて行くべきか？　いや、まだ十五キロ地点にも達していないのだ。飛び出すには早過ぎる。青山は二人を先に行かせると、アベラの左後方の位置につけて展開を見守った。二人がほどなく、先頭の須田とスミスをとらえる。四人の集団が形成されたと思った瞬間、武藤がほんの少しスピードを緩めた。続いてアベラもペースを落とす。前に武藤とアベラ。その後ろに須田とスミスがついた。二人ずつ二列。青山は須田の斜め後ろに迫り、先頭集団に身を投じようと少しだけスピードを上げた。須田に並びかける瞬間、ほんの少し首を捻って彼の様子をうかがう。須田よ、そろそろエネルギィが切れてきたのではないか。試合前の蒼白い表情が頭に浮かんだ。

笑った。

須田がはっきりと笑った。一瞬後には表情を引き締め、一気に勝負に出る。新宿で、青山の横をすり抜けるように走り去った時のスピードが蘇り、あっという間に他の選手を置き去りにした。まるでこれまでがウォームアップだったとでもいうように、二メートル、五メートルと差を広げ、たちまち十メートルのリードを作る。武藤が三人の中から抜け出して追走しようという気配を見せたが、結局は諦めた。まだ勝負どころではないと見ているのだろう。甘いぞ、武藤。須田は一気に行くつもりだ。ここから先の長い道程を独走し、ぶっちぎりで国立競技場まで戻って行く算段なのだ。これは駆け引きでも何でもない。須田は、鍵《かぎ》をかけて檻《おり》に閉じこめていた己の能力を一気に解放したに違いない。

クソ、一人で行かせるか。

青山はアベラを左から追い抜き、須田の背中を追った。吹きつける風をやり過ごそうと一瞬目を細める。

「晋《しん》！」オヤジか？　そうだ、オヤジだ。何でこんなところにいるんだ。家からはずいぶん遠いはずなのに。

「兄貴」と情けなく呼ぶ声も聞こえた。何だよ、夏樹、お前まで来てるのか。まあ、部屋にこもってばかりいないでたまには冷たい風に吹かれてみるのもいいだろう。あと四十分か五十分、そこで震えながら待ってろよ。折り返して、またここに戻ってくるから。

青山はちらりと沿道に目をやった。いた。父親はガードレールを両手で握り締め、乗り出すように声援を送っている。夏樹がその横にいて、両手をメガフォンにして怒鳴っていた。母親は胸の前で手を固く組み合わせ、目を閉じている。何だよ、お袋、それじゃ何も見えないじゃないか。俺はもう行っちまうんだぜ。戻ってくるまでそこで待ってるつもりなのか？　それでまた目を瞑《つぶ》っていたんじゃ、ここまで何しに来たのか分からないじゃないか。ちゃんと目を開けて見ろよ。折り返して、俺がトップで戻ってくるのを見届けてくれ。

「アオ、アオ！」聞き間違えようもない、菊田の声だ。ガードレールの上に上半身を乗り出し、右手をぐるぐる回している。「ゴー」のサインだ。行ってしまえ。須田の背中に食いついて離すな。なるほど、コーチの目で見ても今日の俺は調子がいいのだろう。しかしそれは、ドーピングがもたらした効果かもしれない。構うものか。走っている時は、誰も俺を止めることはできないのだ。

よし、行こう。俺の標的は一人だけだ。


仙川《せんかわ》の駅を過ぎると、短い下り坂がある。前に引っ張られるようになるのを何とか抑え、青山はペースを保った。いつの間にか、後ろに続いていたはずの武藤たちの気配は消えている。もちろん油断はできない。武藤は足音を消すように忍び寄ってくるかもしれないし、ベテランのスミスもまだまだ余力を残しているだろう。アベラの伸びやかな走りも脅威だ。彼は疲れとは無縁で、どこまでも同じペースで走って行けそうに見える。もちろん、若い室田を無視することもできない。

後ろは気にするな。集中すべきは、前を行く須田なのだ。トップに立ってからの須田のスピードの乗りはすさまじく、すでに青山との差は百メートル以上開いている。背中ははっきり見えているし、まだ致命的な差ではないが、須田が今のペースを落とさない限りこの差は開く一方だろう。しかし、今焦って無理に追い上げるのは得策ではないと青山は判断した。いくら須田でも、このスピードを保ったまま走り続けることはできないはずだ。どこかで必ず一度はペースが落ちる。これ以上離されないように気をつけながら、そのタイミングを待つのだ。

完全に一人になった。一人になると、また頭の中で三連のリズムが聴こえてくる。速いシャッフルが脚を前に運ばせ、腕を規則正しく振らせた。例によって名前もない曲である。いつの間にか青山の頭の中ででき上がってしまったオリジナルのブルーズ。間奏のギター・ソロは、ありとあらゆるギタリストの演奏のつぎはぎだ。レイ・ヴォーンがあり、アルバート・キングがあり、バディ・ガイがある。連中が、俺を元気づけてくれる。シカゴやニューヨークで、煙草の煙とアルコールの匂いの中で魂と肉体を磨り減らす生活を送り、マラソンなどとは縁もゆかりもないはずのあの連中が。

仙川を過ぎると、甲州街道は道幅が狭くなる。キユーピーの工場を左手に見る地点が十五キロだ。腕時計に目を落とし、五キロ十五分を切るペースでここまで来たのを確認する。給水ポイントで転んで――転ばされて――から十五分しか経っていないということが信じられなかったが、ペースが落ちていないことであの事故の嫌な記憶を頭から押し出すことができた。

ここから先に、長い下り坂が二か所ある。それをやり過ごせば、後は折り返し地点の東京スタジアムまでもう一息だ。真っ直ぐな下り坂が終わる辺りに須田の背中が見える。あと少しでも引き離されれば、そろそろ苦しくなるだろう。体ではない、気持ちの問題だ。駄目だ、もう絶対に追いつけないと思った瞬間、心の中に芽生え始めた敗北の芽は肉体をも蝕《むしば》むようになる。

まだまだ。このまま俺を引き離せると思うなよ。

調布署を左手に見ながら、旧甲州街道との分岐点に出る。声援はますます高まり、時に耳を劈《つんざ》くほどになる。少しだけ、須田の背中が大きくなった。あいつのペースが落ちたのか？　それとも俺が速く行き過ぎているのか？　向こうが少し疲れてきたのだとしても、今はまだ一気に追いつく必要はない。疲れがあいつの体を冒し、はっきりとスピードが落ちてくるのを待てばいいのだ。それまで、ほんの少し余力を残しておこう。勝負所を見極めてスパートをかけるだけの余力を。

電通大の前を通り過ぎる。あと数キロで中央道のインターチェンジが見えてくるはずで、ここまで来ると折り返し地点はもうすぐだ。ほどなく右側にだだっ広い空間が広がり、その先では東京スタジアムが待ち構えている。初めてこのマラソンを走った五年前、この辺りが折り返し地点だと示すのは、それこそ東京オリンピックのマラソンを記念する看板しかなかったのだが、今は巨大なスタジアムが目印になっている。四十年近く前、東京オリンピックを走った先輩たちはこの地でどんな光景を見たのだろう。

二十キロ地点で、今度は慎重にドリンクを取った。市販のスポーツドリンクを水で薄めただけのものだが、これが一番しっくりくる。吸い口を唇でしっかり挟み、少し吸いこんだ。そんな些細な動作だけで、今まで続けてきた運動とはまったく違う動きを要求され、体のバランスが崩れたような気がする。しかし、こういうふうにしか飲めない。ボトルを顔から離したまま口を狙い、ドリンクが喉を直撃してむせてしまったことがあるのだ。多少飲みにくくても、腕の動きを邪魔されても、確実に口に流しこんだ方がいい。最初の一口を口中でしばらく含んだまま温め、ゆっくりと飲み下す。渇いて張りついてしまったようだった喉が動き始め、それだけでどっと肺に空気が入りこんでくるように感じた。次は多めに口に含み、ぐるりと回して乾いた口蓋《こうがい》を湿らせてから吐き捨てる。三口目をゆっくり飲み下すと、細胞の一つ一つが目を覚ますような感じがした。強張りかけていた脚が楽になり、全身を霧のように覆っていた疲れがすうっと薄れていく。最後に、かなり大量に吸いこんだ。口の中に含ませたまま、できるだけゆっくりと飲み下す。これで十分か？　オーケイ。今日の調子だと、この後はドリンクを飲まずに最後まで行ってしまっても大丈夫だろう。青山はボトルを投げ捨てた。まだたっぷり中身の残ったボトルが、ぽこんと間の抜けた音を立ててアスファルトに落ち、歩道の縁石にぶつかって停まる。ナイスシュート。中には何も考えずにボトルを投げて後続の選手にぶつけたり、応援している人たちの中に投げこんでしまう選手もいるのだが、青山はいつも、誰の邪魔にもならないポイントを狙って投げるようにしていた。

こういう余計な気配りをしているから勝てないのだ。

いや、これは俺なりの余裕の表現だ。

苦笑をこらえながら、青山は無意識のうちに自由になった左手を曲げ伸ばしした。エネルギィ補給は完了。体も冷えていない。右手の東京スタジアムを睨み、頭上に掲げられた「折り返し地点」の看板を眺める。赤いコーンまで五十メートルと迫った時、折り返してきた須田と目が合う。一瞬、向こうがうなずいたように見えた。サングラスの奥に隠れた表情はうかがえないが、それでもまだ走り方には余裕があるようだった。チクショウ、何なんだ、その余裕は。まるで五輪代表の座をかけたレースを走っているのではなく、ただ一人、のんびりとジョギングを楽しんでいるようではないか。

昔、菊田に聞いた大リーグのピッチャーの話を青山は思い出した。些細なことがきっかけでメディアと対立し、何年もインタビューに応じなかったその選手のピッチングを、あるジャーナリストは「孤高のキャッチボール」と評したという。試合で投げている時でさえ、彼の目には相手バッターも審判も、観客の姿も目に入らない。ただひたすらキャッチャーミットめがけて投げこむだけで、三振を取ろうが打たれようが、そのペースは変わることはない——須田の走りは、まさに孤高のジョギングだ。他の選手の存在など目にも入らず、ただ己に課した目標を達成するために、一人走り続ける。今もそうなのだろう。たぶん俺の存在など意識の隅にもないはずだ。何が「お前をペースメイカーにする」だ。俺の存在など頭の片隅にもないくせに。

青山は歯を食いしばった。いいか、百メートルしか差がないことを忘れるなよ。この距離を詰めるために残された時間はまだ一時間以上あるのだ。これ以上一人旅をさせてたまるか。

青山は巨大なコーンを慎重に迂回した。案外、ここでペースを狂わせてしまうことがあるのだ。うまくスピードを落とさずにコーンを回り、青山は再び須田の背中を追いかけ始めた。ここからゴールまでは、二度とあいつの顔を見ることはないだろう。逆にあいつは俺の背中を見送ることになる。何の根拠もないのだが、はっきりとした自信が青山の中で膨れ上がり始めた。

折り返してすぐ、武藤、スミス、アベラ、室田の四人からなる集団とすれ違った。青山とは百メートルほどの差だろう。須田を追うと同時に、こいつらの動きにも注意しなくてはならない。最悪なのは、全員が一つの集団となって国立競技場まで勝負がもつれこむケースだ。最後の最後、トラック勝負になったら俺には勝算はないだろう。あと百メートルというところまで来て武藤に抜かれでもしたら、死んでも死にきれない。

死んでもいいのだ。死んでも勝ちたい。青山は初めて、死を意識した。俺は十字路で悪魔と取引したわけではない。しかし、命と引き換えに一位でテープを切れるなら、笑みを浮かべて死ねるだろう。淡泊だ、勝負に執着しないから勝てないのだと言った連中の顔が脳裏に浮かぶ。

そんなことはない。青山は改めて、ランナーとして己が背負った業の深さを意識した。今、勝つために命を差し出せと誰かが命じたら、俺は決して躊躇わないだろう。ここに薗田が現れ、新しい薬を手渡したらすぐに飲み下すだろう。

折り返してからのコースは風との戦いになった。東からの風が正面からまともに吹きつける。ゼッケンが、パンツが風にはためき、それだけで水の中をウォーキングしているように足取りが重くなった。目が乾く。青山は初めて、サングラスをしてこなかったことを後悔した。

体が冷え、脚の運びが重くなってきた。いや、これぐらいがちょうどいいと青山は無理矢理自分を鼓舞しようとした。ボールダーの合宿を思い出せ。高地とはいえ夏場の走りこみは、体から全ての水分が抜け落ちてしまいそうな苦行だった。それに比べればまだ、寒さの方が我慢できる。

須田の背中がほんの少し近づいてきたように思えた。気のせいか——いや、間違いない。そう気づいたものの、それからしばらく二人の距離は縮まらなかった。俺も疲れている。そう、疲れているのだ。強張りが体のあちこちで塊となり、目が乾いて痛む。

いや、俺だけじゃない。須田も間違いなく疲れている。正面から風を受けて走っているのだから、あいつの方がはるかに苦しいはずだ。こんな状態が、これから新宿に入るまでずっと続く。スタミナという点では青山は自信がある。一方須田は、徹底して体重を落としたつけをここで払うことになるのではないだろうか。

今、須田との差はどれぐらいだろう。五十メートル？　いや、そこまでは縮まっていない。八十メートルというところか。頭の中で数字が交錯した。折り返してからここまで四キロ弱というところ、それで二十メートルほど差を縮めているのだから……クソ、そんな計算をしても何の意味もない。今の俺には未来しかないのだ。ここまでのレースを振り返って分析したからといって勝てるわけではない。

肩を小刻みに動かしてみた。少し走りが乱れるが、思いのほか緊張していた肩から腕にかけての筋肉がほぐれていく。もしかしたら肩に力が入り過ぎていたのかもしれない。リラックスだ。気持ちが入り過ぎると、体のあちこちに緊張感が生まれ、それが筋肉の疲労につながる。予定外の疲れを背負いこんでしまうと、この後待っているのは三十キロ過ぎでの失速だ。

前方に目をこらすと、須田のペースがはっきりと落ちているのが分かった。足取りが重くなり、わずかに脚を引きずっているようにも見える。そうか、苦しいのか。いくらお前が金をかけてトレイニングを積んできたとしても、風をコントロールすることはできないだろう。チャンスだ。少し早いが、しかけるなら今しかない。

青山は意識してスピードを上げた。ゆっくりと、だが確実に須田の背中が大きくなる。

つかめ。奴のゼッケンをつかめ。その勢いを利用して一気に抜き去るのだ。

間もなく二十五キロ地点にさしかかる。道路が大きく左にカーブし、須田の姿が消えた。差は五十メートルにまで縮まっている。このカーブを抜ければまた直線である。この差をしばらくキープしたまま、西つつじが丘付近の長い上り坂で勝負をかけよう。須田はかなりエネルギィを消耗しているように見えるが、俺にはまだまだ余力がある。上り坂で抜かれれば、あいつの精神的なショックも大きくなるはずだ。とにかく一度リードを奪い、それで須田がどう出るかを確かめてみたかった。疲れた素振りが演技なのかそうでないのか、見極めなくてはならない。

沿道から悲鳴が聞こえた。何だ？　青山の位置からは見えないカーブの出口で、何かが起こっているようだ。

「アオさん、アオさん」

聞き慣れた叫び声に沿道を見やると、先回りした助川が必死の形相で叫んでいた。何を焦ってるんだよ。何もお前が蒼い顔をして声を嗄《か》らすことはないんだ。走ってるのは俺なんだから、お前が興奮しないでくれ。

「アオさん、行ける！」

助川は三塁コーチャーのように右手を大きく回し、ゴーサインを出している。分かってるよ、だけど、勝負をしかけて須田と競り合うのはもう少し先なんだ。見てるだけのお前が勝手なことを言わないでくれ。

「ゴーです！」

何か様子が違う。背後に遠ざかる助川の声が耳の奥でこだました。

助川の叫び声の意味は、カーブを抜けた途端に分かった。須田が立ち止まっている。ガードレールにもたれたままうなだれ、体を支える腕が小刻みに震えていた。ほどなく自分の体重を支えきれなくなって体が崩れ、左足から道路に倒れこむ。そのまま左足を抱えこむと、歩道の脇にうずくまってしまった。悲鳴のような声援が須田を包みこむ。

「立て！」「頑張れ！」

無責任な。奴は倒れているのだ。レースを投げてしまったのだ。「立て」という応援は、奴には「死ね」と聞こえているに違いない。悲鳴と声援が須田の頭上を通り過ぎ、虚《むな》しく宙に消える。

一瞬、青山は状況をつかみ損ねた。何が起きたのだろう。今まで快調に、それこそ今後の展開次第では日本最高を破ろうかというペースで走っていた須田が、どうしてこんなところで倒れているのか。

やっちまったんだな。須田の姿を視線の隅でとらえながら、青山はようやく事態を理解した。古傷なのか、新しい怪我なのか、とにかく須田は壊れたのだ。ガラスのエースか、と青山はぼんやりと思う。ありがたくないニックネームだ。明日の新聞は、各紙ともまた使い古された見出しを引っ張り出してくるだろう。そして、紋切り型の陳腐な見出しは須田を苦しめるに違いない。須田、お前には実力がある。家が傾くほどの金をかけて最高の環境を整え、ぎりぎりまで自分を追いこむ努力もした。しかしお前には、運だけがなかったのだ。マラソンの神様がいるとしたら、最近は須田に微笑《ほほえ》みかけるのを忘れているに違いない。それはあるいは微笑みではなく高笑いで、その結果彼は若い頃から幾度となく栄冠を手にすることができたのかもしれないが、いずれにせよ過去の話である。

声をかけてやりたい。

金にものを言わせた須田のやり方が間違っていると思ったこともある。それでも青山は須田に同情した。ここまで来て。十五キロ先では、全ての栄光がお前を待っていたはずなのに。須田は調整に失敗したのだ。あれだけ綿密にトレイニングの計画を立てていたのに、結局はオーヴァーペースになってしまったのだろう。古傷を癒《いや》し、さらに力をつけてくれるはずだった練習がいつの間にかお前の体を疲労で蝕《むしば》み、新たな怪我の芽を植えつけていたのだ。

通り過ぎる時、青山はちらりと須田を見た。その顔に浮かんだ表情が、くっきりと脳裏に刻みこまれる。絶望ではない。恐怖でもない。痛みをこらえているわけでもない。ただ、自分の走るコースを中途で断ち切ってしまった運命というものを一瞬にして受け入れ、一切の抵抗を諦めたような、真っ白な表情だった。

パンツもゼッケンも埃《ほこり》で汚れ、サングラスも見当たらない。だが、その口が、震えながらも「行け」という言葉を結んだのを青山ははっきりと見た。

前を見据える。中継車のカメラが彼の姿をとらえていた。他には誰もいない。俺は、誰の背中も追いかけていない。ついに無人の荒野の一人旅に足を踏み入れたのだ。


一歩ずつ確実にアスファルトを蹴れ。ペースを崩すな。今のところ、背後から誰かが忍び寄ってくる気配はない。時計を見下ろす回数が増える。スピードが落ちていないのは間違いないはずだが、どうしても客観的な裏づけが欲しくなった。

一人トップを行くのは悪くないものだ。気分的な問題ではなく、中継車がある程度の風除けになってくれるのがありがたい。先導の白バイに乗る警官のぴんと伸びた背筋が、やけに眩《まぶ》しく目に焼きつく。こんなふうにのろのろ走っていても面白くないだろうな。それより何より、二十キロというオートバイにしては遅いスピードを保ったまま四十キロ以上も走り続けるには、相当の体力と技量が必要なはずだ。俺には絶対にできないな、と青山は妙に関心した。

何度か時計を見ながら、最終的なタイムを予測してみた。このペースだと二時間七分台の前半でゴールに入れる。都心部に入ってスピードが落ちたとしても、八分台に落ちこむことはないだろう。間違いなく、自己最高タイムを大幅に更新できる。勝ち負けよりも、この年でまだタイムを伸ばせる可能性があるということが嬉しかった。まだまだやれる。引退など、はるか先の話だ。誰にも文句をつけられないタイムで優勝すれば、オヤジも小川も黙るしかなくなるだろう。このマラソンは、俺にとってはオリンピック代表を賭けた戦いであると同時に、走り続ける権利を得るための試験でもあるのだ。

一人旅は、調布と世田谷の境まで続いた。三十キロ地点、再びキューピーの工場付近に差しかかる辺りで、青山は体に小さな異変を感じた。右の腿の裏側をちくりと刺すような小さな痛みである。一瞬のことで、すぐに痛みは消えた。拳を固め、腿に軽く打ちつけてみる。何でもない。上り坂で、少しばかり負荷が増えたせいだろう。しかし痛みは消えても、その記憶は青山の頭の中で次第に大きな染みとなって広がり始めた。ここまでは長い準備運動のようなものであり、本当の勝負はここから先の十キロなのだ。エネルギィは残っているか、気力は衰えていないか。今のところ、先ほどの小さな痛み以外に体は変調を訴えてはいないが、あれは予兆に過ぎないのかもしれない。一キロ、二キロと進んだ後、本格的な痛みが襲ってくる可能性もある。あるいは痙攣を起こすか。須田のように走れないほどのダメージを負ってしまうかもしれない。そうなったら、俺の旅も終わりだ。

転倒の衝撃が今ごろになって出てきたのだろうか。だとしても、今ここでそれを封じこめる方法はない。青山は手を伸ばし、腿をゆっくりと撫でてみた。汗でじっとりと湿った皮膚の下で、筋肉が滑らかに動くのが感じられる。大丈夫。もしかしたら、小石か虫がぶつかっただけかもしれないではないか。いや、仮に疲労が出てきたのだとしてもそれはそれでいい。三十キロ付近はどんなランナーにとっても鬼門《きもん》なのだ。この辺りでがくりとスピードが落ちることは青山も何度か経験している。今回に関して言えば、この小さな異変は、俺がドーピングの影響を受けていない何よりの証拠ではないだろうか。

しかし、不安は走りに確実に影響を与えた。三十五キロまでの五キロのスプリットタイムは十五分十秒。二十五キロから三十キロまでの五キロに比べると十秒以上も遅い。やはり、知らず知らずのうちに疲労が走りに影響したのだろう。

体のことを考えているうちに、外部に対する注意がおろそかになった。気づくと、アスファルトを乱打する靴音が迫っている。振り向くな。振り向けばコンマ何秒かタイムが落ちる。そんなことは分かっているのに、青山はつい後ろに首を捻ってしまった。

まだ余裕を持ってリードしていると思っていたのに、いつの間にか四人がすぐ後ろまで迫っていた。こいつらに呑みこまれてはいけない。そうなったらペースが崩れる。青山は無理に脚を運んだ。うまく行かない。この四人のスピードは、明らかに今の自分を上回っている。集団に飲みこまれるのではなく、あっという間に置き去りにされる恐怖を想像した。一度抜かれたら抜き返せる可能性は低い。自覚していたよりも疲れているのだ。トップを独走する初めての経験は、想像していたよりも多くのエネルギィを俺に消費させたのだろう。

武藤が横に並ぶ。スミスも来た。残る二人、アベラと室田が背後に陣取り、五人がトップグループを形成する。しかし、この五人での争いもさほど長くは続かないだろう。いずれ、武藤がしかけてくるはずである。すぐなのか、四十キロ地点まで待つのか、それともトラックで最後の勝負に出るのか。

風が渦を巻き、都会の騒音が沿道の声援を上回り始めた。

山手通り下の陸橋を下り、平地の感触を味わう間もなく、薄暗い闇の中を一団となって急勾配を上って行く。そこで武藤が抜け出した。一瞬体を沈みこませたと思うと、早くも一歩先に出る。足取りは力強く、余力を振り絞ったラストスパートという感じではなかった。今まで出し惜しみしていたのを、ここにきてようやく全開にした様子である。爆発的なスピードですぐに五メートルほど前に出ると、坂を上りきったところでは十メートルまでリードを広げた。これも駆け引きのうちなのだろう。一気に引き離し、こちらのやる気を失わせるつもりに違いない。

これが最後のしかけなのか？　背中を追いかけながら、青山は武藤の足運びを観察した。あと三キロほどを残して最後のスパートをかけているのか、それともまだ続きがあるのか。自分の体に相談してみた。今ならまだ追いつくことはできる、という答えが返ってくる。しかしもう一度、二段ロケットのようなスパートをかけられたら、ついていく自信はない。

突然、青山は足元がふらつくのを感じた。風だ。それも硬ささえ感じさせる風が左側から吹きつけてくる。高層ビル街が近づき、これまでずっと正面から吹いていた風が気まぐれに向きを変え、威力を増したのだ。反射的にスピードを落とし、すぐ後ろを走るスミスの右側に並ぶ。自分より一回り体の大きなスミスなら風除けになる。青山の意図に気づいたのか、スミスがちらりと彼の方を向いて顔をしかめた。坊や、俺を利用するなんて百年早いと文句を言いたそうな目つきである。青山はさっと顔をそらしてスミスの非難をかわした。

ふと気づくと、室田が青山の右側に位置取りしていた。こいつもなかなかしたたかだ。とっさの判断で、一番風が当たらない位置を選んで動いたのだから。スミスが一人損をしているが、この際諦めてもらおう。

次の瞬間、青山の意図は挫《くじ》かれた。風向きが変わり、今度は正面から吹きつけてきたのだ。先を行く武藤のパンツが激しくはためき、一瞬体勢が崩れる。武藤が苦しそうに首を傾けると、腕を顔の前に持っていった。青山はスピードを上げ、武藤のすぐ後ろにつける。叩きつけるように吹く風の衝撃が弱まった。よし、こいつの背中を利用しよう。

風は大敵なのだ。風圧はスピードを殺し、寒さは体力を奪う。お前はこの風に苦しめばいい。俺はお前を盾にして、最後の最後に抜き去ってやる。

ところが青山の意図に反して、武藤の背中は風を完全にブロックしてくれなかった。それどころか、風の流れが変わって顔の辺りにまともに当たる。最初は目を細めて我慢していたのだが、ほどなく目が乾いてきた。手の甲でこすると涙が溢れ出てきたが、今度はかすかな痛みを感じ始める。クソ、失敗だ。曇り空だからサングラスはいらないという判断はやはり間違いだった。須田も言っていたではないか、「だからお前は甘いって言うんだよ」と。そう、須田をリタイヤに追いこんだような怪我については予想も対応もできないが、風についてはいくらでも対策を立てることができたはずだ。サングラスが嫌いだからといって、目の痛みを我慢するよりはずっとましである。

目を閉じ、そのまま三つ数えた。ゆっくりと、大きく目を見開く。一際強い風が正面から顔を襲い、一度は潤んだ目がすぐに乾いた。それでも今のところはこうするしかない。目を瞑《つぶ》ったまま三つ数える。暗闇の中で前後左右を行く選手の足音を聞き、目を開けると周囲の状況を確認する。また閉じる。

何度かそんなことを繰り返しているうちに、ふと風が止む。順位は変わっていない。武藤がトップに居座り、二番手に青山、スミス、室田が並んでいた。ただし、先頭を走っていて一番風の影響を受けたはずの武藤は、さらにリードを広げている。何ともなかったのかと、青山は武藤の体力と精神力に改めて舌を巻く思いだった。いや——感心している場合ではない。今はあいつを引きずり下ろす策を考えることに集中すべきなのだ。

武藤がほんの少しスピードを落としたようだ。十メートルの差を保ったまま首都高の高架橋の下をくぐり、新宿の喧騒《けんそう》の中に入っていく。青山の横にはスミスがいた。苦しそうだ。腕の振りが鈍くなり、呼吸が少しだけ乱れている。俺もそうなのか？　最後の最後、勝負を賭ける四十キロ過ぎで力が抜け、わずかな勝利の可能性が指の間からすり抜けてしまうのか？

余計なことを考えるな。今の俺にはまだ残っているはずだ。最後の力が。それをさらに底上げする気持ちが。

アベラの気配は消えている。ここまでよくついてきた室田も、数メートル後方へ下がったようだ。ちらりと横を向いてスミスを見やる。笑ったのか？　いや、微笑もうと努力しただけだろう。疲労と、時折強く吹きつけるビル風が、彼の顔から笑みを奪ってしまったようだ。厳しい表情のスミスが、聞こえるか聞こえないぐらいの小さな声で「ゴー」と言った。あのスミスが。俺がずっと目標にしてきたベテランが、自分を残して先に行けと言っている。もう少しだ。もう少しだけ一緒に走っていたい。しかし、行かなければならないということは分かっていた。

青山は小さくうなずき、スピードを上げた。武藤との差は縮まらない。いち早く青山の気配を察したのか、さらにペースを上げたようだ。

首都高の高架橋を離れてから新宿駅までの直線で、青山はいつも苛々させられる。往路ではそんなことはないのに、復路ではいつもオフィスビルの窓から細かく切った紙片が振りまかれるのだ。休日出勤の人たちは応援しているつもりなのだろうし、テレビの画面で見ている人にはいかにも都心を走るマラソンらしい華やかな光景に映るかもしれないが、走っている立場からすると邪魔なだけである。下手をすると目に入るし、そうでなくても、汗で濡れた肌に貼りつく紙片が鬱陶しい。もちろんそれでスピードが落ちるようなことはないのだが、細かい紙片の一つ一つが、体にぶら下がった錘《おもり》のようにも感じられる。

駅前にさしかかり、青山は一気に勝負に出た。駅前の広場に陣取った、応援とも通りすがりともつかない人たちの野太い歓声が覆い被さってくる中、武藤にぐんぐんと迫る。また、太腿にちりちりとした痛みが走った。クソ、こんな時に何だ。腿を拳で叩く。痛みは去ったが、今度は一気に力が抜けてしまった。だるい。立ち止まってしまいたい。丁寧にマッサージすれば、痛みも疲れも抜けるかもしれない。いや、そんなことをしていたら武藤はずっと先に行ってしまうし、遅れているスミスにも追いつかれてしまうだろう。行け。とにかく行け。一気に追い抜き、武藤に揺さぶりをかけるのだ。

並びかけた。武藤がちらりと横を向く。必死の形相ではなかった。サングラスを外すと、気合を入れるように横に投げ捨てる――青山の脚目がけて。サングラスが当たったところで何ということもないのだが、青山は一瞬ひるんだ。あの、雨の日のレースを思いだす。ほんの少しスピードが落ちたタイミングを見計らって、武藤が正面を向いたまま再びスピードを上げる。クソ、あいつはまだ余力を残していたのだ。追いつけない――これ以上行けない。みるみる小さくなる武藤の背中がかすんで見えた。また、脚の力が抜ける。駄目なのか？　もう追えないにしても、最後まで走り切ることもできないのか？　いや、まだ行ける。行かなければならない。これが最後のレースになるかもしれないのだ。それを棄権で終わらせたら、俺は死ぬまで後悔することになる。額の汗を拭った。目を見開く。視界がはっきりすると、武藤がすでに五十メートルまでリードを広げているのが分かった。

まだ分からない。ゴールするまでは、何が起きるか誰にも分からないのだ。傷つき、道端でゴミのようにうずくまっていた須田の姿が脳裏に浮かぶ。武藤、お前だって最後の最後で倒れるかもしれない。

あるいは俺も。

暗い考えが青山の頭の中に浮かび上がる。小さく首を振って青山は自分も薬を飲んでしまったという事実を頭から押し出し、武藤のことに思考を集中した。それで嬉しいのかよ。薬の力を借りて勝って、それで満足なのかよ。絶対に検出不能？　そんなことはない。ばれるに決まっている。お前はゴールした直後に、栄光の頂点から地獄に転がり落ちるのだ。しかも今度は、誰が悪いわけでもない。お前は、自分の責任においてドーピングしたのだから。

いや、あいつは認めたわけではない。証拠もない。もしかしたらあれが、俺の五十メートル先を快走しているのが、武藤の本当の実力なのかもしれない。

叫んでも、俺の訴えは虚空に消えるだろう。熱狂の渦が武藤を包みこみ、マスコミは掌を返したように彼に黄金のローブをかけ、王冠を捧げる。俺たちその他大勢のランナーは、武藤が放つ光芒《こうぼう》の陰でうごめくだけの存在に堕する。

王は一人でいいのだ。

脚が上がらない。いや、上がっていないわけではない。少なくとも残る距離を一歩一歩確実に噛み砕いているのは間違いないのだから。しかし、足元はふわふわと頼りなく、走っているという実感がなかった。例の刺すような痛みがぶり返したわけではなかったが、今やだるさが両脚に広がり、アスファルトを蹴る感覚が消えている。

室田の息遣いが聞こえる。チクショウ、ここまで来て、こんな若造にまで抜かれてしまうのか。勝たない限り二位でも三位でも同じなのだが、それでもここで室田に抜かれるということは、ある出来事の象徴になってしまう。

世代交代という避けられない出来事の。

走れ。かすかに見える武藤の背中を追いかけろ。後ろを気にするのではなく、前を向いて走れ。振り返ったらそこで終わりになる。もしかしたら、室田の後ろからは、さらに大勢の選手たちが迫っているかもしれない。ごぼう抜きされて順位を落とし、へろへろの状態で国立競技場に戻りたくはなかった。倒れそうになってもいい、いや、倒れても構わないのだが、それならば最初にテープを切りたい。

室田が並びかける。青山は自分の脚を叱りつけ、意識して腕を大きく後ろに引いた。室田の影がすっと消える。坊主、しかけるつもりなら一気に行かないと駄目だ。しっかり走れ——いや、こいつも一杯一杯なのだろう。苦しいのは俺だけじゃない。もう国立競技場がすぐそこに見えているじゃないか。よし、俺があそこまで連れて行ってやる。ただし、先にゴールするのはこっちだ。

マラソン門が見えてくる。ちょうど武藤が競技場に消えたところだった。その差五十メートル、と青山は見積もった。思ったよりも差は開いていない。やはりあいつも疲れているのだ。あるいは油断して、最後で力を抜いたのか。

室田を引っ張ったまま、青山はマラソン門から国立競技場に入った。わあっという歓声が体を包みこみ、肌がびりびりと震動する。その歓声が、先頭で戻ってきた武藤に対するものであることは分かっていたが、青山は頭の中で「やめてくれ」と叫んだ。歓声が圧力となって押しかけ、それが自分を押し潰してしまうのではないかと本気で恐れた。足元がおぼつかない。声援が地面を揺るがしているようだ。

武藤が悠々とトラックを回り始めた。一周と少し、あと数百メートルで勝負が決まる。青山はトラックに入ると大きく息を吸いこみ、最後の勝負に出た。短い距離で弱いのは分かっている。脚も限界だ。しかし、今ここでやらなくていつやるのだ。限界とは、体ではなく心が発する危険信号に過ぎない。自分の脚に、心臓に任せろ。心なんかいらない。

自分でも驚いたことに、まだ力が残っていた。あっという間に、背後に迫っていた室田の気配が消える。カーブに差しかかった武藤が青山に気づき、スピードを上げた。速い。ここまで来てまだそんなに余力があるのか。クソ、息ができない。目の前が白くなり、アンツーカーが頼りなくゆらゆらと揺れた。呼吸しろ。お前は百メートルのランナーではないのだ。いくら最後のトラック勝負が短距離レースのようなものでも、無呼吸運動というわけにはいかない。とにかく全身に酸素を行き渡らせ、意識をはっきりさせるのだ。目を瞑り、歯を食いしばる。何で息ができないんだ？　いつもやっていることではないか。さっさと息をしろ。さもないと死ぬぞ。

喉の奥で何かがひゅう、と鳴った。モノクロだった風景に色が戻ってくる。武藤との差は二十メートルまで縮まっていた。二十メートル。行ける。奴の背中に噛みつけ。武藤よ、お前が何を背負っているか、何を考えているかは分かる。憎しみや復讐心《ふくしゅうしん》を走る原動力にするのもいいだろう。一方で俺には、ただ勝ちたいという気持ち以外には何もない。しかしどんな物語を背負っていようが、今終幕を迎えようとしているこのレースには関係のないことだ。

最後の直線、武藤のスピードはまだ衰えなかった。背中があっという間に遠くなる。やめるか？　もう無理だ。これ以上自分を追い詰めても、絶対に追いつけない。だったら、これ以上無理する必要なんかないじゃないか。自己記録の更新？　それは可能かもしれないが、そんなものはどうでもいい。知ったことか。負ける。俺は負ける。その事実が目の前に立ち塞がり、空気がゼリーのように重く、厚くなった。体が前に進まない。酸素を求めて口を大きく開け続けたせいか、喉の奥がひりひりと痛んだ。

急激に時間の流れが早くなったようだ。最後の最後で、テープが早回しになったように展開が急になる。自分はその流れについていけず取り残されるのだ、とはっきりと意識した。時の流れにうまく乗り、さらにコントロールさえできるのは、最初にゴールする人間だけである。

武藤が――テープを切る。降り注ぐ歓声が青山の体を貫いた。やめよう。もうここで立ち止まって、何もなかったことにしよう。俺は負けたのだ。二時間以上も走ってきて、結局最後の数百メートルで自分の力のなさを思い知らされただけなのだ。チクショウ、俺は何のために走ってきたのだ。自分を証明できるものはこれしかないのに。負けたということは、自分がそれほど優れたランナーではなく、このまま五輪記念マラソンの記録の隅に、小さな活字としてしか存在を残せないということを意味する。

終わった。

全て終わった。

ゴールして、青山はスピードを緩めた。体がばらばらになってしまいそうだ。天を仰ぐと、その場で崩れ落ちそうになる。ふと、体を暖かいものが包み、力をなくした脚を誰かが力強く支えてくれた。

「アオ、自己新だ」菊田の潤んだ声が耳に飛びこんでくる。

「アオさん、七分台ですよ」と、これは助川の声である。自分のことのように興奮していた。

そうか。七分台か。すごいじゃないかと自分に言い聞かせてみたが、納得はできなかった。わずかに残った力を振り絞り、剝き出しの肩をちくちくと不快に突き刺す毛布をはねのける。タイムなどどうでもいい。俺は負けた。ゆっくりと前方を歩く武藤の背中が、その事実を厳然と告げている。

「良くやったよ、アオ」菊田がまた毛布を肩にかけ直す。「まだやれるじゃないか。お前はそれを証明したんだ」

「いや」助川が差し出してくれたドリンクのボトルを受け取りながら、青山は辛うじて声を絞り出した。「俺は負けた」

「勝ち負けだけがマラソンじゃないぞ」枯れた花を生き返らせるために水を与えるように、菊田が告げる。「自己ベストを二分近く更新したんだ。大した奴だよ、お前は」

二分。やはり薬の力による結果だったのだろうか。この後で検査を受ければ、成績そのものが取り消しになってしまうかもしれない。青山はうつむき、唇を嚙んだ。

一段と甲高くなった歓声に振り向くと、ちょうど室田がゴールしてくるところだった。倒れそうになるのを、辛うじてコーチたちに支えられる。ゴールラインに設置された時計を見ると、間もなく二時間八分になるところだった。お前はすごいよ、と青山は溜息をついた。三回目のマラソンで七分台を出したか。次のオリンピックでは、間違いなくお前が主役だ。

武藤に目をやる。手を上げて歓声にこたえるでもなく、呼吸を整えるためにゆっくりと歩いていた。お前にとっては、この歓声も関係ないかもしれないな。走ったのは俺で観客じゃない、とでも思っているのだろう。青山の頭からは、ドーピングの疑惑も何もかもが吹っ飛んでいた。確かにお前は勝った。その事実は消せはしない。

祝福すべきか？　歩み寄って手を差し伸べるべきだろうか。たぶん、武藤は拒否するだろう。傲然と胸をそらして頂点から世界を睥睨《へいげい》し、俺のことなど蟻《あり》以下の存在だとでもいうように鼻を鳴らすだろう。まあ、いい。混乱した頭の中で、青山は、今は何をする必要もないのだという結論に達した。負けたという事実は、放っておいても夜になれば頭に忍びこんでくる。悩むにしても反省するにしても、その時でいい。

時間が止まる。歓声が凍りついた。

前を歩く武藤が、突然何の前触れもなく崩れ落ちた。まるで背後から撃たれたように膝がトラックを打ち、左側から横向きに倒れる。一瞬、体が地面の上で跳ねたが、それきりだった。

歓声が悲鳴に変わる。どうしたんだ？　駆け寄ろうとして、青山は脚がすくみ、その場を一歩も動けなくなった。救護員が駆け寄る。蒼い顔をした大会役員が、武藤の周りで輪を作った。無限にも感じられる時間が過ぎた後、人垣の中から武藤が担架で運び出された。毛布から突き出た脚は妙に生白く、不吉な幕切れを予感させるように変な具合にねじ曲がっていた。

どこからか破滅の音楽が静かに流れてくるのを感じながら、青山は声にならない声を上げた。その場で両膝をつき、祈りを捧げるように手を組み合わせる。はっと気づき、スタンドに目をやった。

何が起きているのか、立ち上がって見極めようとしている観客の間に、青山は薗田のいた。

姿を認めた。今日は全身黒い服を着て、丁寧に黒い帽子まで被っている。薗田と目があう。そう、あいつは武藤の魂を回収しに来たのだ。

急に足元が消え、自分が奈落《ならく》の底に突き落とされたように青山は感じた。チャンスはあったのに。あいつを救うことができたはずなのに、結局俺は何もしなかった。ある意味、俺が殺したようなものではないか。菊田と助川が肩を貸して立たせようとしたが、青山は手を振って拒絶した。助けてもらう資格など、俺にはない。青山は右手で胸をつかんだ。濡れたジャージの上から、心臓の辺りをきつく握り締める。

雪が舞い始めた。やがては全ての穢《けが》れたものを覆い尽くしてしまうかもしれない。

エピローグ

「やあやあ」

いつもの挨拶《あいさつ》だった。声だけ聞けば、須田は何も変わっていないように思える。しかしその顔を直接見るのは、何だか申し訳ないような気がした。二月ほど前に会った時に比べて前髪はさらに後退しているし、何よりも太ってしまった。顎は二重になりかけ、頬も「ふっくら」と言うのを通り越して丸くなっている。ほとんど骨と皮ばかりだった頃のことを考えると、まるで別人だ。レースが終わって数か月の間に、何キロ太ったのだろう。あそこまで絞りこんだのも異常なら、これほど短期間に急激に太ってしまうのもある意味病的である。この男には中庸という考えがないらしい。

青山は缶ビールでずっしりと重いビニール袋を須田に手渡し、靴を脱いだ。玄関を上がって五歩で、部屋の真ん中まで来てしまう。これも変化と言えば大きな変化だ。須田の父親の会社「メディアセル」は、数百億円とも言われる負債を抱えて、今年の春、倒産した。低酸素室を備えた新百合ヶ丘の家も人手に渡り、須田は今、少し広めのワンルームマンションで一人暮らしをしている。壁のほぼ一面を占めているプラズマディスプレイのテレビだけが、贅沢《ぜいたく》暮らしの名残だ。

須田が丸めた布団を壁際に寄せ、座れる場所を作った。青山は呆れたように溜息をついてみせた。

「お前がこんなにだらしない男だとは思わなかったよ」

「走る以外、何もしなかったからね。家事なんか、誰かがやってくれるもんだと思ってた」須田が照れたように薄い笑みを浮かべた。「でも、家事もやってみると面白いな。最近、洗濯に凝ってるんだよ」

「洗濯？」青山が思わず聞き返すと、須田が丁寧に折り畳んで積み重ねた洗濯物の方に顎をしゃくった。

「いいもんだ。乾いた洗濯物を畳んでると心が落ち着くな。今度、アイロンも買おうと思ってる」

この男はまだ長いリハビリの途上なのではないだろうか。長年マラソンのことだけを考え、特に五輪記念までの最後の一年間は、それこそ狂気の淵を彷徨《さまよ》うように、走ることだけに打ちこんできたはずだ。洗濯をし、自分で食事を作り、時には女の子を誘ってみる。そういうことをしながら、普通の三十一歳に戻ろうとしているのかもしれない。

「ピザが遅いな」須田がわざとらしく胃の辺りを押さえた。

「ピザが、じゃなくて彼女がだろう」青山が言い返すと、須田が笑いながらうなずく。青山は小さく肩をすくめてやった。「まさかお前が、ピザみたいなジャンクフードを食うようになるとはね。俺は、世の中に信じられるものがなくなったよ」

「一度知ると、禁断の味からは逃れられないんだ」

「それでこんなに太って……何だかお前らしくないな。もっとストイックな男だと思ってたのにさ。これじゃ、選手にもしめしがつかないだろう」

「まあね。若い連中がコンビニで買い食いするのに文句を言う資格は俺にはないな。だけど、とにかく俺は、いろいろなことを気にする必要はなくなったんだから。うるさいこと、言うなよ」

須田は以前在籍していた会社に戻り、陸上部のコーチに就任した。何とか生活していけるだけの給料とこの狭い部屋を手に入れ、生活のサイズを縮め、ようやくそれを心地よいと思えるようになったのだろう。

「ごめんごめん、遅くなっちゃって」開け放してあったドアから、美奈の元気な声が飛びこんでくる。青山は無意識に彼女の姿に引きつけられた。会うのは数か月ぶりだが、髪が短くなり、剥き出しになった耳には小さなピアスが光っている。ピアスなんかしてたかな、とぼんやり考えていると、いきなり怒られた。

「ちょっと、ぼうっとしてないで、これ持ってよ」

両手で抱えたピザの箱を突き出す。青山は慌てて玄関まで走り、箱を受け取った。美奈が蹴り捨てるように靴を脱ぎ、部屋に入る。遠慮がない。何度かここへ来たことがあるのではないか、と青山は勘ぐった。

「ああ、男臭い」言うなり窓を開け放つ。エアコンの冷気が逃げ、代わりにむっとするような熱気が遠慮なく入りこんできた。

「閉めてくれ。暑いよ」須田がぶつぶつと文句を言う。

「いいから。ちゃんと掃除してないから臭《にお》いがこもるのよ」美奈がぴしゃりと決めつける。須田がバツの悪そうな笑みを浮かべて床に直《じか》に座り、テレビのスウィッチを入れた。

「始まるぞ」

須田の呼びかけに、青山と美奈もテレビの前に座った。須田がすかさずビールを袋から取り出し、二人の目を盗むように飲む。半ば呆れながら、青山も水滴のついた缶を手にした。ビールを啜《すす》りながら、変わってしまったのは須田だけでなく自分もなのだ、と短く溜息をつく。結局会社は辞めて、周囲の人間が勧めた通りに大学に戻った。五輪記念マラソンの直後に監督の小川が急逝してしまったことも、青山の決断に拍車をかけた。現役を引退したつもりはなかったが、今では時々ビールを飲むこともある。

今年はマラソンを走る予定はない。来年以降どうするかも決めていない。決められなかった。

須田がピザの蓋を開ける。子どものように嬌声《きょうせい》を上げ、大きく切った一枚にさっそく手を伸ばした。

「何でわざわざ彼女に持ってこさせたんだよ。ピザなんか、宅配で十分じゃないか」青山は須田に文句を言った。このクソ暑い中、焼きたてのピザを抱えてくるのは我慢大会のようなものだ。

「いいのよ」美奈が顔の前で手を振った。「この店のピザ、美味《おい》しいのよ。ちょっと高いけど、宅配のピザとは全然違うから楽しみにして」

「うちの近くの店でね。出前はしてくれないけど持ち帰りだったら大丈夫なんだ」須田が説明をつけ加える。

二人はその事実を知っている。要するにそういうことなのだろう。何だかやけっぱちになって、青山もピザに手を伸ばした。美奈に皮肉をぶつけてみる。

「忙しい新聞記者が、こんなところで時間潰《つぶ》しなんかしてていいのかよ」

「いいのよ」ビールを一口大きく飲んで、美奈が答える。「今日はナイター取材だから。これが終わった頃に出かければちょうどいいわ」

「今日はどこ?」須田が、馴れ馴れしく体を乗り出して訊ねる。まったく、こいつがこんなに変わってしまうとは。文句の一つも言いたかったが、青山は結局言葉を呑《の》みこんだ。須田は、変わってしまっても仕方のないような体験をしてきたのだ。一歩間違えば、今頃アル中になって街を彷徨っていてもおかしくない。それが、どうやら支えてくれる人もできたようではないか。友だちとしては、素直に「良かったな」と祝福してやるべきなのだろう。

「東京ドーム」短く答えて、美奈が大きくビールを呷《あお》った。彼女はこの春からパ・リーグ番の記者になった。以前は「プロ野球やサッカーには興味がない」と言っていたのに、今ではすっかり新しい仕事に馴染んだようである。

「チケット、手に入らないかな」ピザを飲み下しながら須田が訊ねた。

「手に入るもなにも、今日はもう消化試合みたいなものじゃない。ちょっと早めに行けば買えるわよ」

「じゃあ、これが終わったら一緒に行こうぜ」

「まあ、いいけど」少しだけ迷惑そうに美奈が顔をしかめた。「それにしても、日曜日なのに他にすることないの？　昼はマラソン、夜は野球、スポーツ観戦で終わり？」

「いいじゃないか、夏休みなんだし」須田が思い切り伸びをしてみせた。そうだ、夏休みなのだと青山も思った。夏休みと言っても、青山は学生たちを指導しながら相変わらず毎日走っているのだが、数か月前の生活に比べれば、明らかに何かが欠落している。そう、予定だ。次のレースの予定がない。寂しさを感じる反面、緊張感の途切れた、弛《し》緩《かん》した心地良さを味わっているのも事実だった。

「さて、始まったぞ」

須田がテレビの方に身を乗り出す。三人はしばし無言でスタートを見守った。

「どうかね、この坊やは」須田が独り言のように言った。

「分からん」青山も画面を見つめたまま答える。「緊張してないといいんだけどな。そうじゃなくても今日の暑さはこたえる」

「確かにきついと思うよ。最高気温はたぶん三十度を超えるだろうな。いや、レースの終盤には四十度近くになるかもしれない」

熱いスープの中を泳ぐようなものだ。日本代表最後の一人に滑りこんだ室田は、確か夏のマラソンの経験がないはずである。タイムよりも順位よりも、まずはこの暑さとの戦いを克服しなくてはならない。

「それにあそこは乾燥してるから、水分補給をうまく考えないと。すぐにへばるぞ」腕組みして、須田が画面を凝視する。訳知り顔の須田に、青山は注意を飛ばした。

「見てきたみたいなこと、言うなよ」

「実際見てきたんだよ」一瞬、須田の言葉にかつての口調が蘇る。ああ、俺は知ってる。やったことがある。でもそんなの、大したことじゃないだろう？　自信たっぷりのその口調はすぐに影を潜めた。「今考えると馬鹿みたいな話だな。俺、自分があそこを走るものだと信じきって、下見してきたんだよ」

「いつ？」

「ちょうど一年前かな。去年、お前がボールダーの俺の家に来た直後だよ。一種のイメージトレイニングだけど、あの時は一人で盛り上がってたんだ」

出場も決まっていないのにそこまでやるか。馬鹿な話だと青山も思う。だが、笑えなかった。狂気と紙一重の真剣さを笑うことは、俺にはできない。

室田がうまく先頭集団に潜りこんだ。とにかくついて行くんだと、青山は自分のことのように緊張して拳を握り締める。

暑さのせいもあるのだろう、レースはゆったりとしたペースで進む。十キロを過ぎた辺りで、今日のタイムは平凡なものに終わるだろうと青山は予想した。日本から出場した三人の中で、室田が唯一先頭集団に食いついているが、テレビで見る限り表情はかなり苦しそうである。とにかく諦めるなよ。諦めないで行けば、何が起きるか分からない。

いや、諦めなくてもどうにもならないこともあるのだ、と青山は思い直した。実際俺は、八か月前に同じような経験をしたのだから。最後まで諦めなかったのに、武藤を追い詰めることができなかった。いや、もしかしたら実際には、レースの途中どこかで諦めてしまったからこそ負けたのかもしれない。自分でその事実を認めたくないだけで。

須田がぶつぶつとつぶやく。

「まったくお前は大馬鹿野郎だ。本当ならお前があそこを走ってるはずだったんだぜ。

今日みたいな耐久レースだったら、お前にもメダルを狙えるチャンスがあったのに」

「馬鹿で悪かったね」青山は言い返した。「そもそもお前が棄権しなければ、すんなり決まってたんだぜ」

「あれは事故だよ」須田が一瞬真顔で反論した。事故だと考えないと、自分の全てが否定されてしまうとでも思っているのだろう。「俺が駄目なら、お前が出るべきだった」

「俺のことは関係ない」

「ちょっと、二人ともやめてよ」本気で怒った様子で美奈が割りこんできて、青山は少しだけほっとした。ここ何か月か、須田とは会う度に同じ話題で言い合いをしている。止めてくれる人がいなければ、議論は永遠に続くだろう。ほっとしたのもつかの間、須田はしつこく質問をぶつけてきた。

「何で辞退したんだ」

須田の問いかけを青山は無視した。須田はどうしても答えを知りたいようであったが、自分でも理由が分からないことを説明はできない。

「武藤さんがあんなことにならなければね……」テレビに目を据えたまま、美奈が溜息混じりにつぶやいた。煙草に火を点け、空になったビール缶の縁で灰を叩く。武藤の死は自分にも責任がある、彼女はそう考えているのかもしれない。

俺と同じように。

五輪記念で倒れた後、武藤はすぐに病院に運びこまれたが、医者は彼の死亡を確認しただけだった。死因は心不全と発表された。ことがことだけに、陸上関係者だけではなく警察までが彼の死因の調査に乗り出した。誰かが違法な薬物を与えていたのではないか。スポーツ紙が憶測でドーピングの可能性を書きたてたが、結局彼が薬を使っていたというはっきりした証拠は一切出てこなかった。絶対勝てる、そして検出は不可能だという薗田の言葉に嘘はなかったのだ。

レースから一か月後、美奈の記事が紙面を飾った。以前彼女が言っていた、アメリカの薬物ディーラーの話である。そのグループは確かに実在していたのだ。ＦＤＡ（食品医薬品局）が調査に乗り出したタイミングをとらえて彼女はそのグループの人間に接触し、インタビューに成功していた。もちろん際どい質問はかわされてしまったが、それでも記事はドーピングのための薬物を大量に動かしているグループの動きをかなり詳しく報じていた。

しかしそれ以降、続報は出なかった。ＦＤＡの調査が長引いた上に、彼女はプロ野球担当への異動を申し渡され、それ以上の取材ができなくなってしまったのである。もちろん彼女の狙いは、そのグループと薗田を結びつけることだったが、その目的は手が届かないまま棚上げされていた。

「遺伝子ドーピングだったかもしれないわね。アメリカで取材した時もそんな話が出てたのよ」四月頃、電話で話した時、美奈が溜息混じりに言った。「あれだったら絶対に痕跡はつかめないから。結局、薬の効果をうまくコントロールできなくて、赤血球が増え過ぎたということなのかしら」

武藤の体内でせっせと赤血球を作り続けた遺伝子は、走り終えた後も狂ったような動きを止めることがなかったのだろう。濃い血液が血管で詰まる。一瞬後に待っているのは突然の死だ。

私は諦めない、と美奈は宣言した。そのうちまた担当が変わるし、そうしたらもう一度取材をやり直すから、と。社内でも別の担当者が取材を引き継いでいるし、決して忘れたわけではないと、彼女は必要以上に強く青山に言った。

結局、武藤の死は不幸な事故として忘れられようとしている。あるいは、誰にとってもその方が都合がいいのかもしれない。青山も、ドーピングに一歩足をつっこんでいたことを誰にも言わなかった。

好タイムで勝って、そのままオリンピック代表になるはずだった武藤が死んだ。陸連は当然、二位に入った青山に代表の座を与えようとしたが、自分でも理由が分からないままに青山はその申し出を辞退した。レース後の検査でも異常は発見されなかったし、自己ベストのタイムを出したのも薬の力ではなく実力だったのだという確信もあったが、青山は執拗《しつよう》に固辞し続けた。結局代表に選ばれたのは、二時間七分台ぎりぎりで三位に滑りこんだ若い室田である。

辞退した理由は、今もって自分でも分からない。

集団から抜け出そうともがく室田の姿を見つめながら、青山は自分は何かをなくしてしまったのだ、と強く意識した。あの戦いは、多くの人間を傷つけた。目の前にいる須田だって、表面上は明るく振る舞っているが、絶対に癒せない痛みを抱えたままのはずだ。その痛みは、今もかすかに引きずる脚という形で現れている。

俺だけが生き残った。

たぶん俺は、これからも夜中にふと目を覚ました時に、走ることの意味を、価値を何とか見出そうと、寝ぼけた頭で考えるに違いない。その答えは永遠に見つからないような気がしたし、もしかしたら答えそのものが存在しないのかもしれない。

なぜ走るのか。画面の室田に向かって青山は問いかけた。そして、そんなことは考えもしなかった幸せな時代に思いを馳《は》せる。

解説

関口苑生《せきぐちえんせい》
（文芸評論家）

堂場瞬一のスポーツ小説を読んでいて、いつも思うことがある。扱っているテーマは野球、プロレス、ラグビー、水泳、駅伝、マラソン……とそれはもう多岐にわたっているにもかかわらず、どの小説も抜群に面白く、圧倒的な迫真性があることに驚かされるのだ。その筆致はまるで、すべてのスポーツを体験したことがあるかのような臨場感があり、何よりもリアリティが尋常ではない。同時にまた魅力的なキャラクターたちが奏でるストーリーは、揺るぎない興奮と感動を呼び起こし、緻密なプロットと印象深いエピソードの積み重ねが、物語に優しい厚みを加えていく。まさに理想的な〝面白小説〟の実現なのである。

試合やレースの内容を詳細に描くことも含めて、これほど質の高いスポーツ小説を書くには、もちろんそれ相応の取材が必要だっただろう。だが、堂場瞬一の場合は単にそれだけではない、ほかに何かプラスアルファの要素があるような気がしてならないのだった。それが何かとなると、さすがに抽象的な言葉にならざるを得ないのだが、わたし

なりに絞り出した結論は、
「想像力は現実をどこまで超えられるか」
というものだった。どういうことかと言うと、作家の作る虚構世界がいかにして現実世界と切り結び、そこに深々と楔《くさび》を打ち込むか——つまりは、虚構による現実世界の乗っ取りである。

たとえば、ノンフィクションは確たる事実を積み重ねることで真実に迫ろうとするのに対し、フィクションは虚構をもって人間的真実に迫ろうとすると言われる。まあ、中には取材した〝事実〟のウラが取れない、もしくは判然としない場合もあるだろう——政治向きのこととか、闇社会の実情などがそうかもしれない。が、ことスポーツに限っては隠された事実などそれほどあるものではない。事実は常に人々の目の前で展開されている。だからなのか、（特に日本では）スポーツに関しては小説よりもノンフィクションのほうが、はるかに量が多かったように思う。

本書『キング』のテーマであるマラソンにしても、近年になってから書き手も作品数も増えてきたが、かつては一生懸命に探しても寺内大吉《てらうちだいきち》「追憶が暴走する」、大西赤人《おおにしあかひと》「深淵」、虫明亜呂無《むしあけあろむ》「海の中道」ぐらいしか思い浮かばなかったものだ。一方でノンフィクションのほうは、かなりの数が書かれていたような気がする。

そうした最初の象徴的な例として、一九六四年の、東京オリンピックにおけるアベベと円谷《つぶらや》とヒートリーの物語がある。わたし自身も、テレビ画面を通してだが彼らの走っている姿を見て、子供心にわけもなく興奮したのを覚えている。いや興奮というよりも、あれははっきりと感動だった。中でもローマの石畳を裸足で走って、当時の世界記録を打ち立てたエチオピアの英雄アベベ・ビキラの雄姿は東京でも健在で、何とも凛々《りり》しく美しく映ったものだ。前方やや斜め下を見つめ、表情ひとつ変えずに黙々と走るその姿は「走る哲人」と称され、強烈な印象を人々に与えた。そして円谷とヒートリーは、何と言っても国立競技場のトラック内での競り合いだ。あの映像は、まさしく事実そのものを目の前につきつけたもので、どれほどの言葉をつくすよりも重く感じられた。さらにはアベベと円谷は、その後、悲劇的な死を迎えたことで、なお一層強い記憶を残したのだった。なかんずく円谷は〝もう走れません〟との言葉を遺書にしたためて自殺、日本中の涙を誘った。

これらの事実を前にしたとき、フィクションは一体いかほどのことができるのか。この圧倒的な事実を超えるものが書けるのか。そんな風に思ってしまうのだ。

だが堂場瞬一は、この難題に敢然と挑んだのである。

かつて同じ大学の陸上部で同級生だった三人のランナーが、三十歳を超えておそらく最後のチャンスとなるだろう、オリンピックの代表をかけた選考レースに出場する。ひとりは日本最高記録を持ちながら、故障に泣かされ続け、途中棄権を繰り返してガラスのランナーと呼ばれる天才・須田。いまひとりは、陸連批判をして一度は陸上界を飛び出し、四年ぶりに戻ってきた悲運のランナー・武藤。最後のひとりは丈夫なだけが取り柄で、出たレースはすべて完走するのだが、優勝経験がなく勝ち方を知らない主人公の青山。

物語は、この三人のランナーのマラソンにかける熱い思いと懸命な努力、そして苦悩のさまが描かれていくが、それは一般の人間から見れば、ときに狂気にも近い形となって表れるのだった。

須田はレースの一年も前からアメリカ・コロラド州の高地ボールダーに移り住み、専任のヘッドコーチ以下、トレイナー、メンタルコーチ、はては栄養士まで自腹で雇い入れ、万全の準備をする。その費用はおそらく数億はくだらなかった。武藤は母校の大学に戻って、ひとり黙々と練習を続けるが、傲岸不遜な態度は変わらず、周囲からは敬遠される。しかし本人はまったく意に介さず、「勝つのは俺だ」と豪語する。そして青山は、絶対確実にタイムを上げる方法があると、ドーピングを示唆する謎の男からの勧誘を受けるのだった。

それぞれにマラソン――走ることを愛する男たちである。だがそれ以上に、走るからには勝ちたいと思っているのだ。死んでも勝ちたい。死んでもいい。だからこそ勝つためにはどんな努力も惜しまない。

ところが、そこで人間の不可思議さが徐々に浮き彫りになっていくのである。スポーツに勤しむ人間というのは、まずは根底の軸に肉体がある。マラソンならば今だと四二・一九五キロを二時間あまりで走りきる、強靱な体力、肉体を保持していなければならない。しかしながら肉体というのはきわめて不安定なもので、ちょっとしたことで調子を崩してしまう厄介な代物でもある。特に重要なのは精神とのバランスだ。肉体と精神はきわめて密接かつ微妙な関係にあるからだ。

本書の中にも登場するが、たとえば給水ポイントで選手は水を飲み、頭から被ったりすることがある。そのときに、水がこぼれてお腹のあたりが濡れてしまったりすると、そのことが気になり胃が痛くなるというのだ。あるいはまた、走っている途中で足が蒸れてくると、靴の中に水が溜まる感覚になるのだとも。さらには自分専用の靴にイニシャルや名前の縫い取りがあると、重くなるような気がするという場合も。一グラムもない糸くずみたいなものが、走りに多大な影響を与える原因になってしまうのだ。もっと極端なときには、風がふっと匂ってくることがあって、そうなると、これは危ないと体が感じるのか、いきなり力が抜けていくのだという。

いずれも、そんなバカなと俄《にわ》かには信じられない現象だろう。しかしこれこそが肉体と精神の不即不離の関係なのだった。

スポーツ小説の第一人者であった虫明亜呂無の言葉に「スポーツ小説は一種の恋愛小説だと思うし、心理小説の部分もあります」というものがある。

本書は、まさにその部分が読みどころとなっている。スポーツは、競技者も観戦者も選ばない。どんな人間でも参加できるし、楽しめるし、熱くなれる。ただし、そうした背後にはひとりひとりの異なる物語がある。競技者も観戦者も自分だけの思いを抱いて接しているのだった。小説は、そんな個々の人間の心理や感情を丁寧に積み上げていき、現実を凌駕するほどの人間的真実に迫ろうとしていく。須田も武藤も青山も、それぞれに自分の人生を賭けて選考レースにのぞみ、勝つための準備を行ってきた。だがそれは決して一直線に続いてきたものではない。ああしたらどうだろう。こうしたらどうかと悩みに悩み、考えに考え、何度も袋小路に陥りながら、試行錯誤を重ねてきたものだ。

堂場瞬一は、それらいかにも人間らしい厄介極まりない感情――葛藤、執念、策謀、疑惑などの数々を、これでもかというぐらいに描いていく。けれどもそこで驚くのは、これがまったく説明的な口調にはなっていないのだ。あくまでわかりやすい言葉で、ごくシンプルに提示される。にもかかわらず、何とも奥行きのある文章となっている。ともすればその言葉を発した人物の表情はおろか、皺の数まで見えてくるような気持ちになってくるのである。つまりは、これがノンフィクションとはまた違った事実への迫り方であったろうし、虚構＝想像が事実を超えていこうとするひとつの手法だったと思う。

そこに加えて、作者は最終的に究極のテーマをランナーたちに課していく。

なぜ走るのか。

この最も根源的な問いを発するのである。

誰もが最初は、走るのが好きだから、楽しいからといった理由で始めたことだろう。それが次第に変化してくる。自分のため、周囲の期待に応えるため、栄誉のため……自分が所属するチームや国での立ち位置や、レースの価値によっても違ってくるだろう。

アベベは「祖国と皇帝のために走った」と語ったが、勝利を得ることなくプレッシャーに押しつぶされたランナーも数多くいたはずだ。あるいはまた、瀬古利彦を育てた中村清コーチは「走るということは禅の表現です。記録は心の成長なんです」と、走ることによって人生を学ぶ意味を強調した。その一方でメキシコ、ミュンヘン、モントリオールと三度のオリンピックを経験した宇《う》佐《さ》美《み》彰朗《あきお》は、自伝『マラソンひとりぼっち』の中で、どうして走るのかという問いに対して、

「目的地に全力を尽くしてたどりついた喜びと、もうこれ以上走らなくともよいという解放感がすべて」

とマラソンの原点に近い答えを残している。マラトンの戦いでペルシア軍を破り、アテナイまで完全武装のまま走り抜き「我、勝てり」とエヴァンゲリオン（良い知らせ）を告げて絶命した兵士の思いは、宇佐美と相繫がるものがあったのではないか。

ではさて、本書のランナーたちはなぜ走るかの問いに、どんな答えを持っていたのか。もちろんそれは同時に、見る側の人間に対しても言えることである。

現実のランナーでも返答するのに困難な問いかけに、堂場瞬一は虚構の世界において楔を打ち込もうとするのだった。

少なくともわたしは、これを読んでからマラソン中継を見る目が変わった。アナウンサーや解説者に問題はあるにせよ、一歩も二歩も踏み込んでランナーたちの走る姿を注視するようになった。

いや、やっぱり凄い小説だ。

（二〇一五年六月）

謝辞　単行本執筆に際し、専門的な問題に関して次の方々に適切なアドヴァイスをいただきました。宇佐見彰朗、岡哲雄、中野昭一の各氏、ミズノ、三菱化学ビーシーエル（現ＬＳＩメディエンス）、富士通、旭化成各社の皆様。この場を借りて、御礼を申し上げます。
著者

本作品はフィクションです。『キング』のタイトルで、二〇〇三年三月、小社より単行本として刊行しました。二〇〇六年一〇月に『標なき道』と改題、加筆修正を行って、中公文庫として刊行されています。

このたびの小社文庫版は、小社単行本版を底本として加筆修正を行い、刊行しました。なお、執筆時期は二〇〇二〜二〇〇三年のため、作中の一部固有名詞や事象は当時のものになっています。ご容赦ください。

（編集部）

実業之日本社文庫 と1 12

キング　堂《どう》場《ば》瞬一《しゅんいち》スポーツ小説《しょうせつ》コレクション

2015年8月15日　初版第1刷発行

著　者　堂《どう》場《ば》瞬一《しゅんいち》

発行者　増田義和
発行所　株式会社実業之日本社
〒104-8233　東京都中央区京橋 3-7-5 京橋スクエア
電話 [編集]03(3562)2051 [販売]03(3535)4441
ホームページ　http://www.j-n.co.jp/
印刷所　大日本印刷株式会社
製本所　大日本印刷株式会社

フォーマットデザイン　鈴木正道（Suzuki Design）

ISBN978-4-408-55246-0（文芸）